I0639337

ANERKENNUNG FÜR

Tom Clancy-Fans, die offen für eine starke weibliche Hauptrolle sind, werden nach mehr verlangen.

— DRONE, PUBLISHERS WEEKLY

Hervorragend! Miranda ist absolut fesselnd!

— BOOKLIST, STERNCHEN-REZENSION

Miranda Chase verblüfft und bezaubert weiterhin.

— BARB M.

Flucht-Bewertung: A. Fünf Sterne! OMG, fang einfach mit Drone an und mach dich auf einen fantastischen gelesen!

— LESE-REALITÄT

Der beste Militär-Thriller, den ich seit langem gelesen habe. Ich liebe die weiblichen Charaktere.

— DRONE, SHELDON MCARTHUR, GRÜNDER
DES MYSTERY BOOKSTORE, LA

MIRANDA CHASE UND DER CONDOR

EIN ACTION-ABENTEUER TECHNOTHRILLER

M. L. BUCHMAN

Das Werk, einschließlich seiner Teile, ist urheberrechtlich geschützt. Jede Verwertung ist ohne Zustimmung des Verlages und des Autors unzulässig. Dies gilt insbesondere für die electronishche oder sonstige Vervielfältigung, Übersetzung, Verbreitung und öffentliche Zugänglichmachung.

IMPRESSUM

Miranda Chase und der Thunderbolt

Autor: M. L. Buchman

Übersetzer: Deepl.com (ein KI-Tool)

Herausgeber: Susanne Huxhorn (eine Person vom Typ Mensch)

Layout: M. L. Buchman

Originaltitel und Jahr: Thunderbolt © 2018 Matthew Lieber Buchman

Veröffentlicht von: Buchman Bookworks, Inc.

15 Dale Avenue, Nr. 434

Gloucester, MA 01930 USA publisher@buchmanbookworks.com

Erhalten Sie ein kostenloses Buch und entdecken Sie mehr von diesem Autor unter: www.mlbuchman.com

Titelbilder: Antonov An-124-100 with 2 Sukhoi Su-27s at the 2010 Moscow Victory Day Parade © Sergey Kostov | Wikimedia

Dark story sky and colorful rainbow - church on rock © Evgeniy_Bobkov | Depositphotos

MELDEN SIE SICH NOCH HEUTE FÜR DEN NEWSLETTER VON M. L. BUCHMAN AN

und erhalten:
Veröffentlichungsnachrichten
Kostenlose Kurzgeschichten
ein kostenloses Buch

Holen Sie sich noch heute Ihr kostenloses Buch.
Tun Sie es jetzt.
free-book.mlbuchman.com

Auch geschrieben von M. L. Buchman (auf Englisch)

Other works by M. L. Buchman: (* - also in audio)

Action-Adventure Thrillers

Dead Chef
One Chef!
Two Chef!

Miranda Chase
Drone*
Thunderbolt*
Condor*
Ghostrider*
Raider*
Chinook*
Havoc*
White Top*
Start the Chase*
Lightning*
Skibird*
Nightwatch*
Osprey*
Gryphon*

Science Fiction / Fantasy

Deities Anonymous
Cookbook from Hell: Reheated
Saviors 101

Contemporary Romance

Eagle Cove
Return to Eagle Cove
Recipe for Eagle Cove
Longing for Eagle Cove
Keepsake for Eagle Cove

Love Abroad
Heart of the Cotswolds: England
Path of Love: Cinque Terre, Italy

Where Dreams
Where Dreams are Born
Where Dreams Reside
Where Dreams Are of Christmas*
Where Dreams Unfold
Where Dreams Are Written
Where Dreams Continue

Non-Fiction

Strategies for Success
Managing Your Inner Artist/Writer
Estate Planning for Authors*
Character Voice
Narrate and Record Your Own
Audiobook*

Short Story Series by M. L. Buchman:

Action-Adventure Thrillers

Dead Chef

Miranda Chase Stories

Romantic Suspense

Antarctic Ice Fliers

US Coast Guard

Contemporary Romance

Eagle Cove

Other

Deities Anonymous (fantasy)

Single Titles

The Emily Beale Universe
(military romantic suspense)

The Night Stalkers
MAIN FLIGHT
The Night Is Mine
I Own the Dawn
Wait Until Dark
Take Over at Midnight
Light Up the Night
Bring On the Dusk
By Break of Day
Target of the Heart
Target Lock on Love
Target of Mine
Target of One's Own
NIGHT STALKERS HOLIDAYS
*Daniel's Christmas**
*Frank's Independence Day**
*Peter's Christmas**
Christmas at Steel Beach
*Zachary's Christmas**
*Roy's Independence Day**
*Damien's Christmas**
Christmas at Peleliu Cove

Henderson's Ranch
*Nathan's Big Sky**
*Big Sky, Loyal Heart**
*Big Sky Dog Whisperer**
*Tales of Henderson's Ranch**

Shadow Force: Psi
*At the Slightest Sound**
*At the Quietest Word**
*At the Merest Glance**
*At the Clearest Sensation**

White House Protection Force
*Off the Leash**
*On Your Mark**
*In the Weeds**

Firehawks
Pure Heat
Full Blaze
*Hot Point**
*Flash of Fire**
Wild Fire
SMOKEJUMPERS
*Wildfire at Dawn**
*Wildfire at Larch Creek**
*Wildfire on the Skagit**

Delta Force
*Target Engaged**
*Heart Strike**
*Wild Justice**
*Midnight Trust**

Emily Beale Universe Short Story Series

The Night Stalkers
The Night Stalkers Stories
The Night Stalkers CSAR
The Night Stalkers Wedding Stories
The Future Night Stalkers

Delta Force
Th Delta Force Shooters
The Delta Force Warriors

Firehawks
The Firehawks Lookouts
The Firehawks Hotshots
The Firebirds

White House Protection Force
Stories

Future Night Stalkers
Stories (Science Fiction)

ÜBER DIESES BUCH

DAS FÜHRENDE ERMITTLERTEAM DER NATION FÜR Flugzeugabstürze ist in eine Verschwörung verwickelt und kämpft ums Überleben. Die Antonov AN-124 Ruslan "Condor" – der schwergewichtige Weltmeister unter den Serien-Frachtflugzeugen. Russische Panzer, amerikanische Löschhubschrauber, Rettungstauchboote, Satelliten, stadtgroße Stromtransformatoren ... die Condor transportiert sie in die ganze Welt. Doch als eine der Maschinen eine streng geheime Nutzlast transportiert, die als zu gefährlich eingestuft wird, startet Russland einen verdeckten Angriff auf US-Boden. Die Regierung muss handeln. Eine *unaufspürbare* Aktion, eine politisch sichere Aktion. Delta Force anrufen? SEAL Team Six? Nein. Sie rufen Miranda Chase, das autistische Flugzeugabsturz-Genie des NTSB. Miranda weigert sich. Aber als die Lage eskaliert, könnte es bald zu spät sein, um zu verhindern, dass der neue Kalte Krieg zum finalen Krieg wird.

"Tom Clancy-Fans, die offen für eine starke weibliche Hauptrolle sind, werden nach mehr verlangen. - Publisher's Weekly

„*Miranda ist einmalig. (Für Fans), die Tom Clancy und Dale Brown mögen.*"

———

Eine Liste der Figuren und Flugzeuge finden Sie unter:
https://mlbuchman.com/fan-club-freebies

PROLOG

Spieden Island, Washington
Vor 1 Stunde
(9 p.m. Pacific Standard Time)

„Lieblingsflugzeug?"

„Ach, komm schon, Jeremy, frag etwas Richtiges. Wir alle kennen Mirandas Lieblingsflugzeug", tadelte Holly ihn.

„Mein F-86 Sabrejet", antwortete Miranda mit der Gewissheit, dass sie zumindest diese eine Antwort kannte. Zwanzig Jahre lang hatte sie den alten Jet geflogen und kannte ihn so gut wie ihre Westentasche. Sie mochte seine Vertrautheit. Genauso wie sie die Vertrautheit dieses Hauses mochte. Sie war hier aufgewachsen.

Sie kannte alle seine Eigenheiten. Wie das alte Holz knarrte, wenn die Stürme des Pazifischen Ozeans über Vancouver Island tobten und auf die San Juans prallten. Wie die Luft nicht nach Meer roch, sondern so frisch, als hätte sie noch nie jemand geatmet.

Das hochgewölbte Wohnzimmer mit seinem Kamin aus Strandsteinen, den dunklen Balken und den Wänden aus Douglasie bot Platz für zwanzig Personen, für vier Personen wie jetzt oder für eine Person, wie es normalerweise der Fall war.

Es war ihr *etwas* unangenehm, Besucher auf ihrer Insel zu haben, was ihre Vorliebe für ihr Haus gegenüber ihrem Jet schmälerte, wenn man die Parameter auf ‚"Lieblingsort in diesem Moment" ausweiten würde.

Nein, nicht unangenehm. Lediglich ... ungewohnt. Ja, so könnte man es besser ausdrücken. Auch wenn es erst Freitagabend war und der Rest des kühlen Märzwochenendes ungewiss bevorstand. Trotz der neuen Bezeichnung blieb sie unsicher, wie sie sich auf die Unterhaltung vorbereiten sollte.

„Ehhhh!" Holly gab ein unhöfliches Geräusch von sich, das wie die Überziehwarnung eines Flugzeugs klang. „Das stimmt nicht, Miranda. Es ist nicht dein Sabrejet." Hollys australischer Akzent war noch dicker als sonst, während sie an ihrem zweiten Bier des Abends nippte.

Bevor Miranda antworten konnte, dass sie ihre eigene Meinung kannte – was sie nicht immer tat, aber dieses Mal war sie sich sicher – hob Jeremy die Hand.

„Warte! Ich weiß. Ich weiß es!"

„Du brauchst deine Hand nicht zu heben, Kumpel." Mike zwinkerte Miranda von seinem Sessel am Feuer aus zu. Er saß so adrett wie immer – ein schlanker, eleganter Mann mit kurzen dunklen Haaren, einem Hemd und einer maßgeschneiderten Hose.

Miranda saß mit Holly auf dem Sofa. Eigentlich saß *sie* auf dem Sofa, während Holly so tief saß, dass sie fast waagerecht war – ihre Füße lagen auf dem Couchtisch und sie streckte ihre Zehen in Richtung Feuer. Ihre Socken passten nicht zusammen.

„Es ist jedes Flugzeug, das nicht abgestürzt ist", verkündete Jeremy stolz seine Antwort.

Während die anderen lachten und nickten, dachte Miranda nach. Die vier *waren* das leitende Untersuchungsteam des National Transportation Safety Board. Ja, ein voll funktionsfähiges Flugzeug *war* eine sehr gute Sache.

Aber trotzdem mochte sie ihren alten Sabrejet sehr.

„Jeremys liebstes Werkzeug zur Absturzstellenerkundung?" rief Mike.

Holly kicherte.

Miranda hatte keine Ahnung, warum.

Holly flüsterte ihr zu: „Kannst du dir vorstellen, dass er sich ein *einziges* Lieblingswerkzeug aussucht?"

„Oh", Miranda verstand den Witz jetzt, hatte aber gelernt, dass es besser war, gar nicht zu lachen, wenn man zu spät kam.

Jeremy hatte immer einen größeren Rucksack als die anderen drei zusammen.

„Dieser tragbare Thermit-Brenner in Militärqualität, mit dem er Beweise aus dem Wrack der alten DC-3 herausgeschnitten hat", war Mirandas Einschätzung. Er war besonders von seiner Fähigkeit angetan, Stahl schnell zu schmelzen, obwohl er nicht größer war als eine Taschenlampe mit zwei D-Zellen.

„Sein Hammer", schlug Holly vor. „Den hat er eigentlich dem Oberst angeboten, der sein Telefon kaputt machen wollte, weil er ständig schlechte Nachrichten über weitere Flugzeuge bekam, die abgestürzt waren."

Jeremy Trahn errötete so stark, dass man es im Schein des Feuers sehen konnte.

„Nein, sein Programm zum Auslesen von Cockpit Voice and Data Recordern, auch wenn er eigentlich keinen haben sollte. Er wünscht sich insgeheim, James Bond zu sein", neckte Mike ihn.

„Nein", schüttelte Holly ihren Kopf so heftig, dass ihr grob geschnittenes blondes Haar über ihre Schultern flatterte. „Er wünscht sich, er wäre Q, Bonds Technikfreak."

„Nein", meldete sich Jeremy ein wenig hitzig zu Wort, „aber *er* wünscht sich, dass ihr beide auf dem Weg hierher ins Meer gefallen und von Orcas gefressen worden wärt."

„Du wärst genauso wie wir Fischfutter gewesen." stellte Mike treffend fest. Er hatte die drei über das Wochenende auf ihre Insel im nördlichen Puget Sound im Bundesstaat Washington geflogen.

Holly war diejenige, die vorgeschlagen hatte, dass die Frühlingssonnenwende eine gute Ausrede für eine Party wäre. Allerdings war es im März noch so kühl, dass der Begriff ‚Frühling' noch nicht so leicht über die Lippen kam.

„Walfutter", korrigierte Jeremy und murmelte dann: „Das wäre es wert gewesen."

Es herrschte eine kurze Stille, in der das einzige Geräusch die sich bewegenden Holzscheite im Kamin waren. Miranda beobachtete die merkwürdigen Verwirbelungen, als die Funken den Schornstein hinaufstiegen.

„Was *ist* dein Lieblingswerkzeug, Jeremy?" Denn jetzt war sie neugierig.

Er schaute zu Boden und sie hatte Angst, dass sie ihn irgendwie noch mehr in Verlegenheit gebracht hatte, als Mike und Holly es getan hatten.

Dann griff er in seine Hemdtasche und zog einen Stift heraus.

„Ein Stift, Kumpel? Fair dinkum?" Holly wandte sich an Mike. „Hast du jemals gesehen, dass er überhaupt einen Stift benutzt? Alles auf der Welt ist auf seinem Tablet."

Mike schüttelte den Kopf.

Miranda konnte sich an drei Fälle erinnern. Sie waren schon seit fast sechs Monaten ein Team, aber sie konnte sich nur an drei Fälle erinnern.

„Du hast ihn mir am ersten Tag geschenkt, als ich zu deinem Team kam. Es ist alles, wovon ich je geträumt habe."

„Mirandas *Stift?*" spottete Mike.

„In Mirandas Team zu sein", sagte Jeremy leise.

Holly, die nie gerührt aussah, sah gerührt aus. Sie wandte sich an Miranda.

„Er ist so verdammt süß", flüsterte sie, aber so laut, dass es alle hören konnten. „Können wir ihn behalten?"

Miranda wusste nicht, warum sie das nicht wollen sollte. Er war trotz seiner Jugend ein hervorragender Spezialist für Flugzeugsysteme.

„Hollys Lieblingsfußballmannschaft?" fragte Mike in einem plötzlichen, hellen Ton, der die Stimmung völlig veränderte.

„Die australischen Matildas", riefen sie alle unisono. Ihre vier Matildas-Baseballmützen waren alle auf dem Kaminsims aufgereiht.

Dieses Mal war sich Miranda ziemlich sicher, dass ihr Timing richtig war, als sie in das Gelächter einstimmte.

―――――

Flughafen Helsinki, Finnland
11 Stunden früher
(22.00 Uhr osteuropäische Standardzeit)

HAUPTMANN DMITRI VOSKOV KAUERTE GEGEN DIE MÄRZKÄLTE und wünschte sich, er wäre irgendwo anders. Egal, wohin er sich bewegte, die harten Eiskugeln, die nur wie ein leichtes Schneegestöber aussahen, stachen immer wieder in seine gefrorenen Wangen, als ob er mit einem Stachelschweingewehr beschossen würde.

Stattdessen konnte er nur versuchen, sich aus dem Wind zu

halten und zuzusehen, wie sein Flugzeug beladen wurde – der Schwergewichts-Champion im Frachttransport.

Im Westen als ‚Condor‘ bekannt, konnte seine ukrainische Antonov AN-124-200 Ruslan bis zu fünfundsechzig Tonnen in einer einzigen Ladung befördern. Sein einziger großer Bruder, die AN-225 Mriya ‚Cossack‘, zählte nicht wirklich, da es nur eine einzige Maschine gab.

Zum Abendessen war er in das Restaurant an der Frachtstraße des Flughafens Helsinkis gegangen, um etwas Abwechslung von der Küche an Bord zu bekommen. Der Geruch von gekochtem Kohl, der schon eine Woche alt war, hätte ihn eigentlich warnen müssen, aber er war hungrig und kalt genug, um trotzdem hineingehen. Die Fleischsuppe hätte auch ein jahrhundertealtes Rentierfell sein können – es hatte auf jeden Fall so geschmeckt – und die Kellnerin war eine mürrische Kampfaxt gewesen. Es gab nicht einmal einen lustigen Flirt, um die Monotonie zu unterbrechen.

Wenigstens gab es dieses Mal keinen Leerflug. Als spezialisierte Spediteure flogen sie zu oft leer von einer Lieferung zur nächsten Abholung.

Hier in Finnland hatten sie ein von den Briten gebautes geothermisches Kraftwerk abgeliefert und holten eine Ladung russischer Hubschrauber ab – Hubschrauber, die übergelaufene russische Piloten in finnische Hände gebracht hatten. Kein Wunder, dass die Finnen sie den Amerikanern übergaben, die so gierig auf russische Technologie waren. Er hoffte, dass sie die Yankees bei dem Handelsabkommen, das sie ausgehandelt hatten, übervorteilt hatten.

Sein eigentlicher Fehler war, dass er im Restaurant zu lange über verbranntem Kaffee und dem letzten Stück Brita-Kakku-Kuchen zögerte, der noch schlimmer war, als er sich anhörte. Die fluffigen Schichten, die angeblich in leichte Sahne getränkt waren, waren wie Schlamm, der in weißes Fett getränkt war.

Die Lademeister hatten mit dem Beladen begonnen,

während er beim Abendessen war. Jetzt war es kurz vor Mitternacht, sein Magen kochte von der schweren Mahlzeit, und er konnte nicht ins Cockpit gelangen.

Das Design des Condor war größtenteils von der C-5 Galaxy der Amerikaner übernommen, aber größer gemacht worden. Dmitri rieb sich erfolglos die Hände und steckte sie wieder in die Taschen. Er wünschte, die Konstrukteure hätten beim Beladen einen Zugang zum Flugdeck vorgesehen.

Das viermotorige Frachtflugzeug war eine riesige offene Röhre. Am Heck klappte eine Rampe hinter hoch aufragenden Muscheltüren herunter. Vorne klappte die Nase wie ein riesiges Garagentor hoch, um die vordere Rampe freizulegen. Der Condor konnte sich sogar hinknien und sein vorderes Fahrwerk absenken, um das Auffahren zu erleichtern.

Während des Beladens wurde jedoch die Treppe zu seinem Cockpit abgeschnitten. So musste er in der klirrenden Kälte stehen und zusehen, wie seine Lademeister die ganze Arbeit erledigten.

Alles, was er tun konnte, war, sehnsüchtig zu dem schönen warmen Wohnbereich vier Stockwerke über ihm hinaufzuschauen. Eigentlich sollte er sich in seiner Koje zurücklehnen, schlafen oder einen Scarlett Johansson-Film ansehen (er hatte alle Filme, zumindest alle, in denen sie blond war, und die meisten von Jennifer Lawrence, sogar *The Hunger Games*, als sie nicht blond war).

„Wie lange noch, Portnow?"

„Du jammerst zu viel, Captain."

„Gut. Wenn wir fertig sind, lasse ich dich hier, damit du dir den Arsch abfrieren kannst."

„Wer würde dann deine Hubschrauber in Amerika ausladen?" Portnov klopfte ihm auf den Rücken und widmete sich wieder der Beladung des nächsten Hubschraubers in den Condor. Selbst mit zwei der besten Lademeister in der

Branche, die das Beladungsteam leiteten, war das ein schmerzhaft langsamer Prozess.

Natürlich könnte der kleinste Riss in seinem Rumpf sie für eine Woche außer Gefecht setzen. Und wenn nicht alles perfekt ausbalanciert war, würde er beim Start abstürzen.

Dmitri schritt hin und her, denn entweder das oder kalt in Helsinki sterben, was sich wie ein schlechter Film anhörte, in dem er keine Rolle spielen wollte. Er war immer wieder erstaunt über die Menge, die Portnov in und aus ihrem Flugzeug bewegen konnte. Irgendwie sah es so mühelos aus, wenn Portnov der leitende Lademeister war.

Verdammt, das dauerte aber länger als ein ukrainischer Frühling.

Mit erhobener Nase sah sein Flugzeug aus wie das Maul eines Wals, der alles verschlang, was man ihm vorsetzte.

Er starrte über das Feld zu dem jetzt verdunkelten Restaurant an der Frachtstraße. Sie war schon lange weg, aber im Moment sah sogar diese mürrische Kampfaxt wie eine bessere Option aus als das hier.

———

Flughafen Helsinki
23 Minuten später

ELAYNE KASPRAK, SO IHR GEBRÄUCHLICHSTER NAME, HATTE DIE ganze Operation seit der Landung der Antonov AN-124 beobachtet, bevor sie sich für ihre Vorgehensweise entschieden hatte. Erst die Rückkehr des Captains – der sich praktischerweise nicht auf sein Flugdeck zurückziehen konnte – brachte sie auf die Idee, das Flugzeug zu betreten.

Es hatte weniger als fünf Minuten gedauert, ein Auto der

Flughafensicherheit aus dem Fuhrpark in Helsinki zu befreien. Eine Uniform zu besorgen, war schwieriger gewesen. Es hatte fast zwanzig Minuten gedauert, einen echten Wachmann zu finden, der so klein war, dass sie in seiner Uniform nicht lächerlich aussehen würde. Sie hoffte, dass der Wachmann aufwachte, bevor er, nur in seiner langen Unterwäsche, erfror – das einzige Kleidungsstück, das sie nicht brauchte. Wenn er das nicht tat, war das sein Problem.

Als sie zurückkam, war der Captain immer noch da, versuchte sich vor dem Wind zu schützen und tat nicht einmal so, als hätte er das Sagen. Perfekt.

Sie parkte ihr deutlich gekennzeichnetes Fahrzeug nahe, aber nicht zu nahe. Sichtbar, aber im Schatten. Elayne plante ihren Gang sorgfältig. Lässig, freundlich. Nicht so ein sexy Schleichen.

Nur ein Wache auf Streife ... und genauso gelangweilt wie du. Gelangweilt genug, um bei einem banalen Ladevorgang zuzuschauen.

„*Hyvää iltaa*", wünschte sie ihm auf Finnisch einen guten Abend.

„*Tak?*" Ukrainisch.

Sie sprach fließend Ukrainisch und beherrschte sechs weitere Sprachen, aber er würde wissen, dass ihr ukrainischer Akzent zu russisch war. Angesichts der Spannungen dort wollte sie keinen Verdacht erregen.

„Guten Abend?", fragte sie in absichtlich unbeholfenem Englisch.

„Ah! Guten Abend." Er konzentrierte sich endlich auf ihr Gesicht und das meiste seines Zitterns verschwand.

Elayne wusste, warum sie ursprünglich von der SVR rekrutiert worden war. Der russische Auslandsgeheimdienst brauchte schöne Spioninnen, vor allem solche, die zierlich genug waren, um nicht bedrohlich zu wirken, auch wenn sie immer wieder bewiesen hatte, dass sie dank der jahrelangen

Ausbildung durch ihren Vater, einen Spetsnaz-Oberst, neun von zehn Männern ausschalten konnte.

Aber sie war auch von einer U-Boot-Ingenieurin großgezogen worden. Mit ihrem eigenen Abschluss als Luftfahrtingenieurin – Laynes ursprünglicher Lebensplan – hatte sie sich für die SVR als attraktiv erwiesen, und zwar nicht nur körperlich. Sie hatte schnell ihre Nische als militärische Luftfahrtspezialistin für den Auslandsnachrichtendienst gefunden.

Es hatte nicht lange gedauert, bis sie in das Operationsdirektorat aufgestiegen war. Ein kurzes Gerangel zwischen der Direktion S (illegaler Geheimdienst) und der Direktion X (Wissenschaft) um sie wurde dadurch beigelegt, dass Zaslon sie in aller Ruhe rekrutierte, während die anderen sich stritten. Niemand stellte das geheimste und elitärste Black-Ops-Team in der gesamten Russischen Föderation in Frage. Nach acht Jahren als Zaslon-Agentin-Saboteurin erhielt sie immer wieder herausfordernde Solo-Aufträge.

Nicht, dass der Antonov-Captain eine besondere Herausforderung darstellte.

„Guten Abend", sagte er in einem viel wärmeren Ton, während er sich aufrichtete und die Schultern zurechtrückte.

„Langsame Beladung?" Sie nickte in Richtung seines Flugzeugs.

„Verdammt langsam. Ich habe den Fehler gemacht, in das Café unten an der Straße zu gehen, anstatt mich in meiner Koje zu verstecken."

„Sag, dass du nicht die Fleischsuppe von Madame gegessen hast?" Sie hatte ihn dabei beobachtet, wie er genau das tat.

Auf sein erwartetes Stöhnen hin lachte sie mitfühlend.

„Wenn du noch drei Wege... Straßen..? weitergehst, gibt sehr gut Steak."

Er stöhnte noch dramatischer: „Das hätte ich nicht wissen müssen." Sein Englisch war fast so gut wie das ihre. Es war besser, ihn glauben zu lassen, dass sie sich abmühte, mit ihm Schritt zu halten.

Sie nahm ihren Hut ab. Schließlich war Helsinki tropisch im Vergleich zu dem Ort, an dem sie auf der U-Boot-Basis Polyarny, dreihundert Kilometer nördlich des Polarkreises, aufgewachsen war. Ihr langes, weiß-blondes Haar fiel locker über die Schultern ihres gestohlenen Parkas. Um ehrlich zu sein, vermisste sie im Moment die lange Unterwäsche des Wachmanns, denn der finnische Nachtwind *war* ziemlich bitter.

Elayne achtete darauf, dass die sechs Hubschrauber beladen wurden. Das gab dem Captain Zeit, sich satt zu sehen.

Sie war froh, dass es nicht ihre Aufgabe war, die Piloten zu jagen, die das Vaterland verraten hatten, indem sie übergelaufen waren und diese in den Westen lieferten. Sie würde sie langsam kastrieren und sie dann dazu bringen, ihre eigenen Eier zu kochen und zu essen, bevor sie die Schnittstelle mit einer Lötlampe verätzte.

Aus dem Inneren der Condor ertönte ein harter Schlag auf Metall. In den Lichtern im Frachtraum konnte sie erkennen, dass es einer der Lader war, der über eine eiskalte Brechstange fluchte, die ihm beim Spannen einer Kette auf das Deck gefallen war. Es gab keinen Schaden, aber das Geräusch hallte nach und wurde so verstärkt, dass es in die Dunkelheit hinaus zu schallen schien. Ihr eigener Atem vernebelte die Luft so stark, dass er ihre Sicht trübte.

Aber nicht genug, um zu verbergen, was im Frachtraum war.

Eine Kamov ,Helix' bei der die gesamte Elektronik des Frühwarnsystems noch intakt zu sein schien. Zwei Kamov ,Alligator' Kampfhubschrauber. Einer der brandneuen Kazan Ansat Mehrzweckvögel. Ein monströser Mi-17 Kampfhubschrauber, der in kein Flugzeug passen sollte, zumindest in nichts kleiner als eine Antonov. Und der letzte war der wahre Preis, eine Mi-28NM ‚Havoc' – neu aufgerüstet und mit intakter Bewaffnung. Die Kastration war zu nett für den Bastard-Piloten, der das Flugzeug gestohlen hatte.

Es war eine unglaubliche Intelligenzbestie.

„Tut mir leid, Captain."

„Was?"

Elayne erinnerte sich an sich selbst. „Tut mir leid, dass du bei einer solchen Kälte außerhalb der Seiten stehen musst."

Und es tut mir leid für dich, dass du für die falsche Fracht eingeteilt wurdest. Das ist nicht deine Schuld, aber das ändert nichts an den schlimmen Dingen, die auf dich zukommen.

„Möchtest du dich in meinem Auto aufwärmen?" Sie machte das Angebot.

„Das wäre sehr gut. Danke."

Sehr schön, korrigierte sie ihn in Gedanken. Überhaupt nicht herausfordernd.

Da sie die Heizung hochgedreht hatte, legten sie beide wie geplant ihre Jacken ab. Er war nicht der hübscheste Mann, aber er arbeitete offensichtlich hart, um in Form zu bleiben. Ihn dort im Schatten ihres gestohlenen, aber warmen Autos zu verführen, war lächerlich einfach.

Und überraschend gut – sobald seine Hände warm geworden waren.

Er war ein guter Liebhaber, besser als jeder andere, den sie seit langem hatte. Und das Beste: Wenn alles nach Plan verlief, würde es keine losen Enden geben, über die man sich Sorgen machen müsste – niemals.

———

Fort Campbell, Kentucky (Endanflug)
Vor 1 Stunde
(23.00 Uhr Central Standard Time)

. . .

D<small>MITRI</small> V<small>OSKOV</small> <small>STELLTE SICH AUF DEN</small> A<small>NFLUGVEKTOR FÜR</small> F<small>ORT</small> Campbell ein und träumte von den Wundern, die ihn in Kentucky erwarteten.

Die Ladung russischer Hubschrauber würde an das 160th Special Operations Aviation Regiment gehen. SOAR war das geheime Hubschrauberregiment der US-Armee und ging ihn nichts an.

Aber Kentucky...

Es war nicht das Land der zierlichen skandinavischen Weißblondinen, aber er war oft genug im amerikanischen Süden gewesen, um auch die gut gebauten Goldblondinen zu schätzen – selbst wenn sie gefärbt waren.

Niemand würde der Sicherheitsbeamtin am Flughafen Helsinki das Wasser reichen können, die nichts unter ihrer Uniform trug. Das wäre zu viel verlangt. Aber sie hatte ihm viel zum Träumen hinterlassen. Sie hatte ihm auch eine Telefonnummer und ihren Vornamen hinterlassen – Valery. Valery, ein weiblicher Name im Westen und ein männlicher Name in Russland, passte gut zu ihrer Stärke. Sie hatte den schönsten Körper, den er seit einer feurigen irischen Rothaarigen bei einem Zwischenstopp in Shannon, Irland, vor drei Jahren hatte plündern dürfen.

Während er die Verankerungen und die doppelten Kontrollen beendete, hatte Portnov die Cockpit-Treppe heruntergelassen und Dmitri hatte Valery eine Führung durch die obere Etage gegeben.

Kojen im hinteren Teil des Raums – direkt vor den Flügeln. Genug für die beiden Lademeister und die vierköpfige Besatzung, um bequem darin zu wohnen. Die Antonov war an den meisten Tagen des Jahres ihr Zuhause. Es gab einen kleinen Aufenthaltsraum, ein Badezimmer und eine anständige Küche.

Sie hatten sich auf Zehenspitzen herangeschlichen, während der Rest der Flugbesatzung in ihren Kojen schnarchte. Normalerweise hätte er sich geärgert, dass sie es so bequem hatten, während er draußen festsaß, aber er *hatte* eine sehr, sehr angenehme Stunde damit verbracht, mit einer außergewöhnlich flexiblen Beamtin die Scheiben eines Autos zu beschlagen.

Im Cockpit zeigte er ihr alles und nahm sich ein paar schöne Gefühle. Die meiste Zeit des Abends hatte er sich gewünscht, Portnov würde sich beeilen. Als er mit Valery im Cockpit stand, wünschte er sich, der Mann würde es vermasseln und sie für eine Woche hier festsetzen.

„Darf ich Baderaum benutzen?"

„Du kennst den Weg. Mach dir keine Sorgen, dass du die anderen aufweckst; du könntest eine Atombombe abwerfen und sie würden durchschlafen."

Bei ihrer Rückkehr hatte Valery in ihrem charmanten, verstümmelten Englisch gefragt, als sie die Cockpittür schloss: „Sind die Türen verschlossen?"

Er hatte an ihr vorbei gegriffen, sie verschlossen und versucht, sie direkt an der Oberfläche zu nehmen.

Stattdessen führte sie ihn zum Pilotensessel. Sie schob ihn weitmöglichst zurück, so dass sie gerade noch Platz hatte, um sich rittlings auf ihn zu setzen, sobald sie sich ausgezogen hatte.

Über Valerys bloße Schulter und durch die Windschutzscheibe sah er, wie Portnov vier Stockwerke tiefer überrascht nach oben schaute und dann grinste.

Hier gab es viel zu grinsen.

Das Einzige, was noch erstaunlicher war als ihr Haar, ihr Gesicht und ihre Brüste, war das, was sie mit ihren Hüften machen konnte.

Irgendwo tief in ihrem Innern setzte sie eine Bewegung in Gang, die sich in einer langsamen Drehung aufbaute.

Das Funkgerät holte ihn in die Gegenwart zurück.

„Antonov, hier ist der Campbell Army Airfield. Du hast Landeerlaubnis für die Piste 23. Der Wind ist schwach und variabel. Barometer zwei-neun-neun-fünf."

„Roger, Tower. Ich habe das ILS - Instrumenten-landesystem." Alles sah gut aus.

Alles.

Dazu gehörte auch der aktualisierte Zeitplan aus dem Hauptbüro, der besagte, dass sie in drei Wochen wieder in Helsinki sein würden. Kaum nach der Landung würde er Valery eine SMS mit den guten Nachrichten schicken.

Er flog mit dem großen Flugzeug die Gleitpiste hinunter in die Dunkelheit. Sie waren die ganze Nacht nach Westen geflogen – ein rauer Flug nördlich der Azoren, aber nichts Ungewöhnliches. Hier in Kentucky war es noch vor Sonnenaufgang bei kristallklarem Himmel.

Dmitri brauchte das Instrumentenlandesystem kaum; die Landebahn war gut beleuchtet und trotz der geschäftigen amerikanischen Militärbasis, die sie umgab, frei.

Fort Campbell hatte eine große Landebahn, aber er setzte das Hauptfahrwerk trotzdem in den ersten fünfhundert Fuß auf den Asphalt. Das Bugfahrwerk wurde bei 1.000 Fuß ausgefahren.

Es würde gut sein, aus dem Cockpit zu kommen und sich zu strecken. Vielleicht würde er nicht einmal Barhopping machen. Vielleicht würde er sich in seine Koje legen, an Valery denken und die Tage zählen, bis sie wieder in Finnland waren.

———

ALS KAPITÄN DMITRI VOSKOV DIE SCHUBUMKEHR AN DEN VIER brandneuen GE CF-6-Triebwerken einschaltete, wurde ein versteckter Mikroschalter aktiviert.

Sie war von SVR Zaslon Major Elayne Kasprak platziert worden, als Dmitri sein Gesicht in ihren Brüsten vergraben hatte – so geschickt mit seiner Zunge, dass sie fast die richtige Platzierung verpasst hätte.

Aber der Schalter war an der richtigen Stelle und wurde nun vom Steuerhebel gedrückt.

Der Schalter schaltete einen winzigen Sender ein, der ein Signal an einen Empfänger sendete, den sie fünfzig Fuß hinter dem Cockpit platziert hatte. Elayne Kasprak hatte ihn unter der hintersten Koje versteckt, während sie sich aus dem Cockpit schlich, um angeblich auf die Toilette zu gehen.

Der Empfänger war an einer Sprengkapsel befestigt.

Der Zünder war in das Herz einer Hohlladung aus C-4-Sprengstoff gerammt worden. Der Krakatoa genannte Sprengsatz, der ursprünglich für die britische SAS entwickelt worden war und den sie aus einer britischen Munitionsfabrik mitgenommen hatte, um zu verhindern, dass er zu ihr zurückverfolgt wurde, war nicht größer als eine fette Bierdose. So konnte sie ihn leicht in ihrem Parka-Mantel verstecken, den sie als Sicherheitsbeauftragte getragen hatte.

Die zwei Kilo C-4-Plastik explodierten.

Das von dem Gerät geformte Kupfergeschoss konnte auf fünfundzwanzig Meter ein faustgroßes Loch in die Panzerung eines Kriegsschiffs schlagen.

Bei zwei Metern schlug er ein einen halben Meter breites Loch durch die dünne hintere Druckwand der Mannschaftskabine und den mittleren Flügeltank dicht dahinter.

Als Nebeneffekt verwandelte sie auch den Boden von Loadmaster Portnovs Koje in tausend Splitter. Sein Körper wurde zerfetzt – zusammen mit dem *Playboy Polska*, den er letzte Woche in Warschau gekauft und als Anschauungsmaterial benutzt hatte, während er sich vorstellte, wie Dmitris Blondine über ihn herfiel.

Das Geräusch wurde durch die jetzt aus den Angeln gesprengte Schlafzimmertür und die geschlossene Cockpit-

Sicherheitstür gedämpft. Im Cockpit, zwanzig Meter weiter vorne, war es nicht lauter als ein geplatzter Reifen am Hauptfahrwerk.

„Scheiße!" Dmitri überprüfte die Lichter, aber keine roten Warnleuchten leuchteten auf. Hoffentlich kein Bremsenbrand oder eine gebrochene Radachse. *Bitte lass es nichts Schlimmeres sein als der Gummi.* Eine Antonow war so selten, dass sie ihre eigenen Ersatzteile mitführten, aber sie konnten nicht alles mitnehmen. Mit zwanzig Reifen für das Hauptfahrwerk und vier für das Bugfahrwerk und zwei im Frachtraum, konnte er ohne Probleme einen verlieren.

Der mittlere Flügeltank war während des Fluges größtenteils trocken gelaufen. Jetzt war er mit einer flachen Lache aus Jet-A-Treibstoff und Stickstoff gefüllt, der beim Entleeren des Tanks hineingepumpt worden war, um die Brandgefahr zu verringern.

Die Explosion des Krakatoa erhitzte nicht nur den verbliebenen Treibstoff über den Zündpunkt hinaus, sondern durch das entstandene Loch strömte auch Sauerstoff in den aufgebrochenen Tank. Ein kleiner Windsturm saugte verschiedene Trümmerteile in den aufgebrochenen Tank.

Vier Sekunden nach der ersten Detonation war ihre Geschwindigkeit auf hundert Knoten gesunken. Das riesige Flugzeug zog auf keiner Seite, also beschloss Dmitri, dass das Problem nicht allzu schlimm sein könnte; wahrscheinlich war es eher ein leicht zu reparierender platter Reifen als eine eingefrorene Achse.

Zweitausend Fuß Landebahn weg, achttausend noch frei. Bei normalem Betrieb würde die Antonov nur noch tausend Fuß benötigen, bevor sie auf eine Rollbahn abbiegen könnte – trotz ihrer Größe wogen die Hubschrauber nicht viel, weniger als ein Drittel der Ladekapazität der Condor, obwohl sie jeden Quadratmeter des Decks ausfüllen.

Nach fünf Sekunden folgte ein Feuerball dem

Sauerstoffstrom und schoss durch den ursprünglichen Durchbruch im Tank und das hintere Schott der Kabine zurück. Portnovs Koje war zusammengebrochen und hatte das Loch teilweise blockiert. Die Blockade hielt nur ein paar Hundertstelsekunden gegen die gewaltige Druckwelle stand.

Es entzündete die gesamte Mannschaftskabine und tötete den anderen Lademeister, indem es seine Lungen mit Feuer füllte, als er schreiend einatmete.

Abgesehen von einem plötzlichen Aufwölben der geschlossenen Cockpittür bekam die aktive Flugbesatzung, darunter auch Kapitän Dmitri Voskov, nicht mit, was hinter ihnen geschah. Der Kopilot hatte sein kleines Seitenfenster geöffnet, um die frische Luft von Kentucky zu riechen – herrlich warm und üppig in der Nacht mitten im März -, so dass ihre Ohren von dem plötzlichen Überdruck nicht einmal poppten.

Sieben Sekunden nach der ersten Explosion überschritt die Druckwelle im Inneren des Treibstofftanks die kritische Bruchgrenze.

Die Seitennähte der beiden mittleren Tanks versagten bei einhundertsiebenunddreißig Prozent der Maximalauslegung.

Stahlsplitter aus dem zerfetzten Haupttank durchschlugen die Flügeltanks auf beiden Seiten und verschütteten die restlichen 3000 Gallonen Jet-A-Treibstoff in die Flügelstruktur. Von dort aus ergoss es sich durch die mechanischen Öffnungen für Klappen und Fahrwerk auf die Landebahn.

Neun Sekunden nach der Zündung der Krakatoa explodierten beide Tragflächen von innen. Teile des Treibstofftanks und der Flügelverkleidung wurden so hoch gesprengt, dass die letzten von ihnen erst auf den Boden zurückkehrten, als der Rest des Flugzeugs schon längst zerstört war.

Der Blitz erhellte die Dunkelheit. Die Notfallteams, die von der Explosion geweckt wurden, waren auf dem Weg, bevor der Kontrollturm Alarm schlagen konnte.

Wären die Flügel abgebrochen, hätte der Rumpf vielleicht überlebt.

Der Rumpf wurde durch das Verbrennen des Treibstoffs, der aus dem Zentraltank über den Hubschraubern im Frachtraum ausgekippt wurde, von innen verbrannt.

Die letzte Handlung von Kapitän Dmitri Voskov verdammte das Flugzeug vollständig.

Er trat hart auf die Bremse, um eine Vollbremsung zu machen.

Es funktionierte. Alle vierundzwanzig Räder blockierten fest und hinterließen zehn Meter lange schwarze Gummistreifen auf der Landebahn, die noch jahrelang sichtbar sein würden.

Die Antonov AN-124-200 Condor hockte inmitten ihres eigenen Infernos und verbrannte.

Direkt unter dem Cockpit und dem Besatzungsbereich wurde die Bewaffnung des Mil Mi-28NM Havoc Hubschraubers über den kritischen Bereich hinaus aufgeheizt.

Eine Ataka-V-Panzerabwehrrakete war die erste, die explodierte. Die Explosion zündete die drei anderen Raketen im Gestell sowie die fünf kleineren Waffen in der S-13 Raketengondel. Diese wiederum lösten die Luft-Luft-Rakete Product 305 aus, die der Westen unbedingt zum ersten Mal sehen wollte.

Der Navigator und der Flugingenieur starben auf der Stelle durch den Aufprall der mehrköpfigen Explosion auf den Boden der Besatzungssektion. Niemand hörte den Schrei des Kopiloten. Instinktiv versuchte er, durch das kleine Seitenfenster zu fliehen, als die Wucht der Explosion ihm den Arm am Fensterbrett abtrennte.

Die kombinierte Druckwelle reichte aus, um die bereits geschwächte Verbindung zwischen der Besatzungssektion und den Flügeln zu trennen. Als die Seiten des Rumpfes nach außen flogen, wurden das Cockpit und der Wohnbereich als Einheit nach oben geschleudert.

Da die Befestigung an der Nase länger hielt als an der Tragfläche, wölbte sich das hintere Ende der zwanzig Meter langen Baugruppe in die Höhe und versuchte ein letztes Mal zu fliegen, bevor es ausbrach und vor dem Feuer auf dem Rücken landete.

Die umgedrehte Cockpit-Baugruppe lag jetzt auf der Landebahn 23 in Fort Campbell, Kentucky, ohne den zerbrochenen Rumpf und die rasende Hitze.

Seine Flucht vor dem Feuer war nicht von Bedeutung.

Der letzte Überlebende wurde beim Aufprall des Cockpits auf die Landebahn getötet.

Es brach Pilot Dmitri Voskovs Hals so sauber, als hätte Major Elayne Kasprak es selbst getan.

Sie bekam immer ihren Mann.

1

Spieden Island, Washington
10 p.m. Pacific Standard Time
Jetzt

MIRANDAS TELEFON UNTERBRACH IHREN VERSUCH, DIE ANDEREN
dazu zu bringen, ‚Ewan McGregor‘ zu sagen.

Sie spielten Scharade, aber sie wusste nicht, wer Ewan
McGregor war.

Als sie Holly um Hilfe gebeten hatte – es ging um Jungs
gegen Mädchen – hatte sie ‚Star Wars‘ geflüstert, als ob das
etwas erklären würde.

„Der Timer läuft noch“, rief Mike, als sie aufhörte, um den
Anruf entgegenzunehmen.

Gut. Vielleicht würde er ausgehen, bevor sie mit dem Anruf
fertig war. Nein, Mike kippte die kleine Sanduhr auf die Seite,
um den laufenden Sand zu stoppen. Das *war* nur fair.

„Hallo?“

„Wo ist dein Team?“

Miranda hatte es immer geschätzt, dass General Drake

Nason seine Zeit nicht mit unnötigen Nettigkeiten verschwendete.

„Holly sitzt auf der Couch, Mike sitzt im Sessel meiner Mutter", Mike schaute auf seinen Platz, als ob das irgendwie schockierend wäre, „und Jeremy sitzt auf dem Boden neben dem Couchtisch."

Drakes leises Lachen ergab keinen Sinn. „Okay. Wo seid ihr *alle?*"

„Bei mir zu Hause."

„Wo *ist* das, Miranda?"

Oh. „Ich lebe auf Spieden Island auf den San Juan Islands im Bundesstaat Washington, Vereinigte Sta-"

„Ja, ich weiß, dass der Staat Washington in den USA liegt."

„-Staaten. Okay, da sind wir also."

„Wie schnell könnt ihr nach Kentucky kommen?"

Sie brauchte nicht zu fragen, warum. Es hatte einen großen Absturz eines Militärflugzeugs gegeben, sonst hätte er nicht angerufen.

Obwohl sie sich schon oft getroffen hatten, war es erst das zweite Mal, dass der Vorsitzende der Generalstabschefs sie angerufen hatte. Beim ersten Mal hatte die CIA ein SWAT-Team eingesetzt, um sie während einer Unfalluntersuchung festzunehmen. Sie hoffte, dass es dieses Mal weniger traumatisch sein würde.

„Wir haben Wein getrunken. Außer Holly, die hat Bier getrunken. Aber sie ist sowieso keine Pilotin, also ist das wohl nicht von unmittelbarer Bedeutung. Weder Mike noch ich können vor acht Stunden fliegen. Wir können also um sechs Uhr morgens in der Luft sein. Mein Sabrejet schafft den Flug in drei Stunden und die Mooney in doppelt so vielen."

„Ich nehme an, dass es auf deiner Insel eine Rollbahn gibt. Ich werde eine C-21 in deine Richtung schicken."

„Er könnte landen, aber nicht wieder starten. Meine Landebahn ist elfhundert Fuß zu kurz für die

Mindeststartrollstrecke eines Learjets." Die geforderten siebenundvierzigtausend Fuß waren fast die Hälfte der Länge ihrer gesamten Insel von Felsklippe zu Felsklippe.

Es gab eine lange Pause, bevor er zurückkam. „Wie groß ist der Seitenabstand?"

„Zweihundert Fuß."

„Gut." Eine weitere, kürzere Pause. „Ich werde in zwanzig Minuten eine Hercules C-130 von der Joint Base Lewis McChord dort haben."

„Das würde ich dir nicht raten..."

„Macht euch einfach bereit." Der Vorsitzende der Generalstabschefs wusste, dass Miranda unvollendete Sätze hasste.

„*Das* würde ich dir nicht raten. Kein vernünftiger Pilot würde eine C-130 im Dunkeln auf einem Graspisten-Flughafen landen, wenn er nur fünfunddreißig Fuß Abstand zu beiden Flügeln hat."

„Wir haben die besten Kampfpiloten der Welt, Miranda. Sei bereit."

Und er war weg.

„Sie schicken eine C-130 Hercules, um auf Spieden Island zu landen?" Mike runzelte die Stirn. Als der andere Pilot des Teams würde er verstehen, was das bedeutete.

„Das ist so cool!" Jeremy sprang auf und eilte los, um seine Sachen zu holen.

Erst als sie mit dem Golfwagen durch den kühlen Nieselregen vom Haus zum Hangar fuhren, erinnerte sich Miranda an das Problem.

„Die Rehe!" Der scharfe Kieferngeruch der Douglasien ließ sie an die Rehe denken, die sich gemütlich im Gras der Wiese zusammengerollt hatten, das trotz des kalten Frühlings bereits üppig wuchs.

„Die Rehe?"

„Auf der Insel gibt es eine Herde von Rehen. In letzter Zeit schlafen sie am nordwestlichen Ende der Landebahn."

„Keine Sorge." Holly setzte die drei am Hangar ab, um den Rest der Ausrüstung zu holen. Sie fuhr immer, wenn sie zusammen waren – was Mike Munroe jedes Mal zu irritieren schien.

War das vielleicht der Grund, warum sie darauf bestand?

Miranda war sich nie ganz sicher, was die Menschen dazu brachte, etwas zu tun.

Dann raste Holly hupend in die Nacht hinaus.

Gute Idee.

Erst als Holly vom anderen Ende zurückkehrte und das Geräusch von vier Allison T56-Turboprop-Motoren dicht über ihr vorbeidonnerte, erinnerte sich Miranda daran, die Landebahnbeleuchtung einzuschalten.

Nicht ganz so gut gedacht.

2

——————

„Ich schwöre bei Gott, ich dachte, die wollen mich verarschen, Ma'am, als du die Lichter angemacht hast. Sie sagten mir, ich solle hier landen? Sieh mich an, ich zittere immer noch." sagte der Pilot, während Miranda die anderen auf die hintere Laderampe des Flugzeugs führte.

Er streckte seine linke Hand mit gespreizten Fingern aus und schüttelte sie wie ein Blatt.

Dann hob er eine felsenfeste rechte Hand: „Gott sei Dank ist das meine Flieger - Hand."

„Ich dachte, man braucht zwei Hände, um eine C-130 zu fliegen?"

„Ich bin so gut, dass ich nur eine brauche." Aus einem unerfindlichen Grund zwinkerte er ihr zu.

Miranda versuchte zu verstehen, wie jemand mit nur einer Hand gleichzeitig den Steuerknüppel und die Gashebel bedienen konnte.

Bevor sie fragen konnte, hatte Holly sie von dem Piloten weggezerrt und führte sie die Rampe hinauf.

„Was soll das mit den gelben Kappen, seid ihr alle im selben Team?", rief er ihnen nach.

„Ja", rief Holly über ihre Schulter zurück.

„Nein", hielt Miranda inne. „Nun, wir schon, aber die Kappen sind dafür nicht relevant. Die Matildas sind die australische Frauenfußballnationalmannschaft und-"

Holly zog sie aus der Hörweite, als der Pilot sich zu Mike umdrehte und seinen Satz wiederholte, dass er die Landung mit einer Hand geschafft hatte.

Wenn er in seiner Rede unzuverlässig war, war er dann auch als Pilot unzuverlässig?

Miranda fand, dass die Landung gut gelungen war, aber das Wenden eines Flugzeugs mit einer Spannweite von einhundertzweiunddreißig Fuß zwischen massiven Douglasien, die nur zweihundert Fuß voneinander entfernt waren, war noch beeindruckender. Die C-130 verfügte über eine veröffentlichte Fähigkeit zum Wenden innerhalb von einhundertachtzig Fuß; sie hatte das aber noch nie zuvor gesehen.

Ihr eigener Jet hatte eine Spannweite von nur siebenunddreißig Fuß und trotzdem fühlte es sich eng an, eine volle Kurve zu rollen. Der Hercules-Transporter war mit Abstand das größte Flugzeug, das jemals auf der Insel Spieden gelandet war. Es war schade, dass es so dunkel war, es wäre schön gewesen, ein Bild davon zu haben.

Im Moment würde sie dem Piloten der Hercules vertrauen, wenn auch nicht dem Mann, der der Pilot war.

Sie seufzte.

Diese besondere Ungereimtheit würde sie noch lange beschäftigen.

Im Inneren war der Laderaum des Hercules-Transporters neun Fuß hoch, zehn breit und lang genug, um drei Humvees zu transportieren. Die vier und ihre Rucksäcke nahmen nur wenig Platz in Anspruch.

Sobald sie in der Luft waren, schnappte sich Holly ein paar Decken und Ohrstöpsel von den Lademeistern. „Schlaft eine

Runde, solange ihr könnt."

Das war ein guter Rat. Miranda war weit über ihre Schlafenszeit hinaus aufgeblieben, um ein Spiel zu spielen, das sie nicht verstand.

Und das Spiel war noch nicht vorbei. Sie konnte sich vorstellen, wie die kleine Glasuhr immer noch neben Mikes Sessel lag. Das Spiel war nur unterbrochen.

Ein kleiner, quälender Teil ihres Gehirns wollte vorschlagen, dass sie zurückfliegen und es zuerst zu Ende bringen sollten, damit es vollständig wäre und sie nicht mehr daran denken müsste, bis sie es taten. Aber Holly warf eine gefaltete Decke auf das Stahldeck, drückte ihr zwei weitere in die Hand und drückte Miranda auf die erste, als das Flugzeug seine Reiseflughöhe erreichte und nach Osten flog.

Holly legte sich dicht neben sie. Die Jungs waren vorne und schauten den Piloten über die Schulter und stellten Fragen über das Flugzeug – Mike über die Steuerung und Jeremy darüber, wie alles im Flugzeug funktionierte.

Miranda lehnte sich zurück und stellte sich das Spiel vor.

„Holly, wer ist Ewan McGregor?" Sie waren nah genug dran, dass sie trotz der Ohrstöpsel nicht zu laut schreien musste, um trotz Motorengeräusch gehört zu werden.

Holly machte sich nicht die Mühe, ihre Augen zu öffnen. „Schauspieler. Am besten bekannt als Jedi-Meister. Kämpft mit einem Lichtschwert. Wird der zweitgrößte Jedi-Meister aller Zeiten, Obi-wan Kenobi. Zumindest bis Luke. Nein, Obi-Wan ist besser als Luke. Und Ewan ist auch viel süßer. Obwohl mein Bruder immer ein Fan von Luke war. Er wollte so sein wie er..." Hollys Stimme verstummte seltsamerweise.

„Es gibt so viele Dinge, die ich an dieser Erklärung nicht verstehe, dass ich gar nicht weiß, wo ich anfangen soll." Luke, Lichtschwert, Obi-Wan, dass Holly einen Bruder hatte...

„Du schaust dir keine Filme an."

„Keine Weltraumfilme. Und die meisten Actionfilme sind

technisch so ungenau, dass ich mich einfach nicht dazu durchringen kann, weiterzuschauen, wenn ich einen anfange." Das war an sich schon sehr ärgerlich. Alle unvollständigen Filme, die sie in ihrem Leben gesehen hatte, waren ein echtes Ärgernis. „Sie sind einfach ... *falsch.* Hast du jemals einen Film namens *Airplane* gesehen?"

Daraufhin öffnete Holly ihre Augen und sah sie an. „Das *soll* witzig sein, Miranda."

„Oh. Nun, es ist trotzdem falsch."

Sie dachte eine Weile darüber nach.

Holly sagte nichts.

„*Air Force One* und *Flightplan* waren auch nicht viel genauer und das sind keine Komödien."

„Klar, aber Harrison Ford und Jodi Foster waren echt der Hammer. Er war wirklich süß, als er jünger war. Das war sie auch – aber nicht mein Typ."

Miranda fragte sich, was für ein Typ Mann Holly gefiel. „Wirst du mit Mike schlafen?"

„Mein Gott, Miranda!" Holly richtete sich ruckartig auf, als hätte sie einen Stromschlag bekommen. Sie drehte sich um, bis sie Mike entdeckte, der immer noch hinter dem Pilotensitz stand, und stieß einen kräftigen Atemzug der Erleichterung aus.

„Was?"

„Das ist eine höllische Frage."

„Warum?" Es machte ihr nichts aus, autistisch zu sein, es war jetzt so ein Teil von ihr, dass sie das nicht ändern wollte. Aber sie wünschte sich, dass es einfacher wäre, die Menschen besser zu verstehen. Ihre Gefühle ergaben nie einen Sinn, ohne dass sie viel nachdenken oder erklärt bekommen musste.

Holly stotterte nur, anstatt auf Mirandas Frage zu antworten.

Mike und Jeremy kamen zurück in den Frachtraum und begannen, ihre Decken auszubreiten. Miranda konnte hören, wie sie über Flugeigenschaften und Kontrollsysteme sprachen. Sie fand es gut, dass sie sich damit beschäftigt hatten. Man konnte nie wissen, wann solche Informationen bei einer Untersuchung nützlich sein würden.

Holly kannte das Flugzeug wahrscheinlich schon aus ihrer langjährigen Militärerfahrung – die Australier hatten einige C-130 in ihrem Bestand.

„Du hast die Frage immer noch nicht beantwortet." Miranda mochte unbeantwortete Fragen genauso wenig wie unvollständige Sätze oder unvollendete Spiele. Sie fingen an, sich bei ihr zu stapeln und ihren Verstand zu überlasten.

„Welche Frage?" mischte sich Jeremy ein.

„Ich wollte wissen, ob..."

„Haut ab, ihr alle." Holly steckte sich demonstrativ die Stöpsel in die Ohren, bevor sie sich auf die Seite legte und den Rumpf betrachtete.

Miranda wusste, dass Holly recht hatte. Etwas Schlaf zu bekommen *war* eine gute Idee. Der morgige Tag würde in weniger als fünf Stunden beginnen und es würde bestimmt ein anstrengender Tag werden.

3

HOLLY KONNTE AUF EINEM FLUG IMMER SCHLAFEN.

Jedem Flug.

Laute Motoren.

Kalter Stahlbelag.

Zusammengepfercht gegen einen Stapel Kampfausrüstung.

Kein Problem.

Ihre Jahre als Operator für die australische SASR hatten sie das gelehrt. Bei Sondereinsätzen wusste man nie, wann man das nächste Mal schlafen würde, also schlief man, wenn man konnte.

Die Angewohnheit war ihr bis zur australischen Verkehrssicherheitsbehörde gefolgt, als sie das Special Air Service Regiment abrupt verlassen musste. Und auch, als sie sich für ein einjähriges Austauschprogramm mit dem NTSB entschieden hatte, weil es plötzlich eine richtig gute Idee gewesen war, Australien zu verlassen. Es war nicht schwer, dass einem alles so vorkam, wenn das eigene Leben total den Bach runterging.

Aber konnte sie hier schlafen?

Jetzt?

Mike?

Niemals!

Erstens kannte sie seinen Geschmack bei Frauen – sie hatte ihn in den sechs Monaten, in denen das Team zusammen war, bei zu vielen Ermittlungen erlebt.

Mike war weder ein Jagdhund für blond, noch für groß und weich. Er war schlicht und ergreifend ein Jagdhund für *komplett* weiblich.

Die 737 Stewardess. Der Captain eines UPS-Frachtflugzeugs. Eine der Augenzeuginnen, die eine Passagierin des abgestürzten Bombardier-Pendlerjets war, *und* eine der Fluglotsinnen, die beim selben Absturz dabei war – nachdem die Passagierin ein Busticket nach Hause gekauft hatte, aber immerhin.

Nicht, dass sie ihn jemals in einem Hotel mit einer solchen erwischt hätte, aber er ging auf sie zu wie ein alter Hund, obwohl er ein junger Hund war.

Der Mann war so tief wie eine Pfütze auf glattem Asphalt. Und zu... hübsch.

Eine lausige Ausrede.

Sie mochte die Hübschen. Besser sie als die Spec Ops-Operators, deren Egos noch stärker ausgeprägt waren als ihr Muskeltonus, jenseits aller Vorstellungskraft. *Natürlich* wollte sie sie haben, weil sie die einsame Sheila im Team war.

Sie hatten schnell gelernt, wie falsch sie lagen.

Zum Ende hin war es besser geworden, aber nicht viel. Ein aufgeklärter australischer Elitekrieger war in Bezug auf Frauen ungefähr so weit entwickelt wie Captain Kirk in der ursprünglichen *Star* Trek-Serie – an einem guten Tag.

Die ‚Hübschen‘ waren immer noch schön anzusehen, und ihre Egos waren viel überschaubarer.

Außerdem mochte sie Mike Munroe, so sehr wie sie jeden Mann mochte. Sein Mr. Suave bestand nicht nur aus seinem Aussehen. Er war scharfsinnig, witzig...

Und sie war dabei, den Verstand zu verlieren.

Auf keinen Fall war sie so verzweifelt.

Nicht, dass sie nicht ab und zu auch mal ein bisschen Spaß haben wollte, aber sie würde lieber mit einem Weißen Hai schwimmen, als eine weitere Kerbe in Mikes Angeber-Bettpfosten zu sein.

Wenn jemand anderes als Miranda gefragt hätte, hätte Holly darüber lachen können.

Aber Miranda war kein Idiot. Allerdings sah sie die Welt auf eine andere Weise. Auf eine seltsame und unverständliche Art und Weise, die es ihr ermöglichte, direkt in die Mitte eines Flugzeugabsturzes zu laufen, auf eine unbedeutende Tatsache hinzuweisen, die niemand sonst sah, und schließlich zu beweisen, dass sie der Schlüssel zur Lösung war.

Was hatte sie also gesehen, was Holly übersehen hatte?

Diese Frage war ein Spiel, das Holly immer wieder spielte, sei es beim Überlebenstraining im Outback, beim Fels- und Eistraining in den Snowy Mountains von New South Wales oder bei einem Einsatz, wähend Libyen sich während des Sturzes von Gaddafi selbst auffraß. Indem sie sich ständig fragte, was sie verpasste, sah sie so viel mehr als die meisten Menschen.

Libyen war eine schöne Zeit gewesen.

Muammar al-Gaddafi hatte sowohl den Westen als auch sein eigenes Volk endgültig zu weit getrieben. Um den Rebellen eine Chance im Kampf zu geben, hatte die NATO Jets geschickt, die militärische Einrichtungen bombardierten. Die Angriffe waren so sichtbar, dass die Proteste anderer westlicher Regierungen dagegen fast so laut waren wie die Bomben selbst.

Also schickten sie stattdessen die Black-Ops-Krieger.

Keiner wusste, wie viele Eliteteams vor Ort waren, nicht einmal die Teams selbst. Ihre hatten es in Sabha fast mit einer Staffel der französischen GIGN aufgenommen, bevor sie herausfanden, dass sie auf der gleichen Seite standen. Keines der Teams konnte sich vorstellen, dass jemand anderes so weit im Land herumschnüffeln würde.

Als sie beschlossen hatten, sich nicht gegenseitig zu töten, hatten sie viel Spaß dabei, die alten MiG-25 Foxbat-Abfangjäger, die dort stationiert waren, außer Gefecht zu setzen und gelegentlich zu zerstören. Gaddafis Luftwaffe war anfangs viel größer als die der Rebellen... und wurde dank ihrer Bemühungen viel kleiner. Sie hatten vier von Gaddafis sechs Luftwaffenstützpunkten bearbeitet. Die Rebellen kontrollierten die beiden anderen.

Es gab auch einen französischen Dragoner, mit dem sie viel mehr gemacht hatte, als nur über Sprengstoff zu reden.

Aber damals war sie noch ein kleines Kind gewesen. Jetzt lag Libyen neun Jahre in ihrer Vergangenheit und ihre Welt hatte sich verändert.

In ihrem Job ging es nicht mehr um ein Überlebensspiel – um das Aufspüren und Ausschalten militärischer Bedrohungen, bevor sie selbst etwas bedrohten.

Die tägliche Herausforderung bestand nun darin, die Wrackteile langsam zu analysieren und herauszufinden, was mit ihnen passiert war.

Die Unfallermittlerin war die ‚neue‘ sie. Selbst nach einem Jahr bei der ATSB und weiteren sechs Monaten mit Miranda bei der NTSB hatte sie die ‚alte‘ sie noch nicht vollständig ersetzt. Oder doch? Könnte das sein, was sie geworden war?

Holly schlug den Rand der kratzigen Air-Force-Wolldecke zur Seite und lehnte ihre Stirn an die kalte, stählerne Klarheit der Ladefläche der C-130.

Das war echt.

Die brummende Vibration war vertraut.

Obwohl Miranda und ihr Team schon zwei Mal zu militärischen Flugzeugabstürzen gerufen wurden, war es das erste Mal seit über einem Jahr, dass sie an Bord eines Militärflugzeugs flog.

Nur allzu bekannt.

In vielerlei Hinsicht war es wie ein zu Hause.

Die Akzente waren amerikanisch und ihre Teamkollegen waren eher Unfallermittler als Black-Ops-Krieger.

Aber es war ein Zuhause.

Nur konnte sie nie wieder nach Hause zurückkehren.

Es war eine Gefälligkeit, dass das Kommando Holly einfach hatte verblassen lassen. Niemand wollte sich die Blamage antun, eine der besten Kriegerinnen der Nation vor ein Kriegsgericht zu stellen. Sie sagten, es sei nicht ihre Schuld, aber sie wusste es besser.

Ehrlich gesagt, wenn sie das Kommando gehabt hätte, hätte Holly sich selbst ins Outback gefahren und sich eine Kugel durch den Dickschädel gejagt.

4

„Der hier ist hässlich, Miranda."

Einer der Piloten hatte sie zwanzig Minuten vor der Landung geweckt, um den sicheren Funkspruch des Vorsitzenden der Generalstabschefs entgegenzunehmen. CJCS General Drake Nason hörte sich nicht so an, als sei dies einer seiner Scherze.

„Okay."

Die Sonne ging gerade hinter der Windschutzscheibe der C-130 Hercules auf. Die sanft geschwungenen Felder und die bewaldeten Hügel Kentuckys lagen noch tief genug im Schatten, um alle gleich auszusehen.

„Ich muss wissen, was passiert ist, und zwar schnell."

„Drake, du weißt..."

„- dass du keine Garantie für die Ergebnisse, die Dauer der Untersuchung oder irgendetwas davon geben kannst."

Miranda dachte über ihre Abneigung gegenüber unvollständigen Sätzen nach. War es akzeptabel, wenn jemand anderes ihren Satz für sie korrekt vervollständigt hatte?

Ja, das war es wohl. Deshalb ließ sie Drakes Unterbrechung gelten.

Aber war es jetzt sein Satz oder war es immer noch ihrer? War sie als Nächste an der Reihe zu sprechen?

Drake klärte die Frage für sie, indem er fortfuhr. „Beeil dich, Miranda. Ruf mich an, wenn du etwas brauchst. Ich habe einen Major Swift mit dem Schutz der Absturzstelle beauftragt – ich vertraue ihm voll und ganz, und das kannst du auch tun. Verdammt, das Ding ist ein Schlamassel. Mir wäre es lieber, wenn niemand davon wüsste."

„Warum hast du dann um dieses Team gebeten?"

„Denn, Miranda, ich schätze, dass du ohne sie viel weniger von Nutzen für mich bist. Tut mir leid. Das war unverblümter, als ich beabsichtigt hatte."

„Das heißt, dass ich unzuverlässig bin." Unverblümt machte ihr nichts aus; es war viel einfacher zu verstehen als eine Andeutung oder ein Vorschlag. Aber als unzuverlässig bezeichnet zu werden...

„Nein! Scheiße!" Drake stöhnte. „Es kam falsch heraus. Nicht unzuverlässig. Vielleicht *unberechenbar*? Eher... Ich weiß es nicht. Ich habe gesehen, wie du mit deinem Team funktionierst – und ohne. Du bist ... besser ... mit ihnen. Du und deine Leute machen Dinge, die kein militärisches Crash-Team schaffen kann. Ich brauche die Magie des Team Chase in diesem Fall."

„Team Chase?" Wie würden die anderen darauf reagieren, dass ihre Namen nicht dabei waren?

„Ich muss wissen, ob es ein Absturz oder ein Angriff auf US-Boden war. Und ich muss es *schnell* wissen."

Das war eine Sprache, die sie endlich verstand. „Ich werde es den anderen sagen."

Als sie das Headset an den Ingenieur zurückgab, drosselten die Piloten die Triebwerke für den langen Sinkflug aus ihrer Reiseflughöhe.

Holly war wach und saß in einem der klappbaren Netzsitze, die auf beiden Seiten des Laderaums angebracht waren. Sie hatte sich einen Sitz ausgesucht, der so weit wie möglich von dem Platz entfernt war, an dem die beiden Jungs noch schliefen.

Miranda ging und setzte sich neben Holly.

„Etwas Schlimmes, Chef?"

„Das war Drake. Er hat das Adjektiv 'hässlich' gewählt. Er legt eine große Eile an den Tag, was die Ursache angeht: Unfall oder Angriff?"

Holly pfiff einen Moment lang melodielos, als würde sie sich die Zeit vertreiben. „Klingt nach Spaß. Hat er dir noch etwas erzählt?"

„Wir sollen uns mit einem Major Swift in Verbindung setzen."

„Ich meinte wegen des Absturzes?"

Miranda konnte nur den Kopf schütteln. „Du hast gesagt, dass es 'nach Spaß klingt'. Du hast immer eine seltsame Vorstellung davon, was unterhaltsam ist, Holly. Ich kann scheinbar nie vorhersagen, was du amüsant findest."

„Das ist okay, deinen Gedanken zu folgen ist auch nicht gerade ein Kinderspiel. Ich habe darüber nachgedacht..." Holly schaute in Richtung Mike und Jeremy, die immer noch schliefen, bevor sie leise fortfuhr: „... über das offene Thema."

„Welches? Das mit Ewan McGregor oder das, ob du vorhattest..."

„Das zweite. Was? Machst du dir immer noch Sorgen wegen dem ersten?"

„Mike hat den Timer auf die Seite gelegt. Die Angelegenheit wird ausgesetzt, bis dieser Schritt des Spiels abgeschlossen ist."

„Nun, wir könnten das letzte Stück bis zur Landung ausspielen, wenn es dir dann besser geht."

„Nein, das können wir nicht. Der Timer ist immer noch in Washington. Wir sind in Kentucky." Wenn sie daran gedacht hätte, ihn mitzunehmen, hätte sie ihn dann so transportieren können, dass sich die verbleibende Zeit nicht verändert hätte? Wahrscheinlich nicht. Es war besser, dass er blieb, wo er war.

„Es ist nur ein Spiel, Miranda. Es ist nicht wirklich wichtig."

„Soll ich mich jetzt besser fühlen, weil ich meine Aufgabe nicht erfüllt habe? Kann der Pilot eine C-130 wirklich mit nur einer Hand landen? Sind all die Sticheleien, die du und Mike machen, nur ein Spiel?"

„Die erste? Entspann dich. Die zweite? Nein, das war ein Scherz. Und..."

„Oder ist es ein Vorspiel zu sexuellen Beziehungen? Oder gab es bereits eine sexuelle Beziehung zwischen euch, von der ich nichts weiß, und dies ist Teil eines Nachweismusters? Ich weiß nicht, wie ich das beurteilen und einschätzen soll..."

„Whoa! Brrr! Brrr! Ich habe nicht mit Mike geschlafen und ich habe auch nicht vor, *jemals* den alten Two-Step mit diesem Jungen zu machen."

„Aber..."

„Nein, Miranda. Ich will nicht wissen, was du beobachtet hast, das dich dazu gebracht hat, diese Frage zu stellen."

„Welche Frage?" Jeremy war aufgetaucht, ohne dass es einer von ihnen bemerkte.

„Nichts", hätte Holly fast geschrien. „Mädchenkram."

Dann ergriff sie Mirandas Hand und verschränkte ihre kleinen Finger miteinander.

„Nur Mädchengespräche", Holly sah Miranda so ernst in die Augen, dass sie nirgendwo anders hinschauen konnte.

Holly sprach so leise, dass Miranda einen Ohrstöpsel ziehen musste, um sicher zu sein, dass sie richtig hörte. Der Motor- und Propellerlärm war bei der Landung etwas leiser geworden, sonst hätte sie Hollys nächste Worte auch ohne die Ohrstöpsel nicht gehört.

„Pinkie-Schwur. Nur Mädchen."

Miranda hatte noch nie einen Schwur mit dem kleinen Finger gemacht.

Niemals.

„Okay. Pinkie-Schwur. Nur Mädchen."

Als Holly nickte, hatte Miranda das Gefühl, dass sie etwas richtig gemacht hatte.

„Müssen wir einen Pinkie-Schwur über die Sicherheit bei der Untersuchung des Absturzes ablegen?" Es schien zu passen, aber sie kannte sich mit den detaillierten Regeln nicht aus, die für Pinkie-Schwüre im Vergleich zu anderen Geheimhaltungsgraden galten.

„Nein", Holly hielt ihre Finger fest umklammert. „Pinkie-Schwüre sind viel mächtiger als Sicherheitsfreigaben."

„Oh. Okay. Wir sollten wahrscheinlich Mike wecken."

„Ich mache es." Holly ließ los und drängte sich auf die Füße, bevor Jeremy auch nur den Kopf drehen konnte.

Sie schritt die Länge des Frachtdecks hinauf. Holly sah aus, als wollte sie Mike in den Hintern treten – hart. Stattdessen warf sie Miranda einen Blick zu, schien zu seufzen und trat dann mit so viel Kraft gegen Mikes Stiefel, dass er vor Überraschung aufschrie.

„Wofür war das?" Er sah sich wild um und blinzelte heftig, um den Schlaf zu vertreiben.

„Du hast es verdient."

„Warum?"

„Nur... Glaub mir, das hast du! Und jetzt reiß dich endlich zusammen. Wir landen bald, du totaler Wichser."

5

ELAYNE KASPRAK GENOSS DEN DIREKTFLUG MIT AMERICAN
Airlines in der ersten Klasse nach JFK. Der internationale Zoll
bereitete ihr nie Probleme, mit Ausnahme der Schweden, die
sich von ihren üblichen „Ich-bin-so-süß-und-unschuldig"-
Taktiken nicht beeindrucken ließen. Dafür konnte sie sie fast
schon mögen.

Delta Business nach Nashville war auch überraschend
angenehm.

Im Gegensatz zu den US-Spezialeinheiten verwöhnte
Zaslon seine Mitarbeiter, wann immer es möglich war. Ihr
nahezu unbegrenztes Budget beschränkte sich nicht nur auf
Waffen und Training, sondern bot auch bequeme Reisen und
gute Hotels – wenn es nicht gerade untypisch war.

Der Geländewagen, den sie als Valery Tomaka in Nashville
für die einstündige Fahrt nach Fort Campbell gemietet hatte, war
für ihre Rolle etwas zu auffällig, aber sie traute amerikanischen
Fahrern noch weniger als russischen und zog den zusätzlichen
Schutz vor. Außerdem machte der Porsche Cayenne verdammt
viel Spaß beim Fahren. Der Benzinverbrauch war wie bei den

meisten SUVs mies, aber Benzin kostete hier in den Vereinigten Staaten etwa so viel wie in Russland, obwohl das Durchschnittseinkommen doppelt so hoch war. Wirklich billig.

Die Amerikaner waren *so* verwöhnt.

Das war nicht ihre Sorge.

Ihre Sorge bestand darin, sich lange genug als Vertreterin der Antonow-Fabrik auszugeben, um sicherzustellen, dass keine nützlichen Informationen aus dem Absturz geborgen werden konnten. Es kam nicht oft vor, dass sie die Gelegenheit hatte, ihr Zerstörungshandwerk zu überprüfen, und sie freute sich darauf.

Normalerweise hätte sie einen Timer benutzt und sie über dem Atlantik in die Luft gejagt. Aber das Kommando wollte den Amerikanern unter die Nase reiben, dass sie die sechs russischen Hubschrauber fast hatten – bis sie sie plötzlich nicht mehr hatten.

Sie hatte den Zeitpunkt ihrer Reise gut gewählt.

Als die Antonov Helsinki endlich verlassen hatte, war sie bereits auf halbem Weg nach New York gewesen. Durch die Zwischenlandung in JFK und die Fahrt von Nashville war sie nur acht Stunden nach dem Absturz hier.

Ihre Tarnung konnte also nicht sein, dass sie aus Übersee gekommen war. Und sie hatte nicht nachgeschaut, welche technischen Konferenzen sie bereits in den USA platziert haben könnten. Der März war zu früh für die großen US-Airshows.

„Ich hatte ein Treffen mit einem Kunden in...", übte sie an einem riesigen Möbeltransporter auf der nächsten Spur, als sie auf der Route 24 an ihm vorbeifuhr.

Houston wäre das Weltraumzentrum der NASA... nein.

Washington, DC? Nein, das würde mehr bedeuten, als ihr lieb war.

Florida? Zu langweilig. Und es würde zu wenig aussagen.

San Antonio? Ja! Die Stadt trug nicht umsonst den Spitznamen Military City.

Sie würde kein so schwerfälliges Englisch brauchen, wie sie es bei Voskov gebraucht hatte. Russisch mit kleinen syntaktischen Fehlern würde mehr als ausreichen.

„Ich habe mich mit einem Kunden in San Antonio getroffen. Nein, ich kann´s nicht sagen, mit welchem."

Keine Verkürzung.

„Nein, ich kann es nicht – mach zwei verschiedene Wörter daraus – sagen mit welchem. *Da*. Das ist besser", sagte sie zu dem nächsten Lkw mit einem riesigen Chick-fil-A-Schild an der Seite.

Das Fast-Food-Brathuhn gegen das langsam gebratene Rinderfilet mit Fingerkartoffeln und frischem Babyspargel, serviert mit einem Glas kalifornischem Merlot auf ihrem Transatlantikflug in der ersten Klasse. Schwere Entscheidung.

Sie hasste Fast Food mit Leidenschaft – Amerikas abscheulichsten Export. Sie aß es nur, wenn ein Teil des Zaslon-Teams, dem sie vorübergehend zugeteilt war, darauf bestand, in einem Moskauer McDonalds oder einem ähnlichen Drecksloch, ‚amerikanisch essen zu gehen', meist zum Training.

San Antonio. Das war gut. Eine solche Geschichte würde andeuten, dass sie eine Sicherheitsfreigabe hatte, ohne dass sie preisgeben musste, was sie nicht war.

Und sie hatte einen gefälschten Antonov-Ausweis dabei, falls sie ihn gestern Abend gebraucht hätte, um ins Flugzeug zu kommen. Huch! Nur war der auf den Namen Elayne Kasprak ausgestellt.

Sie war also Elayne. Der Einzige, der sie als Valery kannte, müsste im Moment sehr tot sein. Wenn der Pilot der Antonow noch am Leben wäre, wäre ihre Anwesenheit unerklärlich, aber sie hatte Vertrauen in ihre Arbeit. Er würde es nicht sein.

Sie drückte den Suchlauf im Radio, bis sie einen lokalen Nachrichtensender fand.

Die Top-Story brauchte weniger als drei Minuten, um gesendet zu werden: *Schwerer Absturz auf dem Campbell Army Airfield. Keine Überlebenden.*

Perfekt.

Elayne schaltete das Radio aus und verstaute Valery Tomaka wieder in einer sicheren Ecke ihres Gedächtnisses für eine zukünftige Mission.

„Du bist jetzt Elayne Kasprak, Antonov-Ingenieurin. Du kommst gerade von einem Treffen... Was? Oh, tut mir leid, ich kann nicht sagen, welche Treffen, in deinem San Anne Tonio."

Ja, das würde gut funktionieren.

Sie hatte noch keine Gelegenheit gehabt, einen amerikanischen Militär-Bevollmächtigter auszuprobieren, aber deren Ruf war gut. Vielleicht dieses Mal.

6

MIRANDA BEOBACHTETE DIE PILOTEN GENAU, ALS SICH IHR C-130 Hercules-Transporter der kürzeren Startbahn 18 näherte. Sie kreuzte die Hauptlandebahn an einem Ende des Campbell Army Airfield.

Aber der Kopilot hatte die Kontrolle über die Landung, und er benutzte zwei Hände. Sie konnte nicht sehen, ob der Pilot zwei Hände benutzt hatte oder nicht.

Enttäuscht drehte sie sich um und schaute aus einem der drei kleinen runden Fenster.

Rauchschwaden stiegen immer noch träge nach oben, beleuchtet von den ersten Sonnenstrahlen. Alle Striker Feuerwehrautos auf dem gesamten Stützpunkt mussten sich um das riesige Wrack in der Mitte der Hauptlandebahn versammelt haben.

Es war durch den Rauch und den Sprühschaum zu sehr verdeckt, um es zu erkennen.

„Das ist eine richtige Sauerei", sagte Holly dicht an ihrer Schulter.

Mike und Jeremy waren jeweils an einem der beiden anderen Fenster.

„Danke, Miranda", flüsterte Holly weiter. „Ich bin nicht in der Lage, den beiden deine Frage zu erklären."

Es war eine dieser Situationen, in denen zwei verschiedene Gespräche stattfanden. Miranda konnte jetzt erkennen, wann das der Fall war, aber sie wusste immer noch nicht, wie sie damit umgehen sollte.

„Was ich über Beziehungen im Allgemeinen zu verstehen versuche, ist..."

„Darüber können wir später reden. Wenn keine Jungs in der Nähe sind."

„Ist..." Jetzt saß sie mit einem unvollendeten Satz auf einem unvollendeten Spiel und einem ein- oder zweihändigen Piloten fest. Die Dinge stapelten sich.

Gut. Sie würde sich auf das Wrack konzentrieren. So würde sie mit all den Scherben umgehen. Sie würde sich auf die eine Sache konzentrieren, in der sie gut war, und alles andere in ihrem Leben ausblenden.

„Ich mag es nicht, alles auf einmal zu sehen." Sie zog es vor, sich einem Wrack schrittweise zu nähern, angefangen bei der äußeren Umgebung bis hin zu den Systemen und Datenschreibern im Inneren. Als Letztes führte sie Interviews, um ihre Erkenntnisse zu untermauern. Mit einem logischen Rahmen konnte sie eine genauere und ganzheitlichere Plattform entwickeln, auf der sie Informationsarchitekturen aufbauen konnte, um die ursprünglichen Ursachen zu prüfen.

„Sieh es nicht als zu früh gesammelte Informationen an. Sieh es als einen Überblick, der dir hilft, deine nächsten Aktionen zu planen."

Miranda drehte sich zu Holly um und wandte ihren Blick von dem Wrack ab. „Du schlägst vor, dass ich eine, wenn du so willst, Metasphäre mit einer vorläufigen Struktur konstruiere, die ich im Laufe der Untersuchung umgestalte."

„Wow! Du solltest das auf jeden Fall mit Jeremy knüpfen. Er wird es bereuen, dass er das verpasst hat."

„Habe ich nicht! Das ist eine fantastische...“ Jeremy ließ sich auf den Sitz neben ihnen fallen und schnallte sich an, kurz bevor die Räder auf die Landebahn trafen, „eine Möglichkeit, darüber nachzudenken. Dann können alle Hypothesen in einem dynamischen dreidimensionalen Raum getestet werden. “

„Dynamisch, aber hypothetisch“, das gefiel Miranda nicht. „Hypothesen sind gefährlich, weil sie uns zu bestimmten Schlussfolgerungen verleiten.“

„Richtig, aber...“

„Runter mit der Betäubung, Kumpel“, Mike klopft Jeremy auf die Schulter. „Leg dich nicht mit der Magie an.“

„Welche Magie?“

Mike griff über Jeremy hinweg und tippte Miranda auf eine scheinbar freundliche Weise an die Stirn.

Miranda versuchte, das Gefühl der Fremdheit an der Stelle, an der Mike sie berührt hatte, wegzublinzeln. Als das nicht funktionierte, schrubbte sie mit ihrer Hand darüber und es schien sich zu lösen.

„Magie?“ Jeremy blinzelte auf ihre Stirn, als ob er dort etwas sehen wollte.

Sie musste sich wieder die Stirn reiben, nachdem er sie so angestarrt hatte. „Ich fühle mich nicht sehr magisch. Oh, warte. Danach hat Drake ja auch gefragt.“

„Du hast mit General Nason gesprochen?“ Mike lehnte sich an Jeremys Schulter, als wäre er ein Richtungsschild. Das Flugzeug war nach der Landung langsamer geworden und rollte über den Flughafen.

„Ja, deshalb haben sie mich geweckt. Drake hat dies zu einer Angelegenheit der nationalen Sicherheit erklärt. Er ist sehr besorgt, dass es ein Angriff gewesen sein könnte. Er hat um“, Miranda holte tief Luft, weil sie nicht wusste, wie die anderen reagieren würden, „‚Team Chase Magie‘ gebeten.“

„Juhuuu!“ Jeremy hob seine Hand zu einem High Five.

„Team Chase!" riefen Mike und Holly unisono und klatschten abwechselnd auf Jeremys Handfläche und auf die des anderen.

„Es stört keinen von euch, dass er eure Namen nicht in die Mannschaft aufgenommen hat?"

Mike schüttelte den Kopf und lächelte.

Jeremy legte die Hand über sein Herz: „Es ist mir eine Ehre.
"

„Team Chase also", flüsterte Holly ihr ins Ohr.

Miranda würde die Menschen nie verstehen.

7

—————

HOLLY SCHIEN NICHT ZU ATEM ZU KOMMEN.

Team Chase.

Scheiße!

Sie war nicht mehr Teil eines Teams seit...

Seit...

Das Ende ihres Jahrzehnts als Operator für das Australian Special Air Service Regiment.

Ein winziger Moment, eine winzige Entscheidung, und schon war sie nicht mehr Teil eines SASR-Teams, dem sie vertraute, und es ging um Leben und Tod, sondern...

Nichts.

Wieder in einem Team zu sein, war unbegreiflich. Mehr als birnenförmig und direkt in FUBAR-(fucked up beyond all repair) – völlig am Arsch.

Sie sollte aussteigen und in die andere Richtung laufen. Um ihrer selbst willen.

Aber sechs Monate lang hatten diese drei wunderbaren Menschen sie willkommen geheißen. Sie hatten ihr ein Gefühl der Zugehörigkeit gegeben, das sie wie ein Stück ihres Körpers vermisste.

Ohne es zu merken, war sie in Muster und Verhaltensweisen zurückgeglitten, von denen sie sich geschworen hatte, sie nie wieder zu riskieren. Einmal hatte sie ein ganzes Team verloren, einmal sogar mehr als das. Als sie SASR verließ, hatte Holly sich geschworen, nie wieder etwas anderes als unabhängig zu sein.

Aber jetzt... *Team* Chase?

Das war in so vielerlei Hinsicht falsch, dass sie nicht wusste, was sie tun sollte. Aber das machte es nicht weniger wahr.

Gewohnheiten waren tief verwurzelt; sie halfen einem Soldaten, am Leben zu bleiben, wenn die Situation aus den Fugen geriet. mechanisch zog Holly ihre NTSB-Weste an, schulterte ihre Einsatzausrüstung und zog die Krempe ihrer Matildas-Baseballmütze herunter.

Aller guten Dinge sind drei, oder?

Immerhin hatte sie die ersten beiden Katastrophen überlebt, auch wenn es sonst niemand getan hatte.

Das war ein Versprechen, das sie hier und jetzt gab. Niemand in diesem Team würde je einem Risiko ausgesetzt sein – außer ihr selbst.

Wie ein *Team*, so wahr ihr Gott helfe, trotteten sie gemeinsam durch den Frachtraum, als sich die hintere Rampe der C-130 Hercules zu senken begann.

Ungeachtet dessen begann sie, die Details zu bemerken.

Die Märzluft, die in die Lücke strömte, war frisch, aber nicht kalt. Wahrscheinlich waren es über zehn Grad – fünfundvierzig in dieser letzten Bastion der Fahrenheit-Temperaturen – und es roch bereits nach Frühling, der auf Mirandas Privatinsel noch einen Monat entfernt war.

Anstatt zum Hangar zu rollen, war die C-130 Hercules auf die Hauptlandebahn gerollt und hatte sie in die Nähe der Absturzstelle gebracht, bevor sie eine dieser engen Kurven fuhr. Die absenkende Rampe enthüllte das Wrack nach und nach.

Das erste, was zu sehen war, war das am weitesten entfernte, das hohe, senkrechte Heck, das sechs Stockwerke hoch in den Himmel ragte. Es war weiß gestrichen und hatte einen blauen Swoosh an der Seite.

„Eine Antonov AN-124 Condor." Sie wusste, dass sie richtig lag, ohne den Rest des Flugzeugs zu sehen.

„Wirklich?" Jeremy stemmte sich auf die Zehenspitzen, um mehr zu sehen, aber Mirandas Nicken bestätigte Hollys Identifizierung.

Als sich die Rampe weiter senkte, kam nichts mehr zum Vorschein, was zu dem monströsen Flugzeug gehörte.

Von dem oberen Rumpf vor den Flügeln war nichts übrig geblieben.

Die Tragflächen selbst waren abgebrochen und lagen auf beiden Seiten des Rumpfes. Der Rumpf selbst war plattgedrückt worden. Doch irgendwie war das Heck aufrecht geblieben.

Eine sanfte Brise bei Sonnenaufgang wehte vorbei, gerade stark genug, um ihr Haar im Nacken zu zerzausen. Dann strich er ein wenig stärker vorbei, als ob er die letzten Reste der Nacht verdrängen würde.

Er strich auch das riesige Heck.

Es schwankte.

Eine Richtung.

Die andere.

Dann begann es nach rechts zu kippen.

Die Feuerwehrleute, die noch immer um das Wrack versammelt waren, schrien auf. In wenigen Augenblicken sprangen sie aus den Striker-Löschfahrzeugen und sprinteten los, um von dem fünfzig Fuß breiten und sechs Stockwerke hohen Wrack wegzukommen.

Es sah so aus, als wären alle in Sicherheit, aber zwei der großen Flughafenlöschfahrzeuge mussten wahrscheinlich abgeschrieben werden, als das Heck auf sie stürzte.

Der Knall beim Aufprall auf die Landebahn schien sich im Inneren der geparkten Hercules zu sammeln und zu dröhnen, so dass sich alle die Ohren zuhielten.

Ohne dieses Teil war das Flugzeug viel kürzer geworden. Der Hauptteil des Rumpfes war nach außen gesprengt worden, als hätte jemand sein Rückgrat filetiert und aufgeschält, um es flach zu legen, bis auf die Teile, die komplett zur Seite gesprengt worden waren.

Vor dem Flugzeug lag ein massiver Metallblock, der eigentlich einen Sinn ergeben müsste, aber das tat er nicht.

„Wenigstens ist das Cockpit strukturell intakt geblieben", sagte Miranda zu niemandem, als sie alle die Rampe der Hercules hinunterliefen und sich auf das Wrack zubewegten. „Da sollten einige gute Informationen zu finden sein."

„Das Cockpit? Wo ist es?" Zum Glück stellte Mike die Frage, so dass sie es nicht tun musste.

Dann sah Holly es.

Die gesamte Cockpitsektion war vor dem Flugzeug auf den Rücken gedreht worden. Es war das Verrückteste, was sie je gesehen hatte.

„Bei diesem Absturz wurde das Heck weiter abgetrennt als bei der C-5B Galaxy, die 2006 in Dover abgestürzt ist", sagte Jeremy. „Siehst du, das gesamte Besatzungsmodul blieb intakt. Natürlich wurde es vom unteren Teil des Rumpfes abgetrennt. Die C-5 in Dover brach vertikal an der Grenze zwischen Avionik und Besatzungsquartier, als sie zweitausend Fuß vor der Landebahn abstürzte. Das scheint der gesamte Abschnitt vom Cockpit bis zum Heckspant zu sein. Wir müssen das überprüfen."

Jeremy rannte los.

Holly wollte ihm folgen. Sie hätte ihm folgen sollen. Sie hätte Jeremy dazu bringen sollen, Mirandas akribischer Vorgehensweise bei Abstürzen zu folgen.

Aber sie konnte es nicht.

Miranda, die anscheinend in den Strudel von Jeremys Sog geriet, ging ebenfalls voraus.

„Wer ist der Geist?" Mike stand lässig neben ihr.

Holly stand einen Schritt von der Landebahn entfernt, beide Füße noch knapp auf der Rampe der C-130. Kurz vor dem Sturz. Die Klippe.

„Du hast offensichtlich einen gesehen. Sogar für eine 'heiße blonde Sheila mit einem sexy Akzent aus Down Under'", neckte er sie mit einem breiten Strine-Akzent. „Im Ernst, Holly. Ich habe dich noch nie so blass gesehen. Was ist los?"

Da sie nicht wusste, wie sie ihre Geister erklären sollte – außerdem würde sie lieber von einem Dingo mitten in der Great Victoria Desert gefressen werden, als es zu versuchen – Holly tat das Einzige, was ihr einfiel.

Sie schlug ihn.

Nicht in sein hübsches Gesicht – aber hart.

8

„WAS ZUM *TEUFEL* IST LOS MIT DIR, FRAU?" RIEF MIKE VON hinten.

Miranda drehte sich gerade noch rechtzeitig um, um von Holly, die sich schnell und mit dem Kopf nach unten bewegte, fast zu Boden gepflügt zu werden.

Was war los mit *ihr*? Miranda sollte eine Liste über sich selbst erstellen, aber sie tat es nicht, weil sie Angst hatte, dass sie sie nie beenden könnte, egal wie lang sie wäre.

Mike hatte beide Arme um seinen Brustkorb geschlungen.

Dann verstand sie, dass Holly das Ziel seiner Frage war.

Wenn sie ihre Mimik richtig verstanden hatte, schliefen sie definitiv nicht miteinander. Oder falls sie es doch getan hatten, taten sie es nicht mehr.

Miranda wollte fragen, erinnerte sich aber rechtzeitig an den Schwur des kleinen Fingers.

Mike war immer noch an der Flugzeugrampe, jetzt mit dem Rücken zur Wand.

Jeremy war weit voraus.

Sie und Holly standen in einer Leere zwischen ihnen.

Aber ein Offizier der Luftwaffe ging auf sie zu.

Der Schwur mit dem kleinen Finger enthielt den Satz: „Nur Mädchengespräche." War das ein Grund dafür, dass Holly Mike wegen der Anwesenheit eines unbekannten Mannes geschlagen hatte?

Sie war sich ziemlich sicher, dass es so war. Aber hielt sie das davon ab, sich zu erkundigen, ob die Anwesenheit des Fremden tatsächlich diesen impliziten, aber unausgesprochenen Aspekt eines Pinkie-Schwurs hervorrief? Pinkie-Schwüre sollten wie Flugzeuge sein; sie sollten mit einer Anleitung geliefert werden.

Ihre Zweifel wurden beiseite geschoben – zusammen mit dem unvollendeten Spiel, dem ungeklärten Status von Hollys Beziehung zu Mike und den einhändigen Flugfähigkeiten des Piloten – für den Moment. Vorausgesetzt, ihr Kopf spaltete sich nicht einfach in zwei Hälften, bevor eine dieser Fragen beantwortet war.

„Ms. Chase, nehme ich an." Die Begrüßung des Offiziers war fröhlich. „Ich hoffe, du hast keinen Ärger mit deinen Leuten." Er zwinkerte Holly aus unverständlichen Gründen zu.

„Kein bisschen", antwortete Holly und zeigte dann auf sie. „Aber sie ist diejenige, die du willst."

Er war fünf-zehn groß, einen halben Fuß größer als Miranda selbst, und hatte kurzes, gewelltes Haar, das auf halbem Weg zwischen ihrem braunen und Hollys blondem Haar lag. Er trug eine leichte Jacke und die Eichenblätter des Majors an den Kragenspitzen.

„Ich bitte um Entschuldigung. Ich habe nicht damit gerechnet, dass die Nummer eins der NTSB-Ermittler einen halben Fuß tiefer steht. Ich bin Major Jonathan Swift, aber alle nennen mich Gull."

„Von *Jonathan Livingston Seagull,* nehme ich an", meldete sich Mike, der sich immer noch die Rippen rieb, als er sich vorstellte.

„Nein", schüttelte Miranda den Kopf. „Das liegt daran, dass

Jonathan Swift ‚*Gullivers Reisen*‘ geschrieben hat. Eigentlich wird es so genannt, aber der richtige Titel lautet: *Reisen in mehrere abgelegene Länder der Welt. In vier Teilen.* Ich fand dein Buch sehr verwirrend.“

„Ich habe nichts damit zu tun“, sagte Major Swift und hob seine Hände. „Mom hat herausgefunden, dass wir entfernt verwandt sind und mich nach ihm benannt. Sie haben mich vor vier Stunden für den Absturz aufgescheucht. Vor zwei Stunden hat der Vorsitzende des Generalstabs, General Nason, alles getan, außer mir zu befehlen, deine Stiefel als erste Priorität zu polieren.“

„Ich bin Miranda Chase. Verantwortliche Ermittlerin für das NTSB.“ Sie hatten sich bereits vorgestellt, aber bei einer Untersuchung musste sie sagen, wer sie war. Nicht nach NTSB-Regeln, sondern nach Miranda-Regeln. Diesmal klang es merkwürdig. Anscheinend fand Major Gull das auch.

Major Swift? Gull? Wenn General Nason wollte, dass sie ihn Drake nannte...

„Jon, ich bin bereit, anzufangen.“

Er winkte sie in Richtung des Wracks.

Sie drehte ihm und dem Wrack den Rücken zu und schaute nach oben, um den Himmel zu beobachten. Der Sonnenaufgang stand bereits über den Bäumen und sie konnte die kommende Wärme des Tages auf ihrem Gesicht spüren.

Jeremy eilte herbei. „Der Wind ist schwach und variabel. Ich habe den Tower gefragt, und das war auch zum Zeitpunkt des Absturzes so. Kein Bericht über Microbursts. Das Gelände ist flach, ohne nennenswerte Hügel oder Hindernisse in der Flugbahn. Die Landebahn war trocken, kein Regen oder Eis auf der Oberfläche. Die Tiefsttemperatur in der Nacht lag bei neununddreißig Grad und damit deutlich über dem Gefrierpunkt. Die Luftfeuchtigkeit lag bei fünfundvierzig Prozent.“

„Danke.“ Damit waren die äußeren Schichten ihres

Interesses definiert. „Lass uns einen Rundgang machen, um das Trümmergebiet abzugrenzen."

Trotzdem suchte sie weiter das Feld ab. Fort Campbell war neu für sie, und es war anders als alle anderen, in denen sie je gewesen war. Die Hangars und die Start- und Landebahnkonfiguration waren typisch genug. Doch irgendetwas beunruhigte sie und sie konnte sich nicht konzentrieren, bevor sie nicht wusste, was es war.

Ein Flug von fünf pechschwarzen MH-6M Little Bird Hubschraubern hob synchron ab.

Da fiel es ihr auf. Die meisten Flughäfen waren den Flugzeugen gewidmet – Hubschrauber waren nebensächlich oder einfach nicht vorhanden.

Hier waren die riesigen Abstellflächen auf dem Vorfeld mit langen Reihen ordentlich aufgereihter Hubschrauber bevölkert. Kleine Little Birds, Black Hawks, riesige Chinook-Doppelrotor-Transporter und Apache-Kampfhubschrauber. Ein ganzer Teil der Drehflügler war in den typischen Farben der Armee lackiert, ein anderer Teil war ganz in Schwarz – dem Schwarz der Night Stalkers – gehalten.

Als sie sich dem Wrack zuwandte, winkte Jeremy mit einer Handvoll orangefarbener Flaggen an dünnen Drahtstangen, die er aus seinem Rucksack gezogen hatte. „Auf der Landebahn werden sie nicht funktionieren, aber wir können sie an den richtigen Stellen auslegen und später durch Kegel ersetzen, wenn es nötig ist."

Miranda ging langsam vorwärts und hielt Ausschau nach der Vorderkante der Trümmer.

„Warum gerade du?" fragte Mike Jon, während sie dicht hinter ihr liefen.

„Ich gehöre zum Unfalluntersuchungsausschuss des US Air Force Air Combat Command. Das ist ein ganz schöner Brocken. Man nennt es AIB. Normalerweise würde ein Oberst die Untersuchung leiten, aber es war keine unserer Maschinen, also gibt es nur einen einfachen Major."

„Du scheinst dich nicht sehr daran zu stören, dass wir dein Territorium betreten."

„Machst du Witze? Ich habe jahrelang darauf gewartet, mit Miranda Chase zu arbeiten. Sie ist so etwas wie eine Legende, weißt du. Das geht zurück bis..."

Miranda verdrängte sie, während sie einen abgeschnittenen 12-mm-Bolzen auf dem Asphalt liegen sah. Sie zeigte darauf und Jeremy legte eine Fahne daneben.

Sie schaute auf und musste rückwärts stolpern. Zackige Metallsplitter, die an der Rückseite des hinteren Schotts des Cockpitmoduls hingen, ragten nur wenige Inch vor ihrem Gesicht auf. Die Oberfläche erstreckte sich ein Stockwerk hoch und doppelt so breit. Sie war merkwürdigerweise frei von Merkmalen.

Sie leuchtete mit einer Taschenlampe in das große Loch. Es war das einzige im Heckschott, aber von außen war nicht viel zu sehen. Ein paar weiße Flecken, aber hauptsächlich verbrannte Trümmer.

Hinter diesem Schott lagen die Mannschaftsräume. Auf dieser Seite befanden sich die Flügelstruktur und die zentralen Treibstofftanks. Abgesehen von den Steuerverbindungen, die jetzt nur noch aus abgeschnittenen Stahldrähten und elektrischen Kabeln bestanden, gab es nur eine weitere wichtige Durchdringung der Oberfläche. Eine kleine Zugangstür war so verbogen, dass sie nicht mehr geöffnet werden konnte.

Die strukturellen Verbindungen entlang der Rumpfkante, die jetzt zu ihren Füßen lag, war durch den Unfall stark verformt.

„Jeremy?"

„Hier!"

„Ich will sowohl Fotos als auch ein Video von allem haben.

Fang gleich hier an. Der Rest von uns wird den Rundgang machen."

„Team Chase! Ich bin dabei!" Er holte sein Tablet heraus und wählte eine Anwendung zur Bildzuordnung. Zu jedem Foto wurde die genaue GPS-Position als Teil der Metadaten gespeichert. „Willst du mir helfen, Major Swift?"

„Jon. Klar." Und Jeremy reichte ihm eine kompakte Videokamera.

„Holly? Mike? Lass uns gehen."

Normalerweise nahm Miranda das äußere Ende der Linie, damit sie sich vergewissern konnte, dass nichts weiter entfernt lag, aber dieses Mal stellten sich Holly und Mike auf beiden Seiten von ihr auf.

Miranda wollte Holly gerade bitten, die Position mit ihr zu tauschen, aber Holly schüttelte kurz und heftig den Kopf.

Miranda vermutete, dass das bedeutete, dass sie bleiben sollte, wo sie war. Es gefiel ihr nicht, aber Holly hatte oft mit Dingen Recht, die Miranda zuerst nicht wahrnahm, also blieb sie in der Mitte, als sie den Rundgang begannen.

9

Elaynes Ausweis als Antonov-Ingenieurin ließ sie durch die Sicherheitskontrollen von Fort Campbell schlüpfen. Sie wusste, dass es üblich war, dass ein Spezialist des Herstellers bei jeder größeren Unfalluntersuchung dabei war. Offensichtlich wussten die Torwächter das auch.

Normalerweise wären sie natürlich da, um sicherzustellen, dass ihr Flugzeug so wenig wie möglich beschuldigt wurde, aber das war ihr völlig egal. Sie musste einfach nur das Ausmaß der Zerstörung feststellen und sicherstellen, dass die Ermittlungen keine Schuldzuweisungen an Russland enthielten.

Ihre Rolle brachte ihr auch eine bewaffnete Eskorte ein, die ihren Mietwagen am Tor stehen ließ.

Gut für sie.

Sie tat ihr Bestes, um sich zurückzulehnen und lässig zu wirken, aber es war schwer. Es war das erste Mal, dass sie auf einer US-Militärbasis war, zumindest innerhalb der USA.

Der Luftwaffenstützpunkt Aviano in Italien war ein wunderbares Lagerhaus für interessante Informationen. Es war erstaunlich, wie begriffsstutzig die Jungs waren. Ihr Italienisch war nicht einmal besonders gut, aber ihre Kleidung und ihr Dekolleté waren der Gipfel der Mailänder Lässigkeit und öffneten ihr viele interessante Türen. Eine sehr erfolgreiche Aufklärungsmission für ihre Vorgesetzten, einschließlich zahlreicher Selfies mit dem überfreundlichen Piloten, die sehr interessante Ausrüstung im Hintergrund zeigten.

Die Morgan Road in Fort Campbell – besser asphaltiert als die meisten Straßen in Russland – führte an ganzen Wohngebieten vorbei. Die Häuser der Offiziere, die größer waren als alles, in dem sie je gelebt hatte, wichen kleineren Häusern, die immer noch lächerlich luxuriös waren. Es gab kein einziges Haus unter zweihundert Quadratmetern. Zweitausend Quadratfuß hörten sich sogar noch größer an – vielleicht hatten die Amerikaner deshalb das englische Maßsystem beibehalten.

Jedes Haus hatte einen Hof und mindestens eine Garage für zwei Autos. Jede Gruppe von ihnen hatte einen Spielplatz für ihre Familien. Was machten sie mit so viel Platz?

Nach ein paar Abbiegungen fuhren sie an unscheinbaren Bürogebäuden, Trainingszentren und einem Fitnessstudio vorbei. An einer großen Kreuzung befand sich ein Burger King.

Eine dichte Baumgruppe zur Rechten, ein Krankenhaus zur Linken – gut zu wissen, falls es tatsächlich einen Überlebenden gab, von dem der Radiobericht nichts gesagt hatte. Wenn das der Fall war, musste sie einen Weg dort hinein finden, um sicherzustellen, dass er nur kurz überlebte. Das war nicht unmöglich, jetzt, wo sie sich innerhalb der Sicherheitszone befand, aber nicht einfach. Wahrscheinlich würde sie dafür ihren Begleitfahrer töten müssen, was keine große Verschwendung wäre. Wenn er ein typisches Exemplar von ‚America's Finest' war, hatte Russland wenig zu befürchten – er war hager und schlaksig.

Sie fuhren an einem Hubschrauberparkplatz vorbei.

Alles schwarz!

Das 160th Special Operations Aviation Regiment (airborne).
Sie musste sich einen Weg ausdenken, um diese zu inspizieren.
Einige von ihnen waren so speziell und selten, dass es weniger
als zwanzig davon gab – und sie waren alle für die Night
Stalkers. Wenn es ihr gelänge, an Bord eines DAP Hawk zu
kommen und gute Fotos zu machen, würde man sie zum
Polkovnik machen - direkt vom Major zum Colonel befördern.

Noch während sie zusah, hob ein Black Hawk über das Feld
ab und schoss in Richtung Süden davon, wo sie wusste, dass sie
einen großen Übungsplatz hatten.

Dann fiel alles andere weg.

Hinter dem Krankenhaus öffnete sich vor ihnen der Blick
auf die Landebahn.

Sie waren im Mittelfeld angekommen, und direkt vor ihnen
lag das prächtigste Wrack, das sie je gesehen hatte.

Wie ein sezierter Frosch war das Flugzeug aufgeschnitten
und mit all seinen Innereien ausgebreitet. Die verdrehten,
geschmolzenen Massen der Hubschrauber – sie brauchte einen
Moment, um sie als solche zu identifizieren – gehörten zu den
höchsten verbliebenen Punkten.

Sie würde sich vergewissern, dass für alles und jeden
Rechenschaft abgelegt wurde, aber sie konnte schon sehen,
dass ihre Arbeit hier getan war.

Die meisten Menschen, die sie sehen konnte, standen in
der Nähe des Wracks und trugen noch immer
Feuerwehrkleidung.

Die meisten, aber nicht alle.

Eine kleine Gruppe von drei Personen war weit von dem
Flugzeug entfernt. Sie liefen parallel zum Flugzeug und nicht
auf es zu. Etwa alle zwanzig Schritte machten sie einen
seltsamen Seitwärtssprung, mal nach innen, mal nach außen.

Lokalisieren die Trümmergrenze.

Das Untersuchungsteam vor Ort.

„Bring mich zu ihnen", befahl sie dem Geek. Sie würden die meisten Informationen über das Personal und verwertbare Informationen haben.

Ohne auch nur eine Frage zu stellen, fuhr er in ihre Richtung.

10

MIRANDA SCHIEN DAS HERANNAHENDE FAHRZEUG GAR NICHT ZU bemerken.

Nach mehr als einer Stunde, in der sie auf den Boden starrte, um jede verirrte Schraube zu finden, fühlte sich Holly selbst ein wenig vergesslich.

Das Fahrzeug kam viel zu nahe, als dass Holly sich wohlfühlen konnte. Der größte Teil der Wucht der Explosion hatte sich nach oben verflüchtigt, aber es waren genug Trümmer übrig geblieben, um sie weit zu verstreuen.

Sie folgten einer deutlichen Ausbuchtung des Trümmerfelds, die breiter war als an jeder anderen Stelle.

Der weiße Ford Explorer mit dem hellgrünen Aufkleber der Militärpolizei von Fort Campbell machte keine Anstalten, vor dem möglichen Trümmerfeld anzuhalten. Holly gab schließlich auf, den Boden abzusuchen und ging mit der Handfläche nach außen auf das Fahrzeug zu, um es anzuhalten.

„Holly? Wo gehst du hin?" rief Miranda ihr nach.

Sie hatte gelernt, dass Miranda bei einer solch unerklärlichen Veränderung ins Straucheln geraten würde, aber sie hatte keine Zeit für Erklärungen. Stattdessen brauchte sie etwas, um Mirandas Aufmerksamkeit für den Moment abzulenken.

Trotzdem fuhr das Auto weiter auf sie zu.

„Warum gibt es hier eine so große Ausbuchtung im Trümmerfeld, Miranda? Breiter als ein Billabong." Sie hasste es, das zu tun. Miranda dazu zu zwingen, sich nicht mehr auf die Inspektion, sondern auf ihre Vermutungen zu konzentrieren, würde sie nur schwer verkraften.

Nichts als Stille hinter ihr. Es hatte funktioniert, sie hoffte nur, dass sie nicht zu lange brauchen würde, um sich zu erholen.

Holly beschleunigte ihr Tempo, bis sie schließlich direkt vor dem Fahrzeug zum Stehen kam.

Sie konnte Trümmerteile auf beiden Seiten sehen. Unwichtige Teile, aber das Feld reichte so weit. Wahrscheinlich mehr, was das Fahrzeug überfahren hatte.

Miranda wäre verärgert.

Holly war *wütend*.

Der MP kam ruckartig zum Stehen, nah genug, dass sie gegen die Motorhaube schlagen konnte, und das tat sie auch. Hart genug, um das Metall zu verbeulen.

„Hey!", rief der Fahrer.

„Fahr zurück!"

Der Fahrer kletterte mit einer Hand an seiner Seitenwaffe aus dem Auto, blickte aber auf die Motorhaube seines Wagens. „Warum hast du das getan? Ich muss das melden, weißt du."

Sie stellte sich ihm direkt ins Gesicht. „Ich. Sagte. Zurück. Du verdammtes Arschloch. Welchen Teil davon hast du nicht verstanden?" Eine unbändige Wut kochte in ihrem Bauch.

Der Wachpolizist zückte seine Pistole.

Sie schlug doppelt auf sein Handgelenk. Ihre linke Hand übernahm die Kontrolle über seine Waffe, während ihre rechte sein Handgelenk brach. Dann ließ sie einen rechten Ellbogen in seinen Solarplexus los. Anstatt ihn zusammenbrechen zu lassen, drückte sie ihm die Waffe so fest unter das Kinn, dass er sich auf die Zehenspitzen stellte, um den Druck zu lindern, obwohl er nach Luft schnappte.

Die Beifahrertür schwang auf.

Holly verlagerte ihren Griff. Ihre rechten Finger legten sich um seine Luftröhre und hielten ihn auf den Zehenspitzen, während sie mit der linken Hand die Beretta M9 Pistole auf seinen Kollegen richtete.

Die kleine Frau mit den weißblonden Haaren und der zivilen Kleidung griff nach einer Waffe.

Es kostete Holly ihr ganzes Training, um ihr nicht die Stirn zu schießen.

Sie war unbewaffnet – und erstarrte an Ort und Stelle mit der Hand an der Hüfte.

Der Militärpolizist gurgelte, als Holly ihn an seiner Luftröhre festhielt. Sie ließ ihn los und er sackte zu Boden. Ein Schlag auf seinen Rücken, als er zu Boden ging, zeigte, dass er kein Ersatzteil hatte. Sie trat ihm gegen den Knöchel und er stöhnte auf, als ihr Stiefel auf Stahl traf.

Während sie die M9 auf das Gesicht der Frau richtete, kniete Holly sich hin und fand einen Colt M1911 an seinem rechten Knöchel – ein lächerliches Monster als Ersatz, schwerer und mit halb so vielen Patronen wie seine offizielle Ausgabe. Sie steckte ihn in ihren Hosenbund.

„Ganz langsam. Hände auf die Motorhaube."

Die Frau achtete besonders darauf, keine irrelevanten Bewegungen zu machen, während sie gehorchte.

Holly schob sich zur Tür und warf einen Blick hinein. Alles im Auto war auf den Fahrer ausgerichtet – Laptop-Computer, Gewehrhalter, sogar ein einzelner Kaffeebecher statt zwei.

Holly bewegte sich in die andere Richtung um die Haube herum, bis sie freie Sicht auf die Frau hatte, aber sie näherte sich ihr nicht. Die SASR hatte ihr beigebracht, dass sie nicht den typischen Fehler machen sollte, sich in Reichweite zum Greifen zu begeben. Eine Lektion, die der stöhnende Polizist wahrscheinlich immer noch nicht gelernt hatte.

Designer-Stiefel. Skinny Jeans, die noch nie einen Riss gesehen hatten. Eine Seidenbluse und eine Lederjacke, die so eng geschneidert war, dass sie jede noch so schlanke Waffe verriet. Das tat sie aber nicht.

„Was ist hier los?" Major Swift hörte sich an, als wäre er gerannt; tatsächlich hatte ein Teil von ihr gehört, dass er das tat, ihn aber nicht als Bedrohung eingestuft.

„Mein Gott, Holly", sagte Mike dicht hinter ihm, obwohl er anfangs näher dran war als Swift.

Ein kurzer Blick zeigte ihr, dass Miranda bei ihm war.

Gleich nach ihrer Ankunft sprach sie direkt mit Holly. „Da die Tragflächen abgebrochen sind und jetzt auf beiden Seiten des Rumpfes liegen, ist davon auszugehen, dass das ausgedehnte Trümmerfeld höchstwahrscheinlich durch eine Explosion im vorderen Teil des Flugzeugs entstanden ist."

Die Weißblondine machte eine Bewegung, die Hollys Aufmerksamkeit wieder auf sie lenkte. Aber ihre Position war unverändert – nur ihr Blick war von Hollys Waffe zu Miranda gewandert.

„Da du mich gebeten hast, eine Metasphäre zu erstellen, um Vermutungen zu testen, würde ich schätzen, dass die Explosion unter dem hinteren Drittel des Cockpits stattfand. Dadurch *würde* es vom Flügelkasten abgeschert und nach oben gesprengt werden. Damit dies mit ausreichender Kraft geschieht, um den gesamten Cockpitbereich umzuwerfen, müsste es sich um einen Sprengstoff im Bereich von dreißig bis fünfzig Kilo handeln. Dabei wird berücksichtigt, dass der Rumpf lange genug intakt bleibt, um den explosiven Überdruck zu maximieren. Vielleicht hundert Kilo, aber das passt nicht zu den Schadensbildern, die wir bisher an den Trümmern gesehen haben. Vielleicht weniger, wenn etwas anderes die Struktur bereits geschwächt hat. Aber dreißig bis fünfzig ist ein guter erster Anhaltspunkt."

Dann schaute Miranda von Hollys Armen über die Waffe in ihrer Hand zu der unbekannten Frau, die an der Motorhaube lehnte, als würde sie sie zum ersten Mal bemerken.

„Was ist hier los?"

„Das ist genau meine Frage", sagte Major Swift, der neben dem niedergeschlagenen Militärpolizisten kniete.

„Dieser... Nichtsnutz", Holly widerstand dem Drang, ihn so hart zu treten, wie sie Mike geschlagen hatte, „fuhr in ein nicht kontrolliertes Trümmerfeld, obwohl ich ihm signalisiert hatte, anzuhalten. Dann hat er die Waffe gezogen, als ich ihn gestoppt habe."

Die Wut hatte nicht nachgelassen. Sie war in ihrem Bauch genauso aufgewühlt wie vorhin, als Mike sie mit seiner Frage angegriffen hatte.

„Er hat *was* getan?" Miranda umrundete sofort das Fahrzeug und ging immer wieder in die Hocke, um unter das Fahrzeug zu schauen. Sie kam bis auf einen Fuß an die unbekannte Frau heran und befand sich damit in Reichweite als Geisel. Miranda hatte alle Überlebensinstinkte eines... Holly fiel kein passender Vergleich ein. Kein Tier würde sich wissentlich in Gefahr begeben, aber Miranda hatte das in den letzten sechs Monaten mehrmals getan. Und jetzt war sie einfach unaufmerksam. Eine weitere Eigenart ihres Platzes auf dem Autismus-Spektrum.

Als sie sich davon überzeugt hatte, dass sich unter dem Fahrzeug nichts befand, begann sie, den Weg zurück zu verfolgen und nach beschädigten Gegenständen zu suchen.

Holly zwang sich, die Situation neu zu bewerten.

„Ich habe vielleicht zuerst bisschen auf die Motorhaube seines Fords geschlagen", musste sie zugeben.

„Ich habe nicht angehalten", krächzte der Wachpolizist, nachdem Major Swift ihm geholfen hatte, sich aufzusetzen,

„weil ich dich nicht gesehen habe. Ich habe dich fast überfahren."

„Ich stand direkt vor dir. Was zum Teufel hast du angeschaut?"

Er schaute hinter ihr, während er sein Handgelenk streichelte. „Ich wusste nicht einmal, dass wir einen Absturz hatten. Als ich zu meiner Schicht kam, wurde mir gesagt, ich solle Ms. Kasprak zum Flugplatz begleiten. Dann habe ich das gesehen."

Die Blondine sah bekümmert aus. Offenbar war *sie* es gewohnt, im Mittelpunkt der Aufmerksamkeit der Männer zu stehen.

„Und wer bist du?" Holly hat die Waffe gesichert, aber noch nicht herunter genommen.

„Elayne Kasprak. Antonov-Ingenieurin. Das. Es ist eines unserer Flugzeuge und ich wurde geschickt, um bei der Inspektion zu helfen." Ihr Englisch war stark russisch und nur ein wenig unbeholfen.

„Du bist schnell gekommen." Holly reichte die Waffe an den Polizisten zurück.

Er streckte sein gebrochenes Handgelenk aus und kläffte. Holly hatte Mitleid mit ihm und steckte ihm die M9 zurück in sein Holster.

„Ich war in deiner Militärstadt, San Anne Tonio? Ich habe mich mit Kunden getroffen. Ja. Wir haben seit 1996 nur einen einzigen Kaskoschaden, und das ist nicht unsere Schuld – sie haben unser armes Flugzeug im Juni 2019 auf dem Flughafen von Libyen beschossen. Wir sind sehr verärgert über diesen neuen Verlust und möchten ihn für unseren Ruf schnell beheben."

Holly löste den Colt M1911 von ihrem Gürtel und steckte ihn zurück in das Knöchelholster des Streifenpolizisten, während Major Swift ihm auf die Beine half und ihn auf den Rücksitz des Wagens führte.

„Nächstes Mal findest du vielleicht einen besseren Fahrer."

„Nicht meine Entscheidungen. Darf ich jetzt meine Hände heben?"

Holly nickte und eine halbe Sekunde später kam Mike mit ausgestreckter Hand hereingeschlüpft.

„Willkommen, Elayne. Mike Munroe, NTSB. Entschuldigung für die Begrüßung. Wir sind froh über jede Hilfe, das hier ist ein Schlamassel."

So vorhersehbar.

Als der Major das Auto und den Streifenpolizisten in Richtung der nahe gelegenen Klinik fuhr, kehrte Miranda zurück, um an die Stelle zu schauen, an der die Reifen gestanden hatten.

„Nichts Wichtiges. Es ist okay."

So *total* vorhersehbar.

11

SIE HÄTTE NIE UND *NIMMER* NACH IHRER WAFFE GREIFEN DÜRFEN. Elayne hatte nicht damit gerechnet, einem Soldaten aus einem Unfallteam gegenüberzustehen, aber sie hätte es tun sollen. Es war ein Militärteam.

Und schnell!

Hoffentlich erkannte Gleiches nicht Gleiches. Natürlich hatte Elayne mehr zu beobachten gehabt. Der Überfall auf den Militärpolizisten war nicht aus dem Lehrbuch, sondern aus Reflex erfolgt. Das war ein sehr gutes Training. Ex-Special Forces. Vielleicht sogar Ex-Special Operations?

Ja, sie musste sehr vorsichtig sein, um dem Vollstrecker des Teams nicht noch mehr von sich preiszugeben.

Und hier war die perfekte Ablenkung.

„Mike Munroe. Es ist mir ein Vergnügen, dich kennenzulernen." Sie schüttelte seine Hand mit einem warmen, sanften Griff, den Männer mochten, der aber nicht so leicht war, dass sie dachten, sie würde im Bett keinen Spaß machen.

Sie legte Wert darauf, ihm in die Augen zu sehen, ein angenehmes, wenn auch unauffälliges Braun. Aber sein

Gesicht war so gutaussehend, dass sie kaum eine Rolle spielten.

„Was hat dein Team bis jetzt gelernt?" fragte Elayne ihn. Die blonde Frau war eindeutig die Sicherheitsbeauftragte seines Teams und konnte ignoriert werden.

„Wir haben die Patrouille am Rande des Trümmerfeldes beendet. Die Feuerwehrleute scheinen die letzten Brände gelöscht zu haben, also werden wir jetzt das Wrack untersuchen. Wie lange arbeitest du schon für Antonov?" Sie ließ sich von Mike von den anderen wegführen.

„Nicht für so lange." Sie muss daran denken, ihr Englisch rau zu halten. Und ihre Antwort muss ihr eine Entschuldigung dafür liefern, dass sie nicht mehr über die Antonov wusste als sie selbst. „Ich war Flug... Spezialist. Ja?"

„Flugbegleiter?"

„Ja!"

Und sie konnte erkennen, dass dieser Mike genau wusste, welchen Ruf die meisten Flugbegleiter hatten – ob sie ihn nun verdienten oder nicht.

„Ich arbeite für Aeroflot, während ich meinen Ingenieurabschluss mache. Ich gehe, wenn sie in die Ukraine einmarschieren und uns die Krim wegnehmen. Bei Antonov nutze ich meinen neuen Abschluss, meine Flugerfahrung und meine sehr guten Fähigkeiten im Umgang mit Kunden für den Antonov-Frachtbetrieb. Ich helfe auch dabei, neue Teile auszuhandeln. Wir können keine russischen Teile mehr verwenden und müssen neue Verträge mit Amerikanern und Briten für das abschließen, was wir nicht selbst herstellen."

„Jetzt bist du also hier, um sicherzustellen, dass es kein Problem mit deinem Flugzeug war."

„*Njet!* Niemals! Unsere Flugzeuge sind so gut. Sie können nichts dafür."

„Wenn du das sagst, glaube ich dir. Sollen wir uns dein unschuldiges Flugzeug ansehen?"

„Nein", sagte eine Brünette, die nicht größer war als Elayne selbst, und blieb kurz neben ihnen stehen. „Ich möchte zuerst die großen Trümmer kartieren."

„Aber sie müssen die Landebahn so schnell wie möglich wieder öffnen." Plötzlich schien Mike der Unterwürfige zu sein und nicht mehr der Teamleiter, an dem Elayne sich festhalten wollte.

„Ich denke nicht, dass das Auswirkungen auf unser Vorgehen haben sollte", sagte die Brünette unnachgiebig.

„Wäre es für ein schnelles Ergebnis besser, das Trümmerfeld zu kartieren oder den Rumpf zu inspizieren?" Mike klang so, als hätte er keine Meinung und wartete auf die Brünette.

Elayne versuchte herauszufinden, was passiert war. Wer war diese kleine Frau? Sie sollte eine Bibliothekarin oder eine Lehrerin für kleine Kinder sein. Sie-

„Eine interessante Frage mit vielen offenen Variablen. Wir kennen die relevanten Details nicht, Mike. Es gibt..."

„Irgendetwas ist seltsam an diesem Flugzeug", unterbrach ein junger asiatischer Mann.

„Sehr gut, Jeremy. Das ist genau der Punkt, auf den ich hinauswollte."

Der junge Mann sah aus, als hätte man ihn wie einen Hund am Kopf getätschelt.

„Mikes Argument ist jedoch nicht unbegründet."

„Mike hat etwas Nützliches gesagt? Das ist ja mal was Neues", sagte die blonde Vollstreckerin und ihr Ton war ziemlich abweisend.

In Elaynes Kopf drehte sich alles. Wer *hatte* hier das Sagen? Zu ihrer normalen Taktik gehörte es, sich an den Teamleiter zu hängen – egal ob Mann oder Frau. So hatte sie immer den besten Informationsfluss und konnte alle Pläne, die nicht zu Elaynes Vorteil waren, strategisch durchkreuzen.

„Lasst uns überlegen", sprach die kleine Brünette und niemand unterbrach sie.

„Was bedenken?" fragte Elayne in die Stille hinein.

„Versuch, deine Ohren zu benutzen und deine Klappe zu halten", knurrte der Vollstrecker sie an.

„Gut gemacht, Holly", sagte Mike und rückte näher an sie heran, aber Elayne war sich nicht mehr sicher, ob sie ihn in ihrer Nähe haben *wollte*. Aber sie hatte bereits den Versuch, sich mit dem Anführer zu verbünden, vermasselt. Dieser Mike war nun ihr fester Ansprechpartner bei den Ermittlungen.

Oder vielleicht *war* Mike der Anführer und diese Holly war sogar ihrem Teamleiter gegenüber eine absolute Zicke?

„Major Swift *hat* sich bereits zweimal erkundigt, wie lange es dauern wird, bis er mit der Räumung der Landebahn beginnen kann." Wieder war es die Brünette, die das Gespräch führte.

„Haben wir überhaupt schon eine Leichenzahl?" fragte Mike.

„Sechs", sagte Elayne und wünschte sich dann, sie hätte es nicht getan. Sie wusste es, weil sie einen gevögelt hatte und fünf anderen vorgestellt worden war – während ihr Hemd noch so weit aufgeknöpft war, dass man sehen konnte, dass sie keinen BH trug. Voskov hatte es offensichtlich genossen, vor seiner Crew zu prahlen. Es war nützlich, dass sie sich auf etwas anderes konzentrierten als auf ihr Gesicht, während sie jeden von ihnen für sich selbst katalogisierte. „Es sei denn, es gibt eine verstauende Person."

„Blinder Passagier", bot Mike an.

„Ein blinder Passagier. Ja. Wir, Antonov Cargo, fliegen mit einer vierköpfigen Besatzung und zwei Lademeistern", oder war es nur dieser Flug gewesen? Was *war* die übliche Praxis bei Antonov? Das spielte keine Rolle. Sie wusste, dass die Besatzung sechs Personen umfasste.

„Das Sanitätsteam von Major Swift konnte nur fünf Leichen finden."

Elayne spürte, wie ihr das Blut aus dem Kopf floss.

Keiner von der Besatzung würde sich an ihr Gesicht erinnern, außer Voskov, mit dem sie vor weniger als achtzehn Stunden zweimal gevögelt hatte. Sie blickte wieder auf das Flugzeug.

Er *musste* tot sein.

12

HOLLY ZOG MIRANDA ZUR SEITE UND FÜHRTE SIE DORTHIN zurück, wo sie den Rand des Trümmerfeldes fast fertig kartiert hatten. Sie wusste, wie sehr diese Unvollständigkeit Miranda frustrieren würde. Sie hielten genau dort an, wo die Erde auf den Rand der Landebahn traf.

Jeremy stürzte sich wieder darauf, jedes Detail des Wracks zu fotografieren.

Die Elayne-Frau begann, ihnen zu folgen.

So sehr sie es auch hasste, gab Holly Mike ein Zeichen, sie abzulenken.

Mike hatte nicht einmal den Anstand zu zögern, bevor er sich auf sie stürzte und sie wieder mit seiner geschmeidigen Art anquatschte. Arschloch. Natürlich war die Frau umwerfend, auf eine sehr süße, zierliche Blondine in Designerklamotten Art.

Doch Holly konnte Mike nie vorhersehen.

In der Nähe von Frauen benahm er sich wie ein absoluter Hund. Aber dann stolperte sie über ihn, wie er am Pool des Motels saß, in dem sie in der Nähe des Untersuchungsgebiets gelandet waren. Er saß vollständig bekleidet in einem

Liegestuhl, hatte ein halb leeres Bier neben sich und beobachtete die Sterne – allein.

Er hatte sicherlich viele Gelegenheiten gehabt. Die brünette Passagierin von dem 737-Absturz. Er hatte sich wie Klebstoff um sie gekümmert, sie im Krankenhaus besucht und sie dann in den Bus nach Hause gesetzt.

Danach hatte er sich mit der rothaarigen Stewardess desselben Fluges angefreundet.

Und ausführliche Interviews mit vielen nützlichen Beobachtungen waren in seinen Berichten gelandet.

Holly konnte nie ganz sicher sein, dass er mit ihnen geschlafen hatte, aber sie wäre schockiert, wenn er es nicht getan hätte. Ihr Vertrauen in ihn war definitiv nicht sehr groß, egal wie nützlich er war.

Überlegte er gerade, wie er Frau Designer-Blondine aus ihrem Schlüpfer holen könnte? Wahrscheinlich.

Er konnte jeden dazu bringen, ihn überall hin mitzunehmen.

Sie hatte gesehen, wie er es tat.

Er schmuggelte sich an einen Ort, an dem er kein Recht hatte, zu sein, machte alle zu seinen Freunden, bis sie ihn anflehten zu bleiben, und dann... Sie wollte nicht wissen, was.

Sie hatte ihn in Flugverkehrskontrollzentren und Flugzeugcockpits aufgespürt, wo er sich mit einer Gruppe hartgesottener, rauer Mechaniker herumtrieb, die ihn für ein Geschenk Gottes hielten, genau wie die Frauen. Na ja, nicht *nur* wie. An Mikes sexueller Orientierung gab es keinen Zweifel. Aber wieso war er so schnell der Kumpel von *allen*?

Nicht, dass sie observieren würde oder so.

Mike war die Zeit nicht wert.

Sie beschützte Miranda nur. Das war *alles, was* sie tat. *Na klar, Holly. Erzähl das in der Kneipe und schau, wer dir das abnimmt.*

Holly versuchte, Miranda dorthin zu führen, wo sie gestanden hatte, als sie das herannahende Fahrzeug entdeckte.

Aber Miranda zeigte keine Anzeichen von Lust, die unvollendete Trümmerfeldsphäre ihres typischen Untersuchungsmusters zu vollenden.

Da erinnerte sie sich daran, dass Miranda gesagt hatte... sie konnte sich nicht genau erinnern, was... während Holly eine Waffe auf die Antonov-Frau richtete und den Jungen in Blau an seiner Luftröhre aufrecht hielt.

„Du hast etwas gesagt."

„Ich habe viele Dinge gesagt. Aber du willst sie nicht beantworten."

„Tut mir leid", sagte Holly und betrachtete den Boden, das Wrack, und wünschte sich, sie könnte woanders hinsehen. Jeremy, etwas am Rand des rechten Flügels beim Fotografieren, war nicht besonders interessant. Selbst ein Hubschrauber, der von einem Übungsflug zurückkehrte, konnte sie nicht ausreichend ablenken, denn sie wusste genau, was auf sie zukam.

Gib es auf, Holly. Sie stemmte sich dagegen.

„Okay. Schieß los, Miranda."

„Erstens: Kann der Pilot eine C-130 Hercules wirklich einhändig fliegen?"

Oder auch nicht.

Vor sechs Monaten wäre Holly noch verwirrt gewesen. Vor drei Monaten hätte sie Miranda ins Gesicht gelacht, weil sie ihr diese Frage als erstes gestellt hatte. Jetzt wusste sie, dass es das Beste war, einfach zu antworten.

„Nein, er hat geprahlt."

„Geprahlt damit, dass er es kann oder dass er es nicht kann?
"

Es gab Zeiten, in denen Holly sich wünschte, die Welt wäre so einfach wie ein Ja-oder-Nein-Ort. „Er prahlt damit, dass er es kann und macht gleichzeitig einen Witz. Das kann er nicht.

Man braucht vier Hände – zwei Menschen", bevor Miranda nach mehrarmigen Menschen fragen konnte, „um eine C-130 zu fliegen. Das weißt du doch."

„Ich schon. Aber er sagte ... Okay, jetzt verstehe ich es. Aber ich verstehe nicht, warum das lustig ist."

„Das bist nicht du. Das war ein ziemlich lahmer Scherz."

„Oh. Okay. Schläfst du mit Mike?"

„Nein!" Obwohl sie wusste, dass es kommen würde, war sie nicht auf die Frage vorbereitet. Holly konnte sich nicht vorstellen, warum das immer wieder zur Sprache kam, wenn es so... *falsch* war. „Nein. Nicht jetzt. Niemals: weder in der Vergangenheit, noch in der Gegenwart, noch in der Zukunft."

„Warum nicht?"

„Was denkst du denn?"

Holly konnte sehen, wie sie sich abmühte und fühlte sich schrecklich, weil sie eine Frage mit einer Frage beantwortete. Miranda war nie gut darin.

„Sieh sie dir an, Miranda."

Sie drehten sich beide um. Mike und Elayne schlenderten nun Arm in Arm auf das Wrack zu.

„Willst du wetten, wie lange er braucht, um sie ins Bett zu kriegen? Die Antwort ist: nicht lange. Ich werde keine weitere Kerbe an seinem Bettpfosten sein. Ich will, dass meine Liebhaber wenigstens so tun, als wäre ich ein Mensch. Wie kommst du überhaupt auf diese Frage?"

Miranda wandte den Blick ab und kickte einen Moment lang gegen den Rand der Startbahn. „Ich habe mich gefragt, ob euer verbales Sparring eine Art Paarungsritual ist."

„So was von nicht. Sein Typ reizt mich einfach nur. Ach, deshalb hast du gefragt, was mein Typ ist?"

Miranda nickte, ohne aufzublicken.

„Du fragst dich, was dein Typ ist?"

Sie nickte erneut. „Wenn ich überhaupt einen habe", sagte sie zu einem der Lichter, die den Rand der Landebahn markierten. „Ich bin kein Idiot, Holly. Ich weiß, dass ich nirgendwohin passe... nirgendwo. Ich scheine nie...“

„Miranda, ich werde dich diesen Satz nicht beenden lassen, egal wie sehr du es willst. Wir alle haben einen Typ. Sogar du. Du bist anders, sogar nach meinen australischen Maßstäben, die total abgefahren sind. Aber du hast auf jeden Fall einen Typ. Dein Typ wird verdammt schlau sein und *genau* verstehen, wie besonders du bist.“

„Wirklich?“ Mirandas Stimme war so sanft und so ängstlich, dass Holly sie nur mit einer festen Umarmung beantworten konnte. Miranda klopfte ihr kurz auf den Rücken, was die stärkste Antwort war, die sie je gegeben hatte.

Und dann trennten sie sich.

„Die andere Sache, die ich sagte, war...“

Holly konnte sich an nichts anderes erinnern als an den blöden Spieltimer.

„Da die Tragflächen abgebrochen sind und jetzt auf beiden Seiten des Rumpfes liegen, ist davon auszugehen, dass das ausgedehnte Trümmerfeld höchstwahrscheinlich durch eine Explosion im vorderen Teil des Flugzeugs entstanden ist..“

„Wort für Wort“, wusste Holly, als sie sich umdrehte, um das Flugzeug selbst zu inspizieren.

Sie ließ ihren Blick der Linie der orangefarbenen Flaggen folgen. Das Trümmerfeld *wölbte* sich deutlich nach vorne, von der Stelle, an der sie standen, bis zu der Stelle, an der sie den Streifenwagen der Sicherheitskräfte angehalten hatte, und wölbte sich schließlich zurück zur Rumpfspitze.

Vor dem Rumpf lag nichts außer dem umgedrehten Cockpit und dem Mannschaftsraum selbst.

„Dreißig bis fünfzig Kilo hast du gesagt?“

Miranda, die sich nie wiederholte, wenn sie nicht ausdrücklich gefragt wurde, nickte einfach.

„Sagen wir, so groß wie ein paar Raketen in einem Hubschrauber?“

Miranda machte einen ihrer Blicke in den Himmel für weniger als dreißig Sekunden, bevor sie antwortete. „Nicht als primäre Explosion – zu wenig Energie und die Kraftvektoren sind falsch. Aber sicherlich als Sekundärexplosion."

Holly nickte. „Als Nächstes müssen wir den Rumpf untersuchen. Das Trümmerfeld kann warten."

„Okay. Wenn du das sagst. Aber was ist mit dem Rest des Rundgangs?"

Holly suchte die winzigen Teile der AN-124 Antonov Condor ab, die weit über diesen Teil des Flughafens verstreut waren. Es würde eine lange und mühsame Aufgabe werden.

„Sag Mike und seiner heißen Blondine, sie sollen es tun."

„Okay", und Miranda ging hinüber, um genau das zu tun.

Holly ging zum Wrack selbst. Wenn sie es mit Mike trieb, würde Miranda sie vielleicht in Ruhe lassen.

13

ELAYNE STAND MIT EINER HANDVOLL ORANGEFARBENER FAHNEN am Rande des Geländes. Drüben beim Wrack, an das sie immer noch nicht nahe genug herangekommen war, waren alle außer ihr und Mike versammelt.

„Warum musst du diesen Job machen? Kannst du ihn nicht jemand anderem übertragen?"

„Nö. Wenn Miranda eine Aufgabe zugewiesen hat, ist das so ziemlich alles."

„Warum sie?" Sie und Miranda waren gleich groß, aber da hörten die Ähnlichkeiten auch schon auf. Diese Miranda war gekleidet wie eine Feldarbeiterin. Sie tat nichts, um sich zu pflegen. Kein Make-up, ihre Haare sahen aus, als wären sie heute noch nicht einmal gebürstet worden. Sie brauchte Strähnchen, eine neue Garderobe und Nachhilfe darin, wie man im Stehen nicht langweilig aussah.

„Es ist ihr Team. Das ist Miranda Chase, die beste Ermittlerin des NTSB. Ich garantiere dir, dass sie herausfinden wird, was mit deinem Flugzeug passiert ist."

Das war das Letzte, was Elayne wollte. Sie hatte Mirandas Bericht gehört, dass sie sich die Form des Trümmerfeldes angesehen hatte und zu dem Schluss gekommen war, dass es an Bord eine Explosion gegeben hatte. Auch wenn niemand sonst es gehört hatte, war das das letzte, das dieses Team verfolgen sollte.

Und sie war machtlos, es aufzuhalten.

Wenn sie sich mit der aktuellen Aufgabe beeilten, konnte sie vielleicht noch rechtzeitig zum Flugzeug zurückkehren. Sie klemmte den Drahtstiel einer Fahne neben einem Trümmerstück neben ihren Füßen ein und eilte zum nächsten.

„Nein, warte. Das geht nicht, Ms. Kasprak."

„Warum nicht?" Sie wollte ihn nicht anschnauzen, aber sie war in Eile.

„Wir sind noch dabei, den äußersten Rand des Trümmergebiets zu bestimmen. Dann werden wir das Gebiet erneut nach relevanten Teilen absuchen. Fürs Erste gehen wir Seite an Seite, aber mit fünf Schritten Abstand. Ich kann dir versprechen, dass Miranda es irgendwie mitbekommen wird, wenn wir auch nur eine Flügelmutter oder eine verirrten Kaffeebecher übersehen." Mikes Lächeln war charmant.

Elayne hatte keine andere Wahl und warf einen letzten Blick auf die anderen, während sie in die Mitte des Wracks tauchten, wo die Mi-28NM Havoc einst festgemacht worden war. Vorerst unerreichbar.

Das würde länger dauern, als sie geplant hatte, aber sie musste sicher sein, dass nichts Wichtiges übrig blieb und sie hatte eine Rolle zu spielen, bis sie es war.

„Erzähl mir von ihr", wandte sie sich an Mike, als der Rand der Trümmer sie von dem Flugzeug wegführte.

Mike schien das nur allzu gerne zu tun.

Elayne hörte mit einem Ohr zu. Sie versprach sich selbst, dass sie nicht zögern würde, ihr das Genick zu brechen, wenn diese langweilige kleine Frau etwas Wichtiges herausfinden würde.

14

„WARUM HIER?" MAJOR JON SWIFT HATTE SIE EINGEHOLT, ALS SIE die Mitte des Wracks erreichten.

Miranda überlegte, ob es eine tiefere Bedeutung hatte, dass dies das Zentrum war. Eigentlich befanden sie sich im vorderen Drittel des Rumpfes, aber da die Besatzungssektion nach vorne geklappt worden war, lag sie ungefähr in der geografischen Mitte des Wracks, vom Heck bis zum hinteren Ende der umgeklappten Besatzungssektion.

Nein. Keine Relevanz.

„Beobachte die Brandspuren auf dem Frachtdeck." Alle schauten auf die Stelle, auf die sie zeigte.

Die Brandspuren hatten ein fast perfektes Bullseye gebildet. Die Mitte der Fläche war wie ein flacher Krater eingedrückt. Von diesem Punkt aus strahlten Brandspuren in alle Richtungen aus.

„Das Zentrum der Explosion", Holly war die Einzige, die auf das Trümmerfeld blickte. Selbst Jeremy erkannte nicht, dass das ausgedehnte Trümmerfeld direkt auf diese Stelle zeigte.

„Du hast es gefunden", flüsterte Jon. „Du bist seit weniger als drei Stunden hier? Die meiste Zeit davon bist du durch die Trümmer gelaufen. Und du hast den Ausgangspunkt in fünfhundert Metern Wrackteilen gefunden."

„Nicht unbedingt. Wir wissen nur, dass hier eine Explosion stattgefunden hat." Miranda begann, nach weiteren Beweisen zu suchen.

Jon stellte sich dicht neben sie. Sein geduldiges Schweigen veranlasste sie, ihm zu erklären, was sie da sah.

„Sieh dir die Seitenteile des Rumpfes an." Sie lagen auf dem Boden und waren auf Höhe des Frachtdecks noch befestigt, aber ansonsten lagen sie flach und ließen das Deck zum Himmel hin offen. „Sie sind sicherlich von diesem Punkt aus zu beiden Seiten gesprengt worden. Die an diesem Hubschrauber montierten Waffen sind explodiert und haben das Flugzeug zerstört."

Die Platten lagen auf der Start- und Landebahn auf beiden Seiten des Flugzeugs und wiesen tatsächlich eine Krümmung auf, die auf eine Explosion im Inneren des Flugzeugs schließen ließ.

Sie ging an den Rand des Frachtdecks, um einen Blick darauf zu werfen. „Das ist seltsam."

„Was ist seltsam?" Jon folgte ihr.

Sie wartete, aber er konnte es nicht sehen. Sie hätte gerne eine Bestätigung gehabt, denn das Muster war sehr subtil.

Dann hielt er seine Hände vor sich, als ob er durch sie hindurchsehen wollte. Er hielt eine davon mit möglichst gespreizten Fingern und der Handfläche in Richtung der Stelle, an der die Explosion ein sternförmiges Muster in die Rumpfplatten gezeichnet hatte.

Er spreizte seine andere Hand und drehte sie mal in die eine, mal in die andere Richtung, als wäre er mit ihrer Positionierung unzufrieden.

Sie streckte die Hand aus und nahm seine tastende Hand in ihre. Sie schob die Finger zusammen, so dass sie alle in die gleiche Richtung zeigten. Dann verlagerte sie sie so, dass sie unter seiner gespreizten Hand lag und in Richtung der ehemaligen Oberseite des Rumpfes zeigte.

„Du hast Recht", hauchte er leise. „Das sehe ich jetzt. Aber ich verstehe nicht, was ich da sehe."

„Die Explosion hat ein radiales Verbrennungsmuster erzeugt, wie es diese Hand darstellt", tippte sie auf den Rücken seiner gespreizten Finger. „Aber vorher gab es ein Feuer. Wir können gerade die aufwärts gerichteten Brandspuren eines Feuers sehen. Ein heißes Feuer. Das ist es, was diese Hand nachahmt."

Er sah sie aus unangenehmer Nähe an. Warum war ihr das unangenehm? Sie waren sich in den letzten Stunden ein halbes Dutzend Mal so nah gewesen. Weil er sie von so nahem direkt ansah?

Würde eine Frau, eine *normale* Frau... Würde Holly ihm direkt in die Augen schauen?

Ja.

Aber Miranda konnte sich nicht dazu durchringen, das zu tun. Stattdessen drehte sie sich um und betrachtete das lange Paneel, das einst das Frachtdeck mit dem Boden des Besatzungsmoduls verbunden hatte.

Würde ein Feuer die Verbindung zwischen dem Rumpf und dem Besatzungsmodul schwächen? Nicht wesentlich. Zumindest nicht sehr schnell. Nicht so schnell, wie es den Sprengstoff des Hubschraubers zur Detonation bringen würde.

Bei einer Explosion an dieser Stelle hätte die Seite nach außen gesprengt werden müssen, dann wäre das Besatzungsmodul nach unten in den Rumpf gestürzt, anstatt mit dem Kopf nach unten aus dem Weg geschleudert zu werden.

„Woran denkst du?" Jon hockte immer noch neben ihr.

„Dass hier andere Kräfte am Werk sind."

„Keine Widerrede von mir."

Sie wusste nicht, wie sie seinen Tonfall deuten sollte.

15

„SIEHST DU DAS?" FLÜSTERTE HOLLY JEREMY ZU.

„Was sehen?"

Sie hätte es besser wissen müssen, als ihn zu fragen. Sie waren auf halbem Weg durch den Frachtraum und untersuchten jeden der zerstörten Hubschrauber, während sie gingen.

Jeremy fuhr fort, die falsche Frage zu beantworten. „Jeder einzelne Hubschrauber zeigt das gleiche Muster. Es gab schwere Brandschäden, dann wurde jede Flugzeugzelle einer Hochdruckexplosion ausgesetzt, die in der Nähe der Vorderseite des Flugzeugs begann." Er reihte fünf einzelne Teile – zerfetzte Metallstücke – auf dem Frachtdeck auf.

„Das ist das Bugteil einer Kamov Ka-52 Alligator." Sie würde es überall erkennen – eine davon hätte sie in Syrien fast getötet.

Jeremy machte sich eine entsprechende Notiz und fotografierte dann die zusammenliegenden Teile. „Sehe ich das richtig? Sie weisen alle das gleiche Brandmuster auf, bevor sie von der Explosion auseinandergerissen wurden. Erst Feuer, dann Explosion. Ja, das sehe ich."

„Nein, Jeremy, siehst du... Vergiss es. Du hast ja Recht. Gut gemacht." Aber sie konnte nicht aufhören, auf die Stelle zu schauen, an der Miranda und Major Swift nebeneinander knieten und praktisch miteinander Pat-a-Cake spielten.

Wie schnell hatte Miranda ihr kurzes Frage-und-Antwort-Gespräch integriert? Keine Zeit für Holly, ihr Warnungen oder vielleicht ein paar Richtlinien zu geben. In welche Schwierigkeiten hatte Holly sie unwissentlich hineingeschickt?

In welche Schwierigkeiten hatte sie ihr früheres Team unwissentlich geraten lassen, so dass...

„Wir haben das Gebiet abgesteckt", meldete Mike mit der kleinen Frau, die sich so süß benahm, an seiner Seite. „Warum hat sie das Trümmerfeld übersprungen?"

„Du kennst unsere Miranda", sagte Holly gegen ihre trockene Kehle an. Sie war sich nicht mehr sicher, ob sie sie kannte.

„Nicht, wenn ich sie so gemütlich mit Jon sehe. Sie sind ein süßes Paar."

Holly schaffte es, nicht über die Last der Zweifel zu stöhnen, die sie bedrückte. „Hör zu, Mike, was auch immer da oben los ist... Scheiße, ich weiß es nicht. Wie wär's, wenn du dir ein paar Schutzhelme schnappst und versuchst, die Blackbox zu lokalisieren? Vielleicht könnt ihr noch Augenzeugenberichte von den Feuerwehrleuten einholen, bevor sie alle abfahren."

Viele der Fahrzeuge waren tatsächlich verschwunden. Aber einige hatten sich um die Stelle versammelt, an der das Heckteil auf zwei der Striker-Feuerwehrautos gestürzt war.

„Sicher. Komm, Elayne. Oh, es gibt da eine Unfalluntersuchung, von der ich dir erzählen muss."

Holly hielt ein Ohr offen, als sie sich entfernten. Mike sollte sich verdammt gut merken, was geheim war und was nicht. Bei ihren beiden früheren Ermittlungen für das Militär hatte ihr gesamtes Team eine Top-Secret-Freigabe benötigt. Und Holly erinnerte sich zumindest noch daran, wie schnell Elayne nach der Waffe gegriffen hatte, die sie nicht hatte.

„Da war diese Beech King Air, die irgendwie da gelandet ist..."

Zivil. Nicht klassifiziert.

Holly blendete ihn aus. Sicher, diese Untersuchung würde eine gute Geschichte abgeben. Sie würde es sogar bedauern, wenn sie seine Erzählung verpassen würde; Mike war ein geschickter Geschichtenerzähler, der es leicht machte, zu lachen.

Ein Lachen wäre jetzt wirklich gut.

Dann blickte sie nach vorne, um zu sehen, wie Major Swift Miranda half, auf die Rückseite des umgedrehten Mannschaftsteils zu klettern.

Hatte Miranda überhaupt eine Ahnung?

16

GREGOR FEDEROV HATTE DEN ORT, AN DEM ER SEINEN ANRUF tätigte, sorgfältig ausgewählt.

Tantsy Bobor war der Ort, den er brauchte. Er mochte den Namen, weil man dafür den englischen Slang kennen musste. Kein Russe würde seine Zeit damit verschwenden, ein unscheinbares Lokal namens ‚Dancing Beaver' aufzusuchen – verblasste Buchstaben an einer verbeulten, unlackierten Tür zwischen einem Metzger und einem Schuhladen, die in einen Keller führte.

Kiska, pizda, manda? Kätzchen, Muschi, Quim? Jeder dieser Namen und der Ort wäre voll mit lauten Betrunkenen. Aber das waren russische Wörter für das beste Stück einer Frau. Biber war *amerikanischer* Slang.

Die Besitzer wussten, welche Art von Menschen sie wollten, als sie ihm den Namen gaben.

Viele Leute in der Fabrik des Progress Rocket Space Centre in Samara waren zweisprachig. Das half beim Studium der gestohlenen amerikanischen Designs. Die Kundschaft im Tantsy Bobor waren immer noch laute, betrunkene Russen –

aber es waren intelligente, gut bezahlte, laute, betrunkene Russen.

Auch nur für Mitglieder.

Und die Einrichtung war gut gemacht. Die Armaturen waren modern. Die Auswahl an der Bar und die Küche waren beide erstklassig. Die Bühne in der Mitte war hell erleuchtet, aber der Tischbereich war schummrig genug, dass er das Arschloch von Optik getrost ignorieren konnte, ohne ihn zu beleidigen, wenn Gregor an seinem Tisch vorbeiging. Der dröhnende russische Rock'n'Roll trug zu der eingebildeten Privatsphäre bei, indem er eine Unterhaltung über ein paar Meter hinaus unmöglich machte.

Und das Niveau der Kellnerinnen und der Show auf dem Parkett war unglaublich. Sogar die in Lederriemen gekleidete She-Hulk, eine ehemalige Olympionikin und Gewichtheberin, die die Bar bediente, war ein echter Hingucker.

Er wählte einen Ecktisch, der mit dem Rücken zu zwei Wänden stand, damit ihm niemand über die Schulter schauen konnte.

Vesna, seine Favoritin, mit schwarzen Haaren, die bis zu ihrem außergewöhnlichen Hintern reichten, und einer Haut, die so blass war, dass sie wie ein Engel aussah, kam auf ihn zu und nahm seine Bestellung entgegen, nur mit ihren High Heels und ihrem Tanga bekleidet und mit nach vorne gekämmtem Haar. Sie wippte zum pulsierenden Beat der harten Musik und bot ihm an, sich zu ihm zu setzen.

„Später? Erst mal einen Wodka und einen amerikanischen Burger. Sehr roh."

Sie verließ ihn, nachdem sie mit einer Hand langsam und hart über den Schritt seiner Jeans gerieben hatte, weil sie wusste, dass er sich dadurch nach ihr sehnen würde. Sie dabei zu beobachten, wie sie wegging, nur unterbrochen von der dünnen Linie ihres schwarzen G-Strings, war eines der großen Vergnügen des Tantsy Bobor.

Die Besitzer boten auch kostenloses Wi-Fi mit hoher Bandbreite an, das mit einem sehr robusten VPN geschützt war.

Die meisten Jungs, die hier surften, streamten Pornos. Das kam ihm lächerlich vor, als er sah, wie Avelina es mit Ludmilla auf der erhöhten Plattform in der Mitte der Bühne trieb.

Wenn sie es nur vortäuschten, waren sie unglaublich gut darin.

Dann kam Marta dazu, die für seinen Geschmack zu wild war, aber es machte Spaß, ihr zuzusehen.

Sie machten eine ganze Show daraus, ein Paar doppelendige Strap-ons anzuziehen, sie mit Gleitcreme einzureiben und Avelina schließlich gleichzeitig von vorne und hinten zu nehmen. Sie taten definitiv nicht nur so. Sie krümmte sich und stöhnte, als sie über sie herfielen. Das hatte er noch nie gesehen und er sah so lange zu, dass er verpasste, wie Vesna ihm sein Essen brachte.

Gregor überlegte, ob er sie zurückrufen sollte, um sich um seine pochenden Schmerzen zu kümmern, während die Bühnenshow eskalierte, aber er musste sich zuerst um andere Dinge kümmern.

Er holte sein Handy heraus, steckte sich einen Ohrhörer ein und nutzte dann den Schutz des VPN von Tantsy Bobor, um den Onion-Browser im Dark Web zu starten. Dort wählte er einen anonymen Dialer, der ihn so aussehen ließ, als wäre er in Malaysia, bevor er eine Nummer aus dem Gedächtnis eintippte.

„Monster!"

„Beastmaster!"

Sie hatten sich darauf geeinigt, trotz der Vorsichtsmaßnahmen niemals den Namen des anderen zu benutzen.

Clarissa Reese hatte ihn als Monster abgestempelt, als er

das erste Mal das Ausmaß seiner Ausstattung, Frauen zu gefallen, offenbarte.

Er hatte sie für die kreativen Dinge, die sie sich beim Zähmen des Monsters ausgedacht hatte, als Beastmaster bezeichnet. Selbst die äußerst geschickte Vesna konnte nicht mit dem mithalten, was die große amerikanische Blondine mit seinem Körper anstellen konnte.

„Es ist schon zu lange her."

„Das ist es", seufzte er. Sie waren beide noch viel jünger, als er es geschafft hatte, eine gemütliche, aber sehr private Sommerdatscha am Schwarzen Meer zu mieten. Sie hatten die Woche sehr gut genutzt.

Vom gegenseitigen Einschmieren mit glitschigen Ölen (sie nannte es Mazola-Roller) über Fesselspiele bis hin zum gegenseitigen Verzehr von Mahlzeiten vom Körper des anderen – es war eine Zeit, von der er oft träumte und von der er dachte, dass sie sich nie wiederholen würde. Seitdem gab es nur noch Telefonsex. *Herrlicher* Telefonsex, aber er hoffte trotzdem weiter.

„Was schaust du dir an, Monster? Ich kann die Musik hören."

Er tippte auf das Symbol, um die Kamera auf der Rückseite des Telefons auszuwählen, und hielt sie ihr hoch.

Gregor beobachtete, wie Clarissas Lächeln immer breiter wurde, als Avelina ihren Höhepunkt erreichte und sich mit der Kraft ihres Orgasmus überschlug. Ludmilla und Marta küssten sich über Avelinas Schulter und machten weiter, während sie ihre eigene Befreiung gegen die Frau zwischen ihnen suchten.

„Oh, du böser Junge."

„Das bringt mich auf Ideen, Beastmaster."

Und sie sah ein bisschen traurig aus. „Es tut mir leid, Monster. Das Leben ist dazwischen gekommen."

Er hatte gewusst, dass es vorbei war, auch wenn er es nicht

wirklich wahrhaben wollte. Aber jetzt war die Zeit gekommen, von der er wusste, dass sie kommen würde. Das war auch gut so; eine CIA-Agentin zum Sex zu treffen, selbst den besten Sex seines Lebens, war zu riskant. Aber wenigstens hatte er noch die Erinnerungen. Außerdem war Vesna eine Künstlerin und würde sich um seine Fantasien kümmern – oder zumindest um die meisten davon.

Er ließ das Telefon bei der eskalierenden Show und genoss es, Clarissas schnelleres Atmen zu beobachten.

Es machte ihm nicht allzu viel aus, dass es vorbei war. „Ich habe ein Geschenk für dich, Beastmaster. Um der alten Zeiten willen. Es lohnt sich, dich wiederzusehen."

„Mach es schnell. Ich habe bald ein *Lunch*-Meeting." Und ihr Ton verriet genau, was für eine Art von Mittagessen. Oder wollte sie ihn vielleicht necken?

Er drehte das Bild so, dass sie ihn sehen konnte.

„Spielverderber. Es wurde gerade gut."

„Der neueste Persona-Überwachungssatellit ist fertig und wird für den Start in Wostotschny verpackt."

Clarissas blaue Augen waren plötzlich sehr aufmerksam. Ihr Gesicht nahm den Ausdruck perfekter Konzentration an, den sie immer hatte, wenn sie kurz vor dem Orgasmus explodierte. Er tippte auf den Screenshot, damit er dieses Bild immer vor Augen hatte. Dann verschlüsselte er es und schickte es an seinen Dark Web-Speicherplatz, damit nicht einmal der FSB es finden konnte.

„Das ist *so* interessant, Monster."

„Ich dachte, es könnte dir gefallen. Es ist die gleiche Familie wie das Kosmos 2506, aber mit einer verbesserten Optik. Wir können mit eurer Auflösung von zehn Zentimetern pro Pixel nicht mithalten..." Er machte eine Pause, falls sie damit prahlen wollte, was die Amerikaner jetzt tatsächlich auflösen konnten. Nein, also fuhr er fort, als ob er gar keine Pause gemacht hätte.

„Aber wir haben es jetzt verdoppelt. Dreißig Prozent Verbesserung."

Vesna war wieder auf dem Weg zu ihm. Erneut tippte er auf das Kamerasymbol, um Clarissa einen Blick zu ermöglichen.

„Oh je, lass sie eine Runde drehen, Monster."

Er gab ihr ein Zeichen und Vesna drehte sich gemächlich zur Musik, wobei ihr langes Haar so wirbelte, wie es bei Clarissa immer tat, wenn sie es öffnete. Oh! Das erklärte, warum er Vesna trotz des Farbunterschieds zum Beastmaster immer so gern mochte. Beide waren bemerkenswert schöne Frauen mit absolut *fantastischem* Haar.

„Sie ist reizend", stimmte Clarissa zu. „Ich habe keine Zeit für Telefonsex, also mache ich dir ein kleines Geschenk. Wenn du sie das nächste Mal hast, stell dir vor, dass wir beide dabei sind. Eine kleine virtuelle *Ménage*."

Das *war* ein schönes Bild.

„Oh, hier ist das Mittagessen", und Clarissa drehte *ihre* Kamera.

Nein, sie machte keine Witze über die Art des Mittagessens, das sie einnehmen würde... ein männlicher Hengst. Ein großer, gut aussehender Mann, etwa in seinem Alter und in einem dreiteiligen Anzug, trat durch ihre Bürotür. Keine Frage, was für ein Essen er erwartete, denn er schloss die Tür hinter sich ab.

„Denk dir das Gleiche von mir", bot Gregor an. „Zwei Männer, um den Beastmaster zu zähmen." Nicht, dass er bereit wäre, sich neben einen anderen Mann zu legen, selbst wenn sie in der Mitte wäre.

„Es ist mir immer ein Vergnügen", sagte sie förmlich, was in Ordnung war. Sie hatte Besuch. Er wusste, dass sie die Worte ernst meinte, nicht den Tonfall. Ihre Zukunft sollte sich also auf gelegentlichen Telefonsex beschränken – zumindest hoffte er, dass *das noch* nicht vom Tisch war. Clarissa bot außergewöhnlichen Telefonsex und er freute sich immer darauf.

Er legte auf, steckte sein Telefon ein und öffnete einen Arm, damit Vesna neben ihn rutschen konnte. Er streichelte ihr schönes Haar, während sie seinen Nacken küsste und eine Handfläche zwischen seine Beine legte.

Sollte er sich vorstellen, dass Vesna und Clarissa ihn gemeinsam lecken?

Vielleicht sollte die blonde Avelina die Rolle übernehmen?

Er schaute zur Bühne und beobachtete, wie sie einen zweiten, erschütternden Höhepunkt erreichte. Ihre Brüste waren schön, wenn auch ein bisschen klein, aber ihr Haar war völlig falsch – tief goldblond und am Kiefer streng gerade geschnitten, fast jungenhaft.

Nein, nur sie beide: er und Vesna. Dann stellte er sich das Monster und den Beastmaster zusammen als Team vor, wie sie Vesna befriedigen würden. Oh ja. *Das* war gut. Vielleicht könnte er Clarissa dazu bringen, anzurufen und sie würden beide Kopfhörer tragen. Er und Clarissa hatten sich immer auf Russisch geliebt, was gut war, denn Vesna konnte nur schlechtes Englisch.

Diese Fantasie musste er sich allerdings für später aufheben.

Fürs Erste machte Vesna seine Hose auf und legte ihren Kopf in seinen Schoß. Als er hinsah, hatte das Trio auf der Bühne gewechselt. Jetzt nahm Avelina die kniende Marta von hinten mit langen, kräftigen Stößen ihres eigenen Strap-On, während Ludmilla herumstolzierte und die Menge zum Anfeuern animierte.

Die Scheinwerfer auf der Bühne zeigten den Schweiß auf ihren Körpern. Sie waren genauso erhitzt wie er.

Vesna zähmte das Monster wie nie zuvor, während er ihr schönes schwarzes Haar in langen, flüssigen Strichen mit dem Finger bürstete.

Gregor stellte sich die ganze Zeit vor, wie er und der amerikanische Beastmaster, mit wallendem Haar in der Farbe der Sonne, in ihrer gemütlichen Sommerdatscha nackt im Schwarzen Meer schwammen.

17

Clarissa erhob sich von ihrem Stuhl und ging auf Clark zu. In mancher Hinsicht war er jetzt ein besserer Liebhaber als Gregor Federov es je gewesen war.

Er hatte nicht annähernd die natürliche Ausstattung, die Gregor hatte, aber das hatte Gregor zu einem sehr zielstrebigen Mann gemacht – wo konnte er sein selbsternanntes Monster platzieren und wie oft? Seine Ausdauer war bemerkenswert, was ein schöner Ausgleich war, aber es fehlte ihm an Fantasie. Außerdem war er sehr russisch und verstand es nicht besonders gut, Hinweise oder Vorschläge anzunehmen.

Sie wäre genauso froh gewesen, nie wieder etwas von ihm zu hören. Aber aufgrund dieser einen Information über den Persona-Satelliten würde sie ihn auf jeden Fall weiter an der Nase herumführen müssen. Schade, dass er nur auf mündliche Kommunikation bestanden hatte. Keine Unterlagen, Bilder oder Übertragungen von irgendetwas anderem, mit dem er erwischt werden könnte, also auch keine detaillierten Konstruktionspläne.

Aber seine Bezahlung war einfach. Ein Mann, der kein

Land kannte – sein Preis für Informationen war einfach alles, was sein Monster unterhielt.

Clark war ein überzeugter amerikanischer Patriot, der auch einen anderen Fokus hatte. Wie jeder Hetero-Mann genoss er nichts so sehr, wie in einer Frau zu sein. Aber er war auch vom Rest ihres Körpers fasziniert. Am Anfang waren es ausschließlich ihre Brüste, aber *er* war offen für Vorschläge. Sie hatte ihn gelehrt, dass es noch so viel mehr zu entdecken gab, wenn man es nur richtig zu schätzen wusste. Und er hatte *definitiv* Fantasie, wenn man ihm sagte, wo er anfangen sollte.

„Wie hast du dich eingelebt?" Clarks Stimme war angenehm tief und sorgte dafür, dass sich ihr Unterleib auf angenehme Weise zusammenzog. Schön auch, dass er fragte.

Es war ihr erster Tag in Clarks altem Büro.

Sie hatte noch nicht viel getan, um es sich zu eigen zu machen. Vielleicht würde sie das auch nicht.

Die Leute würden die Kontinuität des Büros des Direktors der Central Intelligence Agency an dem breiten Kirschholzschreibtisch, den dunklen Ledersesseln und dem Blick auf den Potomac und Washington, DC erkennen. Es war ein sehr maskuliner Raum. Für die (um ein paar Jahrzehnte) jüngste Direktorin aller Zeiten und die zweite Frau in der Geschichte des Geheimdienstes könnte es sinnvoll sein, dieses Aussehen und diese Atmosphäre beizubehalten.

„Mir geht es gut", richtete sie seine Krawatte, obwohl sie es nicht nötig hatte.

Clark mochte diese Geste immer und empfand sie als zärtlich. Es war das Letzte, was sie an einem Morgen für ihn tat, nachdem sie die Nacht zusammen verbracht hatten. Genauso wichtig wie der Abschiedskuss und der Klaps auf ihren Hintern.

„Was ist mit dir, *Mr. Vizepräsident Clark Winston*?" Ihr Plan hatte wunderbar funktioniert. Der ehemalige D/CIA-

Mitarbeiter war ein beliebter Mann, der sowohl beim Präsidenten als auch beim Kongress sehr beliebt war. Seine Nachfolge für den in Ungnade gefallenen Vizepräsidenten ergab sich fast von selbst… nachdem sie arrangiert hatte, dass Präsident Cole der Vorschlag unterbreitet wurde.

Clarks eigene Empfehlung hatte bei ihrer eigenen Auswahl und Zustimmung das meiste Gewicht gehabt.

Obwohl sie die Bibel bei Clarks Vereidigung nicht in der Hand hielt, sorgte sie dafür, dass sie bei jedem Foto davor und danach in der ersten Reihe und an seiner Seite war. Sie hatte sich ein Beispiel an früheren Second Ladies bei solchen Veranstaltungen genommen und einen schlichten, aber eleganten himmelblauen Zweiteiler mit einer einzigen Perlenkette angezogen. Es war an der Zeit, ihr eigenes Zeichen zu setzen. Unelegant, aber auf den Punkt für die amerikanische Öffentlichkeit.

„Ich kann mich nicht eine Sekunde lang beschweren. Ich bin heute Morgen in die VP-Villa eingezogen. Ich kann es kaum erwarten, sie dir zu zeigen… jeden Raum." Sein sanftes Streicheln ihrer Brust und die langsamen Kreise, die er mit seinem Daumen durch die Wolle ihres doppelreihigen Altuzarra-Blazers zog, verrieten ihr genau, was er in jedem Zimmer zu tun gedachte.

Das viktorianische Queen-Anne-Haus in One Observatory Circle hatte allein im Erdgeschoss acht Zimmer – wenn man die Garage mitzählte, was sie nicht tat, und die Speisekammer, was sie vielleicht tat. Aber vielleicht war Clark dafür noch nicht bereit.

Aber das erste Mal, dass sie in der Villa zusammen waren, würde im Schlafzimmer des Vizepräsidenten sein.

Eigentlich wäre das nur für ihr Ego.

Für seins?

Vielleicht auf einem der Absätze der zentralen Treppe?

„Oh, ich kann es kaum erwarten, bis wir oben sind und ich dich haben kann. Ich bin einfach so stolz auf dich."

Als ob er ohne sie jemals dorthin gekommen wäre.

Ja. Es war immer gut, einen mächtigen Mann daran zu erinnern, wie mächtig er war.

Die Treppe war mit Teppich ausgelegt und der stattliche historische Raum könnte ein bisschen lebendigen Sex vertragen.

„Ich kann es nicht erwarten." Sie drückte seine Hand gegen ihre Brust, während sie ihn küsste.

„Kannst du früher gehen? Den Nachmittag frei nehmen?" Er machte einen kleinen Schritt zur Tür, aber sie hielt ihn an der Hand fest.

„Heute Abend ist früh genug." Es gab zu viel Arbeit zu tun. Zum einen musste sie sich überlegen, was sie mit Gregors Informationen anfangen sollte. Aber es gab auch etwas, das sie als ihre erste ‚offizielle' Handlung als D/CIA tun wollte. Für sich selbst.

Sie drehte sich langsam um. Seine gefangene Hand zog ihn zu sich heran und an sich, während sie sich drehte. Als er sich von hinten an sie presste, konnte sie seine Erregung spüren.

Seine freie Hand glitt um ihre Taille, anstatt nach ihrer anderen Brust zu greifen. Clark war wirklich ein anständiger Mann; sie musste aufpassen, dass sie das nicht vergaß.

Gemeinsam schauten sie aus dem Einwegglas. Niemand konnte in die Fenster der D/CIA sehen.

Ihre Fenster.

Diese Aussicht war das, was zählte. Dieser Blick und die beiden, die ihn gemeinsam genossen.

Okay, *sie* schaute hinaus. Clark war zu sehr damit beschäftigt, ihren Hals zu liebkosen.

Aber sie wollte einen Moment lang so stehen und alles auf sich wirken lassen. So viele Teile ihrer Zukunft fügten sich heute zusammen.

Das Büro des Direktors der Central Intelligence Agency gehörte jetzt ihr.

Der Persona-Satellit, der ihr am ersten Tag in den Schoß fiel, war ein wunderbarer Anfang. Sie hatte davon erfahren, weil sie in der Vergangenheit kalkulierte Entscheidungen getroffen hatte, die heute einfach Früchte trugen, aber sie würde es trotzdem als ein gutes Zeichen für die Zukunft ansehen.

Sie hatte Gregor nicht wegen seines riesigen Penis gefickt, sondern weil sie dachte, dass einer der leitenden Konstrukteure in der Progress-Fabrik sie eines Tages anrufen würde, um ihr genau diese Information zu geben. Aber sie konnte sich nicht beklagen, dass sie dieses köstliche Stück Männerfleisch bedient hatte, als sie die Gelegenheit dazu hatte.

Clark war nun als Vizepräsident im Amt.

Ihr eigener Eintritt auf die öffentliche Bühne hatte mit der schnellen Zustimmung des Senats und Clarks Vereidigung begonnen.

Sie muss bald entscheiden, wann Clark ihr einen Antrag machen konnte. Vielleicht heute Abend auf der Treppe. Vielleicht im Bett des Vizepräsidenten. Jetzt, da sie beide vom Senat bestätigt wurden, *war es* an der Zeit, den nächsten Schritt zu tun.

Clark.

Ja, er war genau da, wo sie ihn haben wollte.

Und sie war eindeutig da, wo er sie haben wollte, als er den Arm um ihre Taille benutzte, um sich von hinten noch fester an sie zu drücken.

Viele ihrer Pläne erforderten, dass sie ihn bei Laune hielt, aber das war überhaupt keine Last. Der Sex, der schon immer nicht mehr als das war, wurde tatsächlich gut mit ihm. *Sehr* gut. Das war eine interessante Veränderung, die sie gar nicht bemerkt hatte. Früher hatte sie sich nie besonders auf den Sex gefreut – sie genoss ihn einfach, wenn er stattfand.

Clark bot mehr.

Clarissa führte seine Hand von ihrer Brust nach unten, bis er sie durch ihren Rock hindurch berührte, dann beugte sie sich vor und stützte sich mit beiden Händen auf dem Schreibtisch ab.

Mehr Führung brauchte er nicht mehr.

Clark brauchte nur wenig Nachhilfe und hatte sie schon gut erregt, bevor er ihr den Rock hochzog. Als Nächstes nahm er sich die Zeit, das Ergebnis ihrer Arbeit auf dem Ellipsentrainer zu begutachten.

Ja, zumindest das würde sie in ihr neues Büro einbauen, vielleicht ein paar Schritte während ihrer Telefonate machen und dort etwas lesen. Ein eigenes Bad mit Dusche war eine der vielen Vergünstigungen der Direktorin.

Clark gefiel auch sehr, dass sie keine Unterwäsche trug – etwas, das sie im Büro immer nur für ihn getan hatte.

Mit starken und geschickten Fingern zeigte er seine Wertschätzung und hatte ihren Körper bald *sehr* stark aufgeladen. Das konnte er inzwischen so gut, dass sie den Kopf hängen lassen musste, um zu atmen, während sie sich anspannte, um sich noch fester gegen seine Hände zu drücken.

Bereit für das, was als nächstes kam.

So bereit.

Sie schaute noch einmal aus *ihrem* Fenster.

Keine Reflexion im Glas. Nicht auf dieser Seite. Nicht zur Mittagszeit.

Der perfekte gesichtslose Liebhaber reizte sie weiter. Sie konnte nicht mehr sprechen. Schließlich war sie nicht einmal mehr in der Lage zu stöhnen.

Endlich zog er seine Hose aus, drang von hinten in sie und fand seinen Lieblingsrhythmus.

Noch während er das tat, stellte Clarissa sich vor, dass nach der zweiten Amtszeit von Präsident Cole die fernen, sonnenbeschienenen Gebäude von Washington, DC, ihr gehören würden.

Das war die wahre Macht.

Ihre und Clarks... aber ihre.

18

„WIE ICH VERMUTET HABE", ZEIGTE MIRANDA NACH UNTEN.
Jon bewunderte einen Moment lang die feste Sicherheit ihrer feinen Finger, bevor er dorthin schaute, wo sie hinwies. Genau wie sie es vorausgesagt hatte, wies der Boden des umgedrehten Mannschaftsteils, auf den sie geklettert waren, zwei deutliche Brandmuster auf. Das Brandmuster eines wütenden Feuers und die Explosion, die den Boden in Form eines langen, flachen Kraters verformt hatte. Als die Sektion noch am Flugzeug befestigt war, hatte sie die Form einer glatten Kuppel. Jetzt sah sie aus wie ein breiter Krater, der der Mittagssonne ausgesetzt war und diese durch die vielen verkohlten Stellen auf der Oberfläche absorbierte.

Miranda legte ihre ausdrucksstarken Finger zusammen und hielt sie in Form eines umgekehrten Kelchs hoch.

„Sieh dir an, wie das die Energie der Explosion noch mehr in eine Auftriebskraft umwandeln würde. Diese Krümmung war das fehlende Element, um die Kraft zu erklären, die nötig war, um dieses Teil abzureißen und es trotz seiner Größe umzukippen. Als es sich nach innen wölbte", zeigte sie auf den äußersten Rand der Struktur, „riss die Verbindung des hinteren

Schotts mit dem mittleren Flügelkasten und schwächte dessen Befestigung am Rest der Struktur. Das erklärt das verformte Metall, das wir an den Rändern gesehen haben."

Jon beschloss, nicht darauf hinzuweisen, dass er es trotz seiner drei Jahre als Unfallermittler gar nicht gesehen hatte, bis sie ihn darauf aufmerksam gemacht hatte.

„Ich sehe keine Durchbrüche im Rumpf, außer der Stelle, wo die Treppe in der Mitte eintritt." Die Treppe selbst baumelte an einem einzigen Bolzen, aber die Luke war offen.

Miranda bewegte sich direkt auf den Eingang zu und kletterte über einen Träger nach dem anderen, der einst den Boden gestützt hatte und nun in den Himmel ragte.

Jon konnte ihr nur verwirrt folgen. Ohne ihre Hilfe hätte er Tage gebraucht, um die Brandmuster zu verstehen. Und wie viele Berechnungen hatte sie angestellt, um herauszufinden, dass es eine zusätzliche, unerklärliche Kraftkomponente bei der Zerstörung gegeben hatte?

Miranda hatte dafür die Dauer eines Augenzwinkerns gebraucht.

Er war Crash-Inspektor, seit er sich durch eine verrutschte Ladung an Bord seines C-5 Galaxy-Transporters die Hüfte gebrochen hatte. Er war der außerdienstliche Pilot auf einem Langstreckenflug und ging nach unten, um sich die Beine zu vertreten. Als es Zeit für die Landung war, schnallte er sich in einem Frachtraumsitz an ... und wurde von einer zerbrochenen Palette MREs angegriffen. Jetzt konnte er gut laufen, aber vielleicht war eine zertrümmerte Hüfte in seinem Leben schon genug.

Das AIB war die Antwort.

Er hielt sich mit Überführungsflügen und Ähnlichem auf dem Laufenden, wenn es keinen Absturz zu untersuchen gab. Er war nicht mehr kampffähig – einige Kampfmanöver mussten ständig geübt werden -, aber er war immer noch für den normalen Flug als Kopilot auf der C-5 zugelassen. Trotz ihrer Größe war sie ein gutmütiger und sanfter Vogel.

Man hatte ihm eine volle Wiedereinstellung angeboten, aber er arbeitete gern für das AIB. Manchmal waren die Absturzstellen grausam, aber er hatte andere wahrscheinlich vor viel Schlimmerem als einer zertrümmerten Hüfte bewahrt, und das war eine verdammt gute Belohnung.

Miranda war so leicht abzutun – er hatte gesehen, wie die Blondine von Antonov genau das tat. Aber er hatte bemerkt, dass die anderen im NTSB-Team sie verehrten.

Jetzt wusste er, warum.

Sie hatte nicht die unverblümte Schönheit des Antonov-Ingenieurs und auch nicht die Naturverbundenheit der überschwänglich gesunden und fitten Holly. Stattdessen war sie... sie selbst. Klein und schlank, aber er würde nicht auf die Idee kommen, sie als zierlich zu bezeichnen. Die Haare hatte sie sich aus dem Gesicht gekämmt, ohne sich darum zu kümmern, wie sie aussahen, einfach weil sie sie aus dem Weg schaffen musste.

Miranda Chase machte keinerlei Anstalten, etwas anderes zu sein als genau das, was sie war.

Ihr Denkprozess war auch verdammt schrullig. Es machte Spaß, herauszufinden, wo sie plötzlich seltsam wurde, auch wenn er keine Ahnung hatte, warum sie so war.

Sie war auch sehr ruhig und konzentriert.

Purer Job, aber auch eine Freundlichkeit.

Sie hatte ihm nicht nur erklärt, was das Brandmuster bedeutete. Mitten in einer Ermittlung mit hoher Priorität und unter dem Druck aller – einschließlich ihm selbst – sich zu beeilen, hatte sie sich die Zeit genommen, ihm beizubringen, wie er es erkennen konnte. Ohne herablassend zu sein. Ohne zu urteilen.

Ja, ihr Ruf war wohlverdient. Eigentlich verdammt

untertrieben. General Nason hatte gesagt, sie sei die Beste. Hatte er eine Ahnung, wie gut das war?

Miranda erwartete ihn an der offenen Luke und sie schauten gemeinsam hinunter.

„Ich gehe zuerst", bot er an. Es waren mindestens acht Fuß. Er fand eine glatte Kante, die nicht beschädigt war, ließ sich hinunter und ließ sich dann den letzten Fuß fallen. In seiner Hüfte tat es nicht weh. „Okay, du bist der Nächste."

Miranda war flink und baumelte einen Moment später an ihren Händen.

Er schlang seine Hände um ihre Taille. „Ich habe dich."

Sie ließ los und er stellte sie auf ihre Füße. Es kostete eine bewusste Anstrengung, sie loszulassen.

Seine Ex war eine solide Frau gewesen, nicht schwer, einfach solide. Eine Krankenschwester aus der Armee, die er vor seinem Hüftbruch geheiratet hatte und die ein paar Jahre später zu Frauen übergegangen war. Sie trafen sich auf einen Drink und ein Essen, wenn sich ihre Einsätze überschnitten, was nicht oft der Fall war. Es gab keine Feindseligkeit und nur ein leichtes Nachklingen der Hitze. Er hatte sie geheiratet, weil er sie einfach sehr mochte; das tat er immer noch.

Im Vergleich zu ihr fühlte sich Miranda fast magisch oder mythisch oder eines dieser M-Wörter. Vielleicht eine verrückte Mischung aus der Kindergärtnerin, in die jedes Kind verknallt war, und einem Supercomputer.

Jon fühlte sich in ihrer Gegenwart leicht aufgeregt und folgte ihr, um zu sehen, was sie als Nächstes aufdecken würde – und wie seltsam sie es tun würde. Er fühlte sich wie ein Kind mit einem neuen und sehr attraktiven Spielzeug.

Die Decke des Mannschaftsraums, der jetzt ihr Boden war, bestand aus einem Haufen Trümmer.

Vorne im Cockpit lagen so wenige Überbleibsel, dass die Decke gut zu sehen war. Handbücher und Checklisten. Ein paar Plastikkaffeebecher, die nicht nach Alkohol rochen, aber Miranda packte sie trotzdem ein.

Ein paar zufällige Gegenstände, die Art von Sammlerstücken, die Piloten, die hauptsächlich in einem einzigen Flugzeug dienten, angesammelt hatten. Eine Schneekugel aus dem australischen Outback, in deren Boden ein roter Stein eingearbeitet war, der beim Schütteln feinen roten Staub aufwirbelte. Ein hawaiianischer Hula-Rock, bei dem er sich fragte, was die Frau, die ihn im Flugzeug getragen hatte, wohl anhatte, als sie das Flugzeug verließ. Aber im Allgemeinen war das Cockpit ordentlich.

Ein Großteil des Glases war aus den Fenstern gebrochen.

„Es scheint nicht nach außen gedrückt worden zu sein. Ein Teil davon ist im Cockpit gelandet." Miranda leuchtete mit einer Taschenlampe auf einen kleinen Haufen, der an der Decke verteilt war.

Er schaute zu den Stühlen hoch.

Notizen hielten fest, wo jede der vier Leichen von den Such- und Rettungsteams entfernt worden war.

Jon las die Schilder vor. Auf jedem stand irgendetwas von „Zu Tode gekommen durch den Absturz". Gebrochenes Genick, kompletter Blutverlust durch den abgetrennten Arm, ein weiteres gebrochenes Genick und ein Gesicht, das mit ungeheurer Kraft durch den Aufprall auf die Konsole des Ingenieurs eingedrückt wurde – er konnte immer noch den braunen Fleck aus getrocknetem Blut sehen.

„Das sind vier von ihren sechs." Jon beendete das Lesen der Details des letzten Eintrags.

„Wer sagte sechs?"

„Elayne Kasprak. Sie sagte, es waren sechs Besatzungsmitglieder auf diesem Flug."

Miranda sah ihn ausdruckslos an.

„Die süße kleine Blondine?"

Immer noch nichts.

„Die Vertreterin von Antonov?"

„Oh. Okay."

Anscheinend war das das Einzige, was Miranda über die Frau wissen wollte, und sie hatte nichts anderes über sie behalten.

Ihr Götter, aber sie war lustig.

19

Mike und Elayne hatten Probleme, die Sprach- und Datenboxen in dem Wrackgewirr zu erreichen, also schickte Holly Jeremy zur Hilfe.

Als die drei sicher am Heck beschäftigt waren, kletterte Holly aus dem Wrack und eilte nach vorne, wo die Besatzungssektion auf der Landebahn lag.

Die zertrümmerte Windschutzscheibe befand sich auf Augenhöhe. Sie kam gerade noch rechtzeitig, um zu sehen, wie Miranda und Major Swift das Cockpit verließen und zu den Mannschaftsräumen des Flugzeugs gingen. Seine Hand lag auf ihrem Rücken, als würde er sie führen oder beruhigen.

Holly wusste aus Erfahrung, dass Miranda sehr trittsicher war und beides nicht brauchte. Aber Swift tat es trotzdem.

Sie fand eine Stelle ohne Glas und sprang hoch ins Cockpit.

Die Landung mit dem Rücken auf der Schalttafel und den scharfen Knöpfen der Funkgeräte, die sich über den Köpfen der Piloten befunden hätten, tat weh. Sie lag einen Moment lang da und starrte auf die Drosselklappen des Steuerpults, wobei sie sich fragte, ob sie sich etwas gebrochen hatte oder ob es nur der Schmerz war.

Letzteres.

Sie rollte sich ab und kletterte auf die Füße, während Miranda bemerkte: „Die Cockpittür ist von hinten nach vorne stark gebogen – aber gleichmäßig. Und sie schwingt noch richtig. Das beweist, dass sie während der Explosion geschlossen und verriegelt war. Die Tür hat gehalten und wurde rundherum vom Rahmen gestützt. Die Piloten wussten vielleicht nicht einmal, dass sich hinter ihnen eine Katastrophe abspielte."

„Das sehe ich", sagte Swift und machte sich Notizen.

Plötzlich sah alles so unschuldig aus und Holly kam sich wie eine Närrin vor, weil sie sich Sorgen machte. Was war so verdammt falsch daran, dass Miranda jemanden mochte? Es war ja nicht so, als würde er sich an Holly ranmachen.

Swift quittierte ihre Anwesenheit mit einem freundlichen Winken, Miranda überhaupt nicht. Das war keine Überraschung. Sie war im Ermittlungsmodus.

Ihr Dialog wurde fortgesetzt, als sie wieder in den Crew-Bereich vordrangen.

Das war ganz anders.

Das Cockpit war zwar unordentlich und ein wenig blutig, aber es hatte keine größeren Schäden davongetragen. Die Instrumente in der Konsole waren größtenteils intakt, die Sitze der Besatzung und der Teppich waren noch in der Farbe der Sitze und des Teppichs.

Im Mannschaftsraum war die Luft so dick, dass sie niesen musste.

Kohle und... gekochtes Fleisch. Wahrscheinlich menschlich.

Sie nieste erneut, konnte den Gestank aber nicht ganz loswerden.

Alles war geschwärzt. Der Ruß – sie kratzte mit der Spitze ihres Stiefels erfolglos daran – und die *Verkohlung* bedeckten jede Oberfläche.

„So eine Deva!" Als sie sich von der vorderen Windschutzscheibe entfernten, mussten sie sich ganz auf ihre Taschenlampen verlassen.

„Dev-a?"

„Dev-a-stierung."

„Oh. Ja", stimmte Jon zu. „Es ist die schwarze Grube. Als würde man die Minen von Moria betreten." Ihre Taschenlampen schienen nichts zu beleuchten.

„Hat jemand einen Balrog?" fragte Holly.

Jon lachte kurz auf. Miranda schaute einen Moment lang verwirrt.

„Oh, Tolkien. Buch Eins. *Die Gefährten des Rings.* Kapitel Fünf. Ist das eine Analogie für diesen Raum und den Fall von Gandalf an der Brücke von Khazad-dûm? Dieser Raum ist kaum groß genug, um ein verborgenes Ungeheuer aus Feuer und Dunkelheit zu beherbergen."

„Vergiss, was ich gesagt habe."

„Okay", und das tat Miranda anscheinend einfach.

Warum konnte sie dann ihre Frage an Holly über Mike nicht vergessen? Schlimmer noch, warum konnte Holly sie selbst nicht vergessen?

„Hier gibt es eine Menge Trümmer", diktierte Swift in einen Taschenrekorder, obwohl er über sie zu lachen schien.

Sie zeigte ihm den Finger und er erwiderte die Geste mit einem leichten Lächeln, während er weiter erzählte.

Verdammt noch mal! Sie wollte ihn nicht mögen.

„Die Küche ist überraschend sicher geblieben, aber dahinter befinden sich Sitzkissen, Gepäck und so weiter. Da oben im vorderen Bereich vier Besatzungsmitglieder waren, sollten wir hier hinten zwei Lademeister finden. Der Frachtraum der Antonov steht während des Fluges nicht unter Druck, also sollten sie hier sein."

Holly ging an Miranda vorbei, durch den

Aufenthaltsbereich und zurück in den hintersten Bereich, wo die Kojen standen.

Eine nummerierte gelbe Karte hob sich grell von dem unendlichen Schwarz ab. Sie las die Details.

„Schwere Verbrennungen. Bis hin zu einem großen Fleischverlust."

„Das ist einer", offenbar war Major Swift nicht zimperlich, was ihm einen weiteren Punkt einbrachte. „Wo ist die andere?"

„Die andere was?" Miranda hockte vor der einzigen Lichtquelle, einem halbmeterlangen Loch im Heckschott.

„Die andere Leiche, Miranda", sagte Holly leise. „Wir erwarten, dass wir hier irgendwo zwei Leichen finden."

„Oh, sie ist gleich dort. Ich habe sie gesehen, als wir reinkamen." Sie zeigte hinter sich, ohne sich umzudrehen, um sie zu inspizieren.

„Warum hast du nichts gesagt?" Jon ging neben Holly her. Mit der Kraft ihrer beiden Taschenlampen konnten sie die zertrümmerten Überreste eines Skeletts erkennen – weiße Knochenreste, die sich durch die Verkohlung abzeichneten. Die Rettungsteams hatten es übersehen.

Miranda antwortete nicht, also tat Holly es für sie. Zum einen, um zu sehen, wie er reagieren würde, und zum anderen, um Miranda nicht von dem abzulenken, was sie gerade so genau inspizierte.

„Sie denkt an einen Absturz in Sphären, Schichten. Von außen nach innen. Das Wetter, das Terrain, der äußere Rand der Trümmer, die Trümmer selbst, und so weiter. Ihre letzte Schicht sind die Menschen. Bring die Ebenen nicht durcheinander, das verwirrt sie."

„Aber dieses Mal hat sie das Trümmerfeld übersprungen. Wie hat sie das geschafft?"

Er hat nicht gefragt, *warum,* sondern *wie.*

Holly wünschte, sie könnte mehr von Swifts Gesicht sehen,

ohne ihm mit der Taschenlampe direkt in die Augen zu leuchten. Er hatte es genau richtig gemacht.

„Zum Teil, weil du und Drake sie gedrängt habt. Und zum anderen, weil sie und ich darüber geredet haben und sie aus Gründen, die ich nicht verstehe, beschlossen hat, Mike zu vertrauen."

„Und du nicht?"

Holly könnte wirklich auf die harten Fragen verzichten.

20

Miranda wartete, um die Antwort zu hören.

Aber Holly sagte nichts.

Gab es einen Grund, warum sie Mike nicht vertraute?

War es wegen der Frage, ob sie miteinander schliefen? Oder wegen etwas anderem? Sie hatte etwas über die Ingenieurin von Antonov gesagt. Miranda hatte sehr wenig Eindruck von dieser Person. Sie würde eine Informationsquelle sein, wenn Miranda dazu bereit war – aber das war sie noch nicht. Bis dahin hatte Miranda keinen Sinn darin gesehen, die Informationen der Ingenieurin weiter zu analysieren.

Sie schloss die Augen, um den Schaden, der vor ihr lag, auszublenden, und versuchte, sich die Frau vorzustellen.

Elayne.

Ihre eigene Größe.

Blond?

Arm in Arm mit Mike gehend.

Oh. Das hatte Holly auch über Mike gesagt. Willst du wetten, wie lange er braucht, um sie ins Bett zu kriegen? Die Antwort ist: nicht lange. Ich werde keine weitere Kerbe an seinem Bettpfosten sein. Ich will, dass meine Liebhaber wenigstens so tun, als wäre ich ein Mensch. *Vielleicht sogar etwas Besonderes.*

Ja. Holly war sehr klug. Miranda wollte sich auch besonders fühlen.

Eine Hand ruhte auf ihrer Schulter. Sie wusste, dass es die von Holly war, weil sie sie fest berührte.

„Was haben wir denn hier, Chef?"

Miranda öffnete die Augen und das zerklüftete Loch durch das hintere Schott war wieder vor ihr.

„Das ist der Ursprungspunkt."

„Es ist *was?* Das kann nicht richtig sein." Jon drängte sich neben Holly, ohne die Zurückhaltung, die sie von einem Air Force Major erwarten würde.

„Du glaubst mir nicht? Welche Beweise hast du für einen alternativen Ursprungsort?"

Holly grinste Jon aus unklaren Gründen an. „Beweise, Kumpel. Nicht nur eine Theorie."

„Es gab eine Explosion der Bewaffnung an einem der Hubschrauber." Jon sagte das, als wäre es eine Antwort für sich.

Miranda hatte das bereits mit ihm besprochen. Würde sie sich wiederholen müssen?

„Halt. Diese Explosion wurde durch ein vorangegangenes Feuer verursacht."

Miranda nickte, damit er fortfuhr.

„Damit das Feuer groß genug wurde, war es nicht elektrisch. Es musste durch Treibstoff ausgelöst werden."

Holly beobachtete ihn mit einem merkwürdigen Gesichtsausdruck. So sehr Miranda es auch hasste, Vermutungen anzustellen, sie hatte kaum eine Wahl, wenn sie versuchte, den menschlichen Ausdruck zu deuten. Vielleicht... Überraschung?

„Und damit es einen großen Brand geben konnte, musste es ein großes Treibstofffleck geben – im Inneren des Flugzeugs. Wenn es von den Flügeln ausgegangen wäre, wäre die meiste

Hitze draußen gewesen. Es muss ein Riss im zentralen Treibstofftank gewesen sein. Aber wie konnte das passieren?" Holly zeigte auf das Loch; sie verstand natürlich. „Die Tanks waren früher genau hier. Sieh dir an, in welche Richtung sich das Metall nach außen gebogen hat. Ich würde schätzen..."

Miranda beobachtete, wie Holly weniger als fünf Sekunden lang auf die geschwärzte Decke starrte, die einmal das Deck gewesen war.

„Ich schätze, dass zwei Kilo, vier bis fünf Pfund C-4 oder Semtex ausreichen, wenn es sich um eine Hohlladung handelt. Das ist wahrscheinlich das, was Mr. Bones da drüben passiert ist. Die Ladung wäre direkt unter seiner Koje gewesen."

„Das ist der Ursprungspunkt", wiederholte Miranda. Holly lächelte und verstand irgendwie, dass Miranda es als Kompliment und gleichzeitig als Schlussfolgerung gemeint hatte.

„Ich will verdammt sein." Jon schaute auf seine Uhr. „Das ist unglaublich."

Miranda war sich ziemlich sicher, dass er nicht meinte, dass seine Uhr unglaublich war, denn er hatte sie getragen, seit sie ihn zum ersten Mal gesehen hatte.

„Noch nicht ganz, Kumpel", korrigierte ihn Holly.

Miranda konnte sich nicht vorstellen, was noch fehlte.

Holly zog sich ein Paar blaue Nitrilhandschuhe an und begann, die um die Knochen herum aufgehäuften Trümmer zu durchsuchen. Aus den Überresten einer geballten Hand riss sie einen kleinen Klumpen verkohlten Papiers heraus. Holly kramte in der Mitte und entdeckte ein paar unverbrannte Bilder. Miranda brauchte einen Moment, um zu erkennen, dass es sich um das Foto eines nackten Frauenbrustpaares handelte und um einen Teil ihres Oberkörpers, der zeigte, wie übergroß sie waren.

„Er holt seine technische Lektüre nach", sagte Holly in

einem extradicken australischen Ton, von dem Miranda gelernt hatte, dass er einen Scherz bedeutete.

Sie schätzte den klaren, tonalen Hinweis und beschloss, dass es auch ein besserer Witz war als der des einhändigen Piloten. Vielleicht nicht zum Lachen, aber witziger.

Holly sortierte weiter die Trümmer und hielt dann ein kleines Stück Draht hoch, das an einem Stück Elektronik befestigt war. Sie gab ein „Hmm" von sich, als sie es in eine kleine Tasche steckte.

„Vielleicht ein Bluetooth- oder Wi-Fi-Empfänger. Das wirft die Frage auf: Welcher Vollidiot hat das Ding eingestellt und ausgelöst? Wenn Mr. Bones in der Ecke nicht gerade einen Selbstmordattentäter war, wurde er genau bei der Landung ausgelöst."

Richtig. Miranda vermied den Teil mit den Menschen immer solange sie konnte. Aber Holly hatte Recht; es war jetzt an der Zeit, zur letzten Sphäre überzugehen.

21

„Du machst Witze?" General Drake Nason, der Vorsitzende der Generalstabschefs, hielt inne und schaute über seinen Schreibtisch hinweg zu General Elizabeth Gray.

In den letzten Monaten hatte er ihren Sinn für Humor kennengelernt. Im Privaten zeigte ‚Lizzy' einen ausgeprägten Sinn für Humor. Ihre Vorstellung von einem Lachen aus dem Bauch heraus war ein strahlendes Lächeln, das sie schnell mit der Hand verdeckte. Es war ein leiser Sinn für Humor, aber er war definitiv da.

Aber bei der Arbeit? Dort hatte ‚Elizabeth' den Humor eines Steins – eines sehr *ernsten* Steins. Er nahm an, dass dies für die Leiterin des Nationalen Aufklärungsbüros angemessen war. Trotzdem war es manchmal schwer, die Frau, die in den letzten drei Monaten mit ihm das Bett geteilt hatte, mit der Frau zu vereinen, die ihn gelegentlich in seinem Büro im Pentagon oder im Sitzungssaal des Weißen Hauses traf.

„Du machst keine Witze." Er drückte das ‚Nicht stören"-Signal auf seinem Telefon. Sein Sekretär würde das sehen und alle Unterbrechungen außer den dringendsten unterbinden.

Elizabeth ließ sich steif in dem Ledersessel gegenüber seines Schreibtisches nieder – akkurat, fast schon prüde.

„Du willst, dass ich etwa eine Milliarde an russischer Staatshardware stehle?"

Sie nickte. „Ich persönlich wäre schon mit einem vollständigen Satz der Spezifikationen zufrieden, aber niemand war bisher in der Lage, diese zu erwerben. Jetzt haben wir die Chance, den fertigen Satelliten selbst zu erwerben. Übrigens, wenn er unserem ähnlich ist, würde er eher bei drei bis fünf Milliarden liegen."

„Wir reden hier von Dollar, nicht von Rubel? Das ist mehr als ein Atomraketen-U-Boot der Virginia-Klasse. Zum Teufel, für so viel können wir ein Viertel eines brandneuen Flugzeugträgers kaufen. Die Russen werden merken, dass jemand es genommen hat."

„Dann mach es so, dass es niemand merkt."

Normalerweise mochte Drake es, wenn jemand mit ungewöhnlichen Ideen an seinen Schreibtisch kam. Dies war die erste Idee von Elizabeth, und sie lag so weit außerhalb der Norm, dass er nicht wusste, was er damit anfangen sollte.

Sich mit sechs von Überläufern in den Westen gelieferten Hubschraubern davonzumachen, war eine Sache. Aber...

Die Idee fing an, ihm zu gefallen. Persona-Satelliten wurden nicht billig oder über Nacht gebaut. Einen wichtigen Spionagesatelliten aus Russlands Angebot zu streichen, wäre ein erheblicher Rückschlag, sowohl in finanzieller Hinsicht als auch im Hinblick auf die immer weiter eskalierenden Geheimdienstkriege.

„Wie kommst du auf diese Idee?"

Ihr kurzer Blick zur Seite war alles, was sie sagen musste.

Präsident Cole hatte drei Monate gebraucht, um einen Nachfolger für den in Ungnade gefallenen Vizepräsidenten zu finden. Seine Wahl fiel auf den CIA-Direktor Clark Winston, der vom Senat ohne weiteres akzeptiert wurde. Er war eine offensichtliche Wahl; ein Traditionalist der alten Schule, der es geschafft hatte, mit der Zeit zu gehen, ohne sich die Hände schmutzig zu machen. Zumindest nicht in einer Weise, die vom Senat oder den Medien aufgegriffen wurde. Er war sogar so etwas wie ein Medienliebling.

Winstons Nachfolger bei der CIA hingegen war unglaublich.

Clarissa Reese war die Direktorin für Sonderprojekte – eine der kleinsten und schattigsten Abteilungen einer sehr schattigen Behörde.

Keine Chance, dass sie genehmigt wurde.

Zumindest nicht, bis der neue Vorsitzende des Senatsausschusses für Streitkräfte und der des Senatsausschusses für Geheimdienste überraschend starke Unterstützung anboten. Die beiden waren sich nie einig – ihre gegenseitige Feindschaft war legendär – bis sie sich plötzlich einig waren, Clarissa Reese zur jüngsten Direktorin der Central Intelligence Agency zu machen.

Drake musste sich fragen, was sie gegen die beiden in der Hand hatte.

Der D/CIA war normalerweise ein Berufsspion in den Sechzigern, nicht in den Dreißigern.

Und sie waren normalerweise keine Viper mit der Moral eines...

„Warte mal. Reese hat dir den Standort eines Persona-Satelliten verraten, aber nicht angeboten, ihn für dich zu stehlen?"

Elizabeth nickte. „Sie sagte, dass es nicht in ihren Zuständigkeitsbereich falle, aber wenn sie uns irgendwie helfen könnten, solle sie es bitte wissen."

„Bei jedem anderen auf der Welt würde ich das vielleicht sogar glauben. Glaubst du, es ist eine Falle?" Das würde Drake Clarissa zutrauen. Natürlich musste sie inzwischen wissen, dass Drake sie mit bloßen Händen töten würde, wenn sie Elizabeth auch nur ein einziges Haar krümmte.

Elizabeth zuckte nur mit den Schultern.

„Du willst, dass ich Russlands neuesten Spionagesatelliten stehle, damit du ihn dir ansehen kannst?"

„Drake", erwachte Elizabeth plötzlich zum Leben und hockte sich auf die Kante ihres Sitzes. „Wir wissen, dass die Russen in ihrer Technologie gewaltige Fortschritte gemacht haben, und das nicht nur durch das Kopieren unserer KH-11 EECS-Vögel. Unser modernes Enhanced Evolved Crystal System hat mit den Ursprüngen des Designs, das wir der NASA für das Hubble gegeben haben, so viel zu tun wie ein Accuracy International MK 13 Scharfschützengewehrsystem mit dem M1, das die Marines an die Strände der Normandie getragen haben. Die letzten Informationen, die wir über die Fähigkeiten der russischen Überwachungssatelliten haben, sind praktisch prähistorisch. Das Persona-Gerät ist ihr absoluter Spitzenreiter."

„Warum ist das hier anders?"

„Weil wir zum ersten Mal wissen, wo er ist, *bevor* er ins All geschossen wird. Sobald er gestartet ist, können wir uns nicht einfach anschleichen und ihn uns schnappen, ohne dass alle, auch die Russen, es bemerken. Im Moment befinden er sich in der letzten Verpackungsphase im Progress Rocket Space Centre in Samara im Westen des Landes. Der Start soll in fünf Tagen vom Kosmodrom Wostotschny im Osten erfolgen. Da sie ihre Weltraumstarts seit kurzem nicht mehr in Baikonur in Kasachstan, sondern in Wostotschny durchführen, können sie den Satelliten nicht auf einen Lastwagen laden. Sie *müssen* ihn fliegen."

Drake musste zugeben, dass das interessant *war*.

„Wie viele Leute wissen davon?"

„Du bist Nummer vier. Clarissa, ihr Agent am Boden und wir beide."

„Und du glaubst, die Informationen sind zuverlässig?"

„Ich habe ein paar unserer Satelliten umprogrammiert und Bilder von beiden Enden der Route bekommen." Sie rief ein paar Bilder auf ihrem Tablet auf. „In der Endmontagehalle der Fabrik ist definitiv etwas sehr Geschäftiges im Gange. Das ist das Gebäude. Vergleiche es mit dem Rest des Werks."

Um das Gebäude herum waren zehnmal mehr Fahrzeuge unterwegs.

„Und sie bauen einen Startplatz in Wostotschny auf." Sie rief ein Bild auf, das ihm fast nichts sagte.

Er würde ihrer Interpretation als Chef des Nationalen Aufklärungsbüros vertrauen.

„Zurück zum ersten Bild, schau dir das Flugzeug an, das auf der Landebahn steht."

Drake blinzelte darauf und versuchte, das Frösteln zu unterdrücken, das er verspürte. Es kam ihm *sehr* bekannt vor. Vor weniger als sechs Stunden hatte er das Bild eines völlig zertrümmerten Flugzeugs gesehen, das über die Landebahn von Fort Campbell gestreut war.

„Eine AN-124 Antonov Condor." Er konnte kaum atmen, als er es flüsterte.

„Ja", fuhr Elizabeth fort. „Die russische Luftwaffe hat zwölf davon als Schwerlasttransporter im Einsatz. Sie starten etwas Großes, etwas, das nicht in einen normalen Transporter passt."

„Satelliten sind nicht so groß."

„Es ist fast fünfzig Fuß lang und zehn breit. Und das, bevor man die Schutzverkleidung mitzählt, die fast doppelt so groß ist. Selbst bei einer fertig montierten Rakete ist der Aufwand für den Start eines Satelliten erstaunlich groß."

„Der Start könnte alles Mögliche sein. Ein Wettersatellit. Oder die laufende Erweiterung von GLONASS. Verdammt, wir haben gerade die Hälfte unseres eigenen GPS-Systems aufgerüstet, warum sollten sie das nicht auch tun?" Drake war des Teufels Advokat, aber er wollte es glauben.

„Unangekündigt. Sie haben noch nicht einmal eine Warnung der Flugsicherung für den Start herausgegeben, aber der Start ist bereits in der Vorbetankung. Das machen sie nur bei geheimen militärischen Nutzlasten."

Drake wollte glauben, sehr sogar.

Er rief eine Karte auf und markierte Samara und Vostochny.

„Sechstausend Kilometer." Dann zoomte er zurück und fühlte sich ein wenig krank. Einen halben Moment lang hatte er gedacht, dass das Flugzeug vielleicht irgendwie entführt werden könnte, während es den Arktischen Ozean überquerte.

Aber Samara und Wostotschny lagen so weit südlich, dass der beste Weg für den gesamten Flug durch das Herz Russlands führte, selbst wenn man den Bogen der Großkreisroute mit einbezog.

Unerreichbar.

22

ELAYNES LIEBLINGSJEANS VON SAINT LAURENT WAR SCHMUTZIG. Nicht mit Schmutz, sondern mit Ruß und einem Fettfleck, den sie wahrscheinlich nie wieder herausbekommen würde. Und selbst wenn, würde sie wissen, dass der Fleck da war.

Es würde ihr nichts ausmachen, sich in ihrer Uniform und ihren Armeestiefeln schmutzig zu machen.

Aber sie hatte sich nicht richtig auf diese Rolle vorbereitet. Zaslon erlaubte ihr schöne Kleidung, aber sie wären nicht glücklich darüber, wenn sie eine achthundert Dollar teure Jeans ersetzen müsste, weil sie nicht richtig geplant hatte. Sie würden das als Kritik an ihren Fähigkeiten zur Missionsplanung sehen.

Sie tat es mit einem Achselzucken ab.

Der Zusammenbruch des Leitwerks der Condor hatte die Entnahme der Blackboxen zu einem langwierigen und mühsamen Prozess gemacht.

Jeremy Trahn hatte sich die Mühe gemacht, alles genau zu fotografieren und zu dokumentieren, bevor er den Feuerwehrleuten die Erlaubnis gab, den großen Kran zu benutzen, um das zusammengebrochene Heckteil zu entfernen. Als es beiseite geräumt war, versammelten sich die Einsatzkräfte, um ihre zerstörten Feuerwehrfahrzeuge zu beweinen.

Aber Jeremy und Mike hatten sich in dem freigelegten Wrack durchgegraben, bis sie die schwarzen Boxen erreicht hatten. Es brachte sie immer zum Lachen, dass sie leuchtend orange waren.

„Hat die Antonov einen QAR?" Jeremy tauchte vor ihr auf wie eine Landmine von Bouncing Betty, die immer kurz davor war, in ihrem Gesicht zu explodieren.

„Ein QAR?" Elayne wusste sofort, dass es ein Fehler war, während sie es sagte. Mike schaute sie fragend an.

„Ein Quick Access Recorder", Jeremy bemerkte natürlich nichts. „Nicht alle Flugzeuge haben so etwas, aber es würde uns das Leben leichter machen, wenn dieses einen hätte."

„Ich weiß..." Elayne überlegte schnell, „...dass einige unserer Flugzeuge sie haben, aber nicht alle." Sie hatte keine Ahnung, wie sie herausfinden sollte, ob dieses Flugzeug oder eine AN-124 Condor so etwas hatte. Sie wusste, wie man ein Flugzeug sabotierte, aber nicht, wie man es wieder zusammenbaute.

„Jetzt, wo ich die hier habe", hob er die leuchtend orangefarbenen Flugdaten- und Cockpit-Voice-Recorder hoch, die jeweils die Größe einer großen Lunchbox hatten, „können wir nachsehen."

Als sie sich nicht bewegte, winkte Jeremy mit einer Hand in Richtung des vorderen Teils des Flugzeugs. Oh, sie versperrte den einzigen freien Weg aus den Tiefen des zerfetzten Heckteils. Was auch immer ein QAR war, es musste sich im Cockpit befinden.

Gut. Sie hatte in den letzten zwei Stunden versucht, Mike dorthin zu manövrieren, völlig erfolglos. Normalerweise waren Männer für sie leicht zu lenken, aber sie wollte nicht darüber nachdenken, warum Mike das nicht war.

Nur fünf Leichen. *Daran* musste sie denken.

Wie war das möglich?

Niemand hätte überleben sollen... schon gar nicht Voskov. *Bitte* nicht Voskov.

Sie achtete darauf, Mike nicht anzusehen, als sie sich den Weg nach draußen suchte.

Diesmal hätte sie sich fast einen Riss in ihrer tausend Dollar teure ZILVER-Jacke geholt.

23

„Es war also Sabotage?", fragte Jon, als er ihr aus der Hocke half.

Miranda nickte zustimmend. „Das ist die einzige Schlussfolgerung, die zu den Fakten passt. Ich halte es für sehr unwahrscheinlich, dass jemand versehentlich zwei Kilo Sprengstoff an Bord eines Frachtflugzeugs ausgelöst hat."

„Warum hier?"

„Wo sollte es sonst sein?"

„Über dem Mittelatlantik, wo wir nie etwas finden würden? "

Miranda überlegte. Sie verstand etwas von Mechanik, aber nicht von den Motiven. Warum jemand absichtlich ein einwandfreies Frachtflugzeug in die Luft jagen würde, würde sie nie verstehen. Nun, sie konnte es, aber es war so schrecklich, dass sie versuchte, nicht daran zu denken.

„Mir fallen da eine Handvoll Gründe ein." Holly war schon immer gut in solchen Dingen.

Miranda würde zuhören und versuchen zu lernen.

„Das war eine Ladung russischer Hubschrauber, vermutlich von russischen Überläufern."

Miranda hatte sich die Marke der Helikopter nicht gemerkt, da sie nicht relevant war. Aber jetzt, wo Holly es erwähnte, betrachtete sie deren Überreste und Konfigurationen, die sie beobachtet hatte. „Ein Havoc, zwei Alligatoren, eine Helix und ein Mi-17 Kampfhubschrauber. Und da war einer, den ich nicht erkannt habe." Das beunruhigte sie.

Jon schüttelte den Kopf. „Dafür gibt es einen Grund. Der letzte Vogel auf der Liste ist eine brandneue Konstruktion namens Kazan Ansat."

„Leichter Mehrzweckhubschrauber", Miranda kannte die Spezifikationen, wenn auch nicht das Flugwerk. „Meistens Transport- oder Sanitätseinsätze; die gleiche Funktion wie eine Bell 212. Das muss ich mir noch genauer ansehen. Ich wünschte, ich hätte ihn intakt sehen können."

„Ich auch", Jon drückte ihren Arm, entweder aus Mitgefühl oder aus geteilter Trauer, bevor er seine Hand wegzog. Sie konnte das taktile Echo immer noch spüren.

Holly nickte. „Ich würde darauf wetten, dass Russland nicht sehr erfreut war und jemanden geschickt hat, um die Lieferung zu zerstören, bevor die Amerikaner sie in die Finger bekommen konnten."

„Nochmal: Warum nicht im Mittelatlantik zerstören?" Wie die meisten Menschen schien auch Jon einen gewissen Trost darin zu finden, Dinge zu wiederholen.

Vielleicht sollte Miranda das versuchen. „Also, du, Holly. Du schläfst nicht mit Mike, weil er ein Idiot ist, was Frauen angeht."

„Miranda! Pinkie-Schwur! Da ist ein Kerl anwesend."

Sie sah Jon an. „Ach ja. Sorry. Ich habe es vergessen." Vielleicht würde sie nicht anfangen, Dinge zu wiederholen, die sie schon wusste.

Holly starrte Miranda an und wartete auf... etwas.

Oh, um zu sehen, ob sie etwas anderes wiederholen würde, was sie nicht tun sollte. Sie schüttelte den Kopf.

Holly nickte vorsichtig, bevor sie fortfuhr. „Wenn ich die Russen wäre – und sag das bloß nicht vor dieser Antonov-Frau, der traue ich nicht mehr als einem verhungerten Dingo – hätte ich es bei der Landung getan, nur um den Amis den Finger zu zeigen. *Du warst so nah dran, und wir haben es dir weggenommen. Direkt auf amerikanischem Boden.*"

Jon nickte, „Das passt. Also etwas, das am Fahrwerk oder an den Klappen befestigt war?"

Holly neigte ihren Kopf zur Seite, als würde sie angestrengt nachdenken.

Miranda konnte ihren Hals knacken hören.

„Nein. Die Explosion war nach der Landung. Mike hat mit dem Tower und den Rettungsmannschaften gesprochen, obwohl er Frau Antonov begleitet hat. Der Pilot hat nie einen Notfall oder ähnliches gemeldet. Er ist sauber gelandet. Diese Explosionssequenz: Hohlladung, Riss des zentralen Tanks, Feuer und Explosion der Hubschrauberbewaffnung wäre schnell passiert. Alle bis auf die letzte innerhalb der ersten halben Sekunde oder so. Nein. Es war..."

Dann ging Holly von ihnen weg.

Miranda musste sich beeilen, um mit Hollys langen Beinen und der Leichtigkeit, mit der sie über den tiefen Schutt stieg, Schritt zu halten. Wenn sie Holly jemals um etwas beneidet hatte, dann um ihre langen Beine.

Holly stand an der Decke des Cockpits, als Miranda sie einholte. Sie untersuchte das Kontrollsystem, das von der Decke herabhing.

Die Drosselklappen für die vier CF-6-Triebwerke waren zurückgezogen und auf die Schubumkehr umgeschaltet, die das Flugzeug durch die Kraft der Triebwerke selbst abbremste. Das war ein erwartetes und angemessenes Manöver für einen Piloten, aber es bedeutete auch, dass er gestorben war, bevor das Flugzeug vollständig abgebremst hatte, sonst wären die

Steuerungen wieder in die Leerlaufposition zurückgestellt worden.

Holly griff nach oben, schien etwas mit einem schnellen Zwicken weg zu zupfen und steckte es in eine Plastiktüte.

„Hey, da seid ihr ja alle." rief Jeremy durch die fehlende Windschutzscheibe. „Hat dieses Flugzeug einen QAR?"

Während er auf die Konsole schaute, steckte Holly das, was sie gefunden hatte, sofort in eine Westentasche.

„Nicht bei diesem Modell, Jeremy." Miranda musste Jeremys Frage zuerst beantworten, um Holly nicht in die Quere zu kommen und sie zu fragen, was sie gefunden hatte.

In dem Moment, in dem sie sich umdrehte, lehnte sich Holly nah genug an Miranda heran, um ihr ins Ohr zu flüstern: „Das hast du nicht gesehen. Das ist ein Pinkie-Schwur der höchsten Geheimhaltungsstufe."

Miranda verstand nicht, warum, aber sie nickte.

Außerhalb der fehlenden Windschutzscheibe traten Mike und Elayne neben Jeremy. Im selben Moment kam Jon aus dem Mannschaftsraum herein.

„Ixnay", sagte Holly zu Jon und winkte mit der Hand zum hinteren Teil des Flugzeugs.

Er nickte.

Miranda nickte in Richtung von Hollys Tasche.

„Nicht einmal er", flüsterte sie.

Miranda nickte, um zu zeigen, dass sie es verstanden hatte, aber sie mochte es nicht, Geheimnisse vor einem Ermittlerkollegen zu haben.

„Für den Moment."

Okay, das konnte sie tun. Für den Moment.

24

„Du willst ein Flugzeug mitten in Russland stehlen?"
Drake winkte hilflos mit dem Blick auf die geplante Flugroute
durch ihr Kernland.

„Nein, *ich* will ihren Satelliten inspizieren. Es ist nur so,
dass die wahrscheinlichste Gelegenheit, das zu tun, darin
besteht, ihn zu übernehmen, während er sich in einem
Flugzeug mitten in Russland befindet." Elizabeth schenkte ihm
eines ihrer seraphischen Lächeln, von dem er gelernt hatte,
dass es alles andere als das war. Sie liebten beide Wortspiele,
aber das war zu viel.

„Und wer wird es fliegen? Und sag nicht du; du warst ein
Kampfjetpilot, kein russischer Frachtpilot."

„Wie wär's mit einem Russen?"

„Ist Clarissas Kontaktperson ein Pilot?"

„Er ist ein Konstrukteur, kein Pilot. Und nein, er hat keinen
Zugang zu den Informationen, die ich brauche; er hat das
Kommunikationssystem entworfen. Er übermittelt keine Pläne,
sondern nur mündlich Informationen. Ich habe gefragt."

„Wir müssen uns also einen Plan ausdenken, wie wir ein

russisches Flugzeug stehlen können, *weil* es einen russischen Satelliten an Bord hat."

„Ganz genau."

Drake wünschte, er könnte sich hinlümmeln, aber zu viele Jahre beim Militär hatten ihn dazu unfähig gemacht. Ranger lümmelten, auch nicht die, die das Treten von Türen vor drei Jahrzehnten jüngeren Männern überlassen hatten. Wie sollte er seiner Freundin nicht ‚Nein', sondern ‚Verdammt, nein!' sagen?

„Nein."

Elizabeth zögerte kaum. „Haben wir nicht auch Leute, die so etwas machen?"

„Einen drei Milliarden Dollar Satelliten stehlen? Nein."

„Nun, das sollten wir."

„Am nächsten kommt dem die SOG, die Special Operations Group der CIA. Und bei denen geht es eher um Nassarbeit. Wenn jemand ermordet werden soll, sind das deine Leute. Wenn du einen milliardenschweren Satelliten am helllichten Tag stehlen lassen willst... Ich habe keine Ahnung."

Elizabeths starrer Blick verriet, dass selbst ein „Zur Hölle, nein!" nicht funktioniert hätte.

„Lass mich daran arbeiten", obwohl Drake nicht wusste, was das bringen würde.

„Denk daran, dass im Moment nur vier Leute davon wissen. " Als ob er die Erinnerung gebraucht hätte.

„Du kennst das alte Sprichwort: *Drei können ein Geheimnis bewahren, wenn zwei von ihnen tot sind.* Der alte Ben Franklin wusste, wovon er sprach."

„Ich wähle mich."

„Als was?"

„Diejenige, die lebt. Es tut mir leid, Drake. Ich liebe dich, aber wenn einer von uns untergeht, werde ich dich vor mir über die Klippe stoßen."

„Schön. Wirklich nett." Das würde ihn lehren, sich in einen

Krieger zu verlieben. Vielleicht könnte er ein bisschen nachlässig sein...

Natürlich hatte Elizabeth gesagt, dass sie ihn liebte. Vielleicht lohnte es sich nicht, zuerst von einer Klippe zu stürzen, um das zu hören, aber es könnte.

„Night Stalkers oder Delta Force oder eines dieser Teams?", fragte sie ohne eine peinlich lange Pause, in der sie seine Antwort auf ihre unbedachte Bemerkung erwartete.

Scheinbar aus dem Stegreif, Drake old boy. Vergiss nicht: Frauen sind hinterhältig. Das waren die 75th Rangers auch – aktiver Dienst hin oder her.

„Ich kann sie dazu bringen, ihn zu holen, aber die Russen werden wissen, dass wir ihn geholt haben. Wir müssen irgendwie dafür sorgen, dass sie denken, dass es nie passiert ist. "

„Vielleicht kannst du das Flugzeug verdampfen lassen? Oder abstürzen lassen, aber nicht?"

Das ließ Drake kerzengerade sitzen. „Das ist interessant. Ich wusste, es gibt einen Grund, warum ich dich liebe."

Sie brauchte nicht einmal einen Schlag, um zu reagieren.

Das Lächeln, das ihr Gesicht erhellte, war Lizzy pur, ohne einen Hauch von General Elizabeth Gray.

Ein Punkt für die Ranger.

25

MIRANDAS MOBILTELEFON KLINGELTE LAUT IM COCKPIT DER
Antonov AN-124 Condor.

Sie, Jeremy und Mike sprangen überrascht auf.

Die anderen blinzelten nicht einmal. Wie machten sie das?

Alles überraschte sie, besonders laute Geräusche.

„Miranda Chase hier."

„Hi, Miranda. Hier ist Jill vom NTSB. Ist dein Team für
einen Start verfügbar?" Das war das Wort, mit dem das
National Transportation Safety Board ein Team zu einer
Unfalluntersuchung schickte.

„Wir sind gerade mitten in einem."

„Wirklich? Ich habe keinen in den Büchern. Wo seid ihr?"

Miranda war einen Moment lang verwirrt. Oh, Drake hatte
das Team Chase direkt angerufen und mobilisiert, ohne den
Dienstweg einzuhalten. Sie nahm an, dass dies das Vorrecht
des Vorsitzenden der Generalstabschefs war.

„Wir sind bei..."

Holly schüttelte heftig den Kopf.

„Wo? Das habe ich nicht verstanden", fragte Jill, während
Miranda Holly ein „*Was?*" zuraunte.

Holly flüsterte zurück: „Drake erklärte die nationale Sicherheit. Sag einfach, wir sind in Kentucky."

„Oh, gute Idee. Hi, Jill. Wir sind in Kentucky."

„Na, das ist ja perfekt. In Nashville herrscht ein ziemlicher Schlamassel, so schlimm, dass uns der Präsident von FedEx persönlich angerufen hat. Ich könnte Rafe aus dem Urlaub zurückholen oder Terence von seinem Unterricht an der Ausbildungsakademie abziehen, aber..."

„Aber was?" fragte Miranda, als Jill den Satz nicht beendete.

„Aber es würde wirklich helfen, wenn du diesen Start übernehmen könntest", lachte Jill. Das tat sie oft während ihrer Unterhaltungen.

Diesmal schaltete Miranda das Telefon stumm. Es war sehr schwer, den beiden Gesprächen gleichzeitig zu folgen. Wenigstens konnte sie Jill stumm schalten und so tun, als ob das Gespräch im Moment nicht stattfände.

„Es gibt einen Zwischenfall in Nashville. Sie fordern uns auf, uns zu mobilisieren."

„Geh", sagte Jon, bevor Holly die Zeit hatte, die Stirn zu runzeln.

„Aber wir sind hier noch nicht fertig."

„Du hast den ganzen Weg aufgezeichnet. Von Anfang bis Ende. Ich habe ein AIB-Team der Luftwaffe in Bereitschaft. Lass ihnen etwas Ruhm zukommen. Sie können all die kleinen Details überprüfen, nicht dass du viele vergessen hättest."

Miranda mochte es schon immer, all die kleinen Details zu machen.

„Wir werden sie informieren und du kannst innerhalb einer Stunde losfahren. Nashville ist nur eine Stunde Fahrt entfernt. Besser noch, ich ziehe einen Hubschrauber für dich ab."

Miranda schaute zu den anderen.

Mike zuckte mit den Schultern, aber Holly nickte.

Das schien nicht richtig zu sein, aber es war die Untersuchung des Militärs, nicht die des NTSB. Sie war schon öfter von Starts abgezogen worden, aber nur selten mit einem AIB-Team als Unterstützung.

Sie löste die Stummschaltung des Telefons. „Jill, wir sind in fünfundsiebzig Minuten vor Ort. Wo werden wir gebraucht?"

„Das Rollfeld auf der Westseite des Flughafens von Nashville, es ist nicht zu übersehen. Ein technisches Genie hat versucht, seinen brandneuen, siebzig Millionen Dollar teuren Bombardier Global 7500 Luxusjet *in* einer voll beladenen Boeing 767 von FedEx zu parken. Er hat es überlebt, aber er und FedEx haben einen Riesenkrach. Du weißt schon..."

„Was?" Miranda war sich nicht sicher, was sie eigentlich wissen sollte. Jill schien ihre Gedanken nie zu Ende zu denken. Sie kam ursprünglich aus Los Angeles. War das eine Sache von Los Angeles?

„Die normale Verrücktheit."

„Ich bin nicht verrückt."

Jill kicherte. „Geh nach Nashville, Miranda."

„Okay." Miranda legte auf. „Jon, lass uns dein Team informieren."

Er tätigte einen Anruf und sagte einfach: „Wir sind bereit für dich."

Sie kletterten alle durch die fehlende Windschutzscheibe wieder hinaus. Wieder ging Jon als Erster und sorgte dafür, dass sie leicht auf ihren Füßen landete. Hielt er sie noch einen Moment länger fest? Wenn er das tat, gefiel ihr das. Auch wenn er es nicht tat, gefiel es ihr trotzdem.

„Wir brauchen nur uns drei für die Nachbesprechung", sagte Holly und zeigte auf Miranda, sich selbst und Jon. „Warum schaut ihr euch nicht kurz im Trümmerfeld um, ob euch etwas Ungewöhnliches auffällt?"

26

HOLLY BEOBACHTETE DIE REAKTIONEN, ALS SIE DEN VORSCHLAG machte. Dabei hatte sie ein besonders wachsames Auge auf Elayne Kasprak.

Jeremy reichte Jon die Blackbox-Recorder und holte sein Tablet und seine Kamera heraus, bereit zum Loslegen.

Mike rollte mit den Augen.

Elayne Kasprak sah aktiv verzweifelt aus.

„Was ist mit meinem Flugzeug?"

„Oh, wir wissen, was es runtergeholt hat."

Elaynes Augen wurden groß. Nur einen Augenblick lang – ein Flackern, dann war es weg.

Keine Überraschung.

Sorgen?

Angst?

„Du kannst deinem Chef sagen, dass es nicht die Schuld des Flugzeugs war. Es scheint, dass der Lademeister einen Teil der Bewaffnung des Hubschraubers nicht richtig gesichert hat. Eine harte Landung hat offenbar eine der Raketen ausgelöst."

Miranda und Jon sahen sie beide überrascht an, aber sie

standen hinter Elayne, also war es egal, solange Miranda ruhig blieb.

Sie wollte gerade protestieren, als Jon ihr eine Hand auf den Arm legte, um sie zum Schweigen zu bringen. Clever. Holly konnte nicht anders, als ihn zu mögen.

„Und habt ihr das sechste Besatzungsmitglied gefunden?" Elaynes Stimme blieb angespannt.

„Mr. Bones? Ja. Die Rettungsmannschaft hat ihn verpasst, weil so wenig von ihm übrig ist."

„Oh, der arme Mann", aber wieder täuschten ihre Augen ihre Worte.

Erleichtert.

Auf jeden Fall erleichtert.

Holly hoffte, dass ihre eigenen Gefühle nicht so durchschaubar waren. Vielleicht war Elayne Kasprak nicht auf der Hut. Umso besser. Der erste Griff, den Ms. Kasprak nach ihrer Waffe gemacht hatte, war Holly nicht entgangen, und jetzt gab es weitere Anomalien in ihrem Verhalten.

„Lass uns gehen."

Miranda und Jon gingen auf zwei Geländewagen zu, die gerade anhielten. Das musste das AIB-Team sein.

Elayne folgte Jeremy in das Trümmerfeld, bereitwilliger als alles andere, was sie an diesem Tag getan hatte.

Holly zog Mike für einen Moment zur Seite. Hoffentlich war er nicht zu besessen, um vernünftig zu sein.

„Hast du deine Augen offen gehalten?"

„Nicht dumm, Holly. Wenn du eine Waffe auf jemanden richtest, vertraue ich auf deine Instinkte. Irgendetwas stimmt nicht mit ihr. Ich habe sie genau beobachtet, aber ich kann nicht herausfinden, was los ist."

„Ich dachte, du wärst zu sehr mit einem kleinen Wurzelfest beschäftigt, um etwas zu bemerken." Wie sehr hatte sie ihn falsch eingeschätzt?

„Wurzelfest?"

„Du suchst jemanden, in dem du deine Wurzel vergraben kannst, Kumpel."

„Gott, ihr Aussies seid aber krass. Klar, das würde mir keine Sekunde lang etwas ausmachen. Sie ist unglaublich heiß."

Offenbar hat sie sich nicht so sehr verschätzt.

„Fast so heiß wie du. Aber du hast mir gedroht, mich zu verprügeln, wenn ich das jemals erwähne, also habe ich es nicht einfach gesagt." Und er schenkte ihr eines dieser Mike-Munroe-Mörderlächeln.

Nun, sie war aus härterem Holz geschnitzt als das.

Dann zwinkerte er ihr zu.

Wollte er sie ärgern? Wenn ja, ging es um seine Hoffnung, mit Elayne ins Bett zu gehen oder...

Verdammt! Er spielte mit ihren Gedanken – mit Erfolg. Das durfte *nicht* passieren.

Sie gab ihm einen Stoß und schickte ihn fluchend weg, um der kecken Elayne hinterher zu hecheln. Falls er das tatsächlich tat. Mike war der einzige Typ, den sie nie verstehen konnte.

Dann kam ihr in letzter Sekunde ein Gedanke...

„Hey, Mike?"

„Ja?"

„Sieh zu, dass du einen Satz ihrer Fingerabdrücke bekommst. Wenigstens beide Zeigefinger."

„Womit? Ich habe kein Fingerabdruck-Set dabei."

„Vielleicht ein Trümmerteil, das sie aufhebt. Tüte es sorgfältig ein."

„Die Frau macht sich nicht gerne die Hände schmutzig. Ich dachte schon, sie bekommt einen Schlaganfall, als sie Schmierfett auf ihre schicke Jeans bekam. Aber ich werde es versuchen." Er grüßte sie lässig mit zwei Fingern an der Stirn und schlenderte davon.

Schlendern.

Er war viel zu selbstsicher.

Aber es war gut, dass er Elayne gegenüber misstrauisch war, anstatt zu versuchen, mit ihr ins Bett zu gehen. Wenn er jemals vergessen würde, Miranda zu beschützen, würde er ein böses Erwachen erleben und sterben müssen.

Endlich allein, zog Holly die kleine Tüte aus ihrer Tasche und inspizierte den Inhalt.

Es war sehr klein und ziemlich clever. Eine klebrige Rückseite, ein winziger Mikroschalter und eine kleine Platine, von der sie vermutete, dass es sich um den Sender handelte, der zu den Überresten des Empfängers passte, den sie gefunden hatte. Außerdem war er fast unsichtbar.

Derjenige, der sie und die Sprengladung platziert hatte, war sowohl im Kojenbereich als auch im Cockpit gewesen.

Alleine?

Das würde eine offizielle Erlaubnis, an Bord zu sein, bedeuten.

Oder vielleicht als Gast von jemandem, der beide Geräte anbrachte, während sein Gastgeber abgelenkt war.

Ja, Elayne Kasprak wäre sehr gut darin, jeden Mann abzulenken, den sie wollte – mit Ausnahme von Mike, wie es schien. Aber wenn Elayne die Sexkarte ausspielte, konnte sie sich keine Handschuhe anziehen, bevor sie die Geräte platzierte.

Der winzige Sender war gerade groß genug, um einen einzigen Fingerabdruck desjenigen zu speichern, der ihn angebracht hatte.

27

Elayne wusste, dass etwas nicht stimmte, aber sie konnte nicht herausfinden, was.

Alle sechs Besatzungsmitglieder waren tot, das war eine gute Nachricht.

Aber sie wusste, dass die Bewaffnung der Hubschrauber nicht einfach *losgehen* sollte. Jeder Narr würde das wissen. Wie inkompetent war dieses Team, trotz all seines Glanzes?

Holly war nicht inkompetent.

Sie war gefährlich kompetent. Aber vielleicht nur als Kämpferin und nicht als Unfallermittlerin?

Bis Elayne sich ihrer sicher sein konnte, brauchte sie eine Ausrede, um bei diesem Team zu bleiben.

„Mike, mein Mietwagen hat sich sehr seltsam verhalten. Meinst du, du kannst mich zum Flughafen von Nashville mitnehmen, wenn du gehst? Ich rufe die Autovermietung an, damit sie ihn abholt."

„Klar, kein Problem. Vielleicht hast du ja Lust zu bleiben und zu sehen, wie wir bei einer anderen Ermittlung abräumen. Ich wette, wir werden über Nacht in Nashville sein."

Seine Augen wanderten nicht an ihrem Körper hinunter, aber sein Lächeln tat es ganz sicher.

So *konnte* sie mitbekommen, ob sie noch etwas anderes aus dem Antonov-Absturz gelernt hatten – nicht, dass sie sich wirklich Sorgen gemacht hätte. Aber diese Holly leitete die Crew, egal, was die anderen dachten, und sie verbarg etwas. Elayne würde gerne herausfinden, was.

Wenn das bedeutete, dass sie mit dem hübschen Jungen Mike ins Bett gehen musste, sah sie keinen Grund, sich zu beschweren.

„Das klingt wunderbar." Keine anzüglichen Töne, aber sie wollte die Tür auch nicht schließen. „Ich sollte zurück nach San Antonio, aber ich könnte auch einen frühen Flug morgen vor meinen ersten Meetings nehmen."

Als sie den Satz beendete, merkte Elayne, dass sie ihren Akzent zu sehr in klares Englisch hatte übergehen lassen.

„Ja, das könnte sehr besser sein", wählte sie Dmitri Voskovs verstümmeltes Englisch. Mike reagierte überhaupt nicht; er hatte es nicht bemerkt.

Als sie begannen, durch das Trümmerfeld zu laufen, steckte sie die Hände in die Jackentaschen und konzentrierte sich darauf, ihre Kleidung vor weiteren Schäden zu schützen.

28

Sie versammelten sich in einem Kreis um die Motorhaube eines Geländewagens des Air Combat Command Accident Investigation Board.

Miranda fragte bei Holly nach. „Ich muss es ihnen sagen."

„Ja, alles."

Miranda versuchte herauszufinden, warum sie jetzt sprechen konnte, aber nicht vorher. Aber sie vermutete, dass der Grund unter eine von Hollys Geheimhaltungsregeln fiel, und da Jon und sein Team alle hier waren, konnte sie nicht fragen.

So schilderte sie den gesamten Verlauf des Unfalls von der anfänglichen Hohlladungs-Sabotage über den Treibstoffbrand bis hin zur endgültigen Explosion der Bewaffnung des russischen Hubschraubers.

Auf einem großen Luftbild markierte sie die wichtigsten Beweise und Details, die weiterverfolgt werden mussten.

Sie brauchte fast eine Stunde, um die Zusammenfassung mit all ihren Fragen zu vervollständigen. Kluge Fragen, denn das Team war so hochkarätig, wie sie es von der US Air Force erwarten würde.

„Das Einzige, was wir nicht herausgefunden haben, ist, wer es getan hat und wie er es ausgelöst hat", erklärte Jon seinem Team.

Richtig. Miranda hatte das irgendwie wieder vergessen.

Sie konnte mechanische Systeme so klar sehen – im Gegensatz zu Systemen, die auf Menschen basieren, die immer verschwommen vorbeizukommen schienen. Wenn sie die Handlungen eines Menschen als den nächsten logischen Schritt in der Kette mechanischer Ereignisse betrachtete...?

Das gefiel ihr.

Eine Menge.

Miranda holte ihr persönliches Notizbuch hervor und notierte sich, dass sie die Handlungen der Menschen als eine Kette mechanischer Aktionen betrachten würde. Könnte das auch für zwischenmenschliche Interaktionen gelten?

Gab es zum Beispiel einen nachvollziehbaren Grund dafür, dass Major Jon Swift sie in der letzten Stunde mehrmals an der Taille festgehalten hatte, abgesehen von ihrer kleinen Statur und ihrem umständlichen Betreten und Verlassen des Crewbereichs des Wracks?

Aber seine Aktionen waren nicht mit anderen Systemen verbunden, also war das nicht hilfreich. Vielleicht, wenn...

„Eigentlich", Holly griff in ihre Westentasche und holte zwei kleine Beweismittelbeutel aus durchsichtigem Plastik heraus, „wissen wir, wie die erste Explosion ausgelöst wurde, und ich habe eine Ahnung, von wem."

Alle drehten sich überrascht zu ihr um.

„Beweisstück A." In der Mitte der Motorhaube, die ihnen als improvisierter Besprechungstisch gedient hatte, legte Holly das zerbrochene Stück Elektronik und das Kabel, das sie zusammen mit den Knochen des Skeletts gefunden hatten.

Sie markierte die Stelle, an der es sich befand, auf dem Plan des Mannschaftsraums.

„Bluetooth-Empfänger", einer der Techniker untersuchte es sorgfältig.

Holly legte ihren zweiten kleinen Beutel neben den ersten, „Beweisstück B."

„Ein Sender mit einem Mikroschalter. Wo war das?"

Holly nahm einen der Tablet-Computer des Teams und rief ein Bild des Kontrollclusters der AN-124 auf. Sie nahm einen elektronischen Stift in die Hand und zeichnete ihn an der Basis eines der Gashebel ein.

„Tut mir leid, dass ich es entfernt habe, aber ich stand etwas unter Zeitdruck und musste sicherstellen, dass es nicht verloren geht."

Miranda konnte die Logik dahinter erkennen. „Die Schubumkehrung. Beim Start oder während des Fluges muss sie nicht eingeschaltet werden. Aber bei der Landung eines großen Jets würde die Schubumkehr immer eingeschaltet werden."

Jon wandte sich an den Mann, der die Flugschreiber an sich genommen hatte. „Du wirst wahrscheinlich das Ereignis auf den Rekordern finden können – das Einschalten des Schubumkehrers und das Geräusch der ersten Explosion. Sie sollten fast zeitgleich sein."

„Bleibt nur noch die Frage, wer." Miranda hatte langsam den Dreh raus. Jemand hatte den Auslöser betätigt, der die Explosion verursacht hatte. In der umgekehrten Prozessrichtung bedeutete das eine menschliche Handlung. Ja. „Wer auch immer ihn dort platziert hatte."

„Hat jemand ein Fingerabdruck-Set?" fragte Holly.

Das hatte niemand.

„Bring das in ein Labor. Ich hoffe, dass ich einen Treffer lande."

„Mit wem?" fragte Miranda.

„Verschlusssache. Streng geheim. Sorry." Dann wechselte Holly das Thema und nahm einen Ton an, den Miranda als australische Neckerei interpretierte. „Also, Major Jon, haben Sie einen *schnellen* Hubschrauber in der Nähe, um uns rüber zum Nashville Airport zu fliegen?"

„Denke schon", lächelte er sie an und zeigte auf einen der nahegelegenen Parkplätze, auf dem Dutzende von Hubschraubern ruhten.

29

HOLLY WAR NOCH NIE IN EINEM HUBSCHRAUBER DES 160. SOAR mitgeflogen. Das Regiment war die Elite-Hubschrauberstaffel des gesamten US-Militärs. Wenn ein Pilot fünf Jahre lang außergewöhnliche Flugleistungen bei den regulären Streitkräften erbracht hatte, *konnte er eine Einladung* für das zweijährige Fortbildungsprogramm erhalten.

Der Black Hawk, zu dem Major Swift sie führte, war merkwürdigerweise rein schwarz.

Kein großer weißer Armeestern. Sogar die Warnschilder, die normalerweise in schockierendem Gelb oder Rot gehalten waren, um Aufmerksamkeit zu erregen, waren in einem dunklen Grau gehalten. Nichts, was das Licht auffing. Der Spitzname der 160. war ‚Night Stalkers' und sie flogen hauptsächlich nachts. Sie brachten SEALs und Delta Force Teams dorthin, wo niemand sonst sie hinbringen konnte.

Am helllichten Tag sahen sie aus wie dunkle, helikopterförmige Löcher in der Welt.

Holly steckte zwei Finger zwischen ihre Zähne und stieß einen schrillen Pfiff aus.

Als die anderen aufschauten, weil sie immer noch die

Trümmer durchstöberten, winkte sie sie zu dem wartenden Vogel.

Da sie sich an verschiedenen Stellen befanden, kamen sie alle ungefähr zur gleichen Zeit am Hubschrauber an.

Holly wollte gerade nach dem Griff der Frachtraumtür greifen. Sie war zwar nicht mit den Night Stalkers geflogen, aber sie war viel mit dem 6. australischen Fliegerregiment geflogen und kannte sich mit einem Black Hawk aus.

Mike gab ihr ein Zeichen und wich zurück.

Holly wurde langsamer, um ihm zu folgen.

Elayne Kasprak kam zuerst an der Tür an, griff nach oben und schob sie ohne Probleme auf, bevor sie auf das Frachtdeck kletterte.

„Was brauchst du, Mike? Hast du irgendwelche Fingerabdrücke für mich?" Die anderen waren so laut, dass sich die beiden in Ruhe unterhalten konnten.

„Sie hat nichts angefasst. Sie hat ihre Fäuste in die Taschen gestopft, als ob es mitten im Winter wäre."

„*Verdammte Scheiße!*"

„Bis gerade", er zeigte auf den Griff der Frachttür.

Es war ein perfekter Schachzug gewesen. Sie wollte ihn küssen. Oder ihm ein High Five geben. Aber Elayne könnte zusehen, also entschied sie sich für ihre dritte Möglichkeit und schlug ihm auf den Arm. Fest.

„Au! Verdammt noch mal, Holly. Bist du denn nie zufrieden?" Er rieb sich den Arm, während Jeremy und Miranda an Bord gingen.

„Genau jetzt", grinste sie ihn an. „Völlig ekstatisch."

„Du hast eine verdammt seltsame Art, das zu zeigen."

„Das bin ich, Kumpel."

Mike schüttelte den Kopf und kletterte an Bord.

Major Swift wartete, um die Tür zu schließen.

Holly flüsterte, als sie auf gleicher Höhe mit ihm war.

„Major, fasse den Türgriff nicht an. Wir müssen prüfen, ob die Abdrücke mit dem Funkauslöser übereinstimmen."

Er hob fragend die Augenbrauen, blieb aber ansonsten ganz ruhig.

An ihm gab es *viel* zu mögen. Sie hätte ihn vielleicht selbst interessant gefunden, wenn sein Blick nicht auf Miranda gelandet wäre.

„Und damit das klar ist. Ein Fehltritt mit Miranda und du bekommst es mit *mir* zu tun. Hast du das verstanden?"

Er salutierte scharf. „Ja, Ma'am." Sein Ton war todernst, aber seine Augen lachten sie an.

„Lach nur, Möwenjunge. Es könnte deine letzte Reise sein."

„Ja, Ma'am. Ich werde vorsichtig sein." Und das klang ernst. Aber vielleicht nicht wegen ihrer Drohung.

Sie kletterte an Bord und landete neben Mike. Sie stieß ihm mit dem Ellbogen in die Rippen, während sie sich setzte, aber sie fühlte sich gut, so dass sie es nicht übertrieb.

„Du bist verrückt, das weißt du doch, oder?"

„Das erste, was du je zu mir gesagt hast. Das macht es aber nicht weniger wahr." Dann beugte sie sich so weit vor, dass sie Elayne auf der anderen Seite sehen konnte. „Ist er nicht einfach süß?"

„Ich finde ihn sehr niedlich."

Mike zog eine Grimasse. Niedlich war das Letzte, was ein Typ wie Mike genannt werden wollte.

Major Swift kletterte ebenfalls an Bord, was sie nicht erwartet hatte, und schloss die Ladetür von innen. Er zwinkerte ihr zu und setzte sich dann zwischen Jeremy und Miranda. Wie hatte sie nur übersehen, dass dieser Platz frei war?

In weniger als zwei Minuten hatten die Piloten die Motoren auf Touren gebracht und die Räder vom Boden abgehoben.

Wenn sie doch nur ein wenig Kontrolle darüber hätte, wohin das alles fliegen würde.

30

„HERZLICHEN GLÜCKWUNSCH, MR. VICE PRESIDENT." DRAKE erhob sich und schüttelte Clark Winston die Hand, als dieser den Sitzungssaal des Weißen Hauses betrat.

„Danke, Drake. Und bitte, nenn mich Clark."

„Ja, Sir, Mr. Vice President."

Clark lächelte. „Das heißt, ich muss dich jetzt General Nason nennen." Er nahm rechts neben dem Stuhl des Präsidenten Platz.

„Nein, Sir. Das Protokoll des Respekts geht nur stromaufwärts. Du bist der stellvertretende Oberbefehlshaber. Du kannst jeden außer Präsident Cole nennen, wie du willst."

„Er hat bereits auf Roy bestanden", winkte Clark ihn zu seiner Rechten. „Stellvertretender Oberbefehlshaber. Ich versuche, nicht daran zu denken."

„Bist du immer noch überrascht, dass du den Job hast?"

„Ich wurde am Freitag bestätigt und vereidigt; heute ist Samstagnachmittag. Gib mir eine Pause."

„Nö. Das ist jetzt der heiße Stuhl."

Clark spottete über ihn und wandte sich dann an Elizabeth, die ruhig am anderen Ende des Tisches wartete.

„Hallo, General Gray. Aus dir kriegt man kein 'Clark' heraus, oder?"

„Nein, Sir, Mr. Vice President."

Er stöhnte dramatisch, aber er schien sich zu amüsieren.

Präsident Cole kam mitten in der Diskussion mit seiner Stabschefin Nora Farber an. Sie war seine Adjutantin gewesen, als er sich von den Green Berets zurückzog und ihm direkt in den Senat und dann ins Weiße Haus folgte. Sie war seit fast zwei Jahrzehnten seine rechte Hand. Es wurde viel darüber spekuliert, ob Cole ohne ihre Hilfe überhaupt eine Krawatte binden könnte ... zumindest bis jemand Cole so sehr verärgerte, dass der ehemalige Green Beret auftauchte.

Er gab ihnen bereits ein Zeichen, dass sie sitzen bleiben sollten, während er weiter sprach.

„Genau. Nimm das und ramme es Präsident Montoya in die Kehle."

„Sir?"

„Sei nett zu ihm, aber mach ihm klar, dass er keine andere Wahl hat, wenn er weiterhin unser Handelsabkommen und den Schutz der Marine will."

„Ja, Sir", und Nora war weg.

„Kommt noch jemand?" Präsident Roy Cole ließ sich in seinen Stuhl fallen.

„Nicht jetzt", tippte Drake auf den Isolationsschalter, der sogar die Marines des Nationalen Sicherheitsrates, die den Raum überwachten, daran hinderte, irgendwelche Anfragen zu bedienen.

Roy Cole hob fragend die Augenbrauen.

„Das sind streng geheime Informationen, die man kennen muss", erklärte er.

„Gilt das auch für seine Freundin?" Cole neckte seinen neuen Vizepräsidenten.

Drake hasste die Politik. Und dass der Vizepräsident, dem er vertraute, den neuen CIA-Direktor vögelte, dem er nicht einmal einen stumpfen Bleistift anvertrauen würde, machte die Sache nicht besser.

„Obwohl die D/CIA die ursprüngliche Quelle dieser Informationen ist, möchte ich dieses Treffen vorerst unter Verschluss halten."

Cole nickte.

Clark sah das und zuckte unbehaglich mit den Schultern – der Präsident hatte bereits zugestimmt, also hatte es keinen Sinn, sich zu streiten.

Willkommen zum ersten Tag im Job, Kumpel.

„D/CIA Clarissa Reese hat eine russische Quelle. Irgendwann in den nächsten achtundvierzig Stunden werden die Russen einen Aufklärungs-/Überwachungssatelliten der Persona-Klasse von der Progress-Fabrik im Südwesten Russlands zu ihrem neuen Kosmodrom im Südosten Russlands transportieren."

Drake wartete, um ihre Reaktionen zu sehen. Zwei Profis. Er hatte ihre ungeteilte Aufmerksamkeit, aber das war alles, was er lesen konnte. Gute Pokerspieler.

„Der abgeschottete Teil dieses Gesprächs besteht darin, dass wir bestätigt haben, dass es sich höchstwahrscheinlich um korrekte Informationen handelt. General Gray und ich würden gerne mögliche Szenarien für die Entführung des Satelliten untersuchen."

„In den nächsten achtundvierzig Stunden?" Der Präsident zögerte nicht einmal, sondern kam direkt zur Sache.

„Die ganze Warnung, die wir hatten, Sir. Diese Information ist erst drei Stunden alt."

Aus irgendeinem Grund überraschte das Clark und ließ ihn erst auf seine Uhr und dann auf die Zeitzonenuhren an der Wand schauen.

Da er nicht mehr zur D/CIA gehörte, würden viele seiner Informationswege abgeschnitten sein. Ah, auch von seiner Geliebten, die er in den letzten drei Stunden gesehen haben musste, um sich so darüber aufzuregen, dass er nicht informiert wurde.

„Warum?" Der Präsident blieb bei der Sache.

Elizabeth meldete sich zu Wort und erklärte, dass die USA keine Informationen über die russischen Satellitenüberwachungsmöglichkeiten hatten. Dann äußerte er seine eigenen Gedanken darüber, dass er die strategischen Auswirkungen dieser neuen Fähigkeiten nicht vollständig verstand.

„Das würde die Russen auch auf den Boden der Tatsachen zurück holen", bemerkte der Präsident, als sie fertig waren.

„Ja, Sir. Sie haben einen ähnlichen Startzyklus wie wir, einen Satelliten dieser Kategorie alle vier bis sechs Jahre."

„Wäre das nicht ein bisschen zu offensichtlich? Einfach das verdammte Ding zu packen?"

„Unser Plan wird nicht funktionieren, wenn sie ihn jemals herausfinden", war Drake klar.

„Also..." Cole winkte mit der Hand, um ihn auf den Punkt zu bringen.

Drake holte tief Luft und verzichtete darauf, Elizabeth um Unterstützung zu bitten. Es war ihr ursprünglicher Vorschlag, aber er wollte sie nicht in die Schusslinie bringen, wenn es schief ging. *Er* war derjenige, der die Idee vorbrachte, anstatt sie zu begraben.

„Mr. President, ich möchte diese Ms. Chase und ihr Team hinzuziehen. Sie sollen uns bei der Inszenierung eines Absturzes helfen."

„Was bringt es dir, wenn du einen Satelliten abstürzt?"

„Nein, Sir. Wir dachten daran, es so *aussehen zu* lassen, als sei das Transportflugzeug von Samara nach Vostochny abgestürzt. Der Absturz wäre so heftig, dass sie nicht nach den Trümmern suchen werden. Oder sie werden getäuscht, wenn sie es tun."

„Wie zum Teufel willst du das machen?"

„Nicht die geringste Ahnung. Deshalb brauchen wir sie ja."

„Das ist die Frau, die das Weiße Haus in einem Air Force Jet aus dem Koreakrieg angegriffen hat?"

„Ha, ha, ha, Sir." Drake fröstelte immer noch, wenn er sich daran erinnerte, wie Miranda beinahe auf der National Mall gestorben wäre, als ihr Flugzeug sabotiert wurde.

„Man muss eine Frau respektieren, die den Mut hat, das zu tun. Hast du eine Idee, Clark?"

Der neue Vizepräsident erschrak, zögerte aber auch nicht. „Ich hatte nur ein einziges Mal mit ihr zu tun, Sir, während des Casper-Drohnenvorfalls. Ihre Arbeit dort war mehr als vorbildlich. Und ihre Eltern haben Sterne an unserer - der Gedenkwand der CIA. Sie waren außergewöhnliche Agenten, Mr. President."

Drake hatte das über Miranda nicht gewusst. Er sah, dass Lizzy es wusste. Das gab ihm ein gewisses Mitgefühl für Clark; abgeschottete Informationen in einer Beziehung waren definitiv schlecht.

„Das Team von Ms. Chase ist eines der wenigen in der NTSB, das vollständig als streng geheim oder besser eingestuft ist", sagte Clark.

Der Präsident dachte etwa dreißig Sekunden lang in Stille nach.

Lange genug, dass Drake zurückdachte und sich fragte, ob das etwas war, was Cole bei schwierigen Entscheidungen immer tat. Der Zeitpunkt, an dem er seine eigene Entscheidung getroffen hatte, kam ihm bekannt vor.

Taktik auf dem Schlachtfeld.

Sie waren beide seit zwanzig Jahren nicht mehr im Einsatz, aber die Taktik des Schlachtfelds galt immer noch. Nimm dir Zeit, die Dinge zu durchdenken, aber nicht so lange, dass der Feind sich wundert, was passiert ist.

„Tu es. Aber nur, wenn wir nicht mit der Hand in der

Keksdose erwischt werden. Ich werde wegen dieser Sache keinen Krieg erklären lassen. Verstanden?"

„Alles klar, Sir."

„Hast du noch etwas für mich, Drake?"

„Du meinst, anders als Afghanistan gegen Pakistan, Saudi-Arabien gegen den Iran und China gegen alle?"

„Was ist das? Playoff-Saison? Raus mit dir. Clark, du bleibst. "

Drake hielt Elizabeth die Tür auf und war gerade dabei, sie zu schließen, als er den Präsidenten belauschte.

„Clark, was willst du mit Clarissa machen? Eine verdammt merkwürdige Situation, wenn du nicht eine ehrliche Frau aus ihr machst."

Drakes früheres Frösteln wurde zu einem Schauer.

Aus Clarissa Reese eine ehrliche Frau machen? War das überhaupt möglich?

Und diese Schlange könnte eines Tages First Lady werden?

Er mochte Clark. Aber wenn es darauf ankäme, würde er so oft wie möglich für die andere Partei stimmen.

31

Der Vorfall in Nashville wäre lächerlich gewesen, wenn
es nicht so viel Aufregung gegeben hätte.

Der FedEx-Agent stellte Miranda zur Rede, als sie die Kante
der langsamer werdenden Rotorblätter des Black Hawk
passierte.

„Ich brauche sofort die Erlaubnis, die Pakete auszuladen.
Ich muss sie auf einen neuen Flug bringen. Aber sie sagen, dass
ich sie ohne deine Erlaubnis nicht ausladen darf."

Bevor sie ihm sagen konnte, dass sie freigegeben würden,
wenn ihre Inspektion abgeschlossen war, stürmte ein älterer
Mann mit einem lächerlichen schwarzen Toupet heran.

„Das... das... das Flugzeug", spuckte er ihr praktisch ins
Gesicht. „Das ist alles ihre Schuld. Du wirst..."

Mike nahm ihn am Arm und versuchte, ihn zur Seite zu
drehen. „Lass uns nachsehen, was passiert ist."

Aber damit wollte der Mann nichts zu tun haben und
drehte sich frei, um weiter seinen Frust auszuspucken.

Jeremy hatte bereits seine Instrumente ausgepackt und maß
Lufttemperatur, Luftfeuchtigkeit und Windgeschwindigkeit.

Wo waren Holly oder Jon?

Sie waren zurück am Hubschrauber und sprachen mit der Flugbesatzung.

Der Mann kam so nah, dass er ihr praktisch auf den Zehen stand. Sein Parfüm hatte eine beeindruckende Wirkung und ließ ihre Augen tränen.

Er schrie immer noch. So schnell und laut. Sie konnte die Worte nicht verstehen.

Zu viel.

Als sie gerade schreien wollte, ging jemand an ihr vorbei.

„Lasse mich dir helfen, Sir." Die Antonov-Ingenieurin nahm seinen Arm.

Dann tat sie etwas, das zu schnell war, um es zu verfolgen.

Der Mann umklammerte seine Brust, keuchte verzweifelt und sank auf die Knie.

Eine Sekunde später waren Holly und Jon zu beiden Seiten von ihr angekommen.

„Es tut mir so leid, Miranda." „Geht es dir gut?" Ihre Worte überschlugen sich gegenseitig.

Sie holte tief Luft.

Die Luft war immer noch zu dick mit Parfüm.

Miranda wich einen Schritt zurück, dann noch einen.

Sie versuchte es erneut und spürte, dass sie atmen konnte – fast.

Die normalen Geräusche kehrten zurück. Das letzte absteigende Heulen der beiden T-700 Turbotriebwerke des Black Hawk. Dem Geräusch der Triebwerke nach zu urteilen, startete ein Boeing-Jet – sie schaute hinüber, ja, eine 737 – auf der Startbahn 2C. Ein Airbus landete fast lautlos auf der Landebahn 2R auf der anderen Seite des Flughafens.

„Mir geht es gut." Sie hoffte, dass ihre einzige Antwort ihre beiden Fragen abdeckte. *Es tut mir so leid, Miranda,* zählte nicht wirklich als Frage. Ja, eine Antwort war genug. Das war auch gut so, denn sie hatte keine Lust, eine zweite zu geben.

„Hast du so etwas schon einmal gesehen, Miranda?" Jeremy

zeigte darauf. „Ich meine, ich habe einmal gesehen, wie ein Pickup – ein kleiner Nissan Frontier – plötzlich gebremst hat. Die Corvette, die ihm dicht auf den Fersen war, reagierte nicht schnell genug. Als der Nissan abbremste, hob sich die hintere Stoßstange und die Corvette fuhr direkt darunter. Am Ende fuhr der Pickup noch fünfzig Yard weiter die Straße hinunter und saß direkt auf dem Auto. Aber das hier? Es ist unglaublich. "

Jon verankerte sie mit einer Hand auf ihrer Schulter. Es war, als würde er sie noch einmal auf dem Boden halten, der für einen Moment so instabil geworden war.

Endlich konnte Miranda wieder richtig atmen und sah sich um.

Nashville war im Wandel, mit vielen neuen Gebäuden. Aber die drei parallelen Start- und Landebahnen und eine vierte, sich kreuzende, waren die gleichen wie immer. Die FedEx-Anlage war klein und verfügte derzeit nur über vier Jets. Das Hauptdrehkreuz in Memphis, nur vierhundert Meilen entfernt, hatte normalerweise über hundert Jets gleichzeitig, die sich alle in irgendeinem Zustand befanden.

Ihre Jets standen nie lange still.

Außer diesem hier.

Jeremys Beschreibung war treffend, nur dass das kleinere, niedrigere Flugzeug nicht mit dem größeren von hinten zusammengestoßen war.

Der Boeing 767-300F-Frachter saß auf der anderen Seite des Rollwegs zur Startbahn 2 links.

Buchstäblich sitzend.

Ein Bombardier Global 7500 war von der Seite unter die Vorderseite der 767 gerutscht und dicht hinter dem vorderen Fahrwerk aufgeschlagen. Er hob die Nase der 767 an, bis das Heck direkt auf dem Boden lag.

Es war gut, dass der Bombardier gepfeilte Flügel hatte und

die hinteren Triebwerke am Heck montiert waren. Es lag so weit unter dem größeren Jet, dass das Fahrwerk der 767 gerade Flügel abgerissen hätte. Auslaufender Treibstoff und eine Explosion wären fast unausweichlich gewesen.

„Jeremy. Wir brauchen die Beladungskarten für die 767 sowie die Flugschreiber beider Flugzeuge. Sammle alle Informationen, die wir brauchen, um die Aufprallkraft zu berechnen, die nötig war, um den Bombardier so weit unter die 767 zu bringen. Da beide Flugzeuge modern sind, haben sie wahrscheinlich auch QARs. Stelle sicher, dass du auch diese sammelst."

Er eilte davon.

Da er die Umweltbedingungen bereits gemessen hatte und es kein Trümmerfeld gab, ging sie nach vorne, um die Länge der Bremsspuren zu untersuchen. Beide Flugzeuge wiesen sie auf.

Die Bombardier-Reifen waren lang und schwarz, was auf ein hartes, spätes Bremsen hindeutete. So stark, dass alle Reifen einen Platten haben sollten. Ein sanftes Bremsen und hartes Manövrieren hätten das Unglück vielleicht verhindern können. Aber vielleicht auch nicht, wenn man die Länge der Bremsspuren betrachtete.

Die Spuren der weitaus massiveren 767 waren sehr kurz, aber sie verliefen seitlich. Es gibt keinen Hinweis darauf, dass der Jet in Bewegung war, als er auf dem Rollfeld getroffen wurde.

„Ich werde euch verklagen. Euch alle." Der Pilot, der immer noch vor Schmerzen auf den Knien lag, hatte sich endlich soweit erholt, dass er wieder schreien konnte.

„Versuch's doch", knurrte Elayne böse. „Ich bin kein verweichlichter amerikanischer Hund. Ich bin ein *Bulle*. Wenn du nicht aufhörst zu jammern, trete ich deinen Gänsearsch bis nach M..." Dann schaute sie sich nach allen anderen

Zuschauern um und schien einen Moment zu stolpern. „Den ganzen Weg bis nach Kiew."

Miranda schätzte es, dass Elayne sich mit ihm beschäftigte.

Verweichlicht? Das klang nett und hübsch... wenn auch ein bisschen seltsam.

32

Holly konnte fließend Russisch. Genug, um zu wissen, dass der Akzent von Elayne Kasprak russisch und nicht ukrainisch war, sogar auf Englisch.

Dir in den Arsch treten, bis nach Moskau?

Du bist nicht so sehr ein Ingenieur bei Antonov, oder, Freundin?

Holly erhöhte ihre Wette mit sich selbst, dass es Elayne Kaspraks Fingerabdruck sein würde, wenn sie einen Fingerabdruck vom Sender des abgestürzten Condors finden würden.

Und dann ... was zum Teufel machte sie hier?

Ihr eigenes Werk zu überprüfen? Das erforderte eine gewisse Arroganz, die nicht einmal der australische SASR hatte. Aber die Russen? Vielleicht.

Sie blickte zurück und sah, wie die Besatzung des Black Hawk die Fingerabdrücke nahm. Wie sie vorgeschlagen hatte, machten sie eine Show daraus, die Tür zu warten, damit es nicht auffiel.

Einer der Mitarbeiter drückte auf eine Taste seines Telefons, drehte sich dann zu ihr um und nickte ihr kurz zu.

Abdrücke gefunden und gesendet.

Elayne ging mit dem Rücken zu ihnen, während sie den Toupet-Piloten zu einem Gepäckband brachte, das in der Nähe des Absturzes stand. Dort angekommen, schob sie ihn hinunter und setzte ihn auf die Stoßstange.

So wie der Mann zuckte und seine Knie zusammenzog, hatte die süße kleine Blondine Elayne angeboten, ihm die Eier abzuschneiden, wenn er sich bewegte. Er blieb tatsächlich an Ort und Stelle, als Elayne wieder zum Team stieß.

Alle standen herum und begutachteten das Zusammentreffen der beiden Flugzeuge. Außer Miranda, natürlich. Sie ging langsam um die beiden Flugzeuge herum und vergewisserte sich, dass es keine Trümmer gab, bevor sie auf die beiden Flugzeuge blickte, die über ihr aufragten.

Holly holte sie in der Nähe des Heckbereichs ein. „Ich gehe mit dir."

Miranda nickte dankend.

Selbst zu zweit bewegten sie sich langsam und im Zickzack über den kahlen Asphalt.

„Du magst ihn, nicht wahr?"

Miranda blickte nicht auf, als sie hinter dem Heck der 767 kreisten. Es war seltsam, das Flugzeug aus der Nähe zu sehen, das auf dem Boden saß, aber noch intakt und unbeschädigt war. Allerdings würde es eine sorgfältige Inspektion brauchen, bevor es wieder flog.

„Miranda?"

„Ja", ihr Tonfall sagte, dass sie die erste Frage beantwortete, nicht die zweite. „Ich glaube, ich weiß es."

„Major Swift löst bei mir keine Alarmglocken aus. Aber..." Aber was? Als ob Holly selbst so viel Glück mit der Liebe gehabt hätte. „Geh es einfach langsam an."

„Wie kalibriere ich eine Zeitleiste für zwischenmenschliche Beziehungen, wenn ich kaum weiß, was sie sind?"

Holly lachte und Miranda sah verletzt auf.

„Nein, tut mir leid", entschuldigte sich Holly. Es dauerte einen Moment, bis sie ihr Lachen wieder unter Kontrolle hatte.

„Das ist universell, Miranda. Keiner von uns hat einen blassen Schimmer, was Beziehungen sind oder wie sie funktionieren. Wir wissen, dass wir mit anderen zusammen sein wollen, aber was das bedeutet...?" Sie zuckte mit den Schultern. „Das müssen wir jedes Mal wieder neu entdecken."

„Wie du und Mike."

„Ich wünschte, du würdest nicht immer wieder darauf zurückkommen."

Miranda starrte auf den Boden, aber sie suchte offensichtlich nicht nach Trümmern.

„Aber da du es erwähnst, es scheint, dass Mike nicht der hundertprozentige Troll ist, für den ich ihn gehalten habe."

„Wie hoch ist sein Anteil an Trolligkeit jetzt?" Miranda war nicht für Witze zu haben, aber es klang wie einer.

„Neunzig Prozent."

Ihre flache Aussage brachte Holly das Lachen ein, das sie sich von Miranda erhofft hatte.

„Die anderen zehn Prozent sind reine Goblins."

Miranda dachte tatsächlich über Hollys Stichelei nach. „Nein. Die anderen zehn Prozent sind Gnome."

„Wie ein Gartenzwerg?" Das gefiel Holly.

„Ja, sie sind niedlich und ziemlich süß."

„Sie sind grässlich." Aber das waren jetzt zwei Frauen, die Mike ‚süß' nannten. Das deutete auf einen Nettigkeitsfaktor hin, den sie irgendwie übersehen hatte. Oder vielleicht ignoriert?

Miranda schien eine weitere Frage zu haben.

In diesem Moment klingelten beide Telefone.

Holly ging an ihre blockierte Nummer.

„Harper hier."

„Wir haben Antworten aus dem Labor", sagte der Mann am anderen Ende der Leitung und verschwendete keine Zeit mit

Namen. „Die Abdrücke auf dem Sender und dem Griff der Frachtraumtür des Hubschraubers stimmen überein."

„Ich wusste es!"

„Es gibt noch mehr, und laut meinen Unterlagen bist du dafür zugelassen – was für einen Zivilisten, selbst mit deinem Hintergrund, verdammt seltsam ist. Aber ich schaue mir gerade deine Freigabe an, also bitteschön. Elizaveta Egorovas letzter registrierter Fingerabdruck ist über ein Jahrzehnt her. Sie war Flugbegleiterin bei Aeroflot. Seitdem ist nichts mehr passiert. Wir haben einen fragwürdigen Bericht über die Ermordung eines SVR-Agenten dieses Namens vor zehn Jahren."

„Hast du ein Foto?"

„Schau auf dein Handy."

Holly zog es für einen Moment weg. Elayne / Elizaveta hatte eines dieser alterslosen Gesichter, die sich mit der Zeit nicht zu verändern schienen. Ihr Haar war ein kurzer Bob, aber es bestand kein Zweifel, dass es dieselbe Frau war. „Das ist sie. Anderer Name. Dasselbe Gesicht."

„Wenn wir dem Scan ihres Passes trauen, wurde sie im geschlossenen Verwaltungsgebiet von Polyarny, Oblast Murmansk, Russland, geboren. Ihr derzeitiges Alter beträgt dreiunddreißig Jahre. Die Mutter ist Ingenieurin für Torpedolenkungssysteme. Vater Spetsnaz-Oberst. Das ist alles, was wir haben."

„Okay. Danke. Das bleibt unter Verschluss. Keiner, der es nicht schon weiß."

„Das wären dann ich, du und dieser Computer."

„Danke. So soll es auch bleiben."

„*Weißt* du, was sie ist?" Es war keine Frage über Elayne, sondern eher über Hollys Hintergrund.

„Ja, das tue ich."

„Okay. Sei vorsichtig." Und der Typ war weg. Kein Name. Keine Organisation. Keine Möglichkeit, ihn zurückzurufen.

Ein Gespenst.

Ein Militärspion, wenn er die Tragweite von Elaynes Geschichte genauso verstand wie sie. Die Intelligence Support Activity? Hatte sie gerade einen Anruf vom spukhaftesten Team des gesamten US-Militärs erhalten? Das verstärkte ihre Ängste. Dass der Fingerabdruck so schnell auf dieses Niveau stieg, war ein sehr, sehr schlechtes Zeichen.

Jemand hatte sich viel Mühe gegeben, Elayne Kaspraks Spuren zu verwischen.

So ein Mist! Sogar die Typen von Special Operations hatten noch ihre Namen. Ihr eigener Name war immer noch ihrer. Elizaveta Egorova / Elayne Kasprak / Ms. Whatever war ‚gestorben‘.

Das geschah nur in Teams wie der Special Operations Group der CIA, der Kidon-Attentätergruppe des israelischen Mossad oder dem Zaslon.

Holly brauchte drei Versuche, um ihr Handy in ihre Gesäßtasche zu stecken. Sie hatte gegen eine Zaslon-Agentin-Saboteurin-Attentäterin gezogen und überlebte, um die Geschichte zu erzählen. Auch wenn Elayne unbewaffnet gewesen war, war das ein guter Trick.

Scheiß auf ein Eis am Stiel!

33

„ICH BIN GERADE IN NASHVILLE WEGEN EINES ANDEREN VORFALLS – nicht-militärisch. Ich hätte anrufen sollen, sobald wir die Antonov in Fort Campbell gelöst haben. Es tut mir leid, dass ich es vergessen habe." Miranda hatte wirklich ein schlechtes Gewissen.

Drake brummte kurz und hielt dann inne. „Warte. Du hast es gelöst? Du bist vor etwa sieben Stunden in Fort Campbell gelandet?"

Miranda schaute auf ihre Uhr. „Sechs Stunden und neunundvierzig Minuten."

„Und du hast den Absturz aufgeklärt?"

„Ja."

„In sechs Stunden und neunundvierzig Minuten?"

„Nein."

„Nein? Aber du hast gesagt…"

Sie wartete, bis Drake seinen Satz beendet hatte.

Aber das tat er nicht.

Dann wartete sie auf das laute Summen einer FedEx Cessna 208B Turboprop, die auf der nahen Landebahn 2L in den Himmel raste. Es war ein kleineres Flugzeug, das wahrscheinlich lokale Lieferungen innerhalb des Bundesstaates durchführte. Schließlich drehte es und war in der Luft verschwunden. Wieder war nur das Hintergrundgeräusch der Jets auf weiter entfernten Landebahnen zu hören.

„Wir haben es in vier Stunden und neunundzwanzig Minuten geschafft", sagte sie zu Drake. „Dann haben wir es an ein AIB-Team übergeben und sind weitergefahren..."

„Unter *fünf* Stunden?"

„- nach Nashville. Wir untersuchen gerade einen Zusammenstoß auf einer Rollbahn mit einem 767-Frachtflugzeug."

„Miranda. Würdest du mir bitte sagen, was du gefunden hast?"

„Ich habe meine Ermittlungen noch nicht abgeschlossen. Eine private Bombardier Global 7500 rammte offenbar eine voll beladene FedEx Boeing 767-300F, als diese sich auf das Rollen für den Start vorbereitete."

„Ich spreche nicht von Nashville. Ich spreche von Fort Campbell." Er klang ziemlich aufgeregt. „Was hast du *dort* gefunden?"

„Ähm. Warte mal kurz." Sie schaltete das Telefon stumm, während er protestierte.

Holly hatte ihr Telefonat beendet.

„Ist es okay, Drake zu sagen, was los ist?"

Holly sah sich um.

Miranda tat es auch, konnte aber nicht herausfinden, warum. *Oh!* Pinkie-Schwur Privatsphäre.

Holly nickte und Miranda beendete die Stummschaltung.

„Ja, Drake. Ich kann es dir sagen."

„Verdammt richtig! Das wurde in Frage gestellt? Vergiss es. Und?" Seine Gedanken schienen heute ziemlich unberechenbar zu sein.

„Der Vorfall wurde ausgelöst durch..."

„Unfall oder Angriff?"

Sie versuchte es erneut. „Der Vorfall wurde durch einen versteckten Mikroschalter hinter den Schubumkehrsteuerungen ausgelöst. Er übermittelte ein Signal an eine Hohlladung von etwa zwei Kilo. Diese..."

„Ich brauche nicht alle Details zu wissen. Jemand hat das Flugzeug in die Luft gejagt? Habe ich das richtig gehört?"

Miranda war besser darin geworden, unvollständige Sätze zu formulieren. Aber ein unvollständiger Bericht war so viel schlimmer.

Holly bot an, das Telefon zu nehmen, aber Miranda schüttelte den Kopf.

„Drake..." Miranda holte tief Luft. „Ja. Die Antonow-Besatzung und das Antonow-Flugzeug hatten keine Schuld..."

„Shit!"

„- basierend auf den ersten Erkenntnissen."

Sie wartete, aber er sagte nichts weiter.

Miranda hielt es für das Beste, ebenfalls zu warten. Das schien der einzige Weg zu sein, um nicht unterbrochen zu werden. Währenddessen führte sie den Bericht über die Kette von Ereignissen, die zur Zerstörung der AN-124 Condor geführt hatten, in ihrem Kopf zu Ende. Als sie fertig war, fühlte sie sich besser.

„Nun", sprach Drake schließlich wieder. „Wir haben ein größeres Problem."

„Nein. Eine Boeing 767 ist nicht größer als eine Antonov AN-124-200. Die Ruslan 150 kann sogar dreimal so viel Ladung tragen wie eine Boeing 767-300F."

„Ich brauche dich wieder in Fort Campbell."

„Aber die 767..."

„Ich werde in weniger als dreißig Minuten in Fort Campbell landen. In einunddreißig Minuten haben *wir* eine Besprechung. Hast du einen Transport oder muss ich das arrangieren?"

„Aber…"

„Miranda. Ist Holly da?"

Resigniert reichte sie ihr Telefon weiter.

Holly schaute sich um und stellte den Lautsprecher an. Ein weiteres Flugzeug startete auf der Landebahn 2C – das fünfte in den siebzehn Minuten, seit sie gelandet waren. Dem Beschleunigungsprofil auf der Startbahn nach zu urteilen, war es ein Airbus A320 mit CFM- und nicht mit IAE-Triebwerken. Ja, die verengte Gondelform um den Triebwerksauslass bestätigte das.

Als sich der Lärm gelegt hatte, sprach Holly.

„Holly Harper hier, Sir. Ich würde es wirklich bevorzugen, wenn du Miranda in Zukunft ihre Sätze beenden lassen würdest, Sir."

Selbst in Mirandas Ohren klang sie wütend. Oder zumindest sehr gereizt.

„Das ist mir scheißegal. Ich brauche…"

Holly legte auf.

„Du hast den Vorsitzenden der Generalstabschefs abgehängt?"

„Er hat sich wie ein Idiot benommen."

Das Telefon klingelte wieder, aber Holly ging nicht ran.

„Er sagte, dass sich etwas anderes ergeben hat und er uns sofort in Fort Campbell braucht. Er will uns dort treffen."

„Okay."

Miranda konnte ein klingelndes Telefon nie ignorieren. Es fühlte sich an, als würde ihr bei jedem weiteren Klingeln die Haut vom Körper kriechen.

Holly antwortete schließlich auf den Anruf.

Sie begann sofort zu sprechen. „Wir sind auf dem Weg. Jetzt entspann dich mal, Kumpel." Holly legte wieder auf, gab Miranda das Telefon zurück und lächelte.

Keine Frage, Holly hatte Spaß, als sie begann, sie den Weg zurück zu führen, den sie gekommen waren.

„Aber...“ Und Miranda wusste nicht, wie sie fortfahren sollte. „Was ist mit diesem Wrack?“

„Willst du wirklich den ganzen Tag mit diesem Idioten streiten? Der Pilot der Night Stalkers hatte eine kleine Unterhaltung mit dem Tower. Offenbar ist der Idiot mit seinem hübschen neuen Jet auf der Rollbahn statt auf der Landebahn gelandet – und hat sich mit seinem eigenen Copiloten über ein offenes Mikrofon gestritten, womit der Tower sie nicht zum Abbruch auffordern konnte. Ehrlich gesagt, sag ihnen, sie sollen ihn verhaften und los geht's.“

„Aber ich habe keine richtige Untersuchung durchgeführt.“ Das ließ einen unvollständigen Satz, eine unvollständige Partie Scharade oder sogar einen unvollständigen Zwischenfallbericht völlig unbedeutend erscheinen.

„Miranda, wie wäre es damit? Du hast diese Untersuchung nie richtig begonnen. Also, vielleicht kannst du sie loslassen?“

Miranda überlegte. Sie *hatte gar nicht* richtig angefangen. Der beleidigende Mann mit seinem üblen Parfüm hatte sie zur Rede gestellt, bevor sie sich vorstellen konnte. Sie hatte noch nicht einmal ihre Rolle an diesem Ort erklärt.

Wenn sie also keine erklärte Rolle als leitende Ermittlerin für das NTSB hatte, konnte sie sich vorstellen, dass sie diese Rolle noch nicht übernommen hatte?

Als sie hinter dem Heckbereich herumkamen, hörten sie erneut, wie der Tycoon jemanden anschrie.

„Ja.“ entschied Miranda. „Hol die anderen, Holly.“

Ihr Telefon klingelte in ihrer Hand und sie sprang fast aus den Schuhen. Es war wieder Drake.

„Miranda, antworte *nicht*.“

„Bist du sicher?“ Es machte ihr zu schaffen, nicht zu antworten, aber es machte ihr keine Angst. Nicht ganz.

„Ich bin sicher. Wir sehen ihn in einer halben Stunde, er muss sich beruhigen. Schmeiß ihn direkt auf den Anrufbeantworter. Es ist mir egal, wie oft er anruft.“

Miranda nickte verständnisvoll. Holly wusste so viel mehr über Menschen.

Sie wünschte, sie könnte mehr wie Holly sein.

Zuversichtlicher.

Noch sicherer, dass sie wusste, was sie tat.

Einen Moment lang tat Miranda so, als sei sie Holly Harper. Sie steckte ihr Handy einfach in die Tasche und ging in Richtung des Hubschraubers, der sie hergebracht hatte.

Hinter ihr lachte Holly laut auf und rief ein herzhaftes „G'donya."

Gut für dich. Gut gemacht, übersetzte Miranda für sich aus dem Australischen und blieb aufrecht. Na ja, sie blieb fünf-Fuß-vier groß, aber das musste auch etwas zählen.

Die Besatzung des Hubschraubers saß auf der anderen Seite des Flugzeugs in der Sonne. Sie spielten eine wilde Partie Dungeons and Dragons *Dragonfire*. Das war im letzten Jahr neu und sie hatte es noch nie gespielt.

Aber es erinnerte sie an glücklichere Zeiten, als sie abends mit ihren Eltern D&D spielte, um Strategie zu lernen – natürlich erst, nachdem sie ihre Hausaufgaben erledigt hatte.

Sie ließ sie erst das aktuelle Stück zu Ende spielen, dann die Rolle danach, bevor sie das Wort ergriff.

„Es tut mir leid, dass ich störe. Wir sind bereit für den Rückflug." Sie konnte hören, wie der Tech-Baron mit dem schlechten Toupet seine Proteste verdoppelte, als Holly das Team zurückrief. „Sehr bereit."

Sie markierten ihre Plätze, schlossen das Spiel ab und begannen, ihren Hubschrauber für den sofortigen Abflug vorzubereiten.

34

HOLLY RIEF DAS TEAM HERBEI. „WIR VERSCHWINDEN VON HIER. "

„Aber...", der FedEx-Mann sah unglaublich verärgert aus.

„Du hast meine Erlaubnis, die Pakete aus dem Flugzeug zu holen und sie wieder in Bewegung zu setzen." Sie hatte hier absolut keine Autorität, aber sie sah keinen Grund, sich davon abhalten zu lassen.

„Oh, Gott sei Dank. Was ist mit meinem Flugzeug?"

„Lass die Polizei dieses Arschloch verhaften, weil es ein Arschloch ist."

„Was zum *Teufel*?" Mr. Toupee klang, als würde er gleich einen Anfall bekommen. Sie konnte sich nicht daran erinnern, dass er ein blaues Auge hatte, aber es war beeindruckend angeschwollen.

Holly legte ihre Hand auf seine Schulter und kniff in den oberen Brustmuskel.

Er keuchte, dann quietschte er. Bonuspaket: Er hörte auch auf zu reden.

„Es ist nicht nett, eine Dame zu unterbrechen, wenn sie gerade spricht." Sie ließ nicht locker, obwohl er immer wieder wimmerte. „Werft ihn ins Gefängnis und bittet den Richter, die

Kaution auf den Wert eures Frachtjets plus die Kosten für die Verspätung und den Ersatzflug festzusetzen."

„Der Tower hat die Aufzeichnungen, die das belegen", stimmte Mike zu.

Holly nickte dankend, dass er sich wenigstens einigermaßen auf seine Arbeit konzentrierte, bevor sie fortfuhr: „Ein NTSB-Team wird einen ersten Befund einreichen... Hast du genug Informationen dafür, Jeremy, oder rufen wir Jill an, um ein weiteres Team zu schicken?"

Er schaute sie erstaunt an, dann auf sein Tablet und dann wieder zu ihr hoch. „Ähm, ja. Ich habe beide QARs auf meinen Computer kopiert. Der Tower sendet mir Flug- und Sprachdaten. Niemand stellt in Frage, was passiert ist. Na ja, außer dem Besitzer der Global 7500. Ich kann nicht glauben, dass er so etwas mit einem brandneuen, siebzig Millionen Dollar teuren Flugzeug macht. Ich würde mir das Flugzeug gerne genauer ansehen, aber nur, weil ich noch nie eins gesehen habe. Bis jetzt gibt es nur fünfzehn davon. Wir wissen, was hier passiert ist. Ich konnte sogar die Kopilotin der 7500 befragen – nachdem sie den Besitzer geschlagen und gekündigt hat, aber bevor sie das Gelände verließ. Ich habe Messungen und..."

„Herzlichen Glückwunsch. Du bist dabei, deinen ersten NTSB-Bericht einzureichen. Miranda wird ihn für dich prüfen, aber er gehört dir."

„Oh mein Gott! Echt jetzt? Ich kann es nicht glauben. Ich meine, das hier ist so einfach, aber ich wollte schon immer mal..."

„Sich ruhig und würdevoll präsentieren."

„Oh, richtig." Jeremy zog eine Grimasse und schaute dann auf sein Tablet hinunter, das er mit beiden Händen fest umklammert hielt, als könnte er seine Aufregung nicht anders zügeln.

Holly ließ Mr. Toupee los und er sackte direkt in die Arme

der beiden Flughafenpolizisten, die sich in der Nähe aufgehalten hatten. Sie lasen ihm seine Rechte vor, während sie ihm Handschellen anlegten und ihn zu ihrem Streifenwagen führten.

Ein Nachrichtenreporter, der sich irgendwie durch die Sicherheitskontrolle am Flughafen geredet hatte, hatte einen tollen Tag. Für Mr. Toupee sollte es ein sehr schlechter werden, wenn sein Vorstand die Nachricht sah, die er verursacht hatte – sein GIF ging wahrscheinlich schon viral. Dieser Absturz war besonders fotogen, und Mr. Toupee in seiner ganzen Wut eingefangen war es ganz sicher nicht. Vielleicht freute sich sein Vorstand aber auch über die Publicity; wer wusste das bei Unternehmen schon.

Holly ignorierte sie und wandte sich an Elayne / Elizaveta.

„Ms. Kasprak, es tut mir leid, dass wir nicht mehr Zeit mit dir verbringen können. Vielen Dank für deine Hilfe bei dem bedauerlichen Verlust der Antonov AN-124 Condor. Bitte stelle sicher, dass Mike deine Kontaktinformationen hat...“

Mike hielt sein Handy hoch und nickte, um zu zeigen, dass er es schon hatte. Ein *echter* Hund. Er hatte sein hundertprozentiges Troll-Rating wiedererlangt – kein einziger süßer Gartenzwerg war in Sicht.

„Wir werden dafür sorgen, dass dein Unternehmen einen Bericht über unsere Untersuchung und alle weiteren Informationen erhält, die das AIB-Team gesammelt hat. Wir haben bereits festgestellt, dass euer Flugzeug keine Schuld trägt. Wir werden vielleicht nie genau wissen, was passiert ist, vor allem wenn es menschliches Versagen beim Umgang mit den Hubschraubern im Frachtraum war. Aber ich gehe davon aus, dass das Flugzeug versichert war und ihr nicht haftbar gemacht werdet.“

„Ähm, danke. Wo wollt ihr denn so schnell hin?“ Wieder dieser flüchtige Ausdruck, dieses Mal eindeutig Triumph.

Voll erwischt! Aber Holly behielt ihr eigenes Grinsen für sich.

„Wir wurden zu einer anderen Angelegenheit gerufen. Eine zivile Angelegenheit, die aber dringender ist als dieser Unsinn. Ich bin sicher, dass dich jemand von FedEx gerne zum Passagierterminal bringen wird."

Holly schüttelte Elizavetas / Elaynes Hand und fühlte die Schwielen.

Auf der Innenseite des ersten Gelenks des Zeigefingers.

Tief in den Bahnen zwischen Daumen und Zeigefinger.

Eine leichte an der Basis der Handfläche.

Holly hatte früher diese Schwielen vom Schießen.

Der Abzugsfinger. Der wiederholte Schlag der Waffe gegen das Gewebe. Der wiederholte harte Schlag des Pistolenkolbens gegen die Handfläche.

Aber es waren nicht die Schwielen eines durchschnittlichen Schützen. Sie hoben sich deutlich von ihrer eigenen, jetzt weicheren Hand ab.

Niemand gab so viele Schüsse ab wie die Eliteeinheiten der Special Operations Forces. Amerikas winzige Delta Force gab im Training mehr Schüsse ab als das gesamte Marine Corps. SEAL Team 6 übertraf alle anderen Navy SEAL-Teams zusammen bei weitem.

Und ihre Hände zeigten es.

Zaslon wäre das Gleiche, viel geübter als der Rest von Spetsnaz.

Elizaveta Egorova / Elayne Kasprak war nicht irgendeine süße Blondine. Sie war genau das, was Holly befürchtet hatte.

„Mike, Jeremy, lasst uns gehen."

Dann drehte sie sich um und ging weg – ohne sich dabei die Handfläche an der Jeans abzuwischen.

Es war über ein Jahr her, dass sie dem Tod in einer lebenden Form so nahe gewesen war. Näher, als sie gedacht hatte, dass sie jemals wieder so nah sein würde, nachdem sie die SASR verlassen hatte.

In all ihren Jahren bei der SASR war sie dem Tod noch nie so nahe gewesen – nahe genug, um ihm die Hand zu schütteln.

Sie hatte Menschen getötet, aber immer aus der Ferne. Und die meisten ihrer Aufgaben waren die Sprengung von Brücken, Flugzeugen, Fahrzeugen und anderen Zielen, die ihre Sprengstoffspezialität benötigten.

Nur einmal in ihrem Leben war sie nah genug dran, um die Hand des Todes zu halten. Damals hatte sie alles verloren, außer ihr eigenes Leben.

Vor die Wahl gestellt, hätte sie es lieber verloren – wenn sie die anderen hätte retten können.

35

„VERDAMMT, DIESE BEIDEN!" DRAKE GAB SCHLIEßLICH AUF UND knallte sein Telefon auf den kleinen Tisch des C-38 Gulfstream G100 Business Jets.

„Du *weißt,* wie Miranda ist", zeigte Elizabeth nicht das geringste Mitleid. „Sie vor den Kopf zu stoßen, hilft dir nicht weiter. Was macht dir wirklich zu schaffen?"

„Ich habe ihr gesagt, dass es von äußerster Dringlichkeit ist, und dann ruft sie mich nicht zurück, als sie den Unfall gelöst hat."

„Du weißt, dass es *nicht* das ist, was dich wütend macht."

Und *das* war das Problem, wenn man mit jemandem schlief. Sie lernten dich zu gut kennen, konnten dich zu leicht durchschauen.

Mit Patty war das kein Problem gewesen. Sie war eine süße, sanfte Seele, mit der er seit der Highschool zusammen war. Sie war Hausfrau und aktiv in der Kirche, an die sie viel mehr glaubte als er. In ihrer Nähe konnte er die Arbeit meist auf der Arbeit lassen und tat sein Bestes, um ein guter Ehemann und Vater zu sein, wenn er zu Hause war. Fünf Jahre später vermisste er sie immer noch, als wäre ein Teil von ihm weggegangen und nie zurückgekommen.

Elizabeth jedoch war Teil seines zivilen *und* beruflichen Lebens. Und sie war ein ganz anderer Mensch als Patty. Niemand wurde General, wenn er nicht klug und zielstrebig war und sich von niemandem etwas gefallen ließ – so wie sie es in diesem Moment nicht tat, als sie ihm so ruhig gegenübersaß.

„Ja, ich *weiß*, wie Miranda Chase ist." Er zog seinen Sicherheitsgurt fest, als das Flugzeug seinen Sinkflug begann. Er war zu eng, aber er würde verdammt sein, wenn er ihn lockern würde.

Elizabeth wartete immer noch.

„Und ja, ich weiß, das ist es nicht, was mich wütend macht. Aber ich werde ein oder zwei Worte mit dieser Holly Harper wechseln, weil sie aufgelegt hat."

Elizabeth lachte laut, untypisch genug, auch wenn sie nicht im ‚General'-Modus war. „Oh, bitte lass mich dabei sein, um das zu sehen."

„Was sehen?" Aber dann stellte er es sich selbst vor und das Bild gefiel ihm nicht.

„Du nimmst es mit einer ehemaligen australischen SASR-Agentin auf, die ihren Chef verteidigt. Eine Zivilistin, die in unserer Welt nichts zu verlieren hat. Wollen wir Wetten abschließen, wer von euch beiden als Erster am Boden ist?"

„Ranger führen den Weg", zitierte er das Motto seiner alten Einheit.

„Du gehst also mit der Nase nach unten und nicht mit dem Hintern zuerst? Wie gesagt, ich will das unbedingt sehen. Darf ich es in den sozialen Medien posten?"

„Dein verdammtes Lächeln." Es war ein großartiges Lächeln ... selbst wenn es ihn auslachte.

Elizabeth brauchte nichts weiter zu sagen, um ihn in die Schranken zu weisen.

Der Militärpilot des C-38 VIP-Transporters befand sich im

schnellen Sinkflug. Gut. Er konnte ihn nicht schnell genug auf den Boden bringen.

„Was macht dich wirklich wütend, Drake?"

„Ich wusste es!" Er schlug mit der Faust auf den Tisch, so dass sein Telefon sprang. „Russland hat die Rhetorik seit Jahren hochgeschraubt. Ich *wusste*, dass es kein Absturz war. Wer stürzt nach einer sauberen Landung auf einem trockenen Feld ab? Keiner. Die verdammten Russen haben uns direkt in den Kalten Krieg zurückgetrieben. Ich hatte ein schlechtes Gewissen, weil ich aktiv einen ihrer Satelliten stehlen will. Darüber bin ich jetzt völlig hinweg. Weißt du, was vor dreißig Jahren passiert ist?"

Elizabeth nickte, denn natürlich kannte sie ihre Geschichte. Er rannte offene Türen ein, konnte sich aber nicht zurückhalten.

„Ich war in Berlin stationiert, als die Mauer fiel. Ich war genau dort. Die Partys, die schiere Freude war wie nichts, was du je gesehen hast. Familien, die jahrzehntelang getrennt waren, schritten durch die Lücken und duckten sich, als ob sie immer noch damit rechneten, in den Rücken geschossen zu werden. Aber sie kamen trotzdem durch und wurden mit offenen Armen empfangen. So etwas hast du noch nie gesehen. Und was jetzt?"

Elizabeth saß einfach da und wartete.

„Jetzt ist der Kalte Krieg wieder da. Russland verbündet sich mit China. Wir tun nichts. Sie schnappen sich die Krim und wir sagen: ‚Hey, lass das sein'. Jetzt jagen sie Flugzeuge auf *unserem* Boden in die Luft und wir reden darüber, einen milliardenschweren Satelliten zu stehlen."

„Und deshalb lässt du es an Miranda Chase aus, nachdem du über eine Stunde geflogen bist, um sie um einen Gefallen zu bitten?"

Drake sackte in seinem Stuhl zusammen. Oder er hätte es getan, wenn sein Sicherheitsgurt nicht so eng gewesen wäre.

„Du weißt, dass sie es hassen wird? Einen Absturz vortäuschen? Sie wird sagen, dass das völlig falsch ist."

Drake nickte, dann seufzte er.

Ja, das wusste er.

Das Problem war, dass sie Recht hatte und er sie trotzdem überzeugen musste.

36

Holly musste wirklich aufpassen, wo sie saß, aber im hinteren Teil des Black Hawk gab es nicht allzu viele Möglichkeiten. Der Hauptteil des Laderaums war acht Fuß breit und halb so hoch. In der Mitte waren zwei Dreiergruppen von Netzsitzen angebracht, die Rücken an Rücken standen.

Auf der einen Seite saßen Miranda, Jeremy und Major Jon Swift über den Informationen über die Panne am Flughafen von Nashville gebeugt. Sie hörten sich die Aufzeichnungen des Towers an und sahen sich die Daten des Quick Access Recorders sowie die zahlreichen Fotos an, die Jeremy gemacht hatte.

Sie konnte hören, wie Jon nützliche Informationen aus seiner eigenen Erfahrung bei der Unfalluntersuchung gab. Ein Grund mehr für Miranda, ihn zu mögen. Der einzige Trost: Jeremy und sein Tablet waren auf dem mittleren Sitz zwischen den beiden gelandet.

Auf die andere Seite der Sitzplätze... sie und Mike.

Das Dröhnen des Black Hawk, der zurück nach Fort Campbell flog, war eine seltsame Untermalung. Es war beruhigend in seiner Vertrautheit von hundert Einsätzen und tausend Trainingsflügen. Es war aber auch eine nervenaufreibende Erinnerung an eine Vergangenheit, an die sie so gut es ging nicht denken wollte.

Und sie brauchte gerade jetzt einen Themenwechsel.

Holly schaltete ihre beiden Headsets auf einen privaten Kanal.

„Was weißt du über deine Blondine?"

Mike zog eine Grimasse, denn natürlich war er sauer, dass er seine Chance, mit ihr ins Bett zu gehen, verloren hatte.

Ein kurzes Bild von Mike, der mit Ms. Zierlich-aber-tödlich im Bett lag, trug nicht gerade zu ihrer Stimmung bei.

„Ich bin wirklich froh, sie los zu sein."

Holly drehte sich um, um ihn anzusehen, aber er schien keinen Scherz zu machen. Stattdessen lag sein Kopf auf dem Rückennetz und seine Augen waren geschlossen.

„Irgendetwas stimmte wirklich nicht mit ihr. Ich weiß nicht, warum ich sie auch nur eine Sekunde lang für attraktiv hielt."

„Weil sie eine verdammt heiße Blondine war?"

„Normalerweise kann ich darüber hinwegsehen. Bei ihr nicht. Wie konnte ich all die Zeichen übersehen?"

Da er mit sich selbst zu reden schien, hielt sie den Mund. Das war nicht der Mike, den sie erwartet hatte.

Er schüttelte sich, als wäre er ein Hund, der sein Winterfell loswerden wollte.

Oder vielleicht so, als ob er sich vor sich selbst ein wenig ekelte? Was hatte das zu bedeuten?

„Was weißt du über sie?" Mike hörte sich müde an, müde bis ins Mark. Statt einer bissigen Bemerkung darüber, dass sie nicht die Art von Frau sei, über die man im biblischen Sinne etwas ‚wissen' könne, antwortete sie.

„Wahnsinnig gefährlich. Eine russische Auslandsagentin der schlimmsten Sorte – eine Gruppe namens Zaslon. Sie ist diejenige, die die Antonov zum Absturz gebracht hat.

Wahrscheinlich hat sie einen der Piloten gefickt, um an Bord zu kommen und den Sprengstoff anzubringen."

Mike nickte. „Das würde mich nicht wundern."

Es überraschte Holly sehr, dass Mike so dachte.

„Ihr Akzent rutschte ständig ab. Ihr Englisch war eigentlich tadellos. Und ihre Reaktionen waren alle falsch. Sie wusste nicht einmal, was ein QAR war oder wo man danach suchen musste. Sie wusste viel über Flugzeuge, aber fast nichts über die Condor selbst. Ich wusste also, dass sie nicht für Antonov arbeitet. Sie langweilte sich, wo sie eigentlich interessiert sein sollte und umgekehrt. Ich tat mein Bestes, um sicherzustellen, dass sie uns alle für inkompetent hielt. Das hast du gut hinbekommen. Danke."

Er öffnete seine Augen und drehte sich zu ihr um. Seine tiefbraunen Augen waren unglaublich nah. Selbst über das Headset drang sein Flüstern kaum über den Lärm des rasenden Black Hawk.

„Wir *können es weder* Miranda noch Jeremy sagen." Er zog eine Grimasse, bevor er fortfuhr: „Keiner von beiden kann ein Geheimnis für sich behalten."

„Du hast es auf den Punkt gebracht, Mike. Ich bin beeindruckt."

„Nicht dumm, Hol. Wenn ich das wäre, könnte ich in diesem Team nicht überleben. Wenn Elayne Kasprak oder wer auch immer sie ist, jemals herausfindet, dass wir einen Verdacht haben, wer weiß, was sie dann tun würde."

„Elizaveta Egorova, zumindest ist das der Name, mit dem sie geboren wurde, würde ihnen den Arsch aufreißen. Unseren auch."

„Toll." Mike lehnte seinen Kopf noch einmal gegen das Gurtband. „Einfach toll."

Und jetzt, wo ausgerechnet Mike sie zum Nachdenken gebracht hatte, gefiel es Holly nicht, dass Elayne als offene Frage dastand.

Holly wusste nur zu gut, wie es war, ständig über die Schulter zu schauen und darauf zu warten, dass die Axt fiel. Das konnte sie bei Miranda auf keinen Fall zulassen.

„Was zum Teufel hat dich denn erschreckt?" Mike hatte sie wieder beobachtet.

„Wovon redest du?"

„Ich spreche von dem Geist, der dich in den Hintern gebissen hat, als wir heute Morgen aus der C-130 Hercules ausgestiegen sind. Ich spreche von deinem letzten Händedruck mit Elayne. Ich kenne dich jetzt seit sechs Monaten und nichts kommt an deinem dicken Schutzwall vorbei. Aber etwas ist passiert – zweimal an einem Tag."

Hollys Kehle schnürte ihr den Atem ab, als ob sie versuchen würde, sie zu erdrosseln.

„Da. Das." Dann wurde Mikes Ton weicher. „Im Ernst. Wenn du jemanden zum Reden brauchst, würde es mir nichts ausmachen, wenn ich das bin."

„Warum?"

„Warum? Weil du die fähigste und ehrenhafteste Frau bist, die ich je getroffen habe."

„Du weißt doch einen Scheiß!" Ihr Schrei war so laut, dass Mike zusammenzuckte, weil ihm die Sprechanlage in den Ohren klingeln musste. Die anderen hinter ihnen hielten inne und drehten sich zu ihr um, um durch das Gurtband zu schauen, obwohl sie auf einem anderen Intercom-Kanal waren.

„Du weißt einen Scheiß", wiederholte sie viel leiser, nachdem die anderen sich wieder der Untersuchung des FedEx-Unglücks zugewandt hatten.

„Klar, Holly. Was immer du sagst." Mikes Tonfall verriet, dass er jetzt genauso angewidert von ihr war, wie er es kurz zuvor von sich selbst gewesen war. Er schloss seine Augen und wandte sich ab.

Sie wusste, welche Geister vor ihr aufgetaucht waren.

Holly mochte Mikes Enttäuschung nicht – nicht über sie.

Seltsamerweise war er derjenige in ihrer Gruppe, dem sie am nächsten stand.

Jeremy war der übereifrige, unglaublich kompetente Streber. Immer ein fröhlicher kleiner Vegemite.

Miranda war... kompliziert. Ihr Autismus war bei weitem nicht alles, was sie hatte. Sie war auch ein netter Mensch und auf sehr kritische Art und Weise zutiefst naiv. Holly hatte keine Kalibrierung für den Umgang mit wirklich netten Menschen.

Sie und Mike? Sie waren diejenigen, die eine klare Vorstellung davon hatten, wie die Welt funktionierte und was man brauchte, um in ihr zu funktionieren.

Am engsten mit Mike? War das nicht die seltsamste Wendung, seit Crow das Feuer von den sieben Karatgurk-Frauen stahl, die daraufhin zum Sternenhaufen der Plejaden wurden? Aber das war keine Geschichte aus der australischen Traumzeit.

Und Mike hatte bewiesen, dass er etwas Besseres verdient hatte, als sie ihm gab.

Der Hubschrauber wurde langsamer und ging in den Sinkflug über; sie mussten in der Nähe von Fort Campbell sein. Ein Blick aus dem Fenster verriet ihr, dass sie nicht aufgepasst hatte und sie fast unten waren. Sie waren im Morgengrauen in Fort Campbell angekommen und mittags nach Nashville geflogen, und jetzt begann das Sonnenlicht am Nachmittag, die Schatten der geparkten Helikopter in Campbell zu verdunkeln.

Sie wollte nicht, dass Mike schlecht von ihr dachte, und sie wollte auch *nicht* darüber nachdenken, warum es so wichtig war. Es war einfach so.

Unfähig, sich dem Teil der Vergangenheit zu stellen, den Elayne Kaspraks Hand ausgegraben hatte, entschied sich Holly für den anderen.

„Team Chase.“

Mike öffnete ein Auge. „*Das* ist es, was dich auf der Hercules erschreckt hat?“

„Du hast ja *keine* Ahnung.“

Die Räder des Hubschraubers trafen auf dem Asphalt auf.

Hollys Knie waren beim Hinunterklettern so wackelig, dass Mike ihren Arm einen Moment lang festhielt, bis sie sich stabilisierte.

Anstatt ihn dafür zu schlagen, nickte sie ihm dankend zu.

Das war alles, was sie im Moment tun konnte.

37

_____

„Nein." Das war so völlig falsch. Miranda konnte nur den Kopf schütteln. „Ich _rette_ Flugzeuge. Ich studiere sie, um Abstürze _zu vermeiden_, nicht um sie _zu verursachen_."

„Es wird niemand verletzt werden. Es muss nur wie ein Unfall aussehen." Drake war ziemlich unnachgiebig. Oder war es ein Flehen?

Mike kicherte im Hintergrund.

Miranda ignorierte ihn.

Sie betrachtete Drake und Lizzy auf der anderen Seite des schmalen Ganges. Sie trafen sich in dem kleinen C-38 Gulfstream G100 Jet, der Drake nach Fort Campbell geflogen hatte.

Die beiden saßen auf gegenüberliegenden Sitzen an einem kleinen Tisch. Sie, Holly und Mike saßen auf der Couch gegenüber, wobei ihre Knie den Gang des kleinen Flugzeugs ausfüllten. Jeremy saß auf einem der hinteren Sitze und arbeitete fleißig an dem Nashville-Bericht, hoffentlich das Gerüst benutzend, dass sie während des Fluges erstellt hatten.

Wenigstens war die Analyse mehrerer Unfalluntersuchungen kein Thema.

Das ließ sie einen Moment lang erstarren.

„Was?" fragte Drake.

Sie ignorierte ihn.

Mehrere Unfalluntersuchungen *waren* kein Thema. Sie hatten sie nie gestört. Während sie auf die Metallurgie oder die Entschlüsselung des Flugschreibers wartete, konnte sie immer an etwas anderem arbeiten.

Miranda drehte sich, um es Holly zu erklären, aber Holly sah sie nicht an. Tatsächlich hatte sie seit der Landung kein Wort mehr gesagt und saß nur da und starrte zwischen Drake und Lizzy aus dem Fenster. Sie waren mit den Aufräumarbeiten nach dem Absturz der Condor beschäftigt, obwohl Miranda nicht verstand, warum Holly das so fesselnd fand.

Mike beobachtete Holly mit einem besorgten Blick, den sogar sie erkennen konnte.

Vielleicht wäre es besser, wenn sie mit der Diskussion darüber warten würde, wie sie ihre bisher unbemerkten mechanischen Multitasking-Fähigkeiten auf ‚weiche' Bereiche wie unvollständige Gesprächsfäden ausweiten könnte.

„Miranda?" Drake hatte etwas gefragt.

Über... *Oh!* „Ich fühle mich *nicht* wohl dabei, einen Crash zu konstruieren."

„Einen *simulierten* Absturz konstruieren."

„Ihr wollt einen großen Transportjet stehlen. Um keinen Verdacht zu erregen, musst du eine Trümmerspur hinterlassen, also einen echten Absturz inszenieren."

„Aber wir werden es nicht zum Absturz bringen. Wir wollen seine Ladung behalten. Das ist der Sinn der Sache."

„Ich habe nie gesagt, dass wir den Transportjet zum Absturz bringen sollen. Aber du brauchst einen Absturz eines identischen Flugzeugs. Und du musst es so weit zerstören, dass selbst eine detaillierte Inspektion die Fälschung nicht identifizieren kann. Das sind die Nummer der Flugzeugzelle, die Seriennummern tausender Teile und sogar eine Änderung der Verkabelung, die an einem Flugzeug vorgenommen wurde und nicht an einem anderen."

„Was ist, wenn die Zerstörung so vollständig ist, dass man es nicht mehr feststellen kann?" warf Mike ein und stupste Holly mit dem Ellbogen an.

Miranda wartete darauf, dass Holly etwas sagen würde. Oder Mikes Rippen mit dem Ellbogen stoßen.

Aber sie antwortete nicht.

Das Ausbleiben einer Antwort war noch verwirrender als die erwartete Unterbrechung.

„Ich würde es trotzdem merken", informierte sie Mike. „Drake, nein. Einfach...nein."

Die einzige Person, die in der ganzen Kabine einen Ton von sich gab, war Jeremy, der leise vor sich hin summte, während er schnell auf der ausklappbaren Tastatur tippte, die er manchmal mit seinem Tablet benutzte.

Die Stille dehnte sich aus, bis sie fast schmerzhaft war.

„Lass uns eine Pause machen", schlug Mike vor.

„Aber wir sind doch gerade erst zurückgekommen."

„Lass uns trotzdem eine Pause machen. Miranda, sieh nach, wie es Jon beim Wegräumen der Condor geht. Holly, du kommst mit mir."

Sie war der Tür am nächsten, aber sie bewegte sich nicht, bis Mike sie ein paar Mal schubste. Sie ging überraschend sanftmütig.

Jeremy bemerkte ihren Weggang nicht einmal.

Miranda würde es nichts ausmachen, sich mit Jon zu treffen.

Vielleicht sehen, was das AIB-Team seit ihrer Abreise noch entdeckt hatte. Vielleicht hatte es neue Beweise, die bei der Demontage des Flugzeugs aufgetaucht waren.

„Hey!" rief Drake ihnen nach, aber Lizzy brachte ihn zum Schweigen.

38

DER FRÜHLINGSNACHMITTAG WAR WARM, ANGENEHM UND ROCH nach wachsenden Dingen. Niedrige Hartriegel boten leuchtend rosafarbene und weiße Blüten entlang der Flughafenumgehungsstraße.

Und das alles hinterließ bei Holly ein Gefühl wie Schlamm an einem stagnierenden Billabong.

Holly lehnte sich mit dem Hintern gegen die Tragfläche der C-38 und blickte auf das Wrack des Condors.

In den wenigen Stunden, in denen sie weg waren, hatte der Armeestützpunkt Fort Campbell mobil gemacht. Zwei Black Hawk-Hubschrauber, die jeweils fünf Tonnen heben konnten, befanden sich jetzt über dem Gelände. Die Funken von mindestens zehn verschiedenen Schweißern brannten sich ihren Weg durch die Überreste des Flugzeugs. Man konnte nicht einfach neunzig Tonnen Flugzeug und weitere fünfundvierzig Tonnen verbrannter Hubschrauber zur Seite schleppen, um eine Landebahn freizumachen – man musste sie in handlichen Stücken entfernen.

Jedes Teil, das die Schweißer freigeschnitten hatten, wurde innerhalb von Sekunden an den Leinen des Hubschraubers hochgezogen. Der Condor verschwand mit überraschender Geschwindigkeit. Die kleinen Trümmer waren die eigentliche Plage.

Am Aufsetzpunkt des Flugzeugs hatte sich bereits eine Doppellinie gebildet.

Eine Reihe von Pickup-Trucks bewegte sich langsam vorwärts, während ein Team alle größeren Teile einsammelte, die übrig geblieben waren, nachdem die Schweißer und Black Hawks weitergezogen waren. Die schwersten Trümmer wurden von Little Bird-Hubschraubern aufgenommen und dorthin geflogen, wo die beiden Black Hawks abgeladen hatten.

Die Night Stalkers der 160. SOAR waren im Einsatz und sie waren verdammt effizient.

Hinter ihnen machte die lange Reihe von Mitarbeitern einen klassischen FOD-Walk. Einen Schritt machen, anhalten, nach Fremdkörpern suchen. Ein weiterer Schritt, ein weiterer Blick. Jede Person, die nicht weiter als eine Armlänge von der nächsten entfernt war, hatte einen Müllsack dabei. Nicht ein einziger Bolzen, der in den Motor eines Flugzeugs gesaugt werden könnte, würde zurückbleiben, wenn sie fertig waren.

Das Heck des Flugzeugs und die beiden zerstörten Stryker-Löschfahrzeuge waren bereits verschwunden. Auch die verbrannten Überreste des Hubschraubers und einer der Tragflächen waren bereits entfernt worden.

„Was zum Teufel, Holly?" Mike stellte sich direkt vor sie und versperrte ihr die Sicht.

„Was ist dein Problem, Mike?"

„*Du!*"

„Bei dieser Sheila gibt es seine Korgen."

„Was?"

„Mach dir keine Sorgen, Kumpel. Nimm einen Hinweis auf. Mir geht's gut."

„Von wegen! Miranda kämpft da drin um ihr Leben und du unternimmst nichts dagegen? Was zum Teufel ist los mit dir?"

„Warum tust *du* nicht etwas?" Holly schubste ihn weg, aber er trat ihr direkt wieder in ihren Sichtkreis.

„Ich versuche es, aber sie hören mir nicht so zu, wie sie dir zuhören. Jetzt beantworte die verdammte Frage: Warum lässt du Miranda da draußen alleine hängen? Sie werden sie niedermetzeln."

„Sie... Was?"

„Ich kann nicht anders als mit Gottes Hilfe!" fluchte Mike in den Himmel.

„Bist du ein religiöser Junge, Mike?"

„Nichts, was die katholische Schule nicht dauerhaft heilen konnte. Wo warst du, Holly?"

„Nirgendwo gutes", war die einzige Antwort, die sie für ihn hatte.

„Spuck's aus oder ich lass dich nicht mehr rein."

Holly schüttelte ihren Kopf, um ihn zu klären. Ein Blick über die Schulter zeigte ihr, dass sich Lizzy und Drake im Flugzeug stritten. Durch ein anderes Fenster konnte sie Jeremy bei der Arbeit sehen.

„Wo ist..." Dann entdeckte sie Miranda drüben am Wrack, die neben Major Jon Swift stand. „Was ist da eigentlich los? Meinst du, sie..."

„Keine Ausflüchte mehr, Holly. Spuck's aus."

Oh Gott! Hatte sie Miranda schon im Stich gelassen? Konnte sie nicht einmal ein Teil eines Teams sein, ohne alles zu vermasseln?

„Team Chase. Ich wollte nur..."

Jetzt war Mike plötzlich ganz geduldig. Er stand ihr nicht mehr fast Nase an Nase gegenüber, sondern lehnte sich neben ihr an den Flügel. Der Übergang wirkte ganz natürlich – bis hin zu seiner Schulter, die leicht über ihre strich. Das war beruhigend und vielleicht das Einzige, was sie weitermachen ließ.

„Bei der SASR – das sind australische Elitekrieger – waren

wir in einer Sechs-Mann-Gruppe. Dann habe ich..." Sie schluckte schwer und spuckte es aus. „Ich habe mein Team verloren. Ich bin diejenige, die überlebt hat." Gut, dass sie in diesem Moment kein Hari-Kari-Messer dabei hatte.

„Was ist passiert?" Mr. Mitleid. Wenn sich das als Manipulation herausstellte, würde sie ihn umbringen. Aber es fühlte sich nicht so an.

„Wir hatten den Auftrag, eine Brücke zu zerstören. Irgendein südostasiatisches Drecksloch. Aber wir sollten sie so fallen lassen, dass es wie ein strukturelles Versagen aussah – mit dem Konvoi des Diktators auf der Brücke. Hundert Meter tief in eine felsige Schlucht. Eine Show ohne Überlebende."

„So etwas hast du früher gemacht?"

Sie nickte. „Ich bin eine sprengstoffbegeisterte Sheila. Ich sorge dafür, dass große Dinge wie das", sie nickte zu den Überresten der AN-124 Condor, „am Ende so aussehen."

„Was ist passiert?"

„Ich bin früh aufgewacht und habe mich aus dem Lager geschlichen. Ich war unter der Brücke", konnte sie es sehen.

Die Dämmerung ging auf die Dunkelheit zu. Der dichte Geruch des Dschungels schlug ihr wieder entgegen, selbst hier an einem Frühlingsnachmittag in Kentucky. Es roch nach Verwesung und Wildnis. Mehr Biomasse auf zehn Quadratmetern als auf tausend Quadratmetern, wo sie aufgewachsen war. Sie bewegte sich so unauffällig, dass sie nicht einmal die dösenden Makaken störte.

„Ich hatte gerade erst angefangen. Ich kletterte unter die Brücke, um kritische Punkte zu identifizieren. Ich hätte die Brücke leicht mit fünf Kilo C-4 zum Einsturz bringen können, aber ich wollte, dass es elegant ist. Genug, um den Job zu erledigen und nicht mehr – um die Beweise für einen Angriff zu minimieren. Unsere Aufgabe war es, dass niemand weiß, dass wir jemals dort waren. Ich nahm also einige Messungen vor und hatte etwa zwei Drittel der Sprengladungen angebracht."

Sie spürte die herannahenden Fahrzeuge, die den Stahl vibrieren ließen, bevor sie sie hörte.

Der Konvoi des Diktators sollte erst im Morgengrauen eintreffen, was noch zehn Stunden dauern würde.

Keine schweren Militärmaschinen, Panzer oder gepanzerte Mannschaftswagen. Dieser Mann war ein ehemaliger Armeegeneral und hielt seine Truppen gerne in der Nähe.

Aber es kamen eine Menge Fahrzeuge, schnelle Fahrzeuge. Aus der falschen Richtung, also war es nicht der Diktator.

Ein Quäken in ihrem Headset-Funkgerät, „Hol?"

„Unter der Brücke. Jemand im Anflug."

„Verstanden. Bleib da."

Der Konvoi hatte hinter der Brücke angehalten.

Inspektionsteam? Wie paranoid war dieser Typ?

Mit ihren Klettergurten hatte sie sich in den tiefsten Schatten hochgezogen, dicht an der Unterseite des Brückendecks. Dann vergewisserte sie sich, dass sie keine baumelnden Leinen hatte, die jemandes Aufmerksamkeit erregen könnten.

Sie hatte ihr Thales F90CQB Close Quarters Battle Rifle quer über ihrer Brust. Nachdem sie sich vergewissert hatte, dass das Magazin voll und der Riemen um ihren Arm gewickelt war, damit sie es nicht fallen lassen konnte, war sie eingefroren.

Ein weiterer Konvoi aus der anderen Richtung.

Sie hielten dicht an, aber nicht zu dicht.

Nicht freundlich.

Oder nicht *zu* freundlich.

Eher als eine Militäreskorte... ein Umschlagplatz in der Drogenexportkette? Das würde Opium oder raffiniertes Heroin bedeuten.

Macht einfach eure Drecksarbeit und verschwindet, Jungs. Ihr seid uns heute Abend egal. Das hatte sie gedacht.

Aber sie hatten nicht zugehört.

„Diese Idioten", erzählte sie Mike, „ein Haufen drogensüchtiger Wichser, sind über unser SASR-Team gestolpert. Am Ende stand es hundert zu fünf. Meine Jungs haben über fünfzig erledigt, während ich wie ein dummer Affe unter der Brücke baumelte und nicht helfen konnte."

„Oh Gott. Ich kann mir nicht vorstellen, wie das war." Mike legte ihr eine Hand auf die Schulter und sie ließ sie einige Augenblicke dort liegen, bevor sie sie abschüttelte.

Sie wollte nicht getröstet werden.

Sie *verdiente* keinen Trost.

„Was hast du getan?"

„Ich habe alles, was ich hatte, an den Boden der Brücke geknallt. Als sie wieder über die Brücke rollten, feuerte ich über dreißig Kilo C-4 ab. Ich ließ nicht nur die Brücke fallen, sondern sprengte sie zurück in die Steinzeit. Wer auch immer dachte, er würde entkommen, nachdem er mein Team ausgeschaltet hatte, war nicht mehr groß genug, um von seiner Mutter identifiziert zu werden."

„Na, das ist doch schon mal was."

„Ich hing die ganze Nacht und den ganzen nächsten Tag unter dem verbliebenen Klippenstumpf der Brücke. Ich sah, wie sie kamen und das Wrack durchsuchten – aus der Vogelperspektive in der hundert Meter tiefen Schlucht. Ich sah, wie sie mit Waffen weggingen, die nur mein Team getragen hätte. Was, wenn sie nur verwundet waren? Oder gefangen genommen? Ich habe mein ganzes Team getötet, Mike."

„Nein, das weißt du nicht."

„Das Kommando hat ein Leichenkommando geschickt. Sie haben die Leichen geborgen, aber bei einigen war nicht klar, ob sie tot oder nur schwer verwundet waren, bevor ich sie in die Luft gejagt habe. Sagen wir einfach, dass meine Befehlshaber darüber nicht sehr glücklich waren. Ich hätte auch alleine warten können. Ich hätte die Nacht abwarten können, die

Brücke alleine in die Luft jagen und ihren Diktator aus dem Weg räumen können. Stattdessen habe ich die letzten Chancen für mein Team zerstört. Zumindest ist das der Konsens."

Mikes Hand war wieder da, als ob er nicht anders konnte, als zu trösten.

Sie tat es wieder ab, weil sie jeden tötete, der ihr zu nahe kam.

„Und dann", Holly schaute in den sich verdunkelnden blauen Himmel – dicht mit Nachmittagslicht, so anders als die Äquatorscheiße, wo sie ihre letzte Brücke in die Luft gesprengt hatte -, weil es die einzige Möglichkeit war, die Tränen zurückzuhalten. „Dann habe ich gekündigt, damit sie sich nicht überlegen mussten, was sie mit mir machen sollten. Ich bin so weit gelaufen, wie ich konnte."

„Bis hin zum amerikanischen NTSB."

„Genau. Das sollte doch weit genug sein, oder?"

„Bis Miranda Team Chase gesagt hat", nickte Mike verständnisvoll. „Das ist hart."

„Ohne Scheiß, Sherlock! Das Schlimmste ist, dass ich sie der verdammten Elayne Kasprak ausgeliefert habe und ich weiß nicht, wie ich das wieder rückgängig machen kann." Holly wollte schreien, schaffte es aber, es zu unterdrücken.

„Nein, das hast du nicht. Sie hätten sich mit oder ohne dich getroffen. Du hast sie vor Elayne *gerettet*."

„Wie um alles in der Welt ist das auch nur annähernd geradeaus?"

Dieses Mal schlug Mike ihr auf den Arm.

Eines Tages würde sie ihm beibringen müssen, wie man richtig zuschlug; er hatte Glück, dass er sich keinen Knöchel gebrochen hatte.

„Idiot, Holly. Wenn du nicht da gewesen wärst, hätte Miranda trotzdem aufgeklärt, was passiert ist. Sie hätte es Elayne erzählt. Was wäre dann passiert?"

Holly stellte es sich vor. Miranda hätte das schattige

Cockpit niemals lebend verlassen. Sie wäre ausgerutscht und auf etwas Scharfes und Tödliches gefallen, und ihr Körper wäre dicht neben Mr. Bones gelandet.

„Ja!" Mike würde das gleiche Bild im Kopf haben.

„Wo hast du gelernt, wie man hinterhältig ist? In der Kirchenschule?"

„Nein. Na ja, ein bisschen. Aber nein." Er seufzte unglücklich und Holly tat es plötzlich leid, dass sie gefragt hatte. „Lange Geschichte."

„Ich habe es nicht eilig."

„Nein, aber sie haben es." Mike nickte.

Miranda und Major Swift kamen in schnellem Tempo auf sie zu.

Mike sprach schnell. „Du bist einer der Hauptgründe, warum das Team Chase funktioniert, Holly. Also mach keinen Blödsinn mehr bei der Arbeit. Okay?"

Holly versuchte zu überlegen, wie sie Mike danken könnte.

Weil er verständnisvoll war.

Weil er das Richtige gesagt hatte.

Sie tat das Einzige, woran sie denken konnte.

Holly schlug Mike auf den Arm – hart.

„Verdammt noch mal!"

39

„Jon hat eine Hypothese, die du sicher interessant finden wirst. Es ist nicht die Art, wie ich denke; sein Gehirn funktioniert auf eine Art und Weise, die ich nicht ganz verstehe oder mit der ich nicht einverstanden bin."

Er war immer *so* froh, wenn man von ihm in der dritten Person sprach. Aber bei Miranda machte ihm das vielleicht nichts aus.

Sie waren in der kleinen Kabine der C-38 zusammengepfercht. Drei vom Team auf der kleinen Couch. Jeremy, was nicht weiter verwunderlich war, stürzte sich heftig auf die Computertastatur. Eine ältere, attraktive Asiatin in sehr gepflegter Zivilkleidung saß an einem kleinen Tisch am anderen Ende des Ganges.

Und die letzte Person, die mit dem Rücken zu ihm stand, war...

„Heilige Scheiße! Entschuldigung, Sir!" Jon hätte sich fast den Hals an der Kabinendecke verrenkt, als er versuchte, sich an einer Stelle aufzurichten, an der die Decke drei Inch zu niedrig war. Als er salutieren wollte, stieß er mit dem Ellbogen gegen die Rückwand der Trennwand.

„Jon? Was zum Teufel machst du hier?"

Miranda hatte gesagt: *„Es gibt jemanden, dem du das erklären musst",* als er mit seiner Idee ankam.

Sie hatte vergessen, dass es der Vorsitzende des Generalstabs war – Onkel Drake.

„Das sollte geheim bleiben", knurrte Drake Miranda an.

„General Nason", sagte die Asiatin in einem leisen, warnenden Ton, der ihn augenblicklich verstummen ließ.

„Ich verliere hier den Verstand", murmelte er und die Frau tätschelte seine Hand.

„Wow! Wie hast du das gemacht? Niemand konnte jemals meinen Onkel stoppen."

Sie blickte neugierig zu ihm auf. „Onkel?"

„Er ist Moms kleiner Bruder."

Onkel Drake wurde nicht nur gestoppt, er wurde zerquetscht.

„Faszinierend." Die Frau beobachtete ihn, nicht seinen Onkel. „Erzähl mir mehr. Ich bin übrigens seine Freundin, General Elizabeth Gray. Bitte nenn mich Lizzy. Du bist der erste aus seiner Familie, den ich außer seiner Tochter kennenlerne."

„Major Jon Swift zu deinen Diensten", entschied er sich dagegen, in dem engen Raum noch einmal einen Gruß zu riskieren. „Seine Freundin? Mein Onkel hat eine Freundin?"

„Ich hoffe, das ist in Ordnung."

Jon wusste nicht, was er davon hielt. Ihre Familien standen sich nicht besonders nahe – sein Vater in Coronado, Kalifornien, und Onkel Drake in DC. Aber Tante Patty war... Tante Patty – tausendmal zugänglicher als sein Onkel. In den fünf Jahren seit ihrem Tod hatten sie kaum etwas von Drake gehört.

Auf die Frage von General Gray wusste er nicht, wie er sich fühlte. Also zuckte er mit den Schultern.

„Wir werden uns etwas Zeit lassen. Du hattest eine Idee?"

„Ja. Aber wenn dieses Treffen geheim ist, sollte ich vielleicht gehen."

„Drake", Miranda benutzt den Vornamen seines Onkels? *Verrückt!*

„Ist der Grund, aus dem du gesagt hast, Major Swift sei der Einzige, dem ich vertrauen könne, nicht mehr gültig?"

„Ein bisschen Vetternwirtschaft vielleicht?" stichelte Holly. „Nichts für ungut, Jon."

„Nichts für ungut." Es war immer leicht, Hollys Lächeln zu erwidern. „Und nein, das war es nicht. Mein Onkel weiß einfach, dass mein Vater, der SEAL-Commander, mich in Stücke reißen würde, wenn ich ihn auch nur im Geringsten enttäuschen würde. Das schafft eine gewisse Vertrauenswürdigkeit, nehme ich an."

„Bist du also nicht mehr sein Neffe oder plötzlich nicht mehr anfällig für Einschüchterungen durch deinen Vater oder General Nason?" Gott, er liebte es, wie Miranda Fragen stellte. Sie brachte ihn dazu, alles so zu betrachten, als wäre es frisch und neu.

„Von meiner Seite aus kein Problem. Frag ihn", sagte Jon und zeigte mit dem Daumen auf Onkel Drake.

„Was ist deine verdammte Idee?"

„Ein Flugzeug in die Luft jagen."

Sein Onkel starrte ihn an, als ob er den Verstand verloren hätte. Er hatte es nie gewagt, Onkel Drake zu foppen; der Mann war so verdammt brillant, was militärische und geopolitische Konflikte anging. Eine einfache Frage nach einer militärischen Taktik bei einem Familientreffen konnte dazu führen, dass er einen zweistündigen Vortrag über historisch wechselnde Strategien und die Lehren für...

Vielleicht passte *es* gut, mit einem anderen General auszugehen.

„Es geht darum, dass wir den Inhalt des Flugzeugs haben wollen."

„Ich habe nicht gesagt, dass du *das* Flugzeug in die Luft jagen sollst, sondern dass du *ein* Flugzeug in die Luft jagen sollst. Tausche die Flugzeuge aus und zerstöre dann den Köder vollständig."

„Dies ist ein russisches Flugzeug, dessen Flugroute komplett über russischem Boden verläuft. Nicht die Arktis, keine Ozeane, nichts."

Jon zuckte mit den Schultern. „Noch besser wäre es, sie davon zu überzeugen, es in die Luft zu jagen."

„Habe ich schon erwähnt, dass wir den Inhalt des Flugzeugs haben wollen?" Onkel Drakes Ton war so eigenartig, dass er unter normalen Umständen geschwiegen hätte. Aber da er eine Freundin hatte – was immer noch schwer vorstellbar war – und Miranda seinen furchteinflößenden Onkel als ebenbürtig behandelte, konnte er sich nicht zurückhalten.

„Duh! Tausche die Flugzeuge aus und lass es *dann* in die Luft fliegen." Hatte er Onkel Drake langsam genannt? Niemals. Aber er hatte es getan.

Alle sahen ihn mit großen Augen an, außer Miranda, die sofort verstanden hatte.

Jon sah sich um, wie er sich erklären sollte. „Miranda, steh auf und streck deine Hand aus. Das ist jetzt ein Flugzeug, das in neununddreißigtausend Fuß Höhe fliegt."

„Welche ist meine Nase?"

„Deine Fingerspitzen."

Sie drehte sich um und wandte sich dem anderen Ende der Kabine zu, während sie ihre Hand mit der Handfläche nach unten hielt.

„Was machst du da?"

„Flugfläche drei-neun-null ist für den Verkehr in Richtung Westen. Ich richte die Nase meines hypothetischen Flugzeugs nach Westen aus."

Er bemerkte die Richtung der späten Nachmittagssonne, die durch die Fenster schien.

Das tat sie.

„Okay, Flugfläche vier-drei-null."

Sie warf einen Blick über ihre Schulter zu ihm. „Lizzy hatte gesagt, dass die Russen höchstwahrscheinlich eine AN-124 Condor für den Transport benutzen würden."

„Du hast es erwähnt. Was meinst du?"

Dann wusste er, was sie sagen wollte. Sie sprachen schließlich unisono.

„Dienstgipfelhöhe von neununddreißigtausend Fuß."

„Flugfläche 3.7.000 Fuß, bitte."

Sie drehte sich um und richtete ihre Fingerspitzen mit der Handfläche nach unten auf ihn, wobei sie ihre Hand leicht senkte, um den Höhenunterschied bei der Drehung darzustellen. Sie brachte ihn dazu, laut zu lachen. Aber so wie Holly ihn beobachtete... Er beschloss, dass vorsichtige Professionalität die weitaus bessere Wahl war.

„Hier bist du also, eine voll beladene Antonow AN-1..."

„Mit nur sieben Metern Länge und siebentausend Kilo ist die Antonov bei weitem nicht voll mit einem Persona-Satelliten beladen. Selbst mit den Startgehäusen und anderen Verpackungen wird die Antonov bei weitem nicht voll beladen sein."

„Du hast Recht. Vielleicht haben sie noch andere Gegenstände geladen oder sie sind weit unter ihrer Kapazität unterwegs. Ist eine 'beladene Antonov AN-124' eine ausreichende Beschreibung?"

Holly musterte ihn genau, um sicherzugehen, dass er Miranda nicht veräppelte. Mike gab ihm einen Daumen hoch.

Miranda tat genau das, was er gehofft hatte, und nickte einfach, während sie ihr ‚Flugzeug' bereithielt. Er verstand ihren Wunsch nach Präzision. In den zehn Jahren, in denen er die C-5 Galaxy, den größten Frachtjet des US-Militärs, geflogen hatte, war er ein Fanatiker gewesen und sah keinen Grund, das zu ändern.

„Flieg bitte nach Osten zu mir." Dann klopfte er auf den Tisch zwischen Lizzy und Onkel Drake. „Das ist die minimale Radarerfassungshöhe, sagen wir zweihundert Fuß."

„Meine Hand ist zu groß", Miranda war natürlich genau.

„Dein Daumennagel?"

„Das erste Daumengelenk wäre genauer."

Verdammt, aber sie war schnell.

Sie streckte ihren Daumen mit dem Nagel nach oben aus und legte dann ihre anderen Finger so zusammen, dass sie sich unter ihrem Daumenknöchel berührten. „Es ist zu schmal, aber ich denke, wir sind jetzt nah genug dran."

„Okay, jetzt tauch runter, bis deine Hand unter dem Tisch ist."

„Aber keinen Unfall bauen?"

„Aber lass es nicht abstürzen. General Gray, du bist unser Radar. Wenn du ihre Hand nicht sehen kannst, ist sie unter dem Radar. Miranda, los."

Miranda verlangsamte ihre Triebwerke, senkte den Daumen, und er würde wetten, dass auch ihre Sinkgeschwindigkeit proportional war.

„Winke mit der Hand, während du absteigst. Okay, ihr Flugzeug macht jetzt unregelmäßige Bewegungen, als ob es in Schwierigkeiten wäre."

Sie bewegte ihre Hand hin und her, als ob sie um die Kontrolle kämpfen würde.

„Vielleicht meldet er einen Druckabfall oder so. Notabstieg."

Sie neigte sich steil nach unten. In dem Moment, in dem ihre Daumenfläche unter den Tisch sank, nahm er ihre Hand in seine und führte sie so, dass sie unter dem Tisch blieb. Mit der anderen Hand ließ er seine eigene Daumenfläche wieder über die Tischoberfläche klettern.

„Erholung von dem Problem. Melde, dass du die Kontrolle über das Flugzeug wiedererlangt hast. Aber wir haben die

Transponderfrequenzen zwischen den beiden Flugzeugen getauscht, so dass wir für jeden Radartechniker das gleiche Flugzeug sind. Dann überzeugen wir sie davon, dieses Flugzeug", er wedelte mit seiner Hand, „vom Himmel zu schießen. Wenn *sie* es abschießen, haben sie keinen wirklichen Grund, es zu untersuchen. Vielleicht werden sie es einfach als Verlust abschreiben und nicht weiter suchen."

Er merkte, dass er immer noch Mirandas Hand hielt und ließ sie los.

„Wohin soll ich fliegen?" Mirandas Daumen schien auf der Suche nach einer neuen Richtung hin und her zu laufen.

„Du kannst jetzt aufhören, aber die Idee ist, dass du entkommst, indem du unter dem Radar bleibst und wahrscheinlich im Dunkeln die Grenze an einem wenig bewohnten Küstenabschnitt überquerst. In der Nacht werden sie hoffentlich annehmen, dass es sich um einen Übungsflug handelt."

„Und wie machen wir das, ohne die Besatzung von Flugzeug Nummer zwei zu töten?" Drake beobachtete ihre Hand, als Miranda ihr ‚Flugzeug' wieder unter dem Tisch hervorholte, und spreizte schließlich ihre Finger weit aus.

Jon grinste seinen Onkel an. „Satellitengestützte Fernsteuerung. Keiner an Bord, wenn sie abstürzt. So fliegen wir jetzt sowieso unsere Drohnen von der Creech Air Force Base aus um die Welt. Das sollte nicht schwer zu realisieren sein."

„Und woher bekommen wir eine weitere AN-124 zum Sprengen?"

„Davis-Monthan Air Force Base." Den Vorsitzenden der Generalstabschefs zu ködern, wenn auch nur ein bisschen, machte langsam Spaß. Vielleicht war Onkel Drake nicht nur der zielstrebige Supersoldat, den er aus seiner Kindheit kannte.

„Wir haben keine AN-124 auf Lager, Jon. Das solltest du wissen."

„Das weiß ich, Onkel. Ich weiß auch, dass wir dort vierundsechzig C-5A Galaxy-Transportjets geparkt haben, die wir wahrscheinlich nie wieder brauchen werden. Trotzdem haben einige von ihnen noch den Typ-3000-Status 'Flying Hold', was bedeutet, dass wir sie im Grunde betanken und fliegen können. Es wäre nicht schwer, sie mit einer Fernsteuerung auszustatten. Vergiss nicht, dass die Antonov AN-124 weitgehend auf der C-5 Galaxy basiert. Wenn wir es schaffen, dass sie unseren Köder nicht zu Gesicht bekommen, bevor sie ihn in die Luft jagen, könnten wir es schaffen."

„Und wenn wir das nicht tun? Wenn sie herausfinden, dass wir ihren Satelliten stehlen? Das kann nicht auf uns zurückfallen. Wir könnten einen Krieg auslösen."

Jon hatte nicht so weit vorausgedacht.

Anscheinend hatte Holly. „Wenn die Russen den Schwindel aufdecken, landen sie in Südkorea oder Japan und lassen die Piloten 'abspringen'. Dann können die Russen jemanden schicken, um ihr Flugzeug und den Satelliten zurückzuholen. Vielleicht kann Japan dabei ein wenig diplomatisches Gehör finden. Die Piloten sind ‚übergelaufen', konnten aber nie gefunden werden. Die Suche nach den Überläufern wird ein Kinderspiel sein, denn sie werden keine Piloten vermissen, sondern wir werden leise wie ein Wallaby in der Nacht sein."

Onkel Drake starrte ihn über dreißig Sekunden lang an, ohne zu blinzeln, bis seine eigenen Augen schmerzten, weil er ihn ansah.

Dann warf er einen Blick auf General Lizzy Gray, die nickte.

Als er sich an Miranda wandte, ergriff sie das Wort.

„Erstens: Ich hasse die Idee immer noch. Aber wir versuchen nicht mehr, einen Flugzeugabsturz zu inszenieren, der den Ermittlern als Beweis dient. Das fällt nicht mehr in meinen Zuständigkeitsbereich."

Sie formte ihre Daumenfläche neu und bewegte sie ein paar Mal, wobei sie sie beobachtete, während sie fortfuhr.

„Die Logik ist zwar vernünftig, aber die Logistik wird sehr komplex sein. Die Vorbereitung der C-5 Galaxy wird das geringste Problem sein. Wir können ihre Antonow nicht aus der Ferne übernehmen. Wir werden unsere eigenen Leute an Bord brauchen."

40

DRAKE ATMETE SCHWER AUS.

Er hatte diesen Teil nicht kommen sehen. Ehrlich gesagt, war er zu sehr damit beschäftigt, von Jons Plan beeindruckt zu sein. Er hatte diese Lösung mit einer Miranda-ähnlichen Geschwindigkeit gefunden. Er hätte die Karriere seines Neffen besser im Auge behalten sollen.

„Okay, du Genie. Wie zum Teufel sollen wir das machen?"

Jon zuckte mit den Schultern. Offenbar hatte auch er diesen Teil nicht durchdacht.

Holly ließ sich auf die kleine Couch sinken, ohne in den schmalen Gang zu fallen. Sie stützte ihre Stiefel auf seine Stuhllehne.

„Also, Kumpels, fangen wir damit an, wer Russisch spricht. Superfließend."

Miranda und Jon hoben beide ihre Hände.

Mike winkte mit seiner Hand und wedelte mit ihr.

„Und mit Holly sind es drei", fuhr sie fort. „Miranda, du wärst keine Hilfe."

„Warum nicht?"

„Weil du dafür nicht ausgebildet bist und wir nicht wollen,

dass du stirbst." Holly wandte sich an Jon: „Du hast zehn Jahre lang eine C-5 Galaxy geflogen. Willst du es auch mal mit einer Antonow versuchen?"

„*Was*?" Drake wusste, dass er schon wieder schrie, aber er konnte sich nicht zurückhalten. „Du kannst ihn nicht nach Russland schicken, um ein Flugzeug zu stehlen."

„Oh, nein, Kumpel. Ich denke, er braucht ein bisschen Schutz." Sie klopfte sich auf die Brust.

„Holly! Nein!" Mike legte ihr eine Hand auf den Arm, als ob er eine solche Frau zurückhalten könnte.

„Ist schon gut, Mike." Sie tätschelte seine Hand (anstatt sie beiseite zu schlagen, was ihn genauso zu überraschen schien wie Drake).

Eine abgeklärte Holly Harper passte überhaupt nicht in sein Bild von ihr.

Sie fuhr fort: „Wir werden diesen Kreis so klein halten, dass wir um ein Lagerfeuer sitzen können. Wie du mich daran erinnert hast, ist das die Art von Dingen, die ich mache."

Jon nickte langsam. „Man braucht vier, um eine AN-124 zu fliegen."

„Schnapp dir ein paar Jungs von der 24. STS."

Zumindest in diesem Punkt war Drake mit ihrem Vorschlag einverstanden. Die Kampflotsen der 24th Special Tactics Squadron der Air Force waren neben der Delta Force und dem SEAL Team Six eine der drei amerikanischen Spezialeinsatzeinheiten. Sie waren in der Lage, eine Luftschlacht mit mehreren Einheiten zu führen – nach drei Tagen Bodenkampf, um dorthin zu gelangen – und dann den Flugverkehr für einen ganzen eroberten Flughafen über ein Handfunkgerät zu steuern. Außerdem waren sie Meister der Infiltration und damit die fähigsten Leute in der Air Force. Wenn jemand ein Team ins Herz Russlands bringen konnte, dann sie – und Holly.

„Ich bin noch nicht überzeugt, aber wir werden sehen, was sich machen lässt."

„Jeremy", rief Holly.

„Ich würde mir die Hecknummern 69-0020 oder 70-0448 ansehen", sagte Jeremy, ohne sich von seinem Stuhl zu erheben.

Drake hatte völlig vergessen, dass er da war. Offenbar war er allen einen Schritt voraus, genau wie Miranda.

„Das sind die letzten Neuzugänge im Bestand. Sie machen es nicht einfach, den aktuellen Status zu sehen..." Das Klappern von weiteren Computertasten. „Ah! 69-0020 ist eine bessere Wahl. Die Fernsteuerung ist nicht zu unmöglich umzurüsten. Wir könnten es zu Boeing nach Seattle fliegen, um es in Paine Field lackieren zu lassen. Damit wäre es auch auf dem Weg nach Russland. Die haben eine tolle Lackiererei und könnten das Flugzeug leicht an das blau-weiße Muster einer AN-124 der russischen Luftwaffe anpassen. Sogar die rote Flagge auf dem Heck. Du weißt, dass das Heck ein echtes Problem sein wird: Die AN-124 hat ein Standardheck, aber die C-5 hat ein hohes T-Leitwerk. Vielleicht zumindest eine Tarnkappenbeschichtung, damit es auf dem Radar nicht *zu* falsch aussieht."

Der Junge ließ Drakes Kopf schwirren.

„Sorge dafür, dass der Flug oder zumindest das Abfangen bei Nacht stattfindet, um diesen und die anderen Unterschiede zu verbergen", nickte Jon.

„Und wie sollen wir das machen?"

Holly zuckte mit den Schultern. „Keine Sorge, Kumpel. Wir werden die Flugcrew sein. Lizzy soll den Satelliten und das russische Flugzeug für uns verfolgen. Den Austausch machen wir über Ostsibirien, kurz bevor wir Vostochny erreichen. Es gibt immer noch ein Durcheinander an Details, aber kein großes Problem."

„Das ist die Untertreibung des Jahres."

Aber Drake schaute sich in der Mannschaft um.

Im Laufe der Jahre hatte er gelernt, dass man mit dem richtigen Team alles erreichen konnte. Und er hatte gelernt, seinem Bauchgefühl zu vertrauen. So unwahrscheinlich es auch schien, dies *war* das richtige Team.

Zuletzt sah er Lizzy an. Ihr Nicken stimmte mit seiner Einschätzung überein. Er nickte zurück.

„Ich habe das Recht, abzubrechen, aber... Tut es."

41

„Arturo?“ Miranda rief an, weil Drake damit beschäftigt war, Details mit Lizzy zu besprechen. Außerdem hatte sie den Verdacht, dass sie sich vor einer sozialen Verpflichtung drückte, weil sie ihn nicht früher angerufen hatte. Jetzt konnte der Anruf zwei Zwecken dienen, was die effizienteste Nutzung der Zeit zu sein schien.

„Miranda! Ich habe seit Monaten nichts mehr von dir gehört. Bist du in der Gegend?“ Seine Stimme war trotz des Dröhnens eines abfliegenden Jets im Hintergrund klar und deutlich zu hören. Er musste auf dem Vorfeld der Davis-Monthan Air Force Base sein.

Jeremy schaute immer noch auf seinem Computer nach. „Eindeutig 69-0020“, murmelte er ihr zu.

„Nein, ich bin... in Kentucky.“ Holly hatte gesagt, dass sie ihren Aufenthaltsort geheim halten sollte.

„Oh. Wann kommst du mich wieder besuchen? Ich kann auch zu dir kommen.“

Miranda hatte nicht angerufen, um ihn zu sehen.

Obwohl Oberst Campos während der Thunderbolt-

Untersuchung deutlich gemacht hatte, dass er sie unbedingt
wiedersehen wollte.

Gesellschaftlich.

Sie hatte das nicht weiterverfolgt, weil es sie verunsichert
hatte. Der Gedanke an eine Beziehung hatte ihr gefallen. Aber
sie war sich nicht sicher, ob sie sie mit Arturo wollte.

Dann erinnerte sie sich daran, wie Jon ihre Hand kurz
unter dem Tisch gehalten hatte, als sie für seine
Demonstration so getan hatte, als wäre es ein Flugzeug. Sie
fühlte sich in Jons Nähe bereits wohler als in der von Arturo.
Sie hatte sich zwar vorgestellt, den Kommandanten von Davis-
Monthan wiederzusehen, aber der Zeitpunkt schien nie der
richtige gewesen zu sein.

Vielleicht war es nicht die *Zeit*, die nicht stimmte, sondern
eher die Person?

Sie sah sich nach Jon um, um ihre eigenen Reaktionen
abzuschätzen. Aber er war nicht mehr an Bord. Er war
irgendwohin gegangen, um einen Anruf zu tätigen. Und -

Sie musste sich daran erinnern, dass dies kein
Freundschaftsanruf war.

„Ich möchte, dass das Flugzeug 69-0020 aus dem AMARG-
Friedhof in Davis-Monthan geholt und für den sofortigen Flug
vorbereitet wird. Außerdem möchte ich, dass du die nötige
Ausrüstung aus gelagerten Drohnen oder anderen Flugzeugen
zusammensuchst, um es als UAV flugfähig zu machen."

Arturo rief jemanden, um Informationen zu erhalten und
war einen Moment später wieder in der Leitung.

„Du willst, dass ich eine C-5 Galaxy als Drohne einsetze? So
etwas haben wir noch nie gemacht. Wovon redest du?"

„Ich schicke Jeremy zu dir. Er wird in drei Stunden da sein.
Ich wäre dankbar, wenn alles bereit wäre, bevor er ankommt.
Oh, er braucht eine Flugbesatzung und genug Treibstoff, um
Seattle zu erreichen. Das ist..."

„Miranda! Was zum Teufel?" Er brüllte sie an. „So etwas

kann ich nicht tun. Und eine C-5 in eine Drohne verwandeln. Das ist noch nie gemacht worden. Das könnte Wochen oder Monate dauern."

„Ich brauche es in drei Stunden."

„Wovon zum *Teufel* redest du, Frau? Bist du noch verrückter, als ich immer dachte, dass du es bist?"

Miranda spürte, wie ihre Hand zitterte, aber sie konnte es nicht verhindern.

Hatte sie daran gedacht, *ihn* zu sich nach Hause einzuladen?

Sie wusste, dass ihr Gehirn kaputt war. Konnte er das nicht verstehen? Verstand das niemand außer ihr? Denken war kein Problem, aber jedes Mal, wenn sie ihre Gedanken in die Außenwelt ließ, biss die Welt zu und schlug sie zurück.

Es war einfach alles so... falsch.

So-

So-

Sie konnte nicht zwei Gedanken miteinander verbinden.

Eigentlich konnte sie das nie. Im Moment konnte sie nicht einmal eine Verbindung herstellen.

Holly ließ das Telefon aus ihren nervösen Fingern gleiten. Sie hielt Miranda fest an der Schulter, als sie Drake das Telefon reichte.

„Colonel Campos. Hier ist CJCS General Drake Nason. Nach dem, was ich aus deinem Tonfall herausgehört habe, bist du verdammt nah dran, dein Kommando zu verlieren, weil du dich eines Offiziers unwürdig verhalten hast. Du hast drei Stunden Zeit. Wenn Mr. Trahn eintrifft und das Flugzeug nicht sofort abflugbereit ist, werden erst ich und dann dein kommandierender Offizier nach drei Stunden und einer Minute hinter dir her sein. Glaub mir, ich werde der erste und schlimmste deiner Albträume sein. Wenn jemand Fragen stellt, schalte ihn aus. Das ist streng geheim und *du*, Oberst, brauchst es nicht zu wissen."

Er hielt inne.

„Auf jeden Fall schuldest du ihr eine Entschuldigung, Mann. Aber im Moment verschwendest du meine Zeit. Setz deinen Arsch in Bewegung."

Er legte auf und gab ihr das Telefon zurück.

Miranda konnte es einfach nicht umfassen.

Holly nahm es und steckte es für sie zurück in ihre Westentasche.

Es war verkehrt herum. Nach drei Versuchen hatte Miranda endlich genug motorische Kontrolle, um es herauszuziehen und so zu drehen, dass das Glas nach innen zeigte. So war das Glas besser geschützt und sie bekam es auch richtig herum in die Hand, wenn ein Anruf kam.

„Es tut mir leid, Miranda", Drake berührte ihren Arm zu leicht, aber sie zwang sich, es zu tolerieren, und er zog sich zurück, bevor es zu störend wurde.

Sie konnte sich nur ein Nicken abringen.

Jon trat zurück an Bord. „Jeremy, ich habe ein Flugzeug für dich bestellt. Es sollte in ein paar Minuten hier sein."

Jeremy sammelte seinen großen Rucksack ein und blieb dort stehen, wo sie schließlich wieder auf die Couch zusammengesackt war.

„Ich habe dir den ersten Entwurf des Berichts über die FedEx 767 geschickt. Anhand der QAR-Daten sowie der Länge der Bremsspuren und der Reifenabnutzung können wir außerdem feststellen, dass er dreiundvierzig Knoten über der empfohlenen Anfluggeschwindigkeit lag. Sobald er auf dem Rollweg gelandet war, war es für ihn physisch unmöglich, rechtzeitig anzuhalten. Die Flugverfolgungsdaten des Towers stimmen damit überein."

„Gut, Jeremy." Sie hielt sich an der Information fest. Das war ihr Job. *Das war es*, was sie verstand. „Ich werde es mir so schnell wie möglich ansehen."

„Danke für die Chance, Miranda."

Miranda schaute hinüber, aber Holly diskutierte gerade intensiv mit Mike im Flüsterton.

Das bedeutete, dass es an Miranda lag, die Situation in den Griff zu bekommen. Sie berührte ihren NTSB-Ausweis. Sonst nichts, nur das. Das bestätigte ihr, wie wichtig das war, was sie getan hatte, um hier zu sein.

„Sei vorsichtig, Jeremy. Denk daran, was Drake gesagt hat: 'Ich muss es wissen'. Wir vertrauen darauf, dass du den mechanischen Ablauf dieses Fluges durchschaust. Aber steig nach Seattle nicht mehr in das Flugzeug ein."

„Ich werde es mir merken", lachte Jeremy.

Miranda begriff schnell genug, warum das so lustig war, um mitzulachen, nur ein bisschen zu spät. Sie konnte sich fast vorstellen, wie Jeremy in das todgeweihte Flugzeug stieg, um sich zu vergewissern, dass alles genau an seinem Platz war. Aber er hatte es als Scherz gehört – als humorvolle Mahnung, vorsichtig zu sein.

„Ich kann alle anderen zurück nach Washington fliegen", verkündete Drake, nachdem Jeremy gegangen war. „Das ist ein guter Ausgangspunkt für unser Team auf dem Weg nach Russland. Miranda und Mike, ich nehme an, ihr kommt mit mir nach DC."

„Ja." „Nein!"

Miranda drehte sich um und sah Mike an.

„Nein! Das ist verrückt. Du kannst nicht einfach in das paranoideste Land außerhalb von Nordkorea und Eritrea gehen."

„Ich habe das schon mal gemacht", sagte Holly ruhig.

Mike sackte mit dem Rücken gegen das Sofa.

„Du sprichst wie ein Soldat der Sondereinsatztruppe. Aber bist du sicher, Holly? Du bist schon eine Weile nicht mehr im Dienst." Drake schien Mikes Besorgnis wiederzugeben. Und doch unterstützte er sie in dieser Sache?

Miranda mochte das Gebrüll nicht. Sie mochte die Mission

nicht. Und sie mochte Oberst Arturo Campos von der Davis-Monthan Air Force Base nicht.

Was sagte das über Major Jon Swift aus? Glaubte auch er insgeheim, dass sie gebrochen war? Er schien sich nicht so zu verhalten, aber sie wusste nur zu gut, wie schlecht sie Menschen einschätzen konnte.

Holly spottete. „Wenn ich nicht mit einem vollen Rucksack dreihundert Kilometer durch die Great Victoria Desert grunzen muss, geht es mir gut. Wenn das hier in eine Schießerei ausartet, dann kommen wir da nicht mehr raus, Kumpel."

„Und damit bist du einverstanden?" Mike explodierte einmal mehr.

Sie zuckte mit den Schultern. „Dafür wurde ich ausgebildet."

Miranda wusste, wofür *sie* ausgebildet wurde. Flugzeuge zu reparieren. Oder zumindest herauszufinden, warum sie kaputt waren. Sie setzte sich an den Platz, an dem Jeremy gearbeitet hatte. Sie fuhr ihren Laptop hoch und konzentrierte sich sofort auf seinen Bericht.

Das verstand sie.

Sie bemerkte kaum, als das Flugzeug abhob.

42

„Bitte um Erlaubnis, Oberst Arturo Campos zu töten." Holly fühlte sich halbherzig, als sie den Antrag stellte. Eigentlich wollte sie ihm an die Gurgel gehen und ihn zur Vernunft bringen – auch wenn sie ihn dazu kräftig schütteln musste.

Sie wusste, dass Miranda Campos gemocht hatte.

Holly war hin- und hergerissen zwischen Vorsicht und Hoffnung, obwohl sie sich bei ihm nie wohl gefühlt hatte.

Sie hatte während des Telefongesprächs direkt neben Miranda auf der Couch gesessen und konnte Campos leicht belauschen, sobald er anfing zu schreien.

Jetzt war sie hin- und hergerissen zwischen Wut und dem Gang in den Knast für einen Mord.

„Tut mir leid, Anfrage abgelehnt", sagte Drake mit angemessen grimmiger Stimme.

„Wie wäre es, wenn ich ihn aus Versehen vor einem angreifenden Wasserbüffel an einen Pfahl binde? Vielleicht benutzt ihn ein großes rotes Känguru für ein paar Trittübungen?"

„Führe mich nicht in Versuchung. Also gut. Wir haben eine

Stunde Zeit, um einen Plan zu machen. Ich habe dafür gesorgt, dass zwei F/A-18F Super Hornet Kampfjets mit vollen externen Treibstofftanks in DC auf euch warten. Sie werden euch in weniger als vier Stunden nach Ramstein in Deutschland bringen. Dort werdet ihr zwei Kampflotsen abholen. Danach werdet ihr leider mit einem konventionellen Transport unterwegs sein, aber wir hoffen, dass ihr rechtzeitig eintrefft. Wenn nicht, kehrt ihr um und die Sache ist erledigt."

„Du brauchst eine anständige Deckung", grunzte Mike. Es war kein fröhliches Geräusch, aber wenigstens etwas.

Das erleichterte Holly viel mehr, als sie erwartet hatte. Er war sehr verärgert über ihre Pläne, noch einmal hinter die feindlichen Linien zu gehen.

„Hast du einen Todeswunsch, Harper?" hatte er in dem Moment gefragt, als sie auf die Idee kam.

„Nicht wirklich." Er hatte ihren Versuch, ihn abzuwimmeln, gar nicht gut aufgenommen.

„Gott verfluche es, ich meine es ernst."

„Es gibt schlimmere Wege, um die große Shelia da oben zu treffen."

Leichtfertig zu sein, hatte ihn auch nicht weitergebracht. Seit diesem Moment hatte er ihr nur eisernes Schweigen geboten.

Es *gab* schlimmere Möglichkeiten zu gehen. Sie stellte sich die Überreste ihres Teams vor, verstreut auf dem Grund der zerklüfteten Schlucht in einem Land, in dem sie niemals zugeben konnte gewesen zu sein. Oder auch Mr. Bones an Bord der Condor. Mitten im Zentrum des primären Zündpunkts war es mit ihm schnell vorbei.

Oder ihr Bruder.

Scheiße! Sie unterdrückte das fest.

Erinnere dich an das Mantra der Special Operations: *Konzentriere dich auf die Mission!*

„Jeder Plan muss uns den ganzen Weg hineinbringen.

Zumindest bis zum Flugzeug im Progress Rocket Space Centre in Samara."

„Antonov-Inspektoren?" schlug Jon vor.

„Wie steht es mit deinem Ukrainisch?"

Jons Grimasse beantwortete das; nicht besser als ihr eigenes.

„Vertreter der NASA, die die nächste Raumkapsel inspizieren wollen?"

„Nein", wies Drake das zurück. „Ich werde weder die NASA noch eine andere Behörde in diese Sache verwickeln."

„Wir müssen Clarissa Reese kontaktieren." Miranda stand plötzlich im Gang.

„Auf keinen Fall!" rief Mike im Einklang mit ihr selbst.

„Nein, Miranda", sagte Holly schaudernd. „Einfach...nein."

„Wer?" Mr. Jon, die Möwe, war nicht gerade schnell bei dieser Frage.

„Die totale, gefährliche, hinterhältige Schlange", war Mikes Beschreibung viel freundlicher, als es ihre eigene gewesen wäre.

„Das klingt genau nach dem, was wir brauchen. Wer ist sie?
"

Holly schaffte es gerade noch, zwischen zusammengebissenen Zähnen hervorzupressen: „Die Direktorin der CIA."

43

Clarissa wippte in ihrem Stuhl zurück. Sie brauchte genau hier einen Hocker, damit sie sich vom Schreibtisch abwenden, die Füße hochlegen und über DC nachdenken konnte.

„Das war ein toller erster Tag, Ms. Reese", sagte sie zu sich selbst.

Installiert in ihrem Büro. Clark verließ ihr Büro sehr glücklich, nachdem sie Sex gehabt und ein Truthahnsandwich geteilt hatten. Auch ihr erstes Abteilungsleitertreffen war gut gelaufen.

Sie hatte sich von Präsident Cole eine unnachgiebige Haltung abgeschaut.

Clark hatte, als er noch Direktor war, immer mit jedem Direktor geplaudert und sie glauben lassen, er sei ihr bester Freund.

Nicht wirklich ihr Stil.

Stattdessen hatte sie weniger als zwei Sekunden gewartet, nachdem ihre Hintern auf den Stühlen aufgeschlagen waren. „Lasst uns an den Tisch gehen. Fasst in zwei Minuten zusammen, was in eurer Abteilung passiert. Dann kommen wir bei Bedarf darauf zurück."

Jegliche Unsicherheit über ihre Kontrolle war verflogen, als sie das russische Direktorat mitten im Satz über die jüngste Manipulation des Präsidenten in Syrien unterbrach. Zwei Minuten auf die Sekunde genau.

In dreißig Minuten hatte sie die wichtigsten Themen für jeden Bereich im Griff.

Eine weitere halbe Stunde, in der sie die offene Diskussion für fünf Minuten auf jedes der sechs Themen lenkte. Sie war absichtlich nicht nach Russland zurückgekehrt.

Aber dann erinnerte sie sich ein wenig daran, wie Clark ein Team leitete und behielt danach den Leiter des russischen Schreibtisches da.

„Tut mir leid, dass ich so hart zu dir war, Marvin, aber ich musste ein Exempel statuieren. Ich bin wirklich dankbar, dass du es so gut aufgenommen hast." Er hatte sich den ganzen Rest des Treffens über geärgert und war von ihrem Lob überrascht worden. „Wenn du Zeit hast, würde ich gerne hören, was sie sonst noch vorhaben." Am Ende von weiteren dreißig Minuten unter vier Augen war Marvin ganz auf ihrer Seite. Zumindest hoffte er nicht mehr, dass sie auf einem Scheiterhaufen sterben würde.

Einer weg, zumindest teilweise, vierzehn noch übrig – die meisten von ihnen waren fest davon überzeugt, dass ihr Stuhl ihnen gehören sollte.

Sie war erschöpft und brauchte ein paar Minuten Ruhe, um sich für Clark heute Abend vorzubereiten. Er wollte sein neues Zuhause vorzeigen. Sie *wollte* zeigen, dass sie *ihr* zukünftiges Zuhause wirklich zu schätzen wusste. Aber sie würde gutes Geld dafür bezahlen, ein ruhiges Bad mit einem guten Buch und einem Glas Wein zu nehmen.

Natürlich war die Lektüre, die auf ihr Tablet kam, entmutigend. Und die drei Augenzeugenberichte, die sie bis morgen früh unbedingt unter Dach und Fach haben musste, waren nur der oberste Teil des Stapels.

Für diese eine Sekunde herrschte Frieden.

Der Sonnenuntergang kam von hinten und ließ den weißen Marmor des Capitol Dome, das Washington Monument und die Spitze des Lincoln Memorials in satten Rottönen erstrahlen. Nächsten Monat würden die Kirschblüten rund um das Tidal Basin blühen. Sie wurde nicht müde, unter ihnen spazieren zu gehen. Sie würde darauf bestehen, dass Clark sie begleitete – ein gutes Fotomotiv für die Medien.

Ja. Sie sollte tief in sich gehen und heute Abend die Energie finden. Es *war* an der Zeit, dass Vizepräsident Clark Winston ihr einen Antrag machte.

Das Läuten ihres Telefons zerstörte die Ruhe des Sonnenuntergangs.

Nicht ihr Tischtelefon.

Persönliches Handy, mit dem Gesicht nach unten auf dem Schreibtisch. Nicht viele Leute hatten diese Nummer.

Sie hoffte, dass es nicht Gregor Federov war. Sie war nicht in der Stimmung, das Ego seines riesigen Schwanzes zu streicheln.

Sie tastete umher, ohne sich von der Aussicht abzuwenden, und fand ihr Telefon, indem sie es vor dem letzten Klingeln vor dem Anrufbeantworter ertastete.

„Reese hier."

„Guten Abend, Direktor."

Noch schlimmer als Gregor.

Sie war überrascht, dass General Drake Nason es nicht geschafft hatte, ihre Beförderung und Bestätigung durch den Senat zu blockieren – einer der Gründe, warum sie Ramson und Clark so schnell zur Abstimmung gedrängt hatte. Es waren achtundvierzig Stunden der Zitterpartie, denn sie war sich nicht sicher, ob sie die Stimmen zusammen hatte. Sie hatte sie, aber der Vorsprung war gering, und es gab einige verletzte Zehen, die sie nie wieder in Ordnung bringen konnte.

Aber, wie ihr erster CIA-Ausbilder ihr beigebracht hatte: *Wenn es funktioniert, dann fick sie!*

Drake hasste sie fast so sehr, wie sie ihn hasste.

„Wir brauchen deine Hilfe.“

Clarissa war so überrascht, dass sie den Übergang vom Rot des Sonnenuntergangs zur abendlichen Dunkelheit auf den fernen Marmorgebäuden verpasste.

„Wow, Drake. Das muss schwer gewesen sein, das zu sagen.“

Sein Schweigen war alles, was sie brauchte.

Verzweifelt.

Der Vorsitzende der Generalstabschefs, General Drake Nason, war verzweifelt.

Sie *liebte* verzweifelte Männer so sehr.

44

Die 309. Aerospace Maintenance and Regeneration Group war für den größten Schrottplatz der Welt verantwortlich. Über dreitausend Flugzeuge waren in der hohen Sonoran-Wüste südöstlich von Tucson, Arizona, geparkt.

Nach einem Abend auf den feuchten San Juan Islands im Bundesstaat Washington und einem warmen Frühlingstag in Kentucky und Tennessee war die trockene Luft sengend. Es war auch heiß und Jeremy musste sich gleich nach der Landung seine Jacke und die NTSB-Weste ausziehen.

Oberst Campos wartete auf ihn.

Jeremy war erst ein einziges Mal an Bord einer C-5 Galaxy gewesen – letztes Jahr auf der halbjährlich stattfindenden Flugshow auf der Joint Base Lewis-McChord mit einem Corndog zu viel im Magen. Sie war dort geparkt, zusammen mit ihren beiden kleineren Transportbrüdern: C-17 Globemaster und C-130 Hercules.

Die Show zog an zwei Tagen hunderttausend Menschen an. Riesige Schlangen von Familien, eine undefinierbare Mischung aus Militärfamilien und Neugierigen, bahnten sich ihren Weg zu jedem Flugzeug. Die ganze Zeit über zerriss die Airshow den Himmel darüber.

Er unterhielt sich lange mit einem Trio von Lademeistern, die gelangweilt auf einer Seite des Rumpfes saßen, während die Touristen sie größtenteils ignorierten. Er hatte viel über die Mängel des Flugzeugs gelernt, z. B. dass die Deckplatten ein fester Bestandteil der Struktur waren und eine beschädigte Deckplatte bedeutete, dass das Flugzeug ohne Ersatz, Inspektion und Zertifizierung nicht fliegen konnte.

Er hatte auch erfahren, dass sie wahnsinnig stolz darauf waren, den schwersten Lifter der Nation zu fliegen. Als er das Frachtflugzeug 747-800F erwähnte, hatten sie gespottet. „Zivil, Little Dude. Du wirst nicht sehen, wie sie ein paar MI Abrams-Kampfpanzer beladen und sie in die Dustbowl fliegen. Sechs Apache-Helikopter mit ihrer gesamten Ausrüstung und Besatzung passen geschmeidig in dieses Baby."

In der Zwischenzeit schlurften die Gaffer in einer Schlange von etwa zehn Personen die hintere Rampe hinauf und aus der Nase heraus. Nicht einer von tausend wusste, dass sie weiter *in das* Flugzeug *hineingegangen* waren, als das erste Motorflugzeug von Wilbur und Orville Wright *draußen* geflogen war.

Jetzt waren nur er und Oberst Campos da.

Das Ausmaß der riesigen Leere war ein Schock.

„Was hat Miranda vor?"

„Unfalluntersuchungen", antwortete Jeremy vorsichtig. Er hatte gehört, wie General Nason sagte, dass Campos das nicht wissen musste.

„Nein, ich meine...", er brach ab und versuchte es dann erneut. „Ist sie mit jemandem zusammen?"

Jeremy zuckte mit den Schultern.

Gestern hätte er noch Nein gesagt.

Heute? Da war er sich nicht so sicher. Während er an dem Bericht über die FedEx 767 arbeitete, hatte er ein Auge auf alle anderen geworfen, die über die neue Mission diskutierten. Dazu hatte er ein Fenster auf seinem Tablet eingerichtet, das mit der Kamera seines sorgfältig platzierten Handys verbunden war.

Ihm war nicht entgangen, dass Major Swift Mirandas Hand unter dem Tisch hielt. Keiner der beiden Generäle hätte es sehen können. Mike und Holly hatten sich in diesem Moment gegenseitig angeschaut, aber *er* hatte es gesehen. Er konnte die Sekunden zählen, bevor Major Swift die Hand losließ, nach einem vielleicht freundschaftlichen Druck.

Jeremy ärgerte sich immer noch darüber, dass er den Stream nicht aufgezeichnet hatte, um sicher zu gehen.

Hatte Miranda gelächelt? Sie stand mit dem Rücken zu ihm, also wusste er es nicht.

Das bedeutete, dass er auch nicht wusste, wie er Oberst Campos Frage beantworten sollte, also hielt er den Mund und konzentrierte sich auf die anstehende Aufgabe.

Der Frachtraum der C-5 war eine widerhallende Höhle.

Campos musste mitbekommen haben, dass Jeremy nicht über Miranda sprechen wollte. Er wechselte das Thema.

„Was zum Teufel haben die mit meinem Flugzeug vor?"

Jeremy wusste, dass er es dieses Mal *nichts* sagen durfte, also zuckte er mit den Schultern. „Ich bin hier, um dafür zu sorgen, dass es dort ankommt, wo es hin soll."

„Welches ist?"

„Seattle. Dort steige ich aus. Danach..." Er zuckte wieder mit den Schultern und hoffte, dass Campos den Hinweis verstehen würde.

Das tat er schließlich.

„Wir haben eine Flugcrew und drei Ingenieure an Bord. Wir haben die Ausrüstung für die Fernsteuerung mit Spucke, Kaugummi und Klebeband zusammengebaut. Zu Testzwecken wird dein Flug komplett von den Fernpiloten aus dem Drohnenzentrum auf der Creech Air Force Base gesteuert. Die Flugbesatzung dient der Sicherheit bis Seattle, konzentriert sich aber hauptsächlich auf die Feinabstimmung des Fernsteuerungssystems. Die Drohne ist in keiner Weise für den Flug im kontrollierten Luftraum zugelassen."

Jeremy wusste, dass die fernsteuernden Piloten eigentlich in Groom Lake waren – dort waren weitaus höhere Sicherheitsfreigaben erforderlich als in Creech. Aber jemand hatte Campos gesagt, dass es Creech war, um es normaler erscheinen zu lassen, denn von dort aus wurden die meisten der kleineren Drohnen der Nation in der ganzen Welt geflogen.

Die C-5 fühlte sich so viel größer an als die AN-124 Condor, in der er den ganzen Morgen herumgekrochen war. Es spielte keine Rolle, dass Jeremy wusste, dass die C-5 etwas kleiner war.

Höhlenartig traf es nicht annähernd.

Es war...

„Es ist zu leer."

„Scheint seltsam zu sein, nicht wahr?"

„Nein, ich meine, dass er *zu* leer ist. Wir müssen ihn auffüllen. Zumindest teilweise."

„Irgendwelche Vorschläge?" Campos Ton war sehr herablassend.

Es war derselbe Ton, den er benutzt hatte, als er Miranda verärgert hatte. Jeremys Telefonmikrofon war empfindlich genug, um das Gespräch aufzufangen, nachdem er ein paar Verbesserungsfilter angewendet hatte.

Aber Jeremy hatte jetzt keine Zeit, sich damit zu beschäftigen, nicht dass er wüsste, wie. Er war es gewohnt, dass man ihn abtat. Zumindest Leute, die nicht zu seinem Team gehörten. Miranda und Mike taten das nie und Holly nur, wenn sie Miranda beschützen wollte.

Er zog sein Tablet heraus und blätterte durch dreitausend Flugzeuge, die auf dem Schrottplatz der 309th AMARG gelagert waren.

„Da, das. Holen wir uns einen davon." Er drehte das Tablet zu Campos. „Nur den Rumpf."

Der Oberst warf einen Blick darauf, dann starrte er Jeremy an, als hätte er den Verstand verloren.

„Jetzt!"

Campos schreckte auf, zückte dann fluchend sein Handy und gab bereits Anweisungen, während er die Rampe hinuntereilte.

Jeremy musste Holly sagen, dass es toll war, so zu tun, als wäre er sie... zumindest, wenn ein Vier-Sterne-General dahinter stand.

45

Clarissa gefiel das definitiv.

Sie waren zu ihr gekommen. Sie landeten ihren Hubschrauber in der grünen Mitte des Parkplatzes für Führungskräfte an der Nordostseite des CIA-Hauptquartiers. Sie konnte in ihrem Büro sitzen und durch das Einwegglas beobachten, wie sie drei Stockwerke unter ihrem Fenster landeten.

Das dumpfe Geräusch der Rotoren durch das dicke Glas war geradezu sexuell. Das würde sie heute Abend auf jeden Fall an Clark auslassen. Er würde gar nicht wissen, wie ihm geschah.

Sie saßen nun in *ihrem* Büro.

Ausgezeichnet. Ein noch besseres High.

Die Generäle Nason und Gray – was für ein seltsames Paar. Der altgediente Krieger, der seine besten Jahre hinter sich hatte, und die neue Generalin, die die NRO leitete. Clarissa erinnerte sich daran, dass das Budget der NRO ungefähr genauso hoch war wie ihres. Und dass es im Allgemeinen nicht der Zustimmung des Kongresses bedurfte, wie so vieles bei ihr.

Miranda, Mike, Holly und ein Major Jon Swift, über den sie

nichts wusste. Es gefiel ihr nicht, einen Joker im Raum zu haben.

„Habt ihr den kleinen Jeremy verloren?" Sie zuckte innerlich zusammen.

Clark würde nie einen so herablassenden Ton anschlagen.

„Tut mir leid, es war ein langer erster Tag." Und jetzt entschuldigte sie sich? Sie *war* müde.

„Jeremy hat einen besonderen Auftrag", sagte Drake streng. Wenigstens war er derjenige, der die Kontrolle über das Treffen hatte. Je weniger sie sich mit Miranda Chase auseinandersetzen musste, desto glücklicher war sie.

„Also, was kann die CIA für dich tun?"

„Wir müssen so schnell wie möglich vier Personen von der Ramstein Air Force Base zum Flughafen Bezymyanka bringen."

„Bezymyanka?" Was? Wollte er sie auf die Probe stellen? Es gab nur einen Grund, warum sie zu diesem Flughafen im Norden von Samara, Russland, unterwegs waren. Keine Chance aufzuzeigen, dass sie keine Ahnung hatte. „Und von dort zum Progress Rocket Space Centre?"

Wenn Drake sich in die Schranken gewiesen fühlte, zeigte er das nicht. Vielleicht ging er davon aus, dass sie einfach wissen würde, dass dies der öffentliche Flughafen in Samara, Russland, war.

Sie drehte sich um und starrte einen Moment lang aus dem Fenster, um nachzudenken. Ihr Tipp an General Lizzy Gray hatte sie also an einen interessanten Ort geführt.

„Ihr wollt sie an Bord des Transportfluges haben." Sie wollten tatsächlich versuchen, sich den Persona-Spionagesatelliten zu schnappen. Das *wäre* ein unglaublicher Coup ... wenn sie es schaffen würden. „Töten sie die normale Besatzung oder setzen sie sie nur außer Gefecht?"

„Wir sind nicht im Krieg."

Sie wandte sich wieder an Nason. „Deine Kriege sind anders als meine, Drake. Oder vielleicht doch nicht so anders, wenn es um den Diebstahl einer wichtigen militärischen Einrichtung geht."

„Wir haben nicht die Absicht, jemanden im Rahmen dieser Operation zu töten. Aus Gründen der Geheimhaltung ist es jedoch sinnvoll, keine russische Besatzung an Bord zu haben."

„Sie werden wissen, dass wir es genommen haben, wenn du die Besatzung zurücklässt, selbst wenn sie betäubt ist." Clarissa war immer noch dafür, sie zu töten. „Es würde helfen, wenn ich den ganzen Plan kennen würde."

„Ich muss es wissen, Clarissa. Ich brauche vier Leute, von Ramstein bis Samara."

„Filmteam." Es war eine fast autonome Reaktion.

Die vielleicht größte jemals bekannt gewordene Rettungsaktion der CIA hatte dies als Tarnung genutzt. Eigentlich war die Arbeit größtenteils kanadisch, aber die CIA hatte den Film als Teil der Lösung entwickelt.

Als die Iraner 1979 die US-Botschaft in Teheran stürmten, gingen sechs Diplomaten durch die Hintertür hinaus und versteckten sich im Haus des kanadischen Botschafters. Sechs Wochen später landete ein CIA-Agentenpaar mit gefälschten Pässen in Teheran. Sie gaben sich mit den Flüchtlingen als kanadische Filmcrew aus, die einen Drehort für einen gefälschten Science-Fiction-Film namens Argo auskundschaftete, und flogen gemeinsam aus Teheran aus.

Und als Hollywood einen Oscar-Gewinner daraus machte, *Argo* – Hollywood liebte es so sehr, Filme über sich selbst zu wählen – hatten sie die Kanadier aus dem Film herausgeschrieben und ihn fast *ausschließlich* zum Triumph der CIA gemacht. Der Film wurde auf den Partys der CIA noch öfter gezeigt als in Hollywood.

„Wir brauchen das in wenigen Stunden. Wir haben keine Zeit, einen gefälschten Film zu drehen." Wenigstens kannte Drake seine Geschichte, auch wenn er in der Steinzeit geboren worden war.

„Fernsehen. Kabel. Streaming. Es ist für einen ... brandneuen Sender. Noch nicht angekündigt. Der Space Channel. Gibt es einen Space Kanal?" Sie tippte auf ihre Sprechanlage. „Gibt es einen Space Kanal?"

Ihre Assistentin antwortete in weniger als fünfzehn Sekunden: „Das ist Sci Fi, wie du es erwartet hast. SyFy. S-Y-F-Y. Das der NASA heißt NASA TV."

Sie legte den Hörer auf. „Perfekt. Halte es einfach. Du kannst Dinge in den Kameras oder ihren Koffern verstecken. Waffen, K.O.-Drogen, gefälschte Pässe. Was auch immer."

„Was machen die dann da?"

„Neues Material für den großen Start des brandneuen Senders drehen. Du bekommst eine Eskorte, aber sie zeigen *gerne* Fernsehleute herum – solange du nicht in die Nähe des Satelliten kommst. Wenn du ... die Piloten und Lademeister *loswirst*, kannst du auch die Eskorte loswerden."

Clarissa wartete, während sie sich gegenseitig ansahen.

Miranda sah sehr unglücklich aus, aber das schien ihr Lebensstil zu sein. Mike war besorgt, was seine Hauptrolle im Team zu sein schien. Holly war diejenige, die man beobachten musste, und sie sah nachdenklich aus.

Clarissa wusste nichts über Major Swift, also gab es keine Möglichkeit zu lesen, was er dachte, außer dass er sehr nah bei Miranda saß. Das war an sich schon interessant.

Wie auf Kommando setzte sich Holly auf.

„Könntest du dafür sorgen, dass vier Pässe und die entsprechende Ausrüstung in Ramstein auf uns warten?"

„Ich persönlich würde mich für Warschau entscheiden. Fliegt unter euren eigenen Namen ein und fliegt mit polnischen Pässen aus Polen heraus."

„Sprichst du Polnisch?" Holly wandte sich an Major Swift. Ah. Er war aus irgendeinem Grund Teil des Einsatzteams.

Er schüttelte den Kopf.

„Nun, wir können dich nicht zu einem Ukrainer machen. Wie wäre es mit Deutsch?"

Major Swift wackelte mit der Hand, aber Holly nickte.

„Dann lass uns Deutsche sein." Clarissa klopfte mit ihren Fingernägeln auf das Kirschholz ihres Schreibtischs, genau dort, wo sie das erste Mal Sex mit Clark gehabt hatte, um nachzudenken. „Ihr wart... in Polen und habt ihre Raumfahrtbehörde interviewt. Haben die auch eine?"

„POLSA. Es ist neu und sie bemühen sich sehr, sich auf den neuesten Stand zu bringen, zumindest was die industriellen Dienstleistungen angeht", erklärte Miranda mit der glanzlosen enzyklopädischen Stimme, die sie immer zu benutzen schien.

„Du bist doch nicht einer der vier, oder?" Clarissa wusste nicht, warum es sie interessierte. Sollte die Frau sich doch umbringen lassen, wenn sie das wollte. Aber das Progress Rocket Space Centre betreten und ein milliardenschweres Vermögen stehlen?

Verrückt.

Selbst nach ihren CIA-Standards. Deshalb hatte sie auch keines ihrer eigenen Teams angeboten. Ihr Einfluss auf den Posten war immer noch zu gering und sie konnte nicht riskieren, dass sie an ihrem ersten Tag im Amt einen großen Fehlschlag erlitt.

Miranda schüttelte den Kopf.

Clarissa wusste nicht, warum sie Erleichterung verspürte, aber sie tat es.

Sie bemerkte, dass Miranda etwas Seltsames mit ihrer Hand machte. Sie klemmte ihre Fingerspitzen unter ihr Daumengelenk und bewegte sie über ihrem Schoß hin und her.

Seltsame Frau.

Dann bemerkte sie, dass Holly nicht die anderen beobachtete. Sie beobachtete nicht einmal Miranda, wie sie es oft zu tun schien, zumindest nicht aus dem Augenwinkel. Sie starrte direkt auf Clarissa.

Gut.

Lass sie.

Was kümmerte es sie, was die Frau dachte?

46

HOLLY HATTE TEILE EINER IDEE.

Die Frage war, ob sie Clarissa Reese vertrauen konnte.

Drake hatte sie alle darüber belehrt, dass Reese für alles, was sie gesagt, angedeutet oder schlichtweg gelogen hatte, ein Spiel im Spiel im Spiel haben würde.

Holly war mit der Taktik von Bewegung und Gegenbewegung gut vertraut. Sie taugten nicht für ein Außenteam. Das erforderte hundertprozentige Zuverlässigkeit und Vertrauenswürdigkeit.

Aber im Moment brauchte sie kein Vertrauen zu haben.

Als alle aufstanden, wurde sie unvorbereitet getroffen.

Was hatte sie verpasst?

Die Filmidee sollte gut funktionieren, genauso wie jeder andere Ansatz für diese psychotische Mission.

Sie erinnerte sich an ein paar Stichworte: Kameraausrüstung, gefälschte Pässe, Transporte. Alles von der CIA arrangiert. Niemand sagte ein Wort darüber, was passieren würde, nachdem sie das Flugzeug erreicht hatten. Jeremy wurde nicht mehr erwähnt.

Aber echte Details müsste sie von Mike oder Jon Swift erfahren.

Während die anderen zur Tür gingen, blieb Direktorin Clarissa Reese auf ihrem Platz sitzen. Eine Machtdemonstration. *Ich brauche mich nicht zu erheben, um solche Leute hinauszubegleiten.*

Auch Holly blieb auf ihrem Platz.

Sie spürte, wie Mike neben ihrem Stuhl zögerte, aber sie winkte ihn weg. Stattdessen starrte sie Clarissa an und Clarissa starrte zurück.

Die Tür schwang leise und schloss sich mit einem leisen Klicken.

Holly hatte keine Zeit für Spielchen, aber sie war auch nicht bereit, zuerst zu sprechen.

Da war etwas...

So nah dran...

„Du denkst sehr viel nach, Ms. Harper."

„Ich frage mich, ob ich dir vertrauen kann, Ms. Reese."

„Auf welche Weise?"

„Ich weiß, was du auf deinem Weg zu dieser neuen Position getan hast. Die Drohnen, die extremen Verhöre im Irak und in Afghanistan, das Chaos im Oman und die Tatsache, dass ein gewisser saudischer Prinz in Ungnade gefallen ist und jetzt wahrscheinlich hingerichtet wird, will ich gar nicht erwähnen. Oder die plötzliche Enthüllung der Vorliebe deines Ex-Vizepräsidenten für jugendliche Huren – auch wenn ich persönlich dafür ein 'Gut gemacht' ausspreche. "

Clarissa wölbte nur die Augenbraue.

Jeremy hatte herausgefunden, dass Reeses Vergangenheit bei der CIA mit einem sehr fiesen, aggressiven Code verschlüsselt war. Er hatte sich mit zwei CIA-Cyberspezialisten zusammengetan, die er irgendwo kennengelernt hatte, wo sie es nicht wissen wollte. Die drei knackten die Hülle, erstellten eine Kopie und versiegelten sie wieder, ohne dass es jemand merkte.

„Ich nehme an, das ist keine Erpressung oder Drohung. So dumm bist du nicht."

„Nein, Ms. Reese. Aber ich möchte wissen, mit wem ich es zu tun habe."

„Ich auch. Hast du in letzter Zeit irgendwelche Brücken gesprengt, Ms. Harper?"

Es brauchte ihr ganzes Training, um nichts von diesem Schlag in die Magengrube zu verraten. Holly erlaubte sich den Anflug eines Lächelns als Antwort.

Natürlich hatte Clarissa schon längst ihr ganzes Team untersuchen lassen.

Sie traute sich noch nicht zu sprechen.

„Wir haben ein Problem", meldete sich eine Stimme hinter ihr.

Holly drehte sich um und sah Mike, der mit dem Rücken an der geschlossenen Tür lehnte. Sie wollte ihn zurechtweisen, ihm eine Ohrfeige verpassen oder... irgendetwas.

Er schlenderte vorwärts, bis er wieder auf dem Stuhl neben Holly saß.

Und sie war *so* froh, ihn zu sehen.

Clarissa war unendlich schlüpfrig, aber Mike konnte unheimlich gut mit Menschen umgehen, vielleicht würde er wissen, wie man den Schlamassel, den sie angefangen hatte, beenden konnte. Holly war dümmer als ein Idiot, weil sie es auf eigene Faust versucht hatte – sie hatte sich so weit aus dem Fenster gelehnt, dass sie nur Schlamm aufgewirbelt hatte, der tief genug war, um darin zu ertrinken. Und den vernichtenden Schlag dieses Bildes konnte sie nicht verbergen.

Es war ihr völlig egal, was Clarissa sah, aber Mike? Es wäre ihr lieber, wenn er es nicht täte.

Er sah sie direkt an. Voller Sympathie.

„Schlimmer als der 'Team'-Geist?" Sein Flüstern war so

leise, dass es sie kaum erreichte. Clarissa beugte sich vor, aber ihr Stirnrunzeln verriet, dass sie es nicht gehört hatte.

Holly konnte nur nicken.

Mike reagierte nicht. Stattdessen wandte er sich wieder an Clarissa. „Unser Problem ist, dass wir eine Person brauchen, die ... zermalmt wird." Natürlich hatte Mike vollkommen verstanden, warum Holly zurückgeblieben war.

Es musste einen Weg geben, Elayne / Elizaveta auszuschalten. Aber die Zaslon-Operatoren waren unsichtbar und verschwanden in der endlosen Anonymität des weglosen Ödlands zwischen einer Schwarzaktion und der nächsten. Die Mission zur Ergreifung des Persona-Satelliten könnte ihre einzige Chance sein, ihr einen Schritt voraus zu sein.

„Und du willst dir einen SOG-Agenten ausleihen?" Clarissa spöttelte.

„Nein. Das ist nicht die Art von Mission, bei der Miranda jemals mitmachen kann. Keine Nassarbeit. Keine Meuchelmörder."

Wieder starrte Holly ihn überrascht an.

„Das ist das alte Du, Holly. Nicht das neue Du", sagte Mike mit viel mehr Sicherheit, als sie empfand.

Sie war sich selbst nicht so sicher, aber es gefiel ihr, wie es klang, als Mike es sagte.

„Aber wie ich schon sagte, wir haben ein Problem."

„Diese Person?" fragte Clarissa, voller Süße.

„Nein", fand Holly schließlich ihre Stimme. „Du. Ich nehme an, dass du diese totale Schlampe sehr gerne kennenlernen würdest." Zwei Grubenottern der gleichen Art. Ganz klar, dass sie zusammen die Hölle wären, wenn sie sich zusammentun würden.

Sie musste Clarissa vertrauen, dass sie mit Elayne fertig wurde. Aber konnte sie das Risiko eingehen, die beiden überhaupt einander vorzustellen?

Mike faltete seine Hände ordentlich in seinem Schoß. „Wir

wollen eine ganz einfache Vereinbarung. Du kannst mit ihr verhandeln, aber du kannst keinen Deal *mit ihr machen*. Denn wenn du das tust..." Sein Achselzucken vermittelte viel mehr die Drohung, Clarissas Zukunft zu ruinieren, als alles, was Holly jemals sagen könnte.

Mike war nicht gut. *Er war unglaublich.*

47

„Was sollte das denn?" fragte Jon Holly, während sie zum Hubschrauberlandeplatz vor dem CIA-Hauptquartier gingen.

Miranda blieb nah genug, um zuzuhören. Sie wusste, dass Holly Direktor Reese nicht mochte, deshalb war es ungewöhnlich, zurückzubleiben.

Holly schüttelte nur den Kopf und kletterte an Bord.

Als sie von dem gepflegten grünen Platz über dem Potomac abhoben, setzte Drake einen Anruf ab.

„Mach die Jets in fünf Minuten startklar und halte ein Auto für mich bereit. Vier Passagiere." Er legte auf und wandte sich an Lizzy.

Miranda wandte sich an Holly und Jon.

Sie streckte ihre Hand aus, um beide Hände zu nehmen. Es war nicht ihre Art, das zu tun, aber dieses Mal *wollte* sie die Verbindung.

„Ich möchte, dass ihr beide vorsichtig seid."

„Ja, Mama", lächelte Holly.

Aber Jon nahm es ernst. „Ja, Ma'am. Ich habe nicht die Absicht, nicht wiederzukommen."

„Gut. Vergiss nicht, dass du eine Antonov AN-124 unter zweihundert Fuß fliegen wirst. Sie hat eine Spannweite von achtzehn Fuß mehr als die C-5 Galaxy. Normalerweise würde das keine Rolle spielen, aber mit einer Gesamtspannweite von zweihundertvierzig Fuß – hundertzwanzig pro Seite – befindet sich deine Flügelspitze bei einer harten Neigung nur achtzig Fuß über dem Boden. Und dein anderer Flügel befindet sich über dreihundert. Fliege so flach wie möglich. Langsame Kurven."

Sie hielt ihre Hand mit dem Daumen nach oben und legte den anderen Zeigefinger wie einen Flügel darüber. Wenn sie ihr kleines Modellflugzeug zur Seite neigte, kippte ihr Zeigefinger erst nach unten und dann nach oben.

„Das ist gut, Miranda. Das ist wirklich gut. Danke für die Erinnerung."

Miranda sah, wie ein kleiner Schauer über Jons Arm lief.

„Bist du dir da sicher, Jon?"

„Ja. Aber es ist... groß."

Holly nickte. „Der Trick bei jeder Spezialaktion ist, konzentriert und gleichzeitig locker zu bleiben. Konzentriere dich auf den nächsten Schritt, aber bleibe locker genug, um flexibel zu sein und natürlich zu wirken. Du kannst eine ganze Mission im Voraus planen, aber du darfst sie dir nicht ausmalen. Wenn sie so groß wird, schränken vorgefasste Meinungen in deinem Kopf deine Reaktionsfähigkeit ein. Es gab noch nie einen Einsatz, der hundertprozentig geklappt hat, Kumpel."

„Ja", Miranda hatte Hollys Fähigkeit, Dinge zu erklären, schon immer gemocht. „Es ist wie ein Absturz."

Sie beäugten sie beide seltsam.

„Man kann die Ursache eines Flugzeugabsturzes nicht einfach *sehen*. Man muss es schichtweise aufbauen und sich Stück für Stück annähern."

„Oh, okay. Tut mir leid", Jon wischte sich den Schweiß von

der nicht verschwitzten Stirn. „Ich habe meinen Vorfahren gechannelt."

„Die Geschichte deines Vorfahren", sah Miranda jetzt. „Wenn man es sich wie einen Absturz vorstellt, öffnet man die Tür zum Land der Liliputaner. Eine *Untersuchung* des Absturzes ist vielleicht eine bessere Analogie."

Der Hubschrauber war bereits im Sinkflug zum Flugplatz.

Drake wandte sich an sie. „Ihr brecht beim kleinsten Problem ab. Ich bin nicht glücklich damit, einen Zivilisten und einen Unfallermittler reinzuschicken, egal ob ihr in der Air Force seid oder nicht."

„Hast du eine bessere Idee, General?"

„Fahr zur Hölle, Major Swift."

„Teil des Missionsplans. Ja, Sir, Onkel!" Jon salutierte scharf.

Anstatt dass Drake wütend wurde, wie Miranda erwartet hatte, lächelte er. „Wenn ihr beide in einem Stück zurückkommt, können wir das als Erfolg verbuchen. Alles andere, was ihr schafft, ist ein Bonus."

48

„REESE." CLARISSA GING ANS TELEFON, OHNE AUCH NUR DARAN zu denken, drauf zu schauen.

„Hey, Schatz." Clark war der Einzige, dem sie diesen Kosenamen gestattete – oder überhaupt einen Kosenamen. „Im Weißen Haus hat sich etwas ereignet. Roy will, dass ich ihn begleite."

„Sozial?" Dafür hatte sie im Moment wirklich keine Zeit.

„Nein. Er lädt mich zu einem Briefing ein. Er will, dass sein Vizepräsident auf dem Laufenden bleibt und nicht ausgeschlossen wird."

„Gut." Das war sehr gut. Außerdem brauchte sie den Abend frei und merkte erst jetzt, wie enttäuscht er sein würde, wenn sie ihm absagen würde. So war es besser.

„Du bist nicht verärgert, dass wir heute Abend verpassen?" Er machte sich tatsächlich Sorgen über solche Dinge.

„Ziehst du vor morgen Abend aus?"

„Nein."

„Dann werden wir das morgen Abend nachholen. Doppelt.

"

„Klingt perfekt."

„Wir könnten es sogar zur Gewohnheit werden lassen." Clarissa zuckte zusammen. Normalerweise spielte sie Clark besser als das.

„Auf jeden Fall." Hatte er verstanden, dass das Heirat bedeutete?

„Ich muss mich entscheiden, ob ich Second Lady oder D/CIA auf meine Visitenkarte schreibe", sagte sie in einem leichten Ton.

„Mach beides!"

Das brachte sie dazu, überrascht nach DC zu blicken. Vizepräsident Clark Winston war irgendwo da draußen und unterstützte sie .... Er sagte ihr nicht, sie solle sich für ein Leben als Ehefrau entscheiden, denn *er* und *seine* Position waren das Wichtigste. Sondern Ehefrau, Second Lady *und* D/CIA zu sein.

„Du bist der Beste, Clark. Habe ich dir schon gesagt, wie stolz ich auf dich bin?"

„Ähm ..."

Und für eine Sekunde wurde ein Abgrund in ihre Welt gerissen. Clark hatte so etwas Wunderbares gesagt – und jetzt gab es einen *Haken*? Sie würde den Mann mit ihren eigenen Händen umbringen.

„Ich wollte dir den Antrag nicht am Telefon machen. Ich wollte das persönlich machen."

„Oh." Clarissa schnappte nach Luft und war kurzzeitig unsicher, wie sie weiter vorgehen sollte. Sie hatte sich geschworen, ihre Gefühle nie wieder von einem Mann kontrollieren zu lassen. Beinahe hätte sie sich erlaubt, sich wirklich für Clark zu interessieren, und sie würde in Zukunft viel aufmerksamer sein müssen.

Doch das Bild von Clarks offiziellem Antrag... Es war ein schönes Bild. Eines, das in der Öffentlichkeit stattfinden sollte, wenn ein Journalist einen Tipp bekam, dabei zu sein.

„Bist du noch dran, Clarrie? Tut mir leid, wenn ich dich verärgert habe."

„Ich bin immer noch hier. Und du kannst es wiedergutmachen, indem du es das nächste Mal richtig machst, wenn wir zusammen sind, vielleicht bei einem Abendessen im Komi morgen, *bevor* wir zu deinem neuen Haus fahren. Ein Mädchen mag es, ihren Moment zu haben." Und woher kam *das*? Sie hörte sich an wie in einem schlechten Film.

„Abgemacht! Bist du sicher, dass es dir gut geht?"

„Mir geht es gut. Geh und hilf Präsident Cole; geh und lerne von ihm. Es ist immer noch mein erster Tag, also muss ich mich noch um einige Dinge kümmern. Ich bin nicht *allzu* enttäuscht. " Sie gab seinem Ego den Sieg.

„Perfekt. Komm nach Hause, wenn du fertig bist."

‚Zuhause' war ein weiteres Wort, das vor Jahren jede Bedeutung verloren hatte. Mom hatte es geschaffen, Dad hatte es zerstört. Und sie hatte überhaupt keins mehr, seit sie sechzehn war und ihrem Vater geholfen hatte, aus diesem Leben zu scheiden. Sie hatte eine schöne Eigentumswohnung, aber ‚Zuhause' war nichts weiter als eine weitere Lüge.

„Jetzt, wo du Vizepräsident bist, sollten wir vielleicht nicht zusammenziehen, bevor wir verlobt sind."

„Der Ring ist in meiner Tasche." Wieder der gute Mann. Daran war sie nicht gewöhnt. Vielleicht würde sie es auch nie sein.

„Das werde ich mir merken. Und jetzt geh."

Und er ging.

So blieb Clarissa in ihrem Büro sitzen und starrte in die Dunkelheit hinaus.

Clark und seine verirrten Gefühle waren heute Abend ihre geringste Sorge. Zeit, das alles abzuschütteln.

Ein Persona-Satellit.

Sie konnte nicht glauben, dass sie es tatsächlich versuchen würden. Es war verrückt, kühn und möglicherweise ein großer Geheimdienstcoup ohne Risiko für die CIA – und das alles an ihrem ersten Tag.

Alles, was man tun konnte, wurde getan.

Ein türkisches Charterunternehmen – ein sehr diskretes Unternehmen, das sie schon öfters genutzt hatte – würde das Team direkt von Warschau nach Samara fliegen. Das Team würde auf dem internationalen Flughafen landen und ein günstiges Taxi zum Flughafen Bezymyanka nehmen. Der türkische Jet würde den russischen Luftraum verlassen, noch bevor das Team das Progress Rocket Space Centre erreichte, um mit den fingierten Interviews zu beginnen.

Wenn sie den Flug nicht bekamen und nicht gefasst wurden, konnten die Türken zurückkehren, um sie zu holen.

Sie ging den Plan, den sie ausgearbeitet hatten, mehrmals durch, um sicherzugehen, aber sie hatte nichts übersehen.

Alles, was besprochen worden war, wurde umgesetzt.

Zumindest alles, was in der Gruppensitzung besprochen wurde.

Da war noch der Vorschlag von Holly und Mike.

Sie hatten es ihr als Option überlassen, aber Mike hatte eine Sache sehr deutlich gemacht. Wenn Clarissa sich dafür entschied, musste sie es hundertprozentig so machen, wie sie es vorgeschrieben hatten.

Seine Drohung für den Fall, dass Clarissa es nicht tat, war so klar wie unausgesprochen.

Wäre die Drohung von Holly gekommen, hätte Clarissa sie vielleicht abgetan. Aber von Mike war es eine viel kalkuliertere Drohung. Und sie waren sich gegenseitig sicher: der eine auf der Mission, der andere unter Drakes Fittichen auf dem Weg zum Weißen Haus.

Wenn sie einen Fehler machte, wäre Clarissas Vergangenheit morgen in den Schlagzeilen. Sie würde den Titel der D/CIA, der Second Lady und vielleicht sogar der First Lady verlieren. Es könnte sogar Clark zu Fall bringen. Und so kurz vor der Wahl und nachdem er seinen ersten Vizepräsidenten verloren hatte, wäre auch Cole aus dem Amt.

Es spielte keine Rolle, woher Holly ihre Informationen hatte; sie waren absolut korrekt. Wenn alles herauskäme, würden die Saudis, Iraker und Afghanen einen Anschlag auf sie verüben – mindestens. Vielleicht sogar die CIA, obwohl sie die Direktorin war.

Aber wenn sie an ihrem ersten Tag im Amt an einem solchen Geheimdienst-Coup beteiligt war, konnte sie ihn jedem CIA-Direktor und mehreren Senatoren, die gegen sie gestimmt hatten, in den Hals rammen, bis sie daran erstickten.

Hollys Bedrohung war real, wenn sie also Hollys Spiel mitspielte, musste sie auch diesen Teil des Spiels richtig spielen.

Trotzdem wäre es ein tolles Spiel.

49

GREGOR FEDEROV WACHTE AN SEINEM LIEBLINGSPLATZ AUF, verknotet mit Vesna.

Nur gelegentlich verbrachte sie Nächte mit ihm außerhalb des Clubs. Aber sie wurden immer häufiger, zweimal in diesem Monat, und der Monat war noch nicht vorbei.

Aber was ihn geweckt hatte, war nicht die schöne Vesna. Sie schlummerte tief und fest neben ihm.

Sein Handy vibrierte laut auf dem Nachttisch.

Er schnappte es sich, bevor es sie aufwecken konnte.

„*Ty ne znayesh', kotoryy chas?*" fragte er, denn er hatte *keine* Ahnung, wie spät es war. Es war einfach dunkel.

„Hey, Monster."

„Hey, Beastmaster. Ich habe geträumt von..." Zwei Hunde und ein Pferd, die im Schlamm des sibirischen Dorfes sterben, aus dem er nie zu entkommen glaubte? Zum Glück verblasste der Traum schnell. „...schon gut."

Zweimal in einer Nacht von Clarissa Reese zu hören, war... Er wollte sagen ungewöhnlich, aber er hörte oft nicht zweimal in sechs Monaten von ihr. Das bedeutete...

Er wechselte ins Englische, als Vesna sich im Schlaf

bewegte und sich an seinen Rücken kuschelte. „Oh, hat sich dieser Leckerbissen als etwas Interessantes herausgestellt?"

„Ja", Clarissas Ton war angenehm, aber geschäftsmäßig. Definitiv kein nächtlicher Sexanruf. Er nahm das Telefon zurück, um einen Blick darauf zu werfen. Vier Uhr morgens, abends in DC.

Als sie weiter schwieg, fragte er sich, ob er etwas verpasst hatte.

„*Sehr* interessant", fuhr Clarissa schließlich fort.

„Du weißt, dass ich nicht..."

„Dich einmischt, Monster? Ja, das weiß ich."

„Okay." Einen Moment lang hatte er sich Sorgen gemacht. Es machte ihm nichts aus, die kleinsten Dinge zur Belustigung weiterzugeben, aber er wollte auch kein Spitzel sein, dem man in einem Geheimgefängnis die Haut vom Körper zog. Die alten Gespenster von Stalin und dem KGB waren in der modernen russischen Psyche noch immer präsent.

„Aber ich habe mich gefragt, ob du mir einen kleinen Gefallen tun kannst."

„Was für einen Gefallen?"

„Ich möchte, dass du jemandem etwas ins Ohr flüsterst."

„Deins?" Er überlegte, ob er in diesem Moment ein paar sehr anzügliche Dinge flüstern sollte. Aber da Vesna an seinem Rücken schlief, entschied er sich widerwillig dagegen.

„Nein. Wo ist das hübsche Geschöpf, das du mir vorhin gezeigt hast?"

Gregor bewegte sich, antwortete aber nicht.

„Ah, sie ist bei dir. Gut gemacht, Monster."

„Warum willst du das wissen?"

„Ich möchte, dass du *ihr* etwas ins Ohr flüsterst. Warum gibst du ihr nicht einfach das Telefon?"

„Sie schläft."

„Oh, das bezweifle ich, Monster."

„Vesna?", fragte er leise über seine Schulter.

Sie antwortete mit einem verschlafenen „Hmmm".

Er wechselte ins Russische. „Jemand, eine Freundin, möchte mit dir sprechen."

Vesna ließ eine Hand über seine Rippen gleiten, als wäre das Telefon das Letzte, was sie interessierte, dann über seinen Bauch und seine Rippen, bis sie schließlich sein Telefon erreichte. Sie küsste seinen Rücken, als sie es nahm. Sie schlängelte das Telefon auf demselben Weg zurück.

„*Da.*" Sie rückte ein wenig von ihm weg.

Er versuchte zu hören, was Clarissa sagte, aber er konnte nichts verstehen.

Es dauerte über eine Minute, vielleicht zwei, bis Vesna ihm das Telefon zurückgab. Sie hatte kein weiteres Wort gesagt.

Es war immer noch verbunden. „Ja?"

„Ich habe sie gebeten, dir etwas zu geben."

Noch während Clarissa sprach, begannen Vesnas lange, schlanke Finger über seine Hüfte zu wandern.

„Ein besonderes Geschenk von mir."

Vesna fuhr mit einem einzelnen Fingernagel an der Innenseite seines Oberschenkels entlang, was ihm einen Schauer der Vorfreude über die Haut jagte.

„Und, Monster?"

„*Da?*" Er schaffte es, als der Fingernagel anfing, andere Muster auf seiner Haut zu zeichnen.

„Dies ist ein Dankeschön von mir für dich. Gib heute *keine* Interviews."

„Okay... Warte. *Was?*"

Aber Clarissa war weg.

Und Vesna war sehr, sehr präsent.

Sie begann Dinge zu tun, die sie noch nie zuvor getan hatte... aber Clarissa schon.

Und er liebte es.

50

„Heiliger Strohsack!"

Miranda schaute Mike überrascht an, denn er neigte nicht einmal zu leichtem Fluchen.

„Das ist eine ganz normale Reaktion", sagte Drake und lächelte.

„Man nennt es das Weiße Haus, Mike", schien Lizzy fast zu lachen, als ihr Auto vor dem Westeingang hielt.

Drake lachte und Mike stöhnte.

Eine Neckerei, entschied Miranda. Eine Neckerei? Sie beschloss, es selbst zu versuchen.

„Wirklich, Mike. Es ist nichts weiter als ein großes Haus mit zweihundertzweiunddreißig Zimmern und fünfunddreißig Bädern. Das Pentagon hat zweihundertvierundachtzig, weißt du."

Mike seufzte.

Drake drehte sich zu ihr um. „Zweihundertvierundachtzig Zimmer?"

„Bäder."

„Wirklich?"

Vielleicht würde Miranda es nicht noch einmal mit dem Necken versuchen.

Nachdem sie die Sicherheitskontrolle passiert hatten, führte Drake sie in den Situationsraum.

Mike stolperte wieder.

„Er heißt Situationsraum, Mike", neckte Lizzy ihn wieder.

Wieder lachte Drake und dieses Mal stimmte Mike mit ein.

„Wie funktioniert das?" fragte Miranda Lizzy, als sie ihre Mäntel und alle ihre Handys abgaben.

„Wie funktioniert was?" Lizzy lehnte sich näher heran, als ein Marine ihnen die Tür aufhielt.

„Du hast ihn geneckt, stimmt's?"

„Aha."

„Ich habe es versucht, aber niemand fand es lustig. Alle, sogar dein Ziel Mike, fanden es lustig, als du es getan hast. Ich verstehe das nicht."

Sie gingen an den sechs Referenzspezialisten des Nationalen Sicherheitsrats vorbei, die an ihren gestaffelten Schreibtischen arbeiteten, und machten sich auf den Weg in den kleinen Konferenzraum.

Sie waren die Ersten, die durch die Tür kamen, und in dem Moment, als sie eintraten, wurde Lizzy stramm und salutierte.

Präsident Roy Cole blieb auf seinem Stuhl sitzen, erwiderte aber den Salut.

„Rühren, General. Ich kann dir gar nicht sagen, wie seltsam es ist, das zu sagen, selbst nach drei Jahren. Ich bin als einfacher Hauptmann zurückgetreten."

„Du bist jetzt der Oberbefehlshaber, Sir. Akzeptiere es."

„Ja, Ma'am, General Ma'am!" Er salutierte erneut, aber viel schärfer.

„Da ist es wieder", Miranda setzte sich zur Rechten des Präsidenten. „Kannst du mir den neckischen Humor erklären, Roy?"

Mike krächzte. „Du nennst den Präsidenten der Vereinigten Staaten bei seinem Vornamen?"

„Er hat mich darum gebeten."

„Das muss dein Mike Munroe sein. Willkommen im Weißen Haus. Ich nehme an, du wirst mich nicht Roy nennen?"

„Keine Chance in der Christenheit, Sir. Oder außerhalb davon. Äh... ich halte jetzt den Mund."

„Ich nehme an, dass du nicht erneut mit deinem Jet das Weiße Haus angegriffen hast, Ms. Chase?"

„*Das!* Genau das. Humor, Roy. Vor allem Humor, der zum Necken verwendet wird." Miranda wollte nicht vom Hauptthema abschweifen, indem sie ihm antwortete.

Aber dann war die unbeantwortete Frage selbst ein Problem.

„Nein, habe ich nicht. Wir sind mit dem Auto von der Andrews Air Force Base gekommen", sagte sie schnell und hoffte, dass sie beim ersten Thema bleiben konnten.

Der Mann, der ihr gegenüber saß, lächelte sie an. Es dauerte einen Moment, bis sie ihn erkannte.

„Hallo, Clark. Kannst du mir den neckischen Humor erklären?"

„Meinst du nicht, dass wir diese Frage für den Moment vertagen sollten? Ich würde gerne..."

„Nein!" Miranda unterbrach Clark. Sie legte ihre Hände flach auf den Tisch, um zu zeigen, dass sie nicht über Flugzeuge oder Handmodelle von Flugzeugen diskutieren würde, bis sie eine Antwort hatte. „Ich muss *eine* Sache verstehen, zumindest *eine* Sache, die heute passiert ist. Ich habe ein unvollendetes Scharade-Spiel, bei dem ich die Person nicht kenne, die ich Mike sagen lassen soll. Ich verstehe nicht, warum ein C-130-Pilot der Air Force es witzig findet, sich darüber lustig zu machen, dass er mit einer Hand landen kann. Ich verstehe nicht, warum jemand ein hundert Millionen

Dollar teures Flugzeug so sabotiert hat, dass es auf einer amerikanischen Landebahn in die Luft flog und alle sechs Menschen an Bord tötete, einschließlich eines Mannes, der als letzte Handlung Pornografie las. Ich nehme an, man kann es nicht wirklich als Lesen bezeichnen, auch wenn es eine Zeitschrift war. Und der Neffe von Drake...“

„Der Neffe von Drake? Wer ist das? Verdammt noch mal, Drake. Du hast mir, deinem Oberbefehlshaber, nie gesagt, dass du einen Neffen hast?“

„Es ist nie zur Sprache gekommen, Sir. Auch nicht seine beiden Geschwister. Und auch nicht ihr Hund. Zumindest glaube ich, dass sie einen Hund haben.“

„Wie kannst du nicht wissen, ob dein Bruder...“

„Schwester.“

„-Familie der Schwester-„

„Die von der großen Schwester“, grimassierte Drake.

„...einen Hund hat?“

Miranda schaute auf die Uhrzeit an den Wanduhren.

Washington D.C. und die Zeitzone des Präsidenten meldeten beide 18 Uhr. Jeremy würde sich jetzt um 15 Uhr Ortszeit Seattle nähern.

Jon Swift.

Jon trug zu der Verwirrung der Unbekannten bei.

Sie wollte Holly nach ihm fragen.

Wie konnte man überhaupt *anfangen,* an ihn zu denken?

Aber die Uhr in Moskau, wohin Holly und Jon unterwegs waren, zeigte zwei Uhr morgens an.

Ihr Team war plötzlich über elf Zeitzonen verteilt.

Eigentlich war Holly mit Jon auf dem Weg nach Samara, das eine weitere Stunde östlich lag, also würde sich ihr Team bald auf zwölf verteilen.

Holly würde sagen, dass sie sich auf das konzentrieren sollte, was wichtig war.

Es gab tausend Sphären, die sich drehten. Alle mit

unterschiedlichen Durchmessern. Von der winzigen Sphäre der Explosion, die die Antonov Condor zerstört hatte, bis hin zu der massiven Sphäre, die ein neuer Persona-Satellit in der Umlaufbahn hoch über der Erde sein könnte.

Wie sollte sie bestimmen, was wichtig war?

„Ich wünschte…" Sie ballte die Hände im Schoß und starrte auf den Tisch, als sie merkte, dass sie Drake und den Präsidenten unterbrochen hatte. „Ich wünschte, ich würde wenigstens eine Sache verstehen."

Die Stille im Raum dehnte sich aus.

„Ms. Chase", war der Präsident der erste, der die Stille brach.

Sie studierte das Kratzmuster auf dem Tisch. Wer immer diesen Platz benutzte, war Linkshänder. Winzige Einkerbungen in der Oberfläche zeigten, dass sie oft mit dem Stift darauf tippte. Zwei Sätze von Einkerbungen. Sie bewegten ihn schnell zwischen ihren Fingern hin und her. Tap-Tap-Tap- Tap.

Wahrscheinlich, wenn sie alleine war.

Sie hatte gelernt, dass solche Angewohnheiten andere irritieren konnten und tat ihr Bestes, ihnen nur zu frönen, wenn sie allein war.

„Miranda?" fragte Roy. Miranda hatte keine Ahnung, was die Frage bedeutete.

„Wer sitzt normalerweise auf diesem Stuhl?"

„Meine Stabschefin. Sie leitet gerade eine Haushaltssitzung oben im Roosevelt-Zimmer."

„Sie mag es, mit ihrem Stift hin und her zu hüpfen." Miranda fuhr mit ihrer Hand über die Oberfläche. Die winzigen Spuren waren zu flach, um sie zu fühlen.

„Das tut sie."

Zu oberflächlich, um etwas zu fühlen, aber dennoch real.

Sie sah zu Roy auf, ohne ihm in die Augen schauen zu können.

„Ich mag es nicht, nicht zu verstehen."

„Keiner von uns mag das, Miranda."

„Aber das macht die Fragen nicht weniger real, oder?"

„Nein", sein Nicken war langsam genug, um eher als freundlich denn als abweisend eingestuft zu werden. „Aber du hast recht, sie sind deswegen nicht weniger real."

„Na, das ist doch schon mal was, nehme ich an." Miranda legte das zur Seite und wandte sich dem Bildschirm am Ende des Tisches zu.

Sie weckte ihr Tablet auf, synchronisierte es mit dem Anzeigesystem des Lagezentrums und rief das erste Bild auf, das sie durch das Cockpitfenster der C-130 aufgenommen hatte, als sie sich heute Morgen bei Sonnenaufgang der Absturzstelle der Condor näherten.

„Um 6:17 Uhr Ortszeit, das wäre Central Standard – wir müssen wirklich mal über die Sommerzeit reden, Roy, denn du bist nicht mehr der kreativen Laune des neuseeländischen Insektensammlers aus dem neunzehnten Jahrhundert oder des britischen Golfspielers aus dem frühen zwanzigsten Jahrhundert ausgeliefert, der es nicht mochte, wenn die Dämmerung seine Hobbys unterbrach..."

Sie spürte, wie die anderen sie seltsam ansahen. Wenigstens das war ihr vertraut.

„Wir haben dieses manövrierunfähige Flugzeug auf der Landebahn 23 in Fort Campbell, Kentucky, beobachtet."

„Manövrierunfähig?" rief Roy aus und lachte dann. Kurz und bissig.

Fast hätte Miranda darüber nachgedacht, warum das witzig sein könnte, aber sie konnte sich beherrschen. Vielleicht würde sie Holly das nächste Mal, wenn sie zusammen waren, fragen, was Humor war und was nicht.

Angenommen, sie sah Holly wieder.

Dieser Gedanke war sehr beunruhigend, also legte sie auch ihn beiseite.

Sie wählte das nächste Bild aus: „Wir haben den Schaden durch die folgenden Schritte nachvollzogen."

Und sie dachte auch nicht an die anderen Gegenstände, die über das mögliche Trümmerfeld der bevorstehenden Operation verteilt wären.

51

Die Überquerung der viertausend Meilen von Washington DC nach Ramstein, Deutschland, in etwas mehr als drei Stunden – ein Flug, der normalerweise acht Stunden dauerte – mit einer Luftbetankung südlich von Island, war eine ganz neue Erfahrung für Holly.

Sie brauchte Schlaf, aber es gab keine Chance dazu. Und es war nicht die neue Erfahrung, die sie wach hielt.

Auf dem Rücksitz eines F/A-18F Super Hornet Mehrzweckkampfflugzeugs, das heiß gelaufen war, konnte man nicht gut schlafen. Der Pilot hatte ihr versichert, dass alle Waffensysteme an ihrer Position deaktiviert worden waren, nicht, dass sich Waffen an Bord befanden. Anstelle von Raketen unter den Flügeln trug der Jet vier Zusatztanks, die seine Reichweite verdoppelten.

Der Sitz des Waffenoffiziers bot nicht viel Platz, selbst für eine Frau, aber das war in Ordnung.

Zum Glück schien der Pilot den unerwarteten Nachtflug mehr zu genießen als mit seinem Passagier plaudern zu wollen. Natürlich hatte Drake vielleicht gesagt, dass er ihm die Eier abschneiden würde, wenn er seinen vorrangigen Passagier stören würde.

Eine Zeit lang fragte sie sich, ob es die Mission war, die sie wach hielt.

Normalerweise brauchte eine Deep-Insertion-Mission Monate der Planung. Danach brauchte es oft Wochen der Vorbereitung, des Trainings und des Testens verschiedener Szenarien, bis jede Variante einstudiert war.

Die SEALs, die in bin Ladens Lager eingedrungen waren, hatten monatelang trainiert und dabei buchstäblich Hunderte von Szenarien durchgespielt, und das viele Male. Vor Ort, als die Haupteingangstür verriegelt war, hatte der Sprengmeister bereits die richtigen Sprengladungen in der Hand. Außerdem wusste er, dass er das Team, das aus der anderen Richtung eindringen wollte, warnen musste, sich von der Explosion fernzuhalten.

Aber das war nicht jede Mission.

Die amerikanische Delta Force im Irak hatte das Profil für den fliegenden Einsatz perfektioniert. Sie stürmten den ersten Ort, sammelten Informationen und starteten auf der Grundlage ihrer Erkenntnisse sofort den nächsten Ort. Oft wurden in einer einzigen Nacht vier, fünf oder sechs Standorte angegriffen.

Alles im Handumdrehen.

Damit war sie einverstanden.

Das war vielleicht ein bisschen extrem. Aber wenn sie die beiden Combat Controller in Deutschland abgeholt hatten, hatten sie drei Spec Ops plus Major Swift.

Es war nicht *völlig* neben der Spur.

Nein, die Mission, sie würde schon schiefgehen. Hoffentlich.

Holly ließ ihren Blick über den Mitternachtshimmel schweifen. Oder in welcher Zeitzone sie sich gerade befanden.

Fünfzig Meter entfernt schien eine zweite F/A-18F am

Himmel festgeschraubt zu sein. Sie war nur durch das rote Licht an der linken Flügelspitze und, wenn sie weit genug nach achtern schaute, durch das blinkende Weiß des Antikollisionsblitzes an der Heckflosse zu erkennen.

Major Jon Swift war in der Dunkelheit seines durchsichtigen Schirms unsichtbar.

Sie könnte genauso gut allein jenseits des Schwarzen Stumpfes sein. Keiner und nichts in ihrer Nähe.

Aber das war sie nicht. Jon war an ihrer Flügelspitze. Mike und Miranda zurück in DC, verloren im Kielwasser ihres Auspuffs, aber unendlich verbunden. Sogar Jeremy, der mit einer Spraydose in Seattle, ein riesiges Flugzeug besprühte. Sie waren alle miteinander verbunden. Und bald würden sie sich ein Paar Kampflotsen zulegen?

Bei dem Gedanken an ‚Team‘ wurde ihr immer noch übel.

Darüber wollte sie mit Mike sprechen. Zum ersten Mal seit dieser schrecklichen Nacht *wollte* sie versuchen, ihre Gefühle darüber zu klären, dass sie die einzige Überlebende war.

Niemand verliert ein ganzes Team ungeschoren. Aber genau das war passiert.

Dann erinnerte sie sich an den Scout der Granite Mountain Hotshots. Neunzehn Feuerwehrleute waren in ihren Unterkünften eingeschlossen und an den Folgen des Übergreifens der Flammen gestorben. Ein einzelner Hotshot hatte überlebt, weil er seinen Job gemacht hatte und die Lage auskundschaftete.

Wie hatte er damit gelebt?

Wenn sie dieses Mal die Einzige wäre, die zurückkam, *würde* sie *es* einfach *nicht tun.*

Holly wusste nicht, was sie von Major Jon Swifts offensichtlichem Interesse an Miranda halten sollte, aber sie wusste, dass es erwidert wurde und sie Miranda niemals gegenübertreten könnte, ohne Jon zurückzubringen.

Etwas, das sie überleben musste, um es zu erreichen.

Aber das war auch nicht die Sorge. Nicht wirklich.

Ihre beste Einschätzung war, dass die Mission überlebensfähig war. Möglicherweise hässlich, aber auf jeden Fall überlebensfähig.

Schließlich sah Holly auf.

Bei einer Flughöhe von fünfzigtausend Fuß befanden sich neunzig Prozent der Atmosphäre unter ihnen. Über dem Mittelatlantik, mitten in der Nacht, als das Armaturenbrett für die Nachtsicht heruntergedimmt war, schienen die Sterne am Himmel über ihnen zu brennen.

Wie viele Nächte hatte sie draußen gelegen und diese Sterne beobachtet?

Aber sie waren falsch.

Die Sterne der Heimat wurden vom Kreuz des Südens beherrscht, nicht vom Großen Wagen. Und Orion beherrschte den Himmel nicht mit seinem mächtigen Gürtel und seiner baumelnden Scheide. In der südlichen Hemisphäre stand Orion auf dem Kopf und war anders gezeichnet. Stattdessen bestand der Gürtel aus drei Brüdern, und die nach unten gerichtete Scheide war jetzt der nach oben springende Sägefisch, den sie gegen ihre Gesetze gegessen hatten. Das hatte die Sonnenfrau Walu erzürnt, die eine Wasserhose erschuf und ihr Kanu in den Himmel warf.

Es war nicht schwer, sich von den Lichtern der Stadt Tennant Creek zu entfernen. Dreitausend Menschen mitten in der Wüste des Northern Territory, mit den nächsten Raststätten dreißig Kilometer nördlich oder hundertdreißig südlich, warfen nicht gerade viel Licht.

Als Teenager fuhren sie mit ihren Dirt Bikes in die Barkly Tablelands hinaus.

Die Warumunga und Yapa, die die Hälfte der Stadt ausmachten, hatten von ihren Eltern gelernt, wie man im Outback überlebte. In den Schulferien konnte es passieren, dass eine ganze Gruppe von ihnen für eine Nacht ging und am

Ende eine Woche blieb. Sie hatte dort das Feldhandwerk gelernt. Holly hatte auch ihre Jungfräulichkeit an einen hübschen Yapa-Jungen verloren, dessen Haut so braun war wie der karmesinrote Sand der Landschaft. Sie hatte ihn oft um seine lockigen, braunen Haare beneidet, die von der Sonne aufgehellt wurden.

In den Tablelands hatte sie sich auch zum ersten Mal betrunken ausgekotzt. Nicht gerade einer ihrer besten Momente.

Nicht viele der weißen Kinder nahmen an den Ausflügen teil.

Aber ein anderer schon.

Ihr Bruder war immer mit ihnen gegangen.

Bis er es nicht mehr tat.

Holly schloss die Augen, aber es half nichts, sie... konnte ihn immer noch klar und deutlich sehen.

Obwohl es dunkel war, schob sie die Sonnenblende ihres Helms herunter. Sie verdeckte selbst die hellsten Sterne.

Sie hielt sie unten, bis sie den Ruck der Räder der F/A-18F Super Hornet spürte, die die Landebahn der Ramstein Air Force Base berührten.

52

„Stell dein Telefon auf Verschlüsselung. Verwende den Code der Kontrrazvedki-Abteilung." Ein scharfes Summen ertönte, als die Frau am anderen Ende ihren Sicherheitscode einstellte.

Elayne Kasprak trat aus dem Strom der aussteigenden Passagiere heraus. Umgeben von dem angenehmen Summen der Moskauer, die froh waren, wieder zu Hause zu sein, fühlte sie sich warm und glücklich – bis zu diesem Moment.

Sie stellte den heutigen Code ein und ließ sich zum Fenster treiben, um auf die Aeroflot-Maschine zu schauen, die sie aus London gebracht hatte.

Sie kannte die Stimme des Anrufers nicht, und sie war gut bei Stimmen. Aber der Anruf war mit einer einfachen Kennung gekommen, die ihr die Wärme des ganzen Tages nahm.

Niemand wollte einen Anruf vom FSB. Der Föderale Sicherheitsdienst selbst beunruhigte sie jedoch nicht *sonderlich*; sie stand über ihrem engstirnigen Zuständigkeitsbereich.

Allerdings musste sie den Code der Spionageabwehr für die Verschlüsselung verwenden...

Ihre Aufgabe war es, Spione aufzuspüren und zu ,entfernen". Niemand, nicht einmal ein Zaslon-Agent, war vor ihren furchteinflößenden Fängen völlig gefeit.

Der FSB hatte seinen Sitz im Lubjanka-Gebäude. Diejenigen, die es gegen ihren Willen betraten, verließen das achtstöckige Gebäude aus gelbem Backstein nie wieder aus eigener Kraft. Als der KGB dort sein Hauptquartier hatte, war es als das höchste Gebäude Moskaus bekannt geworden – weil die Gefangenen, die in seinen berüchtigten Kellerverließen eingesperrt waren, bis zu den Gulags in Sibirien sehen konnten.

Elayne holte tief Luft. „Ich bin hier."

„Ich habe eine Nachricht für dich." Die Frau sprach in perfektem Englisch, allerdings mit einem stärkeren russischen Akzent als Elayne.

„Ich höre."

„Er wurde mir auf Englisch gegeben, also wiederhole ich ihn auf diese Weise. An Ms. Elayne Egorova. Da..."

„Sag das noch mal!"

„Für Ms. Elayne Egorova."

Keiner! Niemand sollte wissen, dass diese beiden Namen miteinander verbunden waren. Wie von Zaslon verlangt, hatte sie Elizaveta Egorova getötet. Eigentlich hatte Zaslon das für sie getan, als sie beigetreten war. Elayne Kasprak und ihre anderen Pseudonyme wurden dann jeweils über verschiedene und getrennte Kanäle erzeugt. Eine Überschneidung zwischen den Decknamen war ein klares Zeichen für einen schwerwiegenden Fehler, wie z. B. ein Leck in der Liste der Hauptagenten.

Aber dass jemand eine ihrer aktuellen Identitäten mit ihrer Vergangenheit verknüpft hatte, sollte unmöglich sein. Das bedeutete, dass nur *ihre* Akte aufgedeckt worden war und nicht die von Zaslon. Und das war noch schlimmer. Das Kommando könnte annehmen, dass sie es war, und sie würden einen ihrer eigenen Leute damit beauftragen, die Bedrohung zu beseitigen.

„Ms. Egorova?"

„Es tut mir leid, fahre mit der Nachricht fort." Sie lehnte ihre Stirn gegen das kalte Glas und starrte auf den Jet, der sie zum Flughafen Scheremetjewo gebracht hatte. Es war zu spät, um wieder einzusteigen und zu fliehen. Irgendwohin. Ein schwerer Märzschnee verdeckte bereits das Flugzeug. Kein Ausweg.

„Es gibt einen Satelliten, der in den Himmel fliegt. Er wird nicht ankommen und nur du weißt, warum." Es gab eine lange Pause.

„Ist es das?"

„*Da*. Weißt du, was das bedeutet?" Die Frau fragte, als ob sie es auch nicht wüsste.

„Nein. Du weißt es wirklich nicht?"

Am Telefon herrschte eine Stille, als ob sich der Schnee auch über ihr Gespräch gelegt hätte. Schließlich sprach die Frau leise.

„Ich weiß nicht, wer du bist. Die Person, die mir die Nachricht gab, sagte, du seist Zaslon. Ich habe noch nie mit einem Zaslon-Agenten gesprochen."

In diesem Moment hörte Elayne etwas völlig Unerwartetes in der Stimme der Frau – Angst.

Die gleiche Angst, die sie hatte, wenn sie mit einem Spionageabwehragenten sprach.

„Okay. Lass uns beide atmen. Atme einfach."

Die Frau tat es tatsächlich, ihr Atem ging schwer über das Telefon. „Ja, das ist schon besser ... ein bisschen." Der letzte Satz wurde von einem schönen Lachen begleitet, kurz, aber einladend, das Elaynes Schultern entspannte. Ein bisschen.

„Vielleicht können wir das unter uns ausmachen."

„*Da*. Vielleicht."

„Ich nehme an, du willst mir nicht sagen, wer du bist?"

„Nein", sagte sie langsam. „Das würde ich nicht gerne tun. Aber da ich deinen Vornamen kenne, solltest du auch meinen kennen. Ich bin Vesna."

„Okay, Vesna. Kannst du mir etwas über die Person sagen, die die Nachricht hinterlassen hat?"

„Sie ist eine... Freundin. Von einem... Freund."

Elayne versuchte, in den Pausen zu lesen. „Aber du hast selbst mit ihr gesprochen?"

„Ja. Sie hat ihn angerufen und ihn gebeten, mir das Telefon zu geben. Ich weiß nicht, woher sie wusste, dass ich da war."

Von einer Frau zur anderen. Ohne den Mittelsmann zu fragen. Wenn Vesna wirklich zur Spionageabwehr des FSB gehörte, was sie fast sein musste, um den heutigen Verschlüsselungscode zu haben, war sie damit beauftragt worden, den Mann zu beobachten. Der Schnee, der vom schweren Himmel fiel, wurde dichter, doch die Schneeflocken waren besser zu sehen.

Hinter dem schweren Sturm brach der Tag an.

Vesna hatte die letzte Nacht mit dem Mann verbracht, den sie beobachtete – als Liebhaberin – und war erst jetzt frei geworden, um diesen Anruf zu tätigen.

„Dein Freund weiß nichts von dem, was die andere Frau gesagt hat."

„Das ist richtig. Und sie hat mir deine Nummer gegeben."

Wie zum Teufel hatte sie das herausgefunden? „Hat sie sonst noch etwas gesagt, das nützlich sein könnte?"

Vesna zögerte. „Sie hat ... gedroht. Sie wusste, was ich tue und für welche Männer ich es tue. Sie wusste auch, dass ich dem FSB Bericht erstatte und drohte damit, mich und alle anderen Frauen, mit denen ich arbeite, bloßzustellen."

Spionageabwehr. Vesna und ihre Freunde wären gut bezahlte Spione. Spione, die dafür bezahlt wurden, einen Teil der russischen Elite mit ihrem Körper zu überwachen. Und wenn sie enttarnt würden, würde der FSB sie entweder zurück in die verzweifelte Kloake der gewöhnlichen Huren werfen oder, was noch wahrscheinlicher war, sie würden still und leise verschwinden und man würde nie wieder etwas von ihnen hören, wegen der Dinge, die sie wussten.

Elayne hörte auf, sich über die Frau Gedanken zu machen und widmete sich wieder der Nachricht. „Es gibt einen Satelliten, der in den Himmel fliegt. Weißt du, welcher es ist?"

Wieder das zögernde Schweigen.

„Vesna, ich kann dir nicht helfen, wenn du mir nicht hilfst."

Noch ein tiefer Atemzug. „Mein Freund. Er erzählt mir, dass ein wichtiger Satellit jetzt fertiggestellt und zum Start bereit ist. Eine 'Person?' So etwas in der Art."

Ein Persona-Überwachungssatellit! Das musste es sein. Das war nicht nur wichtig. Er war ein wichtiges nationales Gut. Der Start eines neuen Persona-Satelliten fand nur ein- oder zweimal pro Jahrzehnt statt.

Dann kamen ihre Gedanken zum Stillstand.

Der zweite Teil der Nachricht.

Ein Satellit ist auf dem Weg zum Himmel. Er wird nicht ankommen und nur du weißt warum.

„Aber ich weiß nicht, warum." Elayne schlug mit der Stirn gegen das Glas und alles, was sie zurückbekam, war ein dumpfer Basston, als das Glas vibrierte.

„Geht es Ihnen gut, Miss?"

Elayne knurrte den Angestellten an, der auf sie zugekommen war. Sie machte ein paar Bemerkungen über seine verschrumpelte Entschuldigung für männliche Anatomie, die er zweifellos besaß, bevor er sich davonmachen konnte. Dann ging sie in die Mitte der Lücke zwischen zwei benachbarten Gates, um etwas Privatsphäre zu haben.

„Wenn du immer noch verwirrt bist, soll ich dir eine Frage stellen, die zu stellen für mich keinen Sinn macht."

„Mach weiter, Vesna."

„Die Frau sagte, ich solle sagen: '*Wo bin ich?*'"

„Woher zum Teufel soll ich das wissen?"

Vesna begann zu sprechen, aber Elayne unterbrach sie.

„Nein, warte." Ein Persona-Satellit. Das Progress-Raketen-Raumfahrtzentrum. Samara. Sie wusste genau, wo Vesna war. Außerdem wusste sie, mit wem Vesna schlief – einem hochrangigen Mitarbeiter von Progress -, denn die staatliche Spionageabwehr würde nicht so viel Aufwand für einen einfachen Mitarbeiter betreiben. Entweder ein Abteilungsleiter oder ein leitender Angestellter.

Aber das war nicht ihre Sorge.

Es wird nicht ankommen und nur du weißt warum.

„Okay, ich weiß, wo du bist und wer du bist...", es gab viele unangenehme Aufgaben für den Staat, die erledigt werden mussten. „Wen du beobachtest. Bei dem letzten Teil bin ich mir noch nicht sicher. Warum ich?"

„Wenn du diese Frage stellst, soll ich dir das Allerletzte sagen, was zu mir gesagt wurde. Arfist."

„Arfist?" Sind Fäuste? ArFist, wie falsch geschriebener Künstler? Vielleicht ein Akronym.

„Ja. Arfist. Weißt du jetzt, was das alles bedeutet?"

Arfist! Russisch für jemanden, der eine Harfe spielte. Harfenist. Harper.

Und sie wusste es.

Holly Harper.

Sie hatte ihre Handynummer von dem immer freundlichen Mike Munroe bekommen. Sie hatte sie ihm ursprünglich gegeben, weil sie wissen wollte, was mit dem sechsten Flugbesatzungsmitglied passiert war.

„Sag mal, Vesna?" Elayne lächelte in den wirbelnden Schnee hinaus, der nichts mehr verdeckte. „Wartet da ein Condor, um den Satelliten abzuliefern?"

„Ein Condor? Wie der große Vogel?"

„Ja, ein Antonov AN-124 Ruslan Transportflugzeug. Steht einer in der Progress-Fabrik in Samara?"

„Ich kenne den Namen nicht, aber der wartende Jet ist der größte, den ich je gesehen habe."

„Danke, Vesna." Elayne widerstand dem Drang, vor Freude zu krähen. „Du kümmerst dich gut um deinen Freund. Sehr gut."

„Er ist freundlich zu mir. Und er hängt wie ein Pferd." Das war die erste Redewendung, die sie falsch verstanden hatte.

„Gehänge, Vesna. Er *hat ein Gehänge* wie ein Pferd. Ich hoffe für dich, dass es ist wie beim Pferd von Katharina der Großen."

Vesna kicherte.

Männer, die Russlands beste Herrscherin, die Kaiserin Katharina die Große, verunglimpfen wollten, hatten Gerüchte über ihre Vorliebe für Bestialität verbreitet. Ihr Tod wurde weithin als Folge des Bruchs eines Binders dargestellt, der ein Pferd zu ihrem Vergnügen auf sie herabgelassen hatte. Statt von einem Pferdeliebhaber erschlagen zu werden, starb sie an ihrem Schreibtisch, nachdem sie fünfunddreißig Jahre lang Russland vor sich selbst gerettet hatte – angefangen mit einem Staatsstreich gegen ihren wahnsinnigen Ehemann, den Kaiser.

Aber die Geschichte lebte weiter.

Sie legten beide auf.

Elayne würde sich später Gedanken darüber machen, ob sie Vesnas Geliebten wegen Verrats am Mutterland häuten sollte – wer auch immer die ‚Freundin' des Mannes am Telefon war, sie stand in Verbindung mit Holly Harper. Das bedeutete wahrscheinlich den amerikanischen Geheimdienst. Wenn Elayne gut gelaunt war, würde sie Vesna vielleicht beschützen. Für das, was sie war, schien sie nett zu sein. Aber ... sie hatte den Mann, den sie beobachtete, auch nicht verraten.

Elayne würde sich um beide kümmern – danach.

Erstens: Holly Harper.

In Russland.

Um einen Persona-Satelliten zu stehlen.

Es war zu perfekt.

Und Holly hatte es persönlich gemacht, indem sie Elayne den Fehdehandschuh vor die Füße warf.

Sie würde diese Herausforderung *annehmen*.

Und wenn sie den Kopf der Australierin als amerikanischer Spion an die Medien der Welt lieferte, würde man ihr den St. Georgs-Orden verleihen. Vielleicht sogar den goldenen Stern des Heldenordens der Russischen Föderation.

Elayne wählte ihr Telefon, während sie sich umdrehte und durch die überfüllten Passagierhallen des Flughafens schritt.

„Ich brauche den schnellsten Jet, den du in Moskau hast. Und sieh zu, dass eine Feldausrüstung dabei ist. Ich war auf Reisen und habe keine Waffen."

Der Idiot begann zu protestieren.

„Jetzt! Sonst hältst du das Lubjanka-Gefängnis am Ende des Tages für ein Luxushotel."

Trotz des dichten Gedränges öffnete sich ein breiter Weg vor ihr, als sie voranschritt.

„Und sie sollen mich am Terminal D in Scheremetjewo abholen, dem ersten Gate. Wenn es dort ein anderes Flugzeug gibt, werde es los. Du hast fünfzehn Minuten Zeit."

Sie legte den Hörer auf.

Sie hatte lang genug, um den Bosco-Laden in Scheremetjewo aufzusuchen und ihre beschädigte Jeans und Jacke zu ersetzen.

53

„DAS IST DAS VERRÜCKTESTE, WAS ICH JE GEHÖRT HABE." Präsident Roy lehnte sich in seinem Stuhl zurück.

Doch trotz seiner scheinbaren Gelassenheit vermutete Miranda, dass er sehr involviert war. Er hatte während ihres Vortrags detaillierte Fragen gestellt.

Clark hatte nur einmal gesprochen, als er sagte: „Clarissa hat *was* getan?"

Roys kurze Antwort hatte ihn völlig aus dem Konzept gebracht: „Halte deinen persönlichen Scheiß aus diesem Raum und aus deinem Job heraus, Clark. Clarissa hat einen Job und das ist nicht länger deiner."

Drake fügte hinzu: „Einer ihrer Kontakte war die ursprüngliche Quelle, und sie hat auch den Transfer des Teams von Ramstein nach Samara organisiert. Für alle anderen Aspekte dieser Operation ist sie nicht befugt."

Clarks Nicken war knapp und unzufrieden gewesen und er hatte sich seitdem in Schweigen gehüllt.

Jetzt, am Ende ihrer Präsentation, behielt Miranda den Bildschirm im Auge. Sie war bei einer Weltkarte gelandet, auf der sie alle beweglichen Teile eingeblendet hatte.

„Da ist ein Anruf für Sie, Ma'am." verkündete einer der NSC-Sekretäre.

Jeremys Gesicht erschien auf einem Seitenbildschirm.

„Nun, es ist in der Luft und ich bin nicht im Flugzeug."

Mike gluckste aus irgendeinem Grund.

Miranda war einfach nur erleichtert.

Jeremy zeigte ein Bild der neu lackierten C-5A Galaxy auf dem Bildschirm. Die Boeing-Lackiererei hatte das triste Air Force-Grau in ein strahlend weißes Flugzeug mit einem langen, blauen Nadelstreifen verwandelt. Die russische Flagge prangte stolz auf dem hoch aufragenden Heck.

Der obere Querbalken des hohen T-Leitwerks der C-5 Galaxy war schwarz gestrichen worden.

„Das Heck hat eine einfache Stealth-Beschichtung. Nicht viel, aber genug, um siebenundfünfzig Prozent der Radarsignatur zu stören."

Lizzy lehnte sich vor. „Was sind die beiden Stummel unten am Heck? Sie gehören zu keiner C-5, die je gesehen habe."

„Das sind eigentlich horizontale Leitwerkselemente, die wir vom 767-Montageband geklaut haben. So wie wir sie angebracht haben, sind sie aerodynamisch neutral und flattern einfach mit jeder vorbeiziehenden Luftströmung auf und ab und verursachen keinen nennenswerten induzierten Widerstand. Auf dem Heck der Galaxy sehen sie nicht sehr groß aus, oder? Allerdings haben sie stark radarreflektierende Beschichtungen. Bei einer visuellen Inspektion werden sie nicht täuschen, aber zwischen den beiden Beschichtungen auf den beiden Leitwerksteilen sollten sie jedem Radar den Eindruck vermitteln, dass dieses Flugzeug ein Standardleitwerk wie eine An-124 Condor und kein T-Leitwerk hat. Was denkst du, Miranda?"

„Ich finde, das ist eine wunderbare Arbeit, Jeremy."

Jeremy sah aus, als würde er vor Stolz platzen.

„Und die Fernsteuerung ist konfiguriert?"

„Auf jeden Fall. Die Jungs in Davis-Monthan haben tolle Arbeit geleistet, als sie das Kontrollsystem zusammengebaut haben. Sie haben uns damit aus der Ferne nach Seattle geflogen. Wir können sogar mitten in der Luft auftanken, obwohl wir das nicht brauchen werden. Ihre Reichweite mit dieser kleinen Ladung ist erstaunlich. Wusstest du außerdem, dass man einen KC-135 ‚Stratotanker"-Rumpf in den Frachtraum einer C-5 einbauen kann, wenn man sehr vorsichtig ist? Wir mussten die letzten zwanzig Fuß des Hecks abschneiden, aber wir haben es hineinbekommen. Wir füllten alle internen Treibstofftanks mit nur zwanzig Prozent der möglichen Treibstoffmenge – vierzehntausend Pfund, etwa zweitausend Gallonen. Und ich ließ sie das Stickstoff-Ersatzsystem deaktivieren. Die Tanks sind also größtenteils mit explosiven Dämpfen gefüllt. Ich hoffe, dass das in Ordnung ist? Ich habe die Idee von dem, was mit dem Flugzeug deiner Eltern passiert ist."

Ihre Eltern waren durch einen versehentlichen Funken getötet worden, der die Dämpfe in einem fast leeren Treibstofftank entzündete. Die Explosion hatte den Flug TWA 800 vom Himmel gerissen. Sie hätte die C-5 Galaxy zerschmettert, wenn sie das ganze Flugzeug und nicht nur einen einzigen Tank getroffen hätte.

Ein Teil von ihr wollte sich in der Ecke des Zimmers verstecken, sich umarmen und vielleicht das Flugzeug fliegen, das ihr Daumen war.

Aber ein Teil von ihr wusste, dass Jeremy sich auf sie verließ. Und Holly zählte auf ihn.

Sie betrachtete nur den Teil der Lösung, der der Mechanismus des Absturzes von TWA 800 war, und keine anderen Auswirkungen.

„Jeremy, wenn du einen Weg gefunden hast, etwas Gutes aus dem... zu machen. Ich bin...", überprüfte sie vorsichtig ihr Inneres. Selbst wenn sie vorsichtig war, war sie sich nie sicher,

was sie finden würde, wenn sie an ihre Eltern dachte. Aber...
„Ja. Gut gemacht."

„Wir haben Zünder in den Panzern angebracht, um sicherzustellen, dass jeder Angriff sie alle auf einmal auslöst. Wenn wir die Russen dazu bringen können, ihn abzuschießen, sollte er eine unglaubliche Show abziehen und nichts Größeres als eine Erbse hinterlassen. Das wird sie dazu bringen, sich in die Hose zu machen. Pea, p-e-e, pissen. Verstehst du das?"

„Ja, Jeremy, wir haben es verstanden." Mike lächelte.

Pinkel- und Kackwitze gehören zu einer ganzen Kategorie von Humor, die Miranda nie verstanden hatte. Lizzy sah auch nicht so aus, als würde sie lächeln. Vielleicht war diese Kategorie eine Jungensache?

54

ELAYNE WIDERSTAND DEM DRANG, DEM PILOTEN DIE SCHEISSE AUS dem Leib zu prügeln, als er in Scheremetjewo auftauchte.

Hatte das Kommando eine der brandneuen MiG-35UB geschickt, die über zweitausend Stundenkilometer schnell war? Nein!

Sie schickten eine dreißig Jahre alte Su-28, die nicht einmal die Schallmauer durchbrechen konnte.

Aus einem zwanzigminütigen Flug wurde nun eine Stunde, um Samara zu erreichen.

Dann waren sie die Zehnten in der Warteschlange für den Abflug.

„Sag dem Tower, dass wir jetzt als erste in der Startreihe sind."

„Der Schnee verlangsamt alles. Sie denken darüber nach, den Flughafen zu schließen und alle wollen unbedingt vorher abfliegen", berichtete der Pilot vom Vordersitz des alternden Jets.

„Sag diesen Arschlöchern, wenn ich in den nächsten dreißig Sekunden nicht in der Luft bin, lasse ich dich eine Rakete in ihren Tower schießen."

„Ich habe keine Raketen dabei."

„Hast du Waffen?"

„Das ist ein Flugtrainingsflugzeug, Ma'am. Es hat keine Waffen."

Ein *Trainer*? Sie hatten ihr ein Trainingsflugzeug geschickt, obwohl sie so in Eile war? Wenn Holly Harper Samara entwischte, würde Elayne sie nie finden.

Nein, das könnte sie. Sie würde die seltsame Mirana Chase finden und Holly würde angerannt kommen. Vielleicht würde sie Holly zuerst ein paar Körperteile schicken.

Warte.

Sie selbst hatte nicht gewusst, dass dies ein Trainer war.

„Pilot, sag dem Tower trotzdem, dass du eine Rakete auf sie abfeuern wirst. Ich wette, sie werden nicht wissen, dass du das nicht kannst."

„Mit Vergnügen, Ma'am."

Als er das tat, wurden sie sofort angewiesen, auf eine nahe gelegene Rollbahn abzubiegen und vor allen anderen auf die aktive Landebahn zu fahren.

„Ist das genug Platz?" Sie ließen ein Drittel der Landebahn hinter sich, bevor sie überhaupt angefangen hatten.

„Oh, ja, Ma'am. Er mag zwar alt sein, aber dieser Jet ist sehr fähig."

„Gut. Beweise es."

Die Antwort des Piloten war, die Drosselklappen voll aufzudrehen. Die Maschine rutschte ein wenig auf dem Schnee, bevor sie sich wieder ausrichtete, aber dann schlug sie zu. Hart!

Sie waren in der Luft, bevor sie daran denken konnte, zu atmen.

Als sie weniger als hundert Meter hoch waren und die Landebahn noch durch den dicken Schnee unter ihnen zu sehen war, ließ er das Flugzeug hart nach rechts rollen.

In ebenso vielen Sekunden drehte er sich durch drei Wingover-Wings, als ob er ein Loch in den Himmel bohren würde. Dann richtete er die Nase fast gerade nach oben und sie schossen durch die Wolken in die Luft.

Er schwebte im Sonnenschein über den Wolken, während ihr Herz immer noch pochte.

„Er ist auch einer der besten Kunstflieger in unserer ganzen Luftwaffe", verkündete der Pilot stolz.

„Captain", Elaynes Körper bebte von den Kräften, die durch sie hindurchgeflossen waren. „Du hast meine Erlaubnis, das mit mir zu machen, wann immer du willst."

„Es wäre mir ein Vergnügen, Ma'am. Aber mit meinem derzeitigen Treibstoff ist Samara an der Grenze meiner Reichweite. Vielleicht möchtest du eine Demonstration, wenn wir dort sind?"

Vielleicht würde sie das tun. Sie liebte es so sehr, die leichte Arroganz eines russischen Offiziers zu zähmen. Was Miranda in dem albernen Major Swift sah, war ihr ein Rätsel.

55

„Jetzt ist es eine Frage des Timings", Miranda hatte das türkische Flugzeug, das vorübergehend mit polnischer Registrierung flog, von Warschau nach Samara verfolgt, das nun auf dem Weg zurück nach Warschau war.

„Wir wissen, dass Hollys Team vor vierzig Minuten sicher den Zoll am internationalen Flughafen Kurumoch passiert hat. Da sie nur dreißig Kilometer vom Flughafen Bezymyanka bei der Progress-Fabrik entfernt sind, sollten sie in den nächsten Minuten dort sein."

Lizzy zeigte einige Bilder von den NRO-Satelliten auf einem der vier großen Bildschirme am Ende des Tisches an.

„Wir befinden uns am Rande eines Sturms über Samara, also schauen wir durch die Wolken, aber du kannst hier sehen, dass der Condor immer noch in Position ist. Hier ist die Bildserie, die wir in den letzten zwei Stunden in aufeinanderfolgenden Überflügen aufnehmen konnten."

Die Bilder flimmerten vorbei, eines alle paar Sekunden. Manchmal änderte sich der Blickwinkel oder die Beleuchtung, aber Miranda konnte das Geschehen auf dem Boden selbst erkennen, während Lizzy es den anderen erklärte.

„Hier können wir sehen, wie sie mehrere große Container beladen. Dieser hier", sie kreiste ihn auf dem Bildschirm ein, „hat die Abmessungen, die wir für die Persona selbst erwarten würden. Bei allem anderen handelt es sich vermutlich um Zusatzausrüstungen für den Start, Endverkleidungen und so weiter. Die Raketen müssten schon vor Wochen hingebracht worden sein."

Kleinere Container wurden verladen.

Viele Menschen drängten sich auf dem Weg zwischen dem Gebäude und dem Flugzeug, während die Lader Gegenstände zwischen den beiden transportierten.

Plötzlich löste sich die Menge auf. Gelegentlich flackerten Menschen auf, die sich bewegten, aber das waren nur wenige.

„Was ist passiert?" Roy verstand es nicht.

„Es ist alles geladen." Miranda überprüfte den Zeitstempel auf dem Bild und seufzte erleichtert. „Es wurde erst vor ein paar Minuten gemacht."

„Genau." Lizzy zeigte auf die verschiedenen Leute. „Das werden die Lademeister sein, die ihre letzten Kontrollen durchführen. Schaut, da ist ein Tankwagen. Ein weiterer steht bereits unter dem anderen Flügel. Wir haben noch etwas Zeit. Jeder LKW dieser Größe fasst etwa fünfzigtausend Pfund Treibstoff."

„Warum Pfund? Nicht Gallonen?" Clark sah verwirrt aus.

„Bei Militärflugzeugen denken wir in Pfund Treibstoff."

„Ich vergaß: Du warst ein Jet-Jockey. Mache weiter, General Gray. Pfund oder Gallonen?"

Lizzy räusperte sich. „Fünfzigtausend Pfund sind ungefähr siebentausend Gallonen Treibstoff pro LKW, Sir."

„Das sind siebentausenddreihundertdreiundfünfzig Gallonen, wenn ihr Jet-A-Kraftstoffgemisch unserem ähnlich ist, Sir." Miranda sah sich im Raum um und beschloss, dass Holly Recht hatte und dass es Zeiten gab, in denen sie nicht sprechen sollte. „Das sind vierundzwanzig Komma drei Prozent des Waggons eines Zuges – eine weitere gängige Maßeinheit für Kraftstoff." Das sollte sie *wirklich* nicht.

„Wenn sie trocken ist -", fuhr Lizzy fort, „eigentlich er, die Russen nennen ihre Flugzeuge und Schiffe beim männlichen Geschlecht – wird der Condor sechs Tankwagen voll laden."

Ein Punkt vier sechs Waggons, flüsterte Miranda vor sich hin.

„Sie werden die Treibstoffladung so gering wie möglich halten."

Miranda drehte sich zu Lizzy hin.

Mike drehte sich ebenfalls.

Niemand sonst reagierte.

Keiner von ihnen war Pilot oder Pilotin und sie würden die Tragweite dieser Aussage nicht verstehen.

Holly und ihr Team konnten nicht einfach auf einem ruhigen sibirischen Flughafen landen und heimlich zehntausend zusätzliche Gallonen aufladen.

„Wie nah laden die Russen den Treibstoff an ihr genau geplantes Flugziel?" Mike fand seine Stimme, bevor sie es konnte.

Lizzy zuckte mit den Schultern.

„Nah dran."

56

„BEREIT ZU ROCKEN?" FRAGTE HOLLY DIE ANDEREN, WÄHREND SIE versuchte, sich das Rückgrat zu strecken. Das einzige Taxi am Flughafen war ein dreißig Jahre altes, kompaktes Zigeunertaxi von Zhiguli gewesen. Die Fahrt durch Samara war selbst zu viert schmerzhaft eng gewesen.

Jon sah auch nicht gerade glücklich aus. Tim und Tom, die beiden STS Air Combat Controller aus dem 24., die sich ihnen in Ramstein angeschlossen hatten, sahen etwas besser aus.

Holly hatte den Geruch von Russland vergessen. Eine trockene Kälte, die jeden anderen Geruch durchdrang. Kohl und trockene Kälte. Alternde, unabgestimmte Abgase des Zhiguli und trockene Kälte. Das heruntergekommene Industriegebiet, das die grau-glänzende Fassade des Eingangs zum Progress Space Rocket Centre umgab, hockte auf einer Betontreppe wie ein schlafender Bär, der bereit war, zu erwachen und sie zu zermalmen, und roch nach Rost und Hydraulikflüssigkeit ... und nach trockener Kälte.

Eine Frau mit schulterlangen, bronzebraunen Haaren und einem klassisch russischen, viel zu engen Kleid kam die vorderen Stufen des Progress Rocket Space Centers herunter und auf sie zu.

„Wow! Wie gemacht für die Kamera", sagte Tom und schulterte die Red 8K-Kamera, mit der er geübt hatte, seit sie ihn in Ramstein abgeholt hatten. Es sah so aus, als hätte er die Bewegung schon tausendmal gemacht und nicht, als hätte er bis vor ein paar Stunden noch nie eine Studiokamera angefasst.

Die Frau war es auf jeden Fall: ein strahlendes Lächeln, ein geschmeidiger Gang und sie hatte ihr Haar auf Hochglanz gebürstet und ihr Make-up aufgefrischt. Sie war bemerkenswert fotogen.

Holly hatte zuletzt auf dem Stahldeck einer C-130 Hercules auf dem Weg von Spieden Island nach Kentucky geschlafen, wenn auch die meiste Zeit nicht wegen Mirandas verdammter Frage, ob sie mit Mike schlief.

Clarissa hatte dafür gesorgt, dass in Deutschland Kleidung zum Wechseln auf Holly wartete – lässige Euro-Klamotten, die so gar nicht nach ihr aussahen.

Holly vermutete, dass die schmale schwarze Hose, ein passender Blazer über einer weißen Seidenbluse mit offenem Kragen und einer Wraparound Sonnenbrille, die zu den schnell gefärbten, tiefschwarzen Haaren und einer ordentlichen Frisur passte, zu ihrem neuen Pass passten.

Und sie fühlte sich ganz und gar nicht wie sie selbst. Bis auf den Teil mit der tiefen Erschöpfung. Das war ihr nur allzu vertraut.

Vor allem die Verkleidung hatte sie in die SASR-Tage zurückversetzt, als solche Klamotten bei einer Erkundung oft angebracht waren. Sie hatte so schnell vergessen, wie es sich anfühlte, eine Rolle zu spielen und nicht ihr eigenes Ich zu sein.

Jon trug dunkle Kontaktlinsen und eine brünette Perücke, die seinen militärischen Kurzhaarschnitt in etwas verwandelte, das an einen frühen Beatle erinnerte – was so out war, dass es wieder in sein musste.

Es war überraschend, wie sehr sich ihr Aussehen veränderte, und die Passfotos waren so stark manipuliert, dass sie kaum noch dieselbe Person waren. Clarissas Team war schlau; ihre Identitäten würden sich kaum auf eine echte Person zurückführen lassen, wenn es jemand versuchen würde.

Niemand würde Tim oder Tom als die Techniker beachten. Sie waren nur zwei Jungs, die sich erstaunlich ähnlich sahen, mit zerzausten Haaren und grob gestutzten Bärten.

„Sie weiß, dass sie gleich gefilmt wird. Ich wette, das Kleid ist weniger als eine Stunde alt.“ Tim hielt sein Schrotflintenmikrofon hoch, das mit einem langen, dicken Windschutz versehen war, der wie ein schwarzer Gewehrlauf aus Schaumstoff aussah. Das war auch so, denn in Kombination mit dem Mikrofonarm und drei bestimmten Teilen seines Belichtungsmessers wurde daraus in etwa sechzig Sekunden ein sehr präzises Scharfschützengewehr.

In Ramstein hatten sie sich überlegt, ob sie Jon oder Holly auf dem Bildschirm spielen lassen sollten. Wer wäre besser geeignet, um die Leute, die sie trafen, zu beschwindeln?

Jon hatte endlich die richtige Idee getroffen. „Wir sind Co-Moderatoren. Du kümmerst dich um die heißen Männer, ich kümmere mich um die heißen Frauen.“

„Und wenn sie lesbisch sind?“

„Ich werde sie trotzdem bezaubern, weil ich ein charmanter Typ bin.“

Das war er nicht, aber er war ein *netter* Kerl.

Vielleicht war es an der Zeit, dass Holly aufhörte, sich Sorgen um ihn und Miranda zu machen, und Miranda es selbst herausfinden ließ. Vielleicht würde sie ihren eigenen Rat befolgen und erkennen, dass sie nichts wusste. Vielleicht würde sie sich Mike und eine Reihe von Langhälsen schnappen und auf einen Blinder gehen, um zu sehen, was passierte. Wenn sie genug trank, würde sie sich am Morgen danach sowieso nicht mehr daran erinnern. Oder vielleicht würde sie genug trinken, um die Vergangenheit zu verdrängen, auch wenn es nur kurz war.

„Er ist so 'charmant', dass ich vielleicht gleich in Ohnmacht falle", hatte Tim die Hände ans Herz gelegt und mit den Augen geflattert wie eine Stummfilmdame.

„Nein, er gehört mir. Alles meins." Tom hatte seinem Kumpel einen Hüftcheck verpasst, der Tim gegen die Wand des Hangars schleuderte, wo sie schnell ihre Ausrüstung sortiert hatten.

Die beiden Kampflotsen hatten es innerhalb der ersten zehn Minuten zu einem lustigen Team gemacht.

Sie lästern über sie und übereinander.

Das hatte sie verdammt überrascht. Sie war es gewohnt, ihre eigenen Kämpfe auszufechten, vor allem bei den Sondereinsatzkräften.

Sie konnte natürlich nicht fragen, warum. Aber schließlich hatte Tim eine Randbemerkung gemacht. „Aussie SASR? Das ist echt krass, Mädchen."

„Ja, wir müssen hier alle auf die Air Force aufpassen", nickte sie Jon zu.

Tom hatte ihr ein High Five gegeben, dass sie bei dem Programm dabei waren. Und von diesem Moment an waren sie gut drauf.

Auf den Stufen vor dem Verwaltungsgebäude des Progress Space Rocket Centre standen drei Soldaten der Spezialeinheit und ein Pilot, der überfordert war, aber bereit, es zu versuchen.

Das hatte sie oft vermisst, ohne es zu merken.

Sie brauchte nicht zu fragen, ob sie hinter ihr standen, und sie wussten, dass sie hinter ihnen stand.

„Laut letztem Bericht sind sie beladen und tanken. Lasst uns das schnell erledigen." Holly drehte sich um, als die brünette Schönheit ein wenig atemlos ankam.

„Hallo, ich bin Tatyana Tarasova, Leiterin der Medienarbeit hier im Progress Rocket Space Centre. Mir wurde gesagt, dass Russisch für deine gesamte Crew akzeptabel ist. Würdest du lieber auf Polnisch, Deutsch, Französisch oder Englisch arbeiten?" Das Lächeln und die hebende Brust vor hilfsbereiter Aufregung waren nicht schüchtern. Vielleicht *war* sie tatsächlich gut genug, um die polyglotte Leiterin der Medienarbeit zu sein; eine sehr fotogene Leiterin.

„Bitte, lass uns bei russisch bleiben. Damit fühlen wir uns alle wohl. Außerdem hoffen wir beim Space Channel, dass wir die Stimmung und das Gefühl jedes Landes einfangen können. POLSA war schwierig, weil Tomas kein Polnisch kann und meins schlecht ist." Eigentlich nicht vorhanden, aber Holly hielt es für besser, das für sich zu behalten.

„Wunderbar. Es tut mir so leid, dass es eine Verwechslung gab und wir euren Terminplan verloren haben. Er hat meinen Schreibtisch nie erreicht, aber das macht nichts. Eure Presseausweise stimmen alle überein..."

Ein Punkt für Clarissa und die CIA.

„- und ich konnte meine Treffen so legen, dass wir den ganzen Vormittag Zeit haben."

„Das ist wunderbar", mischte sich Jon ein, dessen Russisch noch besser war als das von Holly, also war sie froh, dass er die Führung übernahm. „Wir können dir gar nicht genug danken. Wir haben eigentlich nicht vor, heute richtiges Filmmaterial zu drehen. Stattdessen geht es uns darum, Aufnahmen zu machen und die Geschichte zu erzählen. Wir werden uns dann natürlich für eine vollständige Drehbuchabnahme an dich wenden. Letztendlich hofft SC – pardon, der Space Channel – eine komplette Miniserie über das Progress Rocket Space Centre zu drehen, da es neben der ESA und der NASA eines der drei wichtigsten der Welt ist. Gibt es bei euch noch jemanden, der an der ursprünglichen R-7 Semyorka gearbeitet hat? Ich weiß, dass es sechzig Jahre her ist, dass das staatliche

Luftfahrtwerk Nr. 1 mit dem Bau dieser ersten Rakete beauftragt wurde, aber wir hoffen, dass sich noch jemand an die Geschichten aus dieser Zeit erinnert."

„Sie haben Ihre Hausaufgaben gemacht, Herr Schnell", lächelte die Frau hübsch.

Holly war überrascht, dass Clarissa Reese einen Sinn für Humor hatte. Als sie ihre gefälschten Ausweise geöffnet hatten, war Jon Swift zu Herr Schnell geworden, Mr. Fast. Sie wurde zu Hulda Musiker, der Musikerin. Sie sollte dankbar sein, dass Reese sie nicht Ms. Steaming Turdpile -Dampfender Misthaufen - genannt hatte.

„Zufällig unterhält Progress in der Nähe ein Rentnerzentrum. Es gibt immer noch einige Mitglieder, die an der ersten R-7 Rakete gearbeitet haben, die den *Sputnik* gestartet hat, noch bevor die Produktion an das staatliche Luftfahrtunternehmen Nr. 1 übergeben wurde, das zu Progress wurde. Ich werde einen Anruf tätigen, dass sie euch erwarten sollen."

„Nein. Lass es uns erst einmal einfach halten", hielt Jon sie auf, als sie schon nach ihrem Handy griff.

„Es reicht, wenn wir wissen, dass wir diese Gespräche führen können", stimmte Holly schnell zu.

Keine Zeit für Verzögerungen.

„Unser Plan ist es, den Film rückwärts zu drehen. So viele Geschichten beginnen mit den kleinsten Teilen und fügen sie zum triumphalen Ende zusammen. Unsere Studien zeigen, dass viele Menschen sich nicht dafür interessieren, wenn sie nicht zuerst das größere Bild sehen. Wir werden schließlich mit einem Start in Baikonur beginnen und uns dann rückwärts vorarbeiten."

„Baikonur?" Tatyana sträubte sich genau so, wie Holly gehofft hatte. „Das liegt in Kasachstan. Warum fangen wir nicht mit unserem neuen Startzentrum in Vostochny an?"

„Oh, wir sind einfach davon ausgegangen, dass die

russische Regierung uns dort niemals filmen lassen würde. Das wäre wunderbar, wenn du uns helfen könntest, das zu arrangieren."

Tatyana winkte mit einer perfekt manikürten Hand mit geschmackvollem dunkelrotem Nagellack -Holly hatte noch nie in ihrem Leben Nagellack getragen -, als ob das überhaupt kein Problem wäre.

„Also, vielleicht", beschloss Holly, die Würfel wirklich zu rollen. „Wir können am Endpunkt anfangen, wo ihr eine Rakete zum Transport abliefert, und uns dann rückwärts vorarbeiten."

„Euer Timing ist perfekt", begann Tatyana und führte sie um die Seite des Verwaltungsgebäudes herum. „Wir haben unseren neuesten Satelliten in ein Transportflugzeug geladen, das in Kürze starten wird. Ich kann natürlich nicht über die Nutzlast sprechen, aber ich denke, es ist in Ordnung zu erwähnen, dass er auf dem Weg nach Vostochny ist."

„Das ist wunderbar. Jungs", wandte sich Holly an Tim und Tom, „stellt sicher, dass ihr alle Aufnahmen macht, die Tatyana Tarasova genehmigt. Wir werden es verwenden wollen, wenn wir unsere Live-Aufnahmen nicht mit einer anderen Lieferung abstimmen können."

Tom brummte etwas wie: „Ja, ja. Wir kennen unsere Jobs, Lady", in mürrischem Deutsch.

Tim rollte mit den Augen.

Tatyana warf ihr einen mitleidigen Blick zu, da sie offensichtlich schon mit zu vielen mürrischen Kamerateams zusammengearbeitet hatte.

Perfekt.

57

Drake wusste, dass er seine Gefühle früher besser kontrollieren konnte.

Da war er sich sicher.

In diesem Moment wollte er mit beiden Fäusten auf den Tisch im Sitzungssaal einschlagen.

„Was zum Teufel ist da drüben los?"

Lizzy seufzte. „Der Zeitpunkt ist ungünstig. Ich werde erst in siebzehn Minuten einen weiteren Satelliten darüber haben. Und wenn ich es tue, wird es ein Überflug mit niedrigem Winkel sein, so dass wir vielleicht nicht viel sehen können, selbst wenn das herannahende Wetter den Ort nicht verdeckt."

„Verdammt noch mal", murmelte er vor sich hin.

Roy und Clark wurden wegen einer anderen Angelegenheit aus dem Raum gerufen.

Mike starrte starr auf die Missionsuhr, die einfach nur die Ortszeit von Samara anzeigte, weil sie nichts anderes hatten, worauf sie sich beziehen konnten. Der Zeitpunkt, an dem sie in den russischen Luftraum eintraten, war nicht sonderlich wichtig, außer dass jede zusätzliche Minute eine weitere Chance war, dass alles zum Teufel gehen würde.

Und sie hatten kein Missionsende, bis sie das verdammte Flugzeug tatsächlich aus Russland herausbekommen hatten. Nicht einmal eine geschätzte, bis sie es in die Luft gebracht hatten.

Miranda war die Einzige, die sich auf etwas konzentrierte.

„Woran arbeitest du?"

Sie sah ihn überrascht an. Miranda schien immer schockiert zu sein, wenn sie direkt angesprochen wurde.

„Jeremy und ich arbeiten an zwei gleichzeitigen Unfallberichten. Ich habe gerade seinen neuesten Entwurf über den zivilen 767-Unfall in Nashville. Und er fügt zusätzliche Informationen aus seiner Fotoanalyse der Sabotage und Explosion der AN-124 Condor in Fort Campbell ein, falls sie für das AIB-Team der Air Force von Nutzen sind. Wir stehen auch mit ihnen in Kontakt, wenn es neue Entwicklungen gibt."

„Und gibt es etwas Neues?"

„Nur eine Sache. Ich bin mir nicht sicher, ob es als neu eingestuft werden kann, aber es ist auf jeden Fall merkwürdig. Bei der Teamübergabe hatte Holly darauf bestanden, dass ich die Anwesenheit eines Antonov-Vertreters an der Absturzstelle nicht erwähne. Offenbar hat jetzt einer aus der Ukraine angerufen und gefragt, ob sie ein Flugzeug gesehen haben, das seine Ankunft in Fort Campbell überfällig gemeldet hat. Als sie erfuhren, dass sie ein Flugzeug verloren hatten, beschwerte sich das Antonov-Werk über die fehlende Benachrichtigung. Was keinen Sinn macht, da ihr Vertreter bereits vor Ort war."

Drake spürte ein Jucken.

Es erinnerte ihn an einen seiner letzten Einsätze. Die Task Force Falcon, zu der auch die Ranger-Eliteeinheit Regimental Reconnaissance Detachment gehörte, war in den Kosovo entsandt worden, um das neu gegründete Land zu stabilisieren. Der Kosovo hatte siebzehn Monate lang blutig und brutal um seine Freiheit von Jugoslawien gekämpft, das das Land in Trümmern zurückgelassen hatte.

Bei der offiziellen Zählung der am Krieg beteiligten Kräfte wurde eine unbekannte Anzahl' russischer ‚Freiwilliger' genannt, die Milošévićs Versuche, die Kosovo-Albaner zu vernichten, unterstützt hatten.

Ein bestimmter ‚Freiwilliger' wurde nach der Friedenserklärung an der Spitze einer Vergewaltigungsgruppe gefasst. Selbst als sie seine Identität herausfanden, schien sie sich zu verändern. Ein Jugoslawe, der islamische Albaner vergewaltigte... Nein, ein Albaner, der gesucht wurde, weil er Zivilisten getötet hatte, die... jemandem geholfen hatten.

Dann hatte der Freiwillige einen Fehler gemacht, und sie konnten ihn als Russen identifizieren.

Innerhalb weniger Stunden war er in seiner Zelle ermordet worden... und der einzig mögliche Verdächtige war ein Russe, der durch die Absperrung geschlüpft war, die Drakes Team um die Arrestzellen errichtet hatte. Wer auch immer es war, er hatte auch vier tote albanische Wachen in der Zelle zurückgelassen. Um an einem Ranger RRD-Team vorbeizukommen und dabei fünf Menschen zu töten, brauchte es ein Maß an Geschick, das er außerhalb der Delta Force noch nie gesehen hatte.

Man musste kein Genie sein, um zu wissen, dass die einzige Person, die eine solche Mission durchführen konnte, ein Zaslon-Agent war.

Der gleiche Juckreiz war wieder da.

War einer von Russlands geheimen Elitekämpfern bei dem Condor-Absturz inmitten der sicheren Militärbasis Fort Campbell dabei gewesen?

„Erzähl mir von dem Mann, der dort war."

„Welcher Mann?" Miranda war den größten Teil des Weges zurück zu ihrem Bericht gedriftet.

„Derjenige, der sagte, dass er von Antonov ist."

„Ich habe nie gesagt, dass es einen Mann aus Antonow gibt.
"

„Wer dann?"

„Eine Frau."

Das hatte Drake nicht erwartet. Er konnte Lizzys Lächeln in seinem Rücken spüren, das ihm sagte, dass er immer noch Vermutungen anstellte. Er ignorierte sie.

„Dann erzähl mir von der *Frau*, die sagte, sie käme von Antonov."

„Frag Mike. Er hat die meiste Zeit mit ihr verbracht." Miranda wandte sich ab und Drake konnte genauso gut auf einem anderen Planeten sein.

Er schaute über den Tisch zu Mike, der nicht mehr zusah, wie die Sekunden in der Samara-Zeitzone verstrichen.

Jetzt sah er direkt zu Drake hinüber.

Sein Blick war starr.

Drake öffnete seinen Mund, um zu fragen.

Mike schüttelte nur kurz den Kopf und schaute dann zu Miranda hinüber. Die Botschaft war klar: *Sag in Mirandas Gegenwart kein Wort über die Antonov-Frau.*

Drake war es leid, es nicht zu wissen.

Er zeigte mit einem Finger in Richtung Tür.

Mike zuckte mit den Schultern, bevor er aufstand und sie beide zu einem der anderen Konferenzräume gingen.

58

„Wow! Ist das eine Antonov Ruslan?" fragte Jon Tatyana zuliebe. Er fragte sich immer noch, warum er in dieses verrückte Unterfangen eingewilligt hatte.

Er hatte den ganzen Flug über den Atlantik und dann weiter nach Samara damit verbracht, das Antonov-Handbuch zu studieren, das jemand für ihn aufgetrieben hatte.

Das verdammte Ding *war* ein Monster. Und als er es jetzt auf dem russischen Rollfeld stehen sah, schien es ihn anzustarren. Wie bei der C-5 Galaxy hingen die Flügel schwer herab, wenn sie auf dem Boden stand. Das war für beide Flugzeuge nicht der natürliche Zustand. Sie gehörten in die Luft; die Flügel sollten fast waagerecht sein und nicht wie traurige Hasenohren herabhängen.

„Das ist es", Tatjanas Freude über seine Überraschung erinnerte ihn an seine Rolle.

Gerade so.

Er wollte Holly anschreien. „Abbrechen! Abbrechen! Abbrechen!"

Aber sie waren so weit drin. So nah.

Dann dachte er an die fünftausend Kilometer, die sie durch

Russland fliegen mussten. Und die dreizehnhundert weiteren bis zum geplanten Tankpunkt in Sapporo, Japan auf der Insel Hokkaido. Abhängig von einer unwahrscheinlichen Treibstoffreserve von vierundzwanzig Prozent.

Vielleicht waren sie doch nicht so nah.

„Möchtet ihr die Crew kennenlernen?" Tatyana winkte vier Männer heran, die mit kleinen Koffern zum Flugzeug gingen.

Jon wollte nein schreien, aber seine Kehle funktionierte nicht.

„Das wäre wunderbar", sagte Holly mit angemessener Begeisterung.

Tom schwenkte mit seiner Kamera bereits zu einem kleinen fensterlosen Geräteschuppen, der neben dem Hangar rostete. Es gab Dutzende ähnlicher Bauten, die in verschiedenen Ecken und an den Rändern der Haupthangars standen. Unabhängig davon, wie fortschrittlich die Produktion im Inneren des Gebäudes war, hier draußen herrschten noch die Tiefen der Sowjetära.

„Ich glaube, das wäre der beste Winkel. So kann das Flugzeug im Hintergrund richtig einfangen werden. Könntest du sie herbeirufen, Tatjana Tarasowa?" Tom benutzte passenderweise die höfliche Form ihres Namens, während er und Holly sie bereits mit Vornamen nannten.

Als die Crew ankam, lächelte sie leicht und flirtete fröhlich mit Tatyana, während Tim und sein Mikrofon hinter ihnen kreisten.

Jon konnte nur dastehen und zusehen, wie die anderen drei in eine einfache Aktion glitten.

Er versuchte immer wieder, es vor seinem geistigen Auge zu rekonstruieren, aber es gelang ihm nie ganz.

Tim kam von hinten und gab K.O.-Schüsse mit einem nadellosen Jet-Injektor von der Größe einer schlanken Energy-Drink-Dose ab. Er drückte sie jedem der vier Mitglieder der

Flugbesatzung und Tatjana Tarasowa in den Nacken, es gab ein Klicken und er ging zum nächsten.

Bevor ihre Körper sie völlig im Stich ließen, hatten Holly und die beiden STS-Operatoren die Arme mit der schwindenden Crew und der Hostess verschlungen.

Er selbst hätte da sein müssen, um die Tür aufzusperren.

Um zu helfen.

Irgendwie.

Aber das schien keine Rolle zu spielen. Holly brach das Schloss auf und führte Tatyana in den Schuppen, als sie gerade zusammenbrach. Dann drehte sie sich um und half den vier anderen Crewmitgliedern, in den winzigen Raum zu gelangen.

Und Jon konnte nur zuschauen.

Plötzlich hatte Holly/Hulda ihn am Arm und zerrte ihn in den Schuppen, als ob auch er einer der Betäubten wäre.

Es war heruntergekommen und stank nach altem Öl und Rost. Kaputte Werkzeuge und seltsame Maschinenteile lagen herum. Hoffentlich würde in den nächsten sechs Stunden niemand hier vorbeikommen.

Tim und Tom hatten bereits zwei von ihnen ihrer Uniformen entledigt und sie angezogen.

Holly schüttelte ihn. „Jetzt, Jon. Wir sind verpflichtet. Ohne Tatyana können wir nicht mehr sicher durch die Sicherheitskontrolle hier rauskommen. Los geht's!" Sie schüttelte ihn erneut.

Jon nickte zweimal. Einmal Richtung Holly und einmal zu sich selbst.

Er hatte C-5s mitten im Irak- und Afghanistan-Krieg geflogen. Angefangen in den frühen Jahren, als die Bedingungen im Feld noch unbekannt waren, bis hin zum Höhepunkt in den frühen 2010er Jahren, als die Kampflandung einer C-5 so selbstverständlich war wie das Atmen.

„Okay. Ich hab's." Er griff nach unten, um dem nächsten Besatzungsmitglied den Anzug auszuziehen.

„Nein", unterbrach ihn Holly. „Du bist jetzt der Captain. Nimm die Captainsuniform."

Okay, vielleicht hatte er es nicht.

Der kleine Schuppen war überfüllt und es wurde viel mit den Ellbogen gestoßen. Es war schwer, nicht ein paar Dinge an Holly zu bemerken, als sie sich alle auf engstem Raum umzogen. Das war eine verrückte, fitte Frau.

Auch schnell. Sie war in der Hälfte der Zeit, die die Männer brauchten, in ihrem Fluganzug.

„Lasst uns die beiden Lademeister auftreiben. Wir können sie auch nicht an Bord haben."

„Tom und Tim. Ihr bleibt hier. Findet etwas, um sicherzustellen, dass sie nicht erfrieren, bevor sie aufwachen. Haltet die Augen offen, wir werden versuchen, die Lademeister hierher zu holen."

„Zwölf Stunden, sie erfrieren sie nicht", sagt Tim und stupst einem der Männer in den Bauch, der sich nun über dem Bund seiner Unterwäsche wölbte.

„Lebt von zu viel Bier", stimmet Tom zu.

„Ein bisschen gebratenes Schwarzbrot."

„Mit diesem käsigen Mayo-Ketchup-Dip."

„Gebratene Quarkkrapfen aus Syrniki."

„Mit Honig-Sauerrahm?"

„Ah, Russland", seufzten sie glücklich und unisono.

Holly schüttelte den Kopf.

Dann schlug sie Jon so fest in den Bauch, dass er fast keine Luft mehr bekam.

„Habe ich jetzt deine Aufmerksamkeit?"

Er nickte, während er sich den Bauch rieb.

„Denk dran. Du bist jetzt der Hauptmann, Major Karlov", tippte sie den Namen auf seiner Uniform so fest an, dass es wehtat. „Benimm dich auch so."

„Ja, Ma'am."

Und schon war sie aus der Tür.

„Es gibt keinen Mann, der da mithalten kann", sagte Tim ganz klar.

„Es würde Spaß machen, es zu versuchen. Willst du es versuchen, Major Karlov?"

Jon rieb sich wieder seinen Bauch. „*Sehe* ich aus, als ob ich verrückt wäre? Macht euch an die Arbeit, ihr zwei." Das letzte sagte er mit einem unverschämten russischen Akzent, der ihm ein Lachen einbrachte, dann folgte er Holly.

Er hatte sie fast eingeholt, als er die Tankwagen entdeckte.

Einer wurde vom linken Tankanschluss abgekoppelt. Und hinter ihm wartete kein Lkw.

Unter der rechten Tragfläche war der Tanker immer noch mit den beiden großen Einfüllstutzen an der Seite des Flugzeugs verbunden. Aber schon als Jon ihn entdeckte, schaltete er die Kraftstoffpumpen seines Trucks ab.

Er ging hinüber, als der Mann nach der Unterbrechung der Verbindung griff.

„Zeig mir die Tankkarte."

Der Mann winkte mit einer Hand auf ein Klemmbrett, das auf der hinteren Stoßstange des Tanklasters lag, und griff erneut nach oben, um den ersten der sechs Zoll langen, halbstarren Schläuche zu lösen.

Nein, sie waren in Russland, es war – er wusste nicht, welche Standardschlauchgrößen es hier gab.

Fünfundzwanzig Zentimeter?

Dreißig?

Was zum Teufel wusste er noch nicht, das sie umbringen würde?

Er zwang sich, sich auf das Manifest zu konzentrieren.

Einhunderttausend Pfund Treibstoff?

Das hätte nie funktioniert!

Kilos. Es war in Kilo.

Zweihundertundzwanzigtausend Pfund Treibstoff.

Das war... Er brauchte einen Moment, um zu erkennen, dass das wahrscheinlich auch nicht klappen würde.

„Hey! Ich brauche mindestens weitere zwanzigtausend Kilo."

Der Tankwart erstarrte mit seinen Händen, die er um die Kupplung, die noch am Rumpf befestigt war, gepresst hatte.

„Du brauchst *was*? Wir haben dir genau das gegeben, wonach du gefragt hast."

Es würde ihn nach Wostotschny bringen, aber nicht nach Japan. „Ich habe meine Meinung geändert."

Der Tankwart zuckte mit den Schultern und ging dann zurück zu seiner Abkopplung.

„Hör zu, Arschloch..."

Der Tankwart hielt inne, hakte seinen Daumen hinter den Vorderzähnen ein und schnippte ihn ihm zu.

Jon klemmte seinen Daumen zwischen den geballten Zeige- und Mittelfinger und schnippte damit nach dem Tankwart. Er gab ihm eine seitliche Drehung und einen Aufschwung, der in etwa bedeutete: *Vergiss es, du Arschloch.* Stattdessen: *Fahr zur Hölle!*

Dann zeigten sie einander unisono den Stinkefinger, genau so, als wären sie im Westen.

Sie lachten beide.

„Ich habe keine zwanzigtausend Kilo mehr. Und wenn du einen anderen Lkw anforderst, ist der Papierkram...*wusch!*" Er grunzte, aber er ging nicht zurück zur Entkopplung.

„Es zieht ein Sturm auf", winkte Jon den langsam dichter werdenden Wolken zu, die kaum eine Ausrede darstellten. „Ich brauche mehr Spielraum."

„Es scheißt ernsthaft Schnee und Eis auf Moskau, wie es sich gehört." Er spuckte auf den Bürgersteig. „Das an alle Politiker. Es wird nicht nach Samara kommen."

Jon seufzte; er wusste, wann er geschlagen war. „Was hast

du noch?" Außerdem würden seine Nerven es nicht überleben, auf einen anderen Lkw zu warten, der aufgerufen wurde.

Der Tankwart zuckte mit den Schultern.

„Ich will es."

Er wischte sich die Hände an seinem schäbigen Overall ab, zog eine Zigarette heraus, blickte zu dem massiven Flügel dicht über seinem Kopf, der mit Kerosin gefüllt war, zog eine Grimasse und steckte sie wieder in seine Tasche.

„Wer weiß das schon bei diesem alten Stück Scheiße. Drück den verdammten Hebel, mal sehen, was du bekommst."

Jon schaute auf das Bedienfeld, entdeckte den Hebel für die Pumpendrehzahl und stellte ihn auf hoch.

„Ich fülle nur den mittleren Tank, damit deine Ladung im Gleichgewicht bleibt."

Das war gut, denn Jon war sich nicht sicher, ob er herausfinden konnte, wie er die Flügeltanks wieder ins Gleichgewicht bringen konnte, ohne ein wenig Zeit zum Lernen zu haben – wie ein einmonatiger Trainingskurs.

Dann konnte er aus seiner Perspektive sehen, dass Holly etwas getan hatte und zwei Männer in Richtung des stillgelegten Schuppens trabten.

Und da gehen die Lademeister. Schlaft gut, Jungs.

Mit zwei weiteren Körpern wurde es verdammt eng. Das sollte sie warm halten.

59

SOBALD ELAYNE KASPRAK IN SAMARA AUS DEM FLUGZEUG gestiegen war und auf dem Boden stand, verwarf sie jeden Gedanken an eine Kunstflugstunde.

Alles, was jetzt noch zählte, war diese Schlampe Holly Harper.

Der Tower parkte sie weit weg vom Progress-Gebäude und es waren keine Bodenfahrzeuge in der Nähe.

Sie begann zu rennen. Wenn jemand käme, um sie zu verhaften, würde sie dessen Fahrzeug beschlagnahmen. Aber die Antonov war noch auf dem Boden und ihre wadenhohen Fendi-Stiefel waren überraschend gut zum Laufen. Sie hatten zwar neunhundert Euro gekostet, aber sie musste sie haben, seit sie sie letzten Monat auf dem Berliner Flughafen gesehen hatte.

Sie konnte die amerikanische Meile in Leichtathletikschuhen in unter fünf Minuten sprinten.

Sie schaffte den Kilometer zum Flugzeug in vier Minuten und sah dabei fantastisch aus.

Der letzte Tankwagen fuhr weg. Es war knapp, aber sie kam noch rechtzeitig.

Wenn sie bereits gestartet waren, hätte Elayne sie zurückbeordern oder ihnen eine Jägereskorte geben können, wenn Holly bereits die Kontrolle übernommen hatte.

Aber sie wollte das hier für sich selbst.

Die großen Hecktüren waren geschlossen und die Nase war heruntergeklappt. Aber einer der Besatzungsmitglieder hantierte noch immer mit etwas in der Nähe der ausklappbaren Treppe zur Passagiertür.

Sie verlangsamte ihr Tempo, um ihren Atem auszugleichen.

Als sie hinter ihm auftauchte, achtete sie darauf, dass sich ihr Haar nicht in ihrem Mantelkragen verfing und es in der kühlen Brise flattern konnte – warm für Ende März bei fast fünf Grad über dem Gefrierpunkt. Ein früher Frühling.

„Du, wie ist dein Name?"

Der Mann warf ihr einen Blick über seine Schulter zu, dann erhellte ein vorhersehbares Lächeln sein Gesicht, als er sich ihr zuwandte.

Er schaute sie aufmerksam von oben bis unten an.

„Was für einer soll es denn sein?"

„Name und Rang?" Sie schaffte es, ihren Tonfall freundlich zu halten. Holly Harper muss hier irgendwo sein.

„Flugingenieur Oberfeldwebel Tomas."

„Gibt es hier eine Holly Harper, Oberfeldwebel Tomas?"

Er machte eine Show daraus, sich umzusehen.

Der Tankwagen war weggefahren und die einzigen Menschen in der Nähe waren die beiden Fluglotsen mit ihren Stäben.

Er schaute sogar auf die Unterseite seines Stiefels.

„Nur du und ich, Hübsche." Die russische Sprache wich nur geringfügig ab, aber sie hörte die Fremdartigkeit in ihm. Kamtschatka oder vielleicht Jakutien. Auf jeden Fall irgendwo östlich von Sibirien. In den Taigawäldern wurden harte Seelen gezüchtet, wie sie aus der Gegend um ihre Heimat im Nordwesten gut wusste. Dafür mochte sie ihn.

„Ich muss diesen Flug inspizieren."

„Spezialisierte Fracht. Es tut mir weh, nein zu sagen, aber ich muss."

Sie zückte ihren normalen gefälschten Ausweis auf höchster Ebene. „Ich *muss* diesen Flug inspizieren, Flieger. Ich werde dich auf dem Weg nach Wostotschny auf Schritt und Tritt begleiten. Major Elayne Kasprak, Spetsnaz."

Niemand gab je zu, Zaslon zu sein.

Zum Glück wagte es auch niemand, sich mit der Spetsnaz anzulegen.

Tomas sah sich ihren Ausweis genau an. Dafür bekam er Punkte. Aber er rief nicht an, um sie zu überprüfen, was ihn dieselben Punkte kostete, auch wenn sie keine Zeit für solche Dinge hatte.

Er gab ihr die Karte zurück.

„Gut. Du hast die Erlaubnis zu tun, was du willst, *Solnischko.*"

Kleine Sonne. Ein Spitzname, den ihr erster richtiger Liebhaber benutzt hatte, als er mit ihrem hellblonden Haar spielte. Das war süß.

„Ich persönlich würde mich freuen, wenn du mitfliegst. Auch wenn ich dabei nur die Aussicht bewundern kann." Wieder schaute er sie von oben bis unten an, aber sein Lächeln war etwas zögerlicher, was angemessen war, wenn man bedachte, dass er jetzt ihren Rang und ihre Verbindung zu den Sondereinsatzkräften kannte.

Sie streichelte seine Wange, als der erste Motor zum Leben erwachte. Sein dichter Bart sträubte sich gegen ihre Hand. „Träum weiter, *Sakhorak.*"

„Du kannst jederzeit ein Stück Zucker haben. Beeil dich lieber an Bord, wenn du mitkommst. Wir sind schon zwanzig Minuten überfällig für den Abflug. Irgendeine Panne mit dem Treibstoff", rief er zuletzt, als sich das erste Triebwerk an einer unglaublich lauten Stelle stabilisierte.

Sie sprintete die Treppe hinauf, als der zweite Motor ansprang.

Im Inneren des riesigen Laderaums brannten nur wenige Lichter. Die Kisten mit der Ausrüstung waren ordentlich an das Deck gekettet. In der Mitte stand ein großer Container, bei dem es sich um den Persona-Satelliten handeln musste.

Es war wie ein schlimmes Déjà-vu.

Gestern um diese Zeit hatte sie im warmen Sonnenlicht von Kentucky auf den Überresten einer Antonov AN-124 Condor gestanden, die sie selbst in die Luft gesprengt hatte. Sie war auch damit beschäftigt, sich Sorgen zu machen, dass einer der Piloten überlebt hatte.

Jetzt erkannte sie, dass Holly und Mike sie fast den ganzen Vormittag über manipuliert hatten. Dinge, die sie für Inkompetenz gehalten und gerne als Fehler abgetan hatte, waren es nicht gewesen.

Sie hatten sich auch nicht täuschen lassen, sonst hätte sie nie den Anruf erhalten, der sie hierher geführt hatte.

Nein.

Sie hierher *getrieben*.

Nun, zwei konnten dieses Spiel spielen.

Die Crew befand sich in der vorderen Kabine direkt über ihrem Kopf, um das Flugzeug zu starten und sich auf den Start vorzubereiten.

Sie holte die Grach MP-443 Handfeuerwaffe aus dem Bausatz, den man für sie in der alten SU-28 Jet deponiert hatte. Keine Kunstflugstunde heute, kein heißer Sex danach. Schade.

Sie begann am Bug des Frachtdecks und arbeitete sich die Reihe der Kisten hinunter. Zeit für die Inspektion.

Jede Kiste. Jeder Container.

Keine unversiegelten Seiten, wo eine Person hineinschlüpfen könnte.

Keine unerklärlichen Lücken oder Schatten.

Sie überprüfte die Deckel von allem, außer dem Satelliten

selbst. Wenn es nötig wäre, würde sie auch dort hinaufkriechen und ihn überprüfen.

Als sie die Treppe zum hinteren Fahrgastraum hinaufstieg, sah sie, dass der Ingenieur die Klapptreppe hochgezogen hatte.

Es war ein langer Flug nach Wostotschny. Das würde ihr etwas Zeit geben, Holly Harper unterwegs zu verhören.

Elayne konnte nur beten, dass sie unkooperativ sein würde.

60

„ALSO, MIKE, WER WAR DIESE ANTONOV-INSPEKTORIN?" DRAKES Nerven lagen eindeutig blank.

Er und Mike befanden sich in einem kleinen Konferenzraum, der kaum mehr als ein Kasten mit vier Stühlen und einem runden Tisch war. Kein schlechter Ort für eine Pokernacht.

„Holly sagte, dass Elayne Kasprak etwas Gefährliches sei – die gefährlichste Russin der Welt oder so. Xerox, Zippo, Zabar's...? Ich habe das Wort noch nie gehört."

„Zaslon?" Drake flüsterte es, weil er jetzt wusste, dass das derjenige war, der seinen russischen Gefangenen im Kosovo ermordet haben musste. Allerdings wusste er nicht, dass sie Frauen hatten. Vielleicht war der Mörder so vor zwanzig Jahren an ihm vorbeigekommen.

„Klar, das klingt gut." Mike lehnte sich in einem der großen Stühle zurück, als ob er wirklich für ein freundschaftliches Pokerspiel da wäre.

„*Zaslon?*" Endlich wurde ihm klar, in welche Gefahr er das Team gebracht hatte. Drake musste verrückt geworden sein. „*Zaslon!*"

Mike nickte beruhigend. „Holly hatte Angst, dass diese Elayne irgendwie wegen Miranda zurückkommt. Sie sagte, sie würde sich darum kümmern. Sie hat nie gesagt, wie."

„Ist sie verrückt?"

Mike nickte. „Nicht so, wie du das Wort benutzen würdest. Aber so, wie ich als Zivilist das Wort benutzt hätte, zumindest bevor ich sie getroffen habe, ja. Genial durchgeknallt, aber auf jeden Fall ziemlich abgefahren."

Drake wusste nicht recht, was er von Mike Munroe halten sollte. Das Wenige, was er von ihm mitbekommen hatte, schien immer irgendwie... trivial zu sein. Mike hatte immer ein Lächeln und einen leichten Händedruck. Die Leute mochten ihn immer. Er war kein Ex-Militär und auch nicht so technisch versiert wie die anderen im Team.

Aber in diesem Moment war Mike ganz der coole Profi.

„Glaubst du, Holly nimmt es mit einem Zaslon-Agenten im Einzelkampf auf?"

Mike nickte. „Nach dem ausführlichen Treffen, das sie und ich mit Clarissa hatten, würde ich sagen, dass das so gut wie sicher ist. Wenn ihr Plan funktioniert hat."

Drake hatte das nicht mitbekommen und auch nicht bemerkt, dass Mike und Holly zurückgeblieben waren. Er war zu sehr damit beschäftigt gewesen, die Logistik mit Lizzy, Miranda und Jon zu besprechen.

„Und du bist ruhig?"

„Nein, General Nason. Ich bin nicht ruhig. Nicht einmal ein bisschen. Holly hat Scheiße zu bewältigen, vergangene Scheiße. Sie ist wie der Rest von uns, weißt du. Sie hat die SASR aus gutem Grund verlassen. Und jetzt hat sie sich entschieden, mitten in eine Operation hineinzuspringen, die ich nicht einmal ansatzweise verstehe."

„Du verstehst nicht, dass wir einen russischen Satelliten klauen?"

„Nein, ich verstehe nicht, warum wir keine Spezialisten für

verdeckte Flugzeugdiebstähle schicken. Die CIA *muss* die Mittel dazu haben, hat sie aber nicht freigegeben. Ich würde sehr gerne wissen, warum. Ich persönlich verstehe nicht, warum wir das Leben von vier Menschen riskieren, indem wir sie ohne Vorbereitung nach Russland schicken, um ein drei Milliarden Dollar schweres Gut aus einer sicheren Militärbasis zu stehlen. Und schließlich weiß ich nicht, ob Holly wütend, rachsüchtig oder todessehnsüchtig ist, oder ob sie sich einfach für so gut hält. Oder noch schlimmer."

„Was wäre schlimmer als das?"

Mike starrte die Wand über Drakes Schulter so fest an, dass er sich wunderte, dass die Holzleiste nicht anfing zu brennen.

„Mike?"

Er schüttelte den Kopf.

„*Mike*?"

Diesmal flüsterte er. „Oder was, wenn sie wirklich so gut ist?"

Danach weigerte er sich zu sagen, warum das ein Problem war.

Drake hatte keine Vermutungen.

61

ELAYNE BEENDETE DIE ÜBERPRÜFUNG DER HINTEREN KABINE, während sie noch rollten. Es gab fast hundert Sitze in dem Bereich, der durch den oberen Teil des Rumpfes gebildet wurde.

Es gab keine Fenster, und mehrere Lichter waren kaputt; es war ein düsterer, trostloser Ort für einen Flug. Etwa ein Drittel der Sitze hatte Bezüge, auf denen stand, dass der Sitz kaputt war.

Reihe für Reihe.

Es war wie eine Schießbude beim Training – in jeder Ecke konnte der Tod lauern. Sie hatte den Adrenalinschub immer geliebt.

Und wenn sie sich an ein Ziel heranpirschte, handelte es sich nie um eine Spezialeinheit. Politische und rebellische Anführer waren ihr normales Ziel.

Sich an einen ehemaligen SASR heranzupirschen war ein solcher Adrenalinrausch, dass sie das bittere Metall in ihrer Kehle schmecken konnte, während sie sich lautlos auf den Zehen bewegte.

Dies war das wahrscheinlichste Versteck, der große Fahrgastsitzbereich.

Aber keine Holly.

Überhaupt niemand.

Das bedeutete, dass es nur noch einen Platz gab, wenn sie an Bord war. *Bitte* lass sie an Bord sein.

Elayne schlüpfte durch den kleinen Tunnel zwischen der hinteren Passagierkabine und der vorderen Mannschaftskabine. Auf dem Schild an der Tür stand, dass der Durchgang durch den Strukturbereich der Flügel während des Fluges drucklos war, also achtete sie darauf, die Türen hinter sich zu verschließen.

Sie betrat die vordere Kabine nicht über die Treppe, sondern über den Heckdurchgang und befand sich damit im Schlafbereich.

Sie schaute nach unten und nach links.

Genau... dort! Dort hatte sie die Krakatoa-Ladung platziert, die das Antonow-Flugzeug zerschmettert hatte, das die russischen Hubschrauber gestohlen hatte.

Jetzt hatten die Ukrainer ein Condor Flugzeug weniger. Als sich die Ukraine 1991 von Russland abgespalten hatte, waren die Antonow-Fabrik und die meisten ihrer unglaublich nützlichen Flugzeuge in den Westen gegangen.

Als die Russische Föderation 2014 die Krim zurückerobert hatte, war sie noch weit von Kiew entfernt, wo die Antonov-Fabrik lag.

Die Truppen *hätten* direkt durchfahren *sollen*, nachdem sie Donezk und die Krim eingenommen hatten. Sie hatte dabei geholfen, prorussische Unruhen bis nach Odessa anzuzetteln. Hätten sie es eingenommen, solange sie noch konnten, wäre der Rest der Ukraine vom Schwarzen Meer aus abgetrennt und gezwungen gewesen, sich wieder anzuschließen.

Aber dieser Schlappschwanz Putin hatte es nicht durchgezogen. Er war nur auf das Volk und seine fetten

Freunde fixiert. Er war nur vorsichtig, um den Westen nicht zu verärgern, aber mehr auch nicht.

Mütterchen Russland hätte 2014 die gesamte Ukraine in *Besitz* nehmen können und sollen!

Nun, wenn die Sprengung einer ihrer Antonows die Wiedervereinigung des großen russischen Reiches auch nur einen Tag näher brachte, war das den Preis wert.

Der Jet drehte sich, hielt inne, und dann erwachten alle Triebwerke mit einem Aufheulen.

Die Besatzung verhielt sich ganz normal, alle vorne hinter der geschlossenen Tür des Cockpits. Vielleicht musste sie warten, bis Holly herauskam und sich zeigte.

Nachdem sie sich vergewissert hatte, dass keine Krakatoa-Ladung darunter geschoben worden war, setzte sie sich auf die letzte Koje.

Sie lehnte sich gegen das hintere Schott und wartete darauf, dass der schwerfällige Jet an Geschwindigkeit gewann und die zerklüftete Landebahn hinunterrutschte. Es war erstaunlich, dass der Satellit diese Strapazen überleben konnte. Obwohl sie vermutete, dass der Flug in die Umlaufbahn auf einer mächtigen Sojus-2-Rakete wahrscheinlich viel schlimmer war.

Elayne fand ein Girlie-Magazin neben der Matratze und blätterte es durch, während sie darauf wartete, dass das Flugzeug auf Reisehöhe aufstieg. Russische Pornos waren genauso lahm wie westliche – der Westen zu züchtig und die Russen zu nuttig. Die Skandinavier hatten die besten Magazine, die eine ausgewogene Balance zwischen Spaß und Schamlosigkeit hielten.

Als sich der Flug einpendelte, warf sie das Magazin zur Seite und setzte ihre Suche fort.

Holly musste schon an Bord sein und sie war es leid, zu warten.

Es sei denn, sie war gar nicht hier. In diesem Fall würde Elayne ein langweiliger Flug bevorstehen.

Wenn das der Fall war, musste sie sie selbst zur Strecke bringen, angefangen mit dieser lahmen Miranda und sich Holly als Preis für das Ende aufheben.

Der lange Flug nach Vostochny wäre umsonst gewesen, wenn Holly nicht an Bord wäre. Vielleicht würde es sich lohnen, sich mit dem Flugingenieur die Zeit zu vertreiben. Oder vielleicht würde sie wieder zu den Pornos zurückkehren – sie hatte Bärte noch nie gemocht.

62

"Ist das Gerippe hier oder nicht?" Holly konnte ihre Nerven nicht im Zaum halten.

„Sie ist hier." Tom hatte berichtet, dass Major Elayne Kasprak an Bord war, als er die Tür geschlossen hatte. Er hatte absichtlich draußen auf sie gewartet.

Aber jetzt waren sie ohne einen Pieps auf Reiseflughöhe geklettert. Was für eine Teufelei hatte die Frau vor?

Tim hatte den Sitz des Navigators eingenommen und handhabte die russische Flugsicherung wie ein alter Hase.

Sie saß als Kopilotin rechts von Jon, so dass sie mit dem Rücken zur Cockpittür saß.

Jon sprach mit ihr über die wenigen Dinge, die sie erreichen musste, und irgendwie hatten sie es in die Luft geschafft.

Sie mussten noch die gesamte Breite Russlands überqueren, einen Absturz vortäuschen und sich unbemerkt aus dem russischen Luftraum schleichen.

Und sie mussten sich immer noch mit Elayne auseinandersetzen.

Holly traute sich nicht, einen Zaslon-Agenten zu jagen, aber vielleicht würde sie es sowieso tun müssen. Sie hätte das wirklich besser durchdenken sollen.

63

ELAYNE ARBEITETE SICH VORWÄRTS.

Niemand in der kleinen Sitzecke. Ein paar Bücher. Ein Spielsystem und eine beeindruckende DVD-Sammlung. Nur etwa dreißig Prozent Pornos.

Sie durchstöberte den kleinen persönlichen Gepäckschrank, aber keine Holly.

Wo zum Teufel hat sich diese Schlampe versteckt?

Sie konnte sich nirgendwo sonst verstecken. Die einzigen Menschen an Bord waren sie und die Besatzung.

Verdammt! Es war ein trockenes Loch.

Nachdem sie Hollys gesamtes Team aufgespürt und vor den Augen der feigen Schlampe vernichtet hatte, wollte sie dieser verdammten Vesna, deren Anruf sie überhaupt erst auf diese wilde Jagd geschickt hatte, die Brüste abreißen.

Sie blickte in der winzigen Küche umher, so verzweifelt auf der Suche nach einem Ziel, dass ihre Hände zitterten.

Nur dass ihre Hände *nicht* zitterten.

Blutzucker. Das musste es sein.

Aufgrund einer knappen Verbindung und all der hirnlosen

touristischen Verzögerungen am Zoll in London hatte sie das letzte Mal über dem Atlantik gegessen.

Sie sehnte sich nach der Tüte Gurken-Dill-Kartoffelchips von Lays, aber sie wusste, dass sie Energie für ihren Körper brauchte. Ein Honig-Sonnenblumenkern-Kozinaki-Riegel war genau das Richtige.

Sie steckte ihre Pistole in die Rückseite ihrer neuen Jeans. Zum Glück hatte Bosco in Scheremetjewo ein paar schöne Etro-Jeans mit einem dunkelgrauen Paisley an den Hüften über einer schwarzen Jeanshose. Das abgeschnittene Oberteil und die Glockenbeine machten sie sowohl sexy als auch bewegungsfreundlich. Dreißigtausend Rubel waren immer noch weniger als fünfhundert Dollar – sie hatte es mit ihrem Zaslon-Konto gekauft. Nach dem heutigen Tag würden sie ihr unbegrenzten Kredit geben.

Nur, dass Holly gekniffen hatte.

Stattdessen hatte Elayne einen militärischen Notflug von Moskau nach Samara bestellt und war nach Wostotschny geflogen. Das Kommando würde so wütend sein, dass es sie wahrscheinlich eine Weile dort verrotten lassen würde.

Sie schälte das Plastik von dem Riegel und ging weiter in Richtung Cockpit, während sie aß.

An der luftdichten Luke zur Leiter hinunter in den Frachtraum warf sie einen Blick durch das kleine runde Fenster. Unten leuchteten ein paar Arbeitslampen, aber nichts bewegte sich. Wenn Holly dort unten war, würde sie jetzt ohnmächtig werden, es sei denn, sie hatte ein Sauerstoffset. Die Antonov flog mit dem Laderaum bei atmosphärischem Außendruck.

Bitte lass sie dort unten gefangen sein. Bei einem Druck, der tausende Meter höher war als der des Everest, würden ihre Gehirnzellen massenweise absterben. Selbst eine hirntote Holly wäre besser für das Kommando als gar nichts.

Die Cockpittür schwang auf, als sie sich ihr näherte.

Tomas schaute sie überrascht an, dann lächelte er träge.

„Ich habe mich schon gefragt, wo du bleibst, Sonnenschein. " Seine Freude war nicht zu übersehen.

Sie warf einen Blick in das Cockpit. Es gab vier Sitze, die zu zwei und zwei Seiten ausgerichtet waren, nur einer war besetzt. Der Pilot und der Kopilot saßen mit dem Gesicht nach vorne. Ein Mann und eine Frau mit ordentlich getrimmtem schwarzem Haar.

Wo zum *Teufel* war Holly?

Wenn sie nicht an Bord war...

Aber Holly hatte gewollt, dass Elayne an Bord war...

Das bedeutete, dass sie planten, das Flugzeug abzuschießen.

„Du musst das Flugzeug sofort landen."

Tomas blinzelte sie an wie ein dummes Pferd.

„Wir sind in großer Gefahr. Wir müssen sofort landen. Nein, warte." Dann erinnerte sie sich an ihre eigene Sprengfalle in der ukrainischen Condor. Sie war so eingestellt worden, dass sie das Flugzeug *bei* der Landung zerstörte.

Hatte Holly dasselbe getan?

Waren sie sicher, *bis* sie versuchten zu landen?

Wie konnte man das wissen?

„Ich muss mit dem Piloten sprechen."

Tomas schüttelte den Kopf. „Tut mir leid. Das ist im Moment nicht möglich."

Um seinen Standpunkt zu unterstreichen, trat er auf sie zu und zog die Tür hinter sich zu.

Sie konnte hören, wie das Sicherheitsschloss einrastete.

Damit waren noch drei Besatzungsmitglieder im Cockpit und eines ihr gegenüber.

Eine letzte Erinnerung kam ihr in den Sinn, als sie mit halbvollem Mund und dem Geschmack von Honig und Sonnenblumenkernen dastand. Elayne erinnerte sich daran, wie sie nach Strich und Faden gelogen hatte, als sie behauptet hatte, sie wisse, dass „wir, Antonov Cargo, mit vier Flugbegleitern und zwei Lademeistern fliegen."

Zwei Lademeister.

Sie wusste nicht, ob die Zahl stimmte, aber sie wusste, dass kein militärisches Frachtflugzeug jemals ohne Lademeister fliegen würde.

64

„Wɪʀ ᴋönnen ᴀʟꜱᴏ ᴠᴏᴍ Bᴏᴅᴇɴ ᴀᴜꜱ ɴɪᴄʜᴛꜱ ᴛᴜɴ, ᴜᴍ ɪʜɴᴇɴ ᴢᴜ helfen?" Drake kannte die Antwort bereits, aber er musste sie trotzdem fragen.

Mike schüttelte den Kopf. „Deshalb habe ich auch meinen Mund gehalten. Ich kann niemanden so verprügeln wie Holly oder ihn erschießen, wie du es wahrscheinlich kannst. Im Grunde bin ich also aufgeschmissen. Wenn ich jetzt darüber rede, würde Miranda nur ausrasten. Bis die Sache erledigt ist, will ich, dass sie hundertprozentig funktioniert. Das ist der beste Weg, den ich kenne, Holly zu helfen,."

Drake nickte. Das dachte er auch. Er wusste nicht, wie Miranda tat, was sie tat, aber das war einer der Momente, in denen es sich gut anfühlte, sie in der Nähe zu haben. Er hatte schon lange gelernt, seinem Bauchgefühl zu vertrauen.

„Okay. Danke, Mike. Mach weiter mit dem, was du tust."

„Sich krank zu sorgen? Kein Problem, das habe ich im Griff.
"

Sie lachten gemeinsam, wenn auch nicht fröhlich, und kehrten in den Hauptkonferenzraum zurück.

Lizzy begann sofort zu sprechen, als sie hereinkamen.

„Beim nächsten Satellitenüberflug konnte ich einen Blick unter die Wolken werfen. Und ihr Parkplatz war leer."

„Sie sind auf dem Weg."

Lizzy änderte die Ansicht.

Ein großes weißes Flugzeug mit einem blauen Seitenstreifen und einer roten Flagge am Heck schwebte über den Wolken.

„Danke, Jesus!" Mike hob seine Hand und Drake klatschte ihm ein High Five.

„Das hört sich gut an", sagten Präsident Roy Cole und Vizepräsident Clark Winston, als sie den Raum wieder betraten.

„Sie sind in der Luft", verkündete Lizzy.

In der Ecke ihres Bildschirms blinkte eine Nachricht auf.

In der Luft.

„Das ist von Hollys Satellitentelefon direkt zu meinem System bei der NRO."

„Verdammt, das ist erstaunlich, Drake. Gut gemacht." Roy kam herüber und schüttelte seine Hand.

„Danke, Sir."

Miranda schaute einen Moment lang auf den Bildschirm und wandte sich dann ohne erkennbare Reaktion wieder ihrem eigenen zu.

Drake konnte ihren Kommentar zu Jeremy kaum hören, weil die anderen so fröhlich waren.

„Sie haben noch sechs Stunden bis Wostotschny und müssen das gesamte russische Militär täuschen."

Über ihre Schulter konnte er Jeremys Nicken in einem kleinen Chatfenster sehen. Er schien sich in einem kleinen Konferenzraum mit einem Boeing-Logo hinter ihm zu befinden. Dann gingen sie beide wieder an ihre Berichte.

Drake schaute über den Tisch zu Mike.

Er hatte es nicht gehört.

Stattdessen starrte er wieder auf die Uhr, die neben dem Flugzeug angezeigt wurde.

65

HOLLY HÖRTE DAS KLICKEN DER COCKPITTÜR, ALS SIE IHR Satellitentelefon in den Becherhalter neben dem Copilotensitz steckte.

Sie wusste, dass sie nicht hinsehen sollte – das Risiko, Elayne zu früh ihr Gesicht zu zeigen, könnte katastrophal sein. Unfähig zu widerstehen, schwang sie ihr Haar nach vorne und drehte sich so weit, dass sie hindurchsehen konnte – schwarze Haare waren viel schwerer zu durchschauen als blonde.

Die Tür war geschlossen.

Jon saß auf dem linken Captainssitz.

Dahinter saß nur Tim an der technischen Konsole. Tom war nirgends zu sehen.

„Scheiße!" Sie riss sich einen Nagel blutig, als sie mit der ungewohnten Gurtentriegelung kämpfte, die sie im Sitz einschloss.

Gerade als sie das tat, gab es einen harten Schlag gegen die Tür.

Hoffentlich war das nicht Toms Leiche.

Tim sprang schneller von seinem Sitz auf, als sie es konnte.

„Nein!"

Aber er hatte die Tür aufgerissen, als sie ihre Warnung schrie.

Nur Glück rettete ihn davor, dass seine Luftröhre zerquetscht wurde.

Als sie aus dem Kopilotensitz kroch, blieb Holly mit dem Fuß am Steuerbügel hängen, weil sie vergessen hatte, den Sitz zurückzuschieben.

Jon fluchte, als das Flugzeug eine Drehung zur Seite und nach oben machte.

Anstelle von Tims Kehle traf Elaynes Schlag seine Schulter hart genug, um ihn zur Seite zu stoßen. Er stöhnte unter der Wucht des Schlags.

Tom lag zu Elaynes Füßen und stöhnte.

Holly befreite sich aus dem Gurt und dem Sitz, hielt sich an der Rückenlehne der Sitze fest und trat kräftig gegen den Steuerbügel.

Jon hatte bemerkt, wie beeindruckend einfach der Condor zu fliegen war und wie leicht er sich steuern ließ.

Ihr Tritt gegen den Steuerknüppel des Copiloten war stark genug, um Jon das verbundene Steuer aus den Händen zu reißen. Der Steuerknüppel schlug voll nach vorne und ließ das Flugzeug mit der Nase nach unten schnellen.

Elayne und Tim wurden an die Decke geschleudert. Nicht hart, aber genug, um ihnen den Boden unter den Füßen wegzuziehen.

Hollys Griff um die Sitze hielt sie auf ihrem Platz.

Tom, der stark aus Nase und Mund blutete, schaffte es, einen Arm um Elaynes Beine zu schlingen.

Pech gehabt. Es stabilisierte Elayne genug, um einen Schlag auf Tims Brustbein zu landen.

Er keuchte, ließ sich aber nicht auf den Boden fallen.

Stattdessen schaffte er es, wie der trainierte Kämpfer, der er war, einen von Elaynes Armen mit beiden Armen zu packen und ihn festzuhalten.

Holly nutzte den Schwung des Flugzeugs, der durch Jons Wiederherstellung vom Sturzflug entstand, um ihre Füße fest aufzusetzen und sich in Richtung des hinteren Teils des Cockpits zu stürzen. Für diesen kurzen Moment sprintete sie bergab.

Und sie brauchte jedes bisschen Geschwindigkeit, das sie bekommen konnte.

Elayne, am anderen Ende des Cockpits, war mindestens zwanzig Fuß entfernt.

Schon war ihr Arm in Bewegung, um eine Waffe zu ziehen.

Zwanzig Fuß.

Tuellers Gesetz.

Einundzwanzig Fuß war die äußerste Grenze seiner Prüfung.

Bei einer Entfernung von weniger als einundzwanzig Fuß konnte ein Angreifer schneller sein Ziel erreichen, als das es Zeit hatte zu ziehen, zielen und schießen, um die Hauptmasse des Körpers exakt zu treffen.

Bei mehr als einundzwanzig Fuß könnte der Angreifer sein Ziel erreichen, aber er würde es wahrscheinlich mit einer Kugel in der Brust tun.

Im SASR hatten sie Techniken geübt, mit denen sie Zehntel- oder sogar Hundertstelsekunden beim Ziehen, Zielen und Feuern einsparen konnten.

Elayne hätte dasselbe getan.

Ein Plus oder Minus von drei Fuß konnte den ganzen Unterschied ausmachen.

Die volle Ladung Adrenalin verlangsamte Hollys Zeitwahrnehmung.

Der zunehmende Druck auf ihre Fußsohlen, als Jon die

Nase weiter hochzog, um sich von dem unerwarteten Sturzflug zu erholen, gab ihr zusätzlichen Halt.

Tim und Tom mussten nicht gemerkt haben, dass sie mit dem Umklammern von Elaynes Arm und Beine halfen, sie zu stabilisieren.

Der Bogen von Elaynes Arm zeigte an, dass sich ihre Primärwaffe im Hosenbund auf ihrem Rücken befand.

Holly verlagerte ihre geplante Flugbahn nach rechts.

Der schmale Gang im Cockpit ließ nicht viel Flexibilität zu, aber jeder zusätzliche Millimeter, den Elayne brauchte, um ihre Waffe für einen Querschuss zu platzieren, verschaffte Holly ein weiteres kleines Stückchen Zeit.

Vorbei an den Sesseln des leitenden Ingenieurs und des Funkers.

Elaynes Hand verschwand hinter ihr aus dem Blickfeld.

Jetzt war Holly sogar mit den leeren und wenig genutzten Positionen des Hilfsingenieurs und des Navigators auf halbem Weg zwischen den Pilotensitzen und der Cockpittür. Die Antonov AN-124 war wie die meisten Flugzeuge aus der Sowjet-Ära eine brachiale Lösung – mehr Körper, weniger Technik. Das führte zu einem schmerzhaft langen Cockpit.

Die Richtung von Elaynes Bewegung änderte sich.

Sie hatte die Waffe.

Diesmal würde Holly nicht zu spät kommen. Nicht. Dieses. Mal.

Elayne würde dieses Team *nicht* zu Fall bringen.

Nie wieder würde Holly einen Schritt zu langsam sein.

So wenige, greifende, verzweifelte Inch davon entfernt, ihren Bruder zu retten.

Als die Pistole – eine Grach MP-443 – neben Elaynes Hüfte in Sicht kam, schoss Holly los.

Sie versuchte nicht, den Waffenarm zu erwischen – das war immer ein schwieriges Ziel.

Sie ging auch nicht auf die offensichtlichen Schmerzpunkte wie Brustbein oder Augen los.

Sie konnte nur sehen, wie Elayne Miranda schlug.

Mike tötete.

Nein.

Entgegen all ihrem Training streckte Holly ihre Hände aus, um Elayne Kasprak an der Kehle zu packen.

66

DRAKE ERWOG, NACH HAUSE ZU GEHEN UND EIN PAAR STUNDEN zu schlafen.

Letzte Nacht hatte er dummerweise um Mitternacht auf sein Handy geschaut und die Nachricht über die Explosion der Condor auf der Landebahn von Fort Campbell gesehen. Jetzt war es elf Uhr nachts, dreiundzwanzig schlaflose Stunden später. Das nächste erwartete Ereignis war der für drei Uhr morgens geplante Flugzeugwechsel.

Aber er wollte nicht der Einzige sein, der ging. Er rechnete damit, dass die Beseitigung von Mike einiges an Sprengstoff erfordern würde, und Miranda schien nie zu schlafen.

Der Präsident und der Vizepräsident waren schon weg, aber sie zählten nicht wirklich.

„Hey Lizzy", kämpfte er gegen ein Gähnen an. „Was denkst du über..."

„Was war das?" Mike zuckte auf seinem Stuhl zusammen.

„Was war was?" Drake hatte nichts bemerkt.

„Spul es zurück." Mike saß auf der Kante seines Sitzes und schrie Lizzy praktisch an.

Im Situationsraum herrschte Totenstille, als Lizzy das Satellitenbild sicherte und neu startete.

Ihr gestohlenes Flugzeug befand sich im Geradeausflug. Es war, wie er auf dem Bildschirm nachsah, neun Uhr morgens Ortszeit für das Flugzeug. Die Sonne strahlte hell auf den weißen Lack. Der Sturm, der ihren Abflug von Samara verdeckt hatte, war vorbei und das Flugzeug zeichnete sich nun gegen das schroffe Grün des Uralgebirges ab.

Er wollte gerade wieder fragen, als es passierte.

Das Flugzeug hob an und flog nach links.

Als es sich erholte, drehte es stark nach rechts und unten. Die Veränderung war schrecklich abrupt für ein so großes Flugzeug.

Dann erholte es sich und stabilisierte sich wieder... fast.

Es wanderte weiter auf seinem Weg, als ob der Pilot nicht aufpasste.

„Zeig es noch mal", durchbrach Mirandas Stimme die Stille.

Lizzy tat es.

Drake hatte nichts Neues wahrgenommen, als er es sich noch einmal ansah.

„Noch einmal. Kannst du heranzoomen, bis wir nur noch die Quer- und Höhenruder sehen?"

Lizzy tat noch mehr und nutzte alle vier Bildschirme am Ende des Tisches.

Oben rechts war die Satellitenübersicht des Flugzeugs.

Die Missionsuhr war oben links.

Das Höhenruder des Hecks, das, wie Drake sich erinnern musste, die Neigung nach oben und unten steuerte, befand sich unten links, und die Querruder des Flügels zum Wenden befanden sich auf dem Bildschirm unten rechts.

Die Bilder waren unscharf und der Winkel war schlecht, was vermutlich daran lag, dass der Satellit wieder im Sinkflug war.

„Der Momentarm der Kraft ist nicht angemessen für die Luftturbulenzen. Der Sinkflug wurde vom Piloten eingeleitet." Miranda legte den Kopf schief, als sie das Bild sachlich wiedergab. „Ein kleiner anfänglicher Fehler. Der Steuerbügel wurde kurz nach hinten gezogen und nach links gedreht. Er wurde schnell wieder eingeholt. Weniger als eine Sekunde später gab es ein extremes Manöver, das die Nase scharf nach unten und rechts neigte. Eine kleine Verzögerung und dann eine kontrolliertere Erholung, die allerdings nicht so glatt verlief wie die erste. Die anhaltenden Unregelmäßigkeiten der Bewegung werden immer noch vom Cockpit erzeugt – als ob der Pilot sehr abgelenkt ist."

Drake brauchte nicht zu sehen, wie Mikes Gesicht bleich wurde, um zu wissen, dass sie genau denselben Gedanken hatten.

67

„Scheiße!" Jon ließ die Steuerung los, als sein Höhenmesser zerbrach.

Erst als er das Loch in der Mitte und die Funken sah, die ihn anspuckten, registrierte er den scharfen Knall des Schusses.

Ein Schuss.

An Bord eines Flugzeugs.

Das war sehr, sehr, *sehr* schlecht.

Ein weiterer Schuss erschoss den Autopiloten, was kein großer Verlust war, da er noch keine Zeit gehabt hatte, herauszufinden, wie man ihn benutzte.

Die Antonov war überhaupt nicht wie die C-5M Super Galaxy, die er zuletzt geflogen war. Sie war nicht einmal wie die C-5B Galaxy, auf der er zum ersten Mal zugelassen worden war. Die russische AN-124 ließ eine fünfzig Jahre alte C-5A der ersten Generation wie Raketenwissenschaft aussehen.

Er legte seine Hände wieder auf die Steuerung und drehte sich um, um zu sehen, was hinter ihm passierte.

Zweimal fegte eine fuchtelnde Pistole mit seinem leeren Lauf an seinem Gesicht vorbei.

Er versuchte, zur Seite zu weichen, aber der Gurt hielt ihn in seinem Sitz fest.

Dann schlug jemand auf das Handgelenk, das sie hielt, und die Waffe glitt über den Boden.

Als Erstes überprüfte er die Windschutzscheibe. Keine Sternrisse. Kein zersplittertes Glas.

Okay.

Kein Autopilot.

Er konnte im Kampf nicht helfen, selbst wenn er gewusst hätte, wie man den Autopiloten einschaltete, als er noch intakt war. Zuerst überprüfte er den doppelten Höhenmesser vor Hollys Kopilotenplatz. Er war rechts neben dem Steuerhebel angebracht und daher schwer zu erkennen, aber er konnte ihn ausmachen.

Er zog vorsichtshalber die Sauerstoffmaske auf, für den Fall, dass jemand mit Todessehnsucht durch die Windschutzscheibe schoss, und schaute dann wieder hinter sich.

Da war Blut.

Sehr viel davon.

Nicht arteriell, aber eine Menge davon. Es war auf die Stahltür verschmiert, entlang des Rahmens. Eine Lache davon wurde in den Teppich getrampelt. Aber das meiste klebte an den Menschen, vor allem an ihren Händen.

Es war nicht etwas, das er im Flug zu sehen gewohnt war. Selbst als Unfallermittler war es normalerweise schon rostbraun, wenn er am Unfallort ankam. In dem sonnendurchfluteten Cockpit war es erschreckend hell und sehr rot.

Tom, der am Boden lag, bekam einen brutalen Tritt gegen den Kopf und rollte rückwärts aus dem Blickfeld.

Tim hatte seine beiden Arme um einen der Angreifer geschlungen und eines seiner Beine um ihres gelegt.

In der Mitte des Handgemenges stand eine wilde Blondine.

Es dauerte einen Moment, bis er sich daran erinnerte, dass Holly ihr Haar schwarz gefärbt hatte.

Das bedeutete...

Elayne?

Er hatte gehört, wie Holly Tim und Tom auf dem Flug nach Samara über sie informierte, aber er war zu sehr damit beschäftigt gewesen, das Flughandbuch zu studieren, um wirklich darauf zu achten. Geheimagentin oder so.

Der Kampf schien endlos zu sein, denn jeder kämpfte um jeden Vorteil.

Ein Messer tauchte auf und wurde beiseite geschlagen.

Schläge blockiert.

Grunzen, wenn brutal getroffen wurde.

Dann schlüpfte ein Knie durch Elaynes Abwehr.

Er hatte gehört, dass es für Frauen genauso schmerzhaft war, in den Schritt gekniet zu werden wie für Männer. Nicht, dass er es jemals geglaubt hätte, denn – *verdammt.*

Bis jetzt.

Hollys Knie hob Elayne einen Fuß in die Luft.

Ihr Schrei drang durch das Cockpit.

Dann fielen Holly und Tim buchstäblich auf sie, bis sie unter ihrem gemeinsamen Gewicht zusammenbrach.

Er warf einen Blick nach vorne und korrigierte zurück zum Geradeausflug. Ein kurzer Blick auf den Höhenmesser und den künstlichen Horizont. Die Korrekturen wurden durch die Windschutzscheibe bestätigt. Verdammt, er flog wie ein Erstflieger in einer Cessna.

Als er sich diesmal umdrehte, sah er eine kämpfende Elayne, die sich an Hollys Arm festkrallte, der ihr an die Kehle gedrückt wurde.

Noch während er sie beobachtete, ließen ihre Bemühungen nach.

Hollys Gesicht war blutig und er konnte die Kratzspuren auf Hollys Wange und Arm sehen.

Auch Tim hatte einige Schnitte und blaue Flecken, darunter eine blutige Kopfwunde.

Aber Tim schenkte dem keine Beachtung.

Obwohl Elayne sich nicht mehr bewegte, ließ Holly nicht locker, bis Tim Lagen von Klebeband um Elaynes Knöchel und Knie gewickelt hatte.

Sie zogen ihren schlaffen Körper und setzten ihn auf den Stuhl des stellvertretenden Ingenieurs, dann (nachdem sie ein weiteres Messer aus ihrem Ärmel entfernt hatten) banden sie sie an den Stuhl.

Holly hob die Waffe auf und setzte sich auf den Platz des Funkers auf der anderen Seite des Ganges, noch eine Reihe höher.

„Sieh nach Tom und besorge ein paar Gurte. Hol ein paar Sicherheitsgurte oder so."

„Sie wird nirgendwo hingehen", knurrte Tim und spuckte Blut aus seinem Mund auf Elaynes Hose. „Aber wenn sie es tut, erschieß die Schlampe."

„Ich verspreche es."

Die plötzliche Stille im Cockpit war fast beängstigend.

Jon schaute nach vorne und legte eine Neigung von fünf Grad fest, überprüfte seinen Kurs und stieg dann wieder auf die ihm zugewiesene Flughöhe.

„Bist du okay, Holly?"

„Ich denke schon. Und du?"

„Mir wurde in den Höhenmesser und den Autopiloten geschossen, aber sonst geht es mir gut." Jon war in Bagram durch Mörser und Maschinengewehre geflogen. Handfeuerwaffen und Panzerfäuste in Kandahar. Und er hatte den trockenen Humor von Kriegern noch nie so gut verstanden wie in diesem Moment. In diesem Moment hielt er das Grauen und die Angst zumindest einen Schritt weit weg, damit alle weiterarbeiten konnten.

Als Holly nicht antwortete, drehte er sich um und sah sie

an. Sie wischte sich die blutige Nase, ohne zu merken, dass das wahrscheinlich die kleinste ihrer Verletzungen war.

„Wie hat sie uns überhaupt gefunden?"

Holly schenkte ihm ein blutiges Lächeln durch aufgeschnittene Lippen. Er hatte schon ganze Barschlägereien mit weniger Verletzungen gesehen. Sie hatte einen Schlag direkt auf den Mund bekommen, aber sie schien noch alle Zähne zu haben.

„Ich habe sie eingeladen, mit uns zu fliegen."

Jon beobachtete sie einen Moment lang, um zu sehen, ob sie einen Scherz machte. Als er feststellte, dass dies nicht der Fall war, wandte er sich wieder dem Fliegen seines Flugzeugs zu.

Zumindest das verstand er.

68

A̲l̲l̲e̲s̲ ̲s̲i̲c̲h̲e̲r̲. P̲l̲a̲n̲m̲ä̲ß̲i̲g̲.
Der Flug war vor zwanzig Minuten ausgerichtet worden.
„Sie war nicht für einen Check-in vorgesehen", sagte Lizzy, das Log überprüfend.
Drake nickte, um zu bestätigen, was sie alle wussten. Was auch immer passiert war, es hatte zwanzig Minuten gedauert, bis sie sich so weit erholt hatten, dass sie eine Beschwichtigung schicken konnten.
Lizzy löschte die Nachricht.
Aufgrund der Position der Aufklärungssatelliten war nichts anderes auf dem Bildschirm zu sehen. Sie waren zwar nicht über Zentralrussland positioniert, aber Hollys Satellitentelefon hatte einen sicheren Kommunikationsvogel im niedrigen Orbit erreicht, der die Nachricht weitergeleitet hatte.
Drake tat sein Bestes, um weise zu nicken.
Mike hatte sich immer noch nicht von der Kante seines Stuhls bewegt.
„Es ist okay, Mike."
„Hm?" Seine Augen waren nicht gerade fokussiert.

Drake fragte sich, wann er das letzte Mal Luft geholt hatte.

„Richtig. Oh ja." Aber Mike entspannte sich nicht sehr weit.

Drake wusste, dass Miranda eigentlich nicht viel verpasste, egal was Mike dachte. Aber wenn sie irgendwelche Schlüsse gezogen hatte, behielt sie sie für sich.

69

Als Holly zum Kopilotensitz zurückkehrte, brannte der feurige Schmerz des Kampfes in ihrem Körper. Genauso wie die Wut. Tom war ein Wrack. Und Tim war auch nicht gerade in der Lage, sich über Nacht zu erholen.

„Tut mir leid, dass ich dich so lange allein gelassen habe, Jon." Schon als sie sich vorsichtig in den Sitz setzte, verkrampften sich verschiedene Körperteile. „Es war ein verdammt guter Barney."

„Barney?"

„Schlägerei. Dust-up."

„Oh. Dir ist klar, dass du mehr Verbände hast als ein ganzes Tour-de-France-Team nach einem Hochgeschwindigkeitsunfall."

„Das fühlt sich schlimmer an als ein Schlag mit einem nassen Fisch, so viel kann ich dir sagen." Sie schnallte sich vorsichtig an und zischte über den Fingernagel, den sie sich beim Aufstehen aus dem Stuhl blutig gerissen hatte, was sie aber beim Verarzten nicht bemerkt hatte.

„Die anderen?"

„Elayne ist immer noch bewusstlos. Zum Glück ist es ein

Militärflug, also hat der Verbandskasten Morphium. Wir haben Tom eine Dosis verabreicht und ihn in eine Koje geschnallt. Er hat ein paar gebrochene Rippen, einen gebrochenen Arm und seine Nase wird für den Rest seines Lebens einen sehr ausgeprägten Winkel haben. Tim ist in etwa in meinem Zustand, zumindest was er zugeben würde."

„Das liegt daran, dass ich aus härterem Holz geschnitzt bin als so eine australische Tussi."

Holly drehte sich rechtzeitig um, um zu sehen, wie zögerlich er sich in seinem eigenen Stuhl zurücksetzte.

„Das hast du gut gemacht, Tim."

„Du auch, Hol. Erinnere mich daran, dich nie zu verärgern. "

„Abgemacht. Das gleiche gilt für dich." Sie hasste diesen Spitznamen, aber sie war zu wund und Tim zu dankbar, um sich zu beschweren.

Sie nickten sich zu und Tim begann, die Navigations- und die technischen Instrumente zu überprüfen – jedes Mal, wenn er nach einem Instrument greifen musste, zuckte er zusammen.

Jon sagte während der nächsten paar hundert Meilen kein Wort, aber Holly konnte seine Frage immer noch hören: *Was war das denn?*

„Ich habe Elayne Kasprak aus einem bestimmten Grund eingeladen, sich uns anzuschließen. In dem Moment, als ich herausfand, dass sie Zaslon ist..."

Jon unterbrach sie. „Das war, als du anfingst, darüber zu lügen, was wir auf der gesprengten Condor gefunden haben."

„Zu dem Zeitpunkt hatte ich nur einen Verdacht. Aber Miranda hat Dinge gesehen, die Elayne nicht gesehen haben wollte."

„Wie der Sprengstoffzünder."

„Und der Auslöser, den ich gefunden habe", Holly mochte,

dass Jon scharfsinnig war. „Aber das war nicht genug. Es ist sehr schwer, Miranda als inkompetent erscheinen zu lassen."

„Aber du *hast* es getan. Zumindest genug, um Elayne zufrieden zu stellen."

„Nicht genug." Holly lehnte sich zurück und schloss die Augen, aber es gab keine bequeme Position. „Elayne ist schlau. Sie würde es irgendwann herausfinden. Sie würde hinter uns her sein. Hinter Miranda. Ich bezweifle, dass Miranda jemals ängstlich über ihre Schulter geschaut hat. Und ich könnte es nicht riskieren, für den Rest meines Lebens über meine Schulter zu schauen, nicht einmal für sie. Das habe ich schon viel zu lange getan."

„Du hast also die Bedrohung beseitigt. Warum hast du sie nicht einfach umgebracht?"

„Das war meine erste Idee. Mike hatte eine andere."

Außerdem hatte Mike recht. Miranda hätte das nicht gefallen. Ganz und gar nicht. Und Holly stand vor der Entscheidung, Elayne zu töten, wie sie es hätte tun sollen, oder in Mirandas Team zu bleiben. Es war eine knappe Sache in Clarissas Büro gewesen, aber Mike hatte gewonnen.

70

JON LIEß DAS DUMPFE DRÖHNEN DER MOTOREN WEITERE MEILEN wegspülen.

Sie flogen nach Osten, in den späten Tag hinein. Nach seiner Schätzung war es in Kentucky schon weit nach Mitternacht, bei Holly zwei Stunden früher. Er wurde nach fünf Stunden Schlaf geweckt. Laut Miranda war das eine Stunde mehr, als sie in der C-130 Hercules von ihrem Zuhause nach Kentucky geschlafen hatten.

Hier war es schon später Nachmittag.

Die tiefstehende Märzsonne schien hinter Holly und machte es schwer, sie zu sehen.

Vielleicht schlief sie, aber jedes Mal, wenn er dachte, dass sie bewusstlos war, öffnete sie ein Auge und sah sich um, bevor sie es wieder schloss. Ihr schlechtes Auge war nicht ganz zugeschwollen, aber sie hatte ein ziemlich starkes Veilchen.

Tims leises Grunzen, das er jedes Mal von sich gab, wenn er zwischen dem Sitz des Ingenieurs und der Funk-/Navigationsstation hin und her pendelte, zeigte, dass er trotz seiner Verletzungen immer noch die Arbeit von zwei Menschen machte.

Holly bot ihre Hilfe an, aber Tim lehnte ab. „Ich möchte lieber etwas tun, um in Bewegung zu bleiben. Sonst würde ich anfangen zu denken. Ich hasse es, wenn ich so einen Scheiß mache."

Sie lachten gemeinsam und stöhnten dann beide über den Schmerz, den das auslöste.

„Du fliegst das Flugzeug, wenn Jon Probleme hat."

Das hatte Tim ein Lachen von Holly eingebracht, aber Jon war nicht so glücklich darüber. Tom war sein Ersatzpilot gewesen. Er hatte verdammtes Glück, dass Elayne nur den Autopiloten und nicht den aktiven Piloten erschossen hatte, sonst säßen sie jetzt in einer ganz anderen Welt des Schmerzes.

Für den Moment war das kein Problem.

Aber sie näherten sich schnell dem Wechsel zwischen den Flugzeugen und das würde eine ganz andere Herausforderung werden. Es würde viel los sein und er hatte eigentlich mit Toms Hilfe vom Kopilotensitz aus gerechnet.

Er brauchte eine Ablenkung. Und er ging davon aus, dass nicht alle Schmerzen auf Hollys Gesicht von ihren Verletzungen herrührten.

Aber er wagte es nicht, sie direkt anzusprechen. Holly würde ihn abwimmeln.

„Glaubst du wirklich, Miranda schaut nicht über die Schulter?"

Holly bewies erneut, dass sie nicht schlief, als sie ihn vorsichtig beäugte.

„Es ist ja nicht so, dass ich nach Insiderinformationen über sie fische."

„Das tust du *doch*." Wenigstens sprach sie. Sie zum Reden zu bringen, schien die halbe Miete zu sein.

„Vielleicht ein bisschen, aber das ist nicht mein Punkt. Ich wünschte, sie würde etwas *weniger* über ihre Schulter schauen. "

„Unterschiedliche Bedeutungen", Holly drehte sich um, um nach Tim und der gefesselten Elayne zu sehen.

Jon schaute auch.

„Immer noch nicht bei Bewusstsein?"

Tim streckte einen Fuß aus und tippte auf Elaynes Knie, als ob es giftig oder elektrisch geladen wäre. „Immer noch weg. Sie macht einen verdammt guten Job, um harmlos auszusehen, oder?"

„So was von nicht", sagte Holly und drehte sich zurück, bis sie wieder aus der Windschutzscheibe schaute.

Jon dachte, er hätte den Kampf verloren, Holly zum Reden zu bringen. Er wollte gerade versuchen, Tim anzusprechen, als sie endlich sprach.

„Miranda blickt mit Verlust auf ihre Vergangenheit zurück und fragt sich, wie sie weitermachen soll. Ich hasse es, zurückzublicken, denn jedes Mal, wenn ich das tue, sehe ich nur den Tod. Aber ich muss weiterschauen, denn der Tod jagt mich. Manchmal in Form von hübschen Zaslon-Agentinnen, manchmal in Form der Geister meines alten Teams."

„Oder deines Bruders?" Oo! *Nicht* glatt.

71

Wenn Jon erwartet hätte, dass Holly zurückwich, wäre er enttäuscht gewesen.

Sie hatte schon lange gelernt, jedes Mal in Deckung zu gehen, wenn die Vergangenheit versuchte, ihr ein Messer in den Bauch zu rammen. Es war einfach; sie musste nur jedes Mal ein bisschen mehr sterben.

„Wie?" Woher zum *Teufel* hatte Jon gewusst, dass er diese Frage stellen musste?

„Miranda."

„Willst du mich verarschen, Kumpel?" Die Wahrscheinlichkeit, dass Miranda die Gefühle eines anderen bemerkt, war... offenbar nicht so gering, wie Holly dachte.

„Sie hat mir erzählt, was sie wusste, und das war nicht viel. Meistens hat sie gesehen, wie du dich jedes Mal verändert hast, wenn er oder deine Familie auftauchten, aber besonders er."

Holly schlug ihren Kopf zurück gegen die Kopfstütze. In ihrem Auge explodierte ein Schmerz, der ihr ein Keuchen entlockte. Sie musste es noch einmal tun – ihren Kopf hart gegen *etwas* schlagen – aber der Schmerz war zu groß.

Sie hatte Glück, dass sie noch ein Auge hatte. Elayne hatte mit zwei Fingern auf ihr linkes Auge gezielt und es nur verfehlt, weil Holly über Toms ausgestreckte Gestalt gestolpert war. Stattdessen hatte sie Holly eine lange Schnittwunde an der Wange zugefügt. Das geschwärzte rechte Auge? Sie war sich nicht sicher, wann das passiert war.

„So ist das Leben. Das ist Australisch für 'Die Vergangenheit ist scheiße'."

„Gott sei Dank liegt die Vergangenheit in der Vergangenheit. Ich dachte, du würdest mir etwas erzählen, was ich noch nicht wusste. Anscheinend nicht."

Holly schaute zu ihm hinüber.

Jon lächelte.

Keine Sympathie, die sie beiseite schieben würde, oder ein Stupsen und Stochern nach mehr Details.

Stattdessen sagte er ihr, dass die Vergangenheit nur eine... Sache sei. Als ob ihre und Mirandas Vergangenheit keine Rollen spielen würden.

Hatte sie Jeremy während der A-10 Thunderbolt-Krise nicht dasselbe gesagt?

Sie hatte diese Lektion nicht für sich selbst gelernt, oder?

Sie begann zu lächeln, was ihre aufgeschnittenen Lippen schmerzte, aber das war ihr egal.

Es war zu verrückt. Sie war in einem gestohlenen Flugzeug mitten in Russland und hatte eine Zaslon-Agentin besiegt.

Ihre Überlebenschancen waren immer noch nicht beeindruckend.

Und sie machte sich Sorgen um die *Vergangenheit*?

Jon hatte recht – völlig unbedeutend.

Es war die Gegenwart, die sie umbringen würde.

Dann machte sie den Fehler, ihn im selben Moment anzuschauen, in dem er zu ihr hinüberschaute.

Sie fingen beide an zu lachen.

„Oh Gott", keuchte sie gegen den Schmerz in ihren Rippen an.

Aber es war ein gutes Lachen und sie konnte es nicht verhindern.

72

ELAYNE KLETTERTE MIT DEM LACHEN IN EINER WELT VOLLER Schmerzen wieder nach oben. Jeder einzelne Teil ihres Körpers pochte oder schmerzte.

Elayne fühlte sich, als hätte sie ein ganzes Hockeyteam gefickt – nur noch schlimmer.

Nur eines ihrer Augen öffnete sich und es gefiel ihr nicht, was sie dann sah.

Ihre Arme waren mit Klebeband an den Stuhlarmen festgebunden. Ihre Waden und Knie waren ebenfalls zusammengeklebt. Als sie versuchte, ihre Beine nach vorne zu schwingen, schrie ihr rechtes Knie vor Schmerz auf.

Aber ihre Füße bewegten sich nicht.

Ein kleiner Test. Auch an den Stuhl gebunden.

Die Gurte über ihrer Brust und ihrem Bauch waren alles, was sie aufrecht halten konnte.

Laut.

Das Geräusch war laut und brummend.

Die Antonov AN-124. Sie war noch an Bord.

„Hey, wir haben hier etwas Leben." rief der Flugingenieur.

Er sah so angeschlagen aus, wie sie sich fühlte.

Gut.

Pilot und Kopilot, aber der andere Mann war nicht da.

„Wo ist dein Kumpel?" krächzte sie.

Sein finsterer Blick verfinsterte sich.

Noch besser.

Sie dachte, sie hätte einen von ihnen erwischt.

Dann erinnerte sie sich.

Elayne fluchte, als sie sich zu schnell drehte, um die dunkelhaarige Kopilotin zu sehen, die aus ihrem Stuhl stieg.

Schwarzes Haar. Ordentlich geschnitten.

Aber als sie sich umdrehte und sich wieder an die Konsole neben dem Ingenieur lehnte, hatte sie Holly Harpers Gesicht – genauso ramponiert wie das des Ingenieurs.

Sie *wollte* es durchziehen, aber drei gegen einen? Es war ihr nicht gelungen.

„Wohin fliegen wir?" Ihre Kehle war trocken... und tat unglaublich weh.

Richtig.

Die Schlampe hatte sie in einen Würgegriff genommen. Sogar das Schlucken tat höllisch weh.

„Wasser."

Tim griff nach einer Flasche.

„Aspirin auch, wenn du es hast."

„Fahr zur Hölle!" Er hielt ihr die Flasche hin und riss sie weg, bevor sie halb genug hatte.

Er war nicht das Problem.

Holly war es.

„Wohin fliegen wir?"

„An einem Ort, der dir überhaupt nicht gefallen wird." Holly sprach zum ersten Mal. Ein Auge ein klares Blau, das andere wie ein falsches Aquarell im Kontrast zu dem lila Feld, das es umgab.

„Ich muss pinkeln." Wenn sie aus diesem Stuhl aufstehen könnte, hätte sie vielleicht eine Chance. Holly und der einzige verbliebene Mann sahen sehr mitgenommen aus.

Der Pilot hatte seinen Sitz für den Kampf nicht verlassen, aber er war ihr auch nicht zu Hilfe gekommen. Ein Nichtkämpfer. Es war gut, ihn in der Nähe zu haben, denn sie konnte die Antonow nicht fliegen, wenn sie die anderen beiden überwältigte.

Aber sie konnte sicherlich eine Waffe auf den Piloten richten und ihn dazu bringen, dorthin zu fliegen, wo sie wollte.

„Auf keinen Fall", sagte Holly leise.

„Piss dir in die Hose. Das ist mir egal", verschränkte der Typ seine Arme vor der Brust.

Sie waren beide sehr gut gewesen.

Nur durch eine Überraschung war sie an der Deckung des ersten Kämpfers vorbeigekommen. Selbst am Boden hatte er ihre Beine eingeklemmt. Sondereinsatzkommando. Amerikanische Spezialeinheiten.

Und Holly?

Welche Frau kämpfte so?

„Was bist du?"

„Australischer SASR."

Elayne konnte sie nur anstarren. Was hatte ein australischer SASR in einem amerikanischen Unfalluntersuchungsteam zu suchen?

Das bedeutete, dass Holly viel mehr wusste, als sie gesagt hatte. Schlimmer noch, Holly hatte die ganze Zeit mit ihr gespielt.

Wenn Holly genug wusste, um sie an Bord zu locken... Das bedeutete, dass Mirandas süßes kleines „Ich bin so seltsam und schrullig"-Spielchen ein totaler Schwindel gewesen war.

Verdammt noch mal! Und sie war darauf hereingefallen.

Jetzt fügen sich die Teile an ihren Platz.

Persona Satellite.

Holly und ihr Team an Bord des Transportflugzeugs.

Holly hatte den Flug nicht verpasst oder Elayne auf eine wilde Verfolgungsjagd geschickt. Sie hatten das Flugzeug direkt aus Samara entführt und sie dann so lange angestachelt, bis sie selbst an Bord gegangen war.

Die Amerikaner hatten einen Plan, um es zu stehlen, und Elayne war die Einzige, die davon wusste. Sie war auch die Einzige, die in der Lage war, sie aufzuhalten, aber sie hatte verloren.

Sie schaute nicht nach unten, aber sie spannte verschiedene Kombinationen von Muskeln an. Sie taten alle weh, aber es gab wenig nach. Nicht annähernd genug, um sich zu befreien.

Irgendetwas fehlte.

Ihre Gesäßtasche war leer. Ihr Telefon...

Sie entdeckte es auf der Konsole neben dem Ingenieur. Zerlegt. Der Akku und die SIM-Karte waren herausgenommen.

Das nützte ihr jetzt nichts mehr. Mehrere andere Waffen lagen daneben – das Messer, das sie in eine Beinscheide gesteckt hatte, und die Beinscheide sowie ihre Markov-Pistole. Jeder einzelne Gegenstand aus der Ausrüstung, die der Moskauer Pilot ihr gegeben hatte, war dabei. So nah und doch so unerreichbar.

Elayne war gefasst gewesen.

Blieb cool.

Aber das war zu viel. Alles tat ihr weh. Und sie war dabei, einen zweihundert Milliarden Rubel teuren Satelliten an diese... Kröte zu verlieren!

Elayne schrie auf. Sie ließ alles los, was sie hatte, und schaffte es, sich so weit zu befreien, dass sie mit der Faust auf die Stuhllehne schlug.

Wer wusste schon, was sich sonst noch lösen könnte.

Auch wenn es körperlich weh tat, bekam sie einen Wutanfall – sie zuckte und drehte sich, was das Zeug hielt –

und beschrieb Hollys asexuelle Natur als den Grund, warum Mike sie nie berührt hatte. Sie-

„Wow. Sie wird richtig hysterisch. Betäube sie." hörte sie Holly sagen.

Einer ihrer Knöchel löste sich teilweise, als der Ingenieur einen Feldinjektor herauszog.

„Das wurde auch Zeit", stieß er in ihr in den Nacken.

Sein Gemurmel war das Letzte, was sie hörte, als die Droge einsetzte.

73

„MIRANDA?"

„Ja?" Sie wandte sich an Lizzy.

„Holly möchte mit dir sprechen. Ein echter Anruf ist riskant, aber verschlüsselt, also sollte ein kurzes Gespräch in Ordnung sein."

Miranda schaute auf den Hauptbildschirm. Der Timer zeigte an, dass sie noch eine Stunde vom Austauschpunkt des Flugzeugs entfernt waren.

Sie hatte ihr Bestes getan, um sich mit Arbeit abzulenken, aber mit jeder Minute, die verging, wurde es schwerer und schwerer.

„Stell sie durch."

Lizzy tippte auf das Konferenztelefon.

„Geht es dir gut, Holly?"

„Ja. Wo ist Jeremy?"

„Er ist noch in Seattle, aber ich habe ihn auf Konferenzschaltung gehalten, falls du ihn brauchst.

„Hi, Holly", meldete sich Jeremy sofort zu Wort. „Wie ist es, die Antonov zu fliegen? Ich wünschte, ich könnte sie fliegen, um sie mit der C-5 Galaxy zu vergleichen, mit der wir nach

Seattle geflogen sind. Nicht, dass ich die C-5 geflogen wäre, aber ich habe gespürt, wie es ist, in ihr zu fliegen und ich habe nachgedacht...."

Hollys Lachen war ein bisschen rau, als würde es wehtun. Miranda hatte noch nie gelacht, bis es weh tat, aber sie hatte geweint, bis es weh tat. Sie hatte drei Tage lang geweint, als sie vom Tod ihrer Eltern erfuhr. Es hieß, man könne sich nicht an Schmerz erinnern, aber sie erinnerte sich an alles. Auch daran, dass sich ihre Stimme danach wie die von Holly angehört hatte.

„Du klingst... müde."

„Es war ein langer Tag", gab Holly zu.

„Das war es." Vor sechsundzwanzig Stunden hatte sie sich Sorgen um die Identität von Ewan MacGregor gemacht. Sie hatte sich einen Moment Zeit genommen, als niemand zusah, um ihn im Internet zu suchen. Jetzt wusste sie, wer er war, aber das half ihr nicht dabei, herauszufinden, wie sie ihn bei Scharade beschreiben sollte. Also war er immer noch in einer Ecke ihres Kopfes und machte ihr Sorgen.

„Ich will etwas ausprobieren", fuhr Holly fort. „Ich habe hier ein russisches Mobiltelefon. Meine Frage ist, wie wir sein Signal auf das andere Flugzeug, den Lockvogel, schummeln können. Nach dem Austausch. Können wir das tun?"

„Ist das Elaynes Telefon?" Miranda wusste nicht, warum sie es zu einer Frage machte. Es war die einzige logische Schlussfolgerung.

Alle drehten sich um und sahen sie überrascht an.

Jeremys Ausruf „Was?" war das einzige Geräusch.

Holly seufzte. „Ich wollte verhindern, dass du von ihr erfährst."

„Das ist eine logische Schlussfolgerung, wenn man bedenkt, was du an der Absturzstelle getan hast und welche Schwierigkeiten du vor ein paar Stunden beim Flug hattest. Ist sie ... am Leben?" Miranda hasste es zu fragen, aber sie musste es wissen.

„Ja." Die Antwort von Holly war kurz und flach.

„Okay. Das ist gut." Miranda konnte nur überwältigende Erleichterung empfinden. Sonst hätte sie Holly nicht mehr gegenübertreten können.

„So viel dazu, dich sicher im Dunkeln zu lassen. Tut mir leid, Miranda. Ich werde das nicht noch einmal versuchen. Jedenfalls ist Elayne Kasprak wahnsinnig gefährlich. Sie gehört zur russischen Terrorismusbekämpfung. Sie hat die erste Antonow ausgeschaltet und hätte fast diese hier erwischt, bevor wir sie aufhalten konnten. Ich will ihr Telefonsignal in das Scheinflugzeug einschleusen, damit die Russen, wenn sie es abschießen, denken, sie sei so tot wie der Persona-Satellit. Vielleicht denken sie sogar, dass sie versucht hat, ihn zu stehlen, was ihre Vergangenheit und vielleicht ihren gesamten Kader in Frage stellen würde."

„Ich mag es", murmelte Drake. „Es ist fies, hinterhältig, und es gefällt mir. Was wirst du mit ihr machen?"

„Nun, wenn sie sich benimmt, werde ich sie nicht aus einer Luke schubsen. Obwohl sie mich definitiv in Versuchung führt. Mach dir keine Sorgen. Ich habe sie auf einen Zug ins Nirgendwo gesetzt. Wegen des Telefons?"

„Ich arbeite daran", verkündete Jeremy.

In dem kleinen Videolink, den sie geteilt hatten, konnte Miranda sehen, wie er schnell auf einer Tastatur arbeitete.

„Ähm, keines der beiden Flugzeuge ist dafür ausgerüstet."

Holly seufzte. „Na ja, es war die Frage wert. Ist alles für den Austausch vorbereitet?"

„Aber ich habe eine Idee. Wie wäre es, wenn wir den Austausch in der Nähe eines entfernten Mobilfunkmastes vornehmen? Sie soll einen Anruf tätigen und dann die SIM-Karte herausnehmen?"

„Was würde das bringen? Wen würde sie anrufen?"

Es herrschte eine kurze Stille.

Dann begann Drake leise zu lachen.

Miranda studierte das Geräusch. Sie war sich ziemlich sicher, dass es sich um einen Scherz handelte, der für eine einzelne Person, nämlich Drake selbst, bestimmt war und nicht für eine Gruppe. Tatsächlich stimmte niemand sonst in sein Lachen ein, aber sie konnte keine besonderen Merkmale ausmachen, die ihr in Zukunft helfen würden.

Sie holte ihr persönliches Notizbuch heraus und markierte es als eine weitere Kategorie von Humor.

Drake las eine Telefonnummer mit einer Ländervorwahl vor, die Miranda nicht kannte.

„Wer ist das?"

Drake lächelte. „Vertrau mir."

Miranda tat es.

Aber würde Holly es?

Holly beantwortete die Frage für sich selbst.

„Danke, Drake." Und Holly war weg.

Sie waren ein gutes Team. Miranda könnte sich definitiv an den Gedanken gewöhnen, ein Team von Leuten zu haben, die ihr nahe standen.

Wen sollte sie noch in ihrer Nähe haben?

Das war eine interessante Frage.

74

„BIST DU BEREIT DAFÜR, JON?"

„Nein! Nicht, dass ich eine Wahl hätte. Warum hast du überhaupt gefragt?"

Elayne registrierte die Worte, während sie aufwachte. Aber es dauerte ein paar Augenblicke, bis sie sie verstand.

Sie war noch im Flugzeug.

Eine sorgfältige Prüfung ergab, dass sie immer noch gefesselt war.

„Oh, Mann. Darauf bin ich reingefallen, oder?" Major Jon Swift. Sie hatte ihn vorhin nicht bemerkt, aber sie erkannte seine Stimme aus Fort Campbell, Kentucky. Er musste das vierte Besatzungsmitglied sein, der Pilot. Der Nichtkombattant.

„Du hast mir alles abgekauft, Kumpel", krähte Holly.

Dann kam ihre Stimme näher.

Elayne bewegte sich immer noch nicht und ließ ihren Kopf nach vorne hängen. Ihr Haar verdeckte ihr Gesicht zu beiden Seiten.

„Okay, wecken wir sie auf."

„Äh", sagt die tiefe Stimme des Ingenieurs. „Ich habe K.O.-Tropfen dabei, keine Amphetamine."

„Wie tief hast du sie dosiert?" Holly stupste Elayne an, aber sie schaffte es, jede Reaktion zu unterdrücken.

„Nicht so sehr wie die Flugbesatzung oder Tatyana Tarasova. Ich hasste es, das zu tun. Sie schien eine nette Frau zu sein, die bei ihrer Arbeit erwischt wurde. Eigentlich bin ich überrascht, dass diese Schlampe noch bewusstlos ist."

Holly packte Elayne an den Haaren und riss damit ihren Kopf zurück.

Elayne schrie so laut, wie sie konnte. Nicht, weil es verdammt weh tat – auch wenn es das tat -, sondern weil sie hoffte, Hollys Trommelfell zu zerstören.

„Was zum Teufel willst du?"

„Hallo", sagte Holly selbstgefällig und zog noch einmal schmerzhaft an ihren Haaren, bevor sie sie losließ.

„Selber Hallo, du Schlampe."

„Lasst uns ein bisschen quatschen."

„Worüber?"

„Fangen wir damit an, wie dein richtiger Name ist: Elayne Kasprak oder Elizaveta Egorova?"

Elizaveta war tot. „Die erste."

Die lästige Schlampe hob eine Augenbraue.

„Elayne Kasprak. Das ist etwas, von dem du niemals jemandem erzählen wirst."

„Zaslon, richtig?"

„Ja, ich bin Zaslon. Und dafür werden wir dein Land bei lebendigem Leib verspeisen."

Holly lehnte sich bequem gegen die gegenüberliegende Flugkonsole zurück. „Wie viel wäre es dir wert, wenn ich tot wäre?"

„Zehn Millionen in harter Währung! US-Dollars. Im Handumdrehen. Ich verspreche, dass ich das jedem gebe, der dich tötet. Zwanzig, wenn sie dich lebendig zu mir bringen, damit ich dich selbst töten kann. Ich habe langsame und schmerzhafte Pläne für dich." Sie sah Tim an, der nicht reagierte. Mit zwanzig Millionen könnte man jeden Amerikaner kaufen – jeden *zehnten* Amerikaner, bevor die Politiker den Preis so sehr in die Höhe getrieben hatten.

„In echt?"

„In echt", bestätigte Elayne.

„Ich dachte, ich wäre mehr wert als das." Holly schüttelte den Kopf und machte ein schnalzendes Geräusch.

Elayne konzentrierte sich auf Hollys schwarz-blaue Augen und stellte sich vor, wie sie sie mit einem Knüppel verprügelte, bis jeder Quadratzentimeter ihres Körpers die gleiche Farbe hatte.

„Was kannst du mir über die Nutzlast auf diesem Flug sagen?"

„Du weißt es schon."

„Sag es mir trotzdem."

„Ich werde dir diesen Persona-Überwachungssatelliten im Wert von zweihundert Milliarden Rubel in den Arsch rammen. Du wirst ihn niemals behalten können. Wir werden dich vernichten, weil du ihn gestohlen hast."

„Das hast du erwähnt. Aber wer hat gesagt, dass wir ihn stehlen?" Holly ließ es so klingen, als wäre sie die Unschuld in Person.

„Wovon redest du?" Elayne versuchte, sich vorzustellen, was sie vorhatte. Es ergab keinen Sinn.

„Welche Crew würdest du für den Transport anheuern?"

„Wenn ich eine Crew anheuern würde, dann bestimmt nicht dich."

„Oh, ich bin so verletzt. Was glaubst du, wohin wir gehen?"

„Nicht Amerika?"

„Nicht Amerika", stimmte Holly selbstzufrieden zu.

„Japan."

Holly schüttelte den Kopf.

„China?" Aber das war unmöglich. Amerika und China hassten sich gegenseitig. Aber wenn es ihr Ziel war, Russland zu schaden, wäre die Übergabe eines Persona-Satelliten an die Chinesen ein hervorragender Weg, das zu erreichen. „China. Besser die als du."

„Meinst du, das reicht?" Holly wandte sich an Tim.

„Das ist genug." Tim wandte sich ab und setzte sich einen Kopfhörer auf.

„Gut", und Holly wandte sich ab, als hätten sie nicht miteinander gesprochen.

Elayne sah zwischen den drei Besatzungsmitgliedern hin und her, aber sie ignorierten sie.

Etwa zwei Minuten später rief Tim: „Ich hab's. Ein bisschen holprig, aber ich mag es."

Elayne hörte ihre eigene Stimme ins Cockpit sprechen.

„Hallo...China. Hier ist...Elayne Kasprak...Ich bin Zaslon. Ich habe ... zweihundert Milliarden Rubel ... Russland ... Persona-Überwachungssatelliten ... als ... Ich verspreche. Für ... zwanzig Millionen in harter Währung. US Dollar." Die eingefügten Pausen waren kurz genug, um bei einer Funkübertragung ignoriert zu werden.

Elayne begann sich zu wehren.

Holly drehte sich nicht einmal um. „Willst du noch eine K.O.-Dosis?"

Wenn sie ausgeknockt wäre, gäbe es keine Möglichkeit.

Sie hörte auf, aber sie hatte noch lange nicht aufgegeben.

75

„Gibt es Wetten?" rief Holly.

Jon wollte auf keinen Fall wetten. Die Tatsache, dass er der Pilot war und immer noch nicht wetten wollte, war wahrscheinlich nicht die beste Wahl für den Erfolg, aber es war alles, was er hatte.

„Tim?"

„Zwanzig auf die guten Jungs."

„Geizkragen. Ich gehe mit fünfzig, australisch."

„Ist das überhaupt echtes Geld?"

Sie lachten beide.

„Ist jemand dabei? Elayne? Nein?" Entweder war Holly eingebildet oder einfach unbezähmbar, und Jon hatte sich noch nicht entschieden, was davon.

„Sind sie bereit, Mike?" Holly hatte ihr Satellitentelefon jetzt auf Lautsprecher gestellt.

Mike war der Verbindungsmann zu den Groom Lake-Piloten, die die C-5A Galaxy von ihrer Lackierung in Seattle bis zur bevorstehenden Übergabe hier in Russland flogen.

Jon hatte ihre Route verfolgt, als sie mit der ferngesteuerten C-5 auf der Route des Großen Kreises in Richtung Japan flogen, bis sie weit draußen im Ochotskischen Meer waren. Vor der Insel Sachalin waren sie schließlich unter das Radar gerutscht. Die C-5-Piloten kreisten nun in einer niedrigen Warteschleife über einem unbewohnten Waldstück, vierhundert Kilometer nordwestlich des Kosmodroms Wostotschny.

Er hoffte, dass er diese Route bald aus Russland herausfliegen würde.

Er hatte die Antonov Condor durch einen kompletten Tageszyklus in die Zukunft geflogen – sechs Stunden Flugzeit plus fünf Zeitzonen nach Osten. Die Dunkelheit des Abends würde hoffentlich ihre nächsten Aktionen verbergen.

Der Vorteil von Wostotschny war seine Lage. Es lag in der Nähe der russisch-chinesischen Grenze. Und im Westen verlief die chinesische Grenze fünfhundert Kilometer weiter nördlich. Um im russischen Luftraum zu bleiben, war Jon weit nördlich der besten Großkreisroute geflogen und drehte erst jetzt fast genau nach Süden auf Wostotschny zu.

„Sie sind bereit", berichtete Mike. „Sie kamen so tief, dass ich mich wundere, dass sie nicht mit einem Fischerboot zusammengestoßen sind." Um die Sicherheit zu erhöhen, kannten die amerikanischen Piloten, die die C-5 Galaxy aus der Ferne flogen, nur ihre Route. Sie wussten nichts über den Grund oder über Jons Condor. Mike war dort der Filter.

„Warum Mike und nicht Miranda? Ich dachte, sie wäre die erfahrenere Pilotin", hatte er Holly gefragt.

„Sie ist so verdammt gut, das kannst du dir gar nicht vorstellen. Aber sie ist auch unser Joker und nicht die Beste, wenn es darum geht, über mehrere Dinge nachzudenken. Ich will nicht, dass sich ihre Gedanken auf das Fliegen konzentrieren."

Selbst in dieser einfachen Aussage wurde deutlich, dass Holly Miranda beschützen wollte. Ihr gesamtes Team hatte deutlich gemacht, dass der Schutz von Miranda zu ihren höchsten Prioritäten gehörte. Das bestätigte seine eigene Einschätzung, dass Miranda eine erstaunliche Frau war.

Sogar sein Onkel und seine General-Freundin schienen dem zuzustimmen.

Jon vermutete jedoch, dass Miranda weit weniger Schutz brauchte, als die Menschen, die ihr am nächsten standen, zu glauben schienen.

„Wir haben ein Handysignal. Los geht's." Holly nahm Elaynes Handy und wählte die Nummer, die Drake ihr gegeben hatte.

76

General Zhang Ru von der Zentralen Militärkommission
Chinas nahm den Hörer ab und hob sein Glas Kentucky
Bourbon Whiskey, um sich bei General Zuocheng Li zu
entschuldigen.

Gemeinsam hatten sie es geschafft, ein widerspenstiges
Ausschussmitglied zu verdrängen und durch ein weitaus
fügsameres Mitglied zu ersetzen – einen, der ein Spielproblem
hatte, das ihn ruinieren würde, wenn es jemals ans Licht käme.
Wenn ihm das Leben seiner Familie wichtig war, würde er sich
jetzt bessern.

Heute Abend gab es eine kleine private Feier. Mit Rus Hilfe
kontrollierte Li nun direkt zwei Drittel der Stimmen in der
Kommission und war damit nach dem Präsidenten die
zweitmächtigste Person in China.

Natürlich würde Ru warten müssen, bis sie sich trennten,
bevor er sich eine Hure suchte. Li war seiner Frau
merkwürdigerweise treu ergeben und drängte Ru schon jetzt,
sich eine feste Partnerin zu suchen. Ru gefiel der Gedanke
nicht, aber sie wussten beide, dass Li ihn nach Belieben
absetzen, entehren und hinrichten lassen konnte. Bisher hatte

er nur zugestimmt, dass er den Vorschlag in *Betracht ziehen* würde, aber er spürte, dass bald der Tag kommen würde, an dem er sich besser eine Frau nehmen sollte.

Sie musste so geschickt und elegant sein, wie Chen Mei-Li es gewesen war.

Er konnte immer noch nicht glauben, was seine Spione berichtet hatten – dass ihre Geliebte die Lieblingsenkelin von Zuocheng Li war. Die beiden waren für ihn als Assistentinnen unglaublich wertvoll, also würde er sich nicht einmischen. Aber der Gedanke an diese beiden perfekten jungen Frauen, die wie die Karnickel Unzucht trieben, machte ihn steinhart.

Vielleicht würde er einen Weg finden, zwei Ehefrauen zu haben.

„Zhang hier", antwortete er, obwohl er die Nummer nicht kannte.

„Hallo, China. Das ist Elayne Kasprak. Ich bin Zaslon. Ich habe einen russischen Persona-Überwachungssatelliten im Wert von zweihundert Milliarden Rubel, wie ich versprochen habe. Für zwanzig Millionen in harter Währung. US Dollar."

Ru wusste nicht einmal, was er sagen sollte.

Er wollte gerade etwas sagen, als die Frau fortfuhr: „Was zum Teufel..."

Dann ertönte ein unartikulierter Schrei so laut über das Telefon, dass er den Hörer wegreißen musste. Das Signal wurde unterbrochen, bevor er es wieder an sein Ohr halten konnte.

„Was war das?" fragte Li.

„Ich bin mir nicht sicher." War es ein echtes Angebot, den modernsten Spionagesatelliten Russlands zu verkaufen? Er konnte zwar nicht mit dem der Amerikaner mithalten, aber er war weitaus besser als alles, was China hatte entwickeln können.

Oder war das Angebot schon gestorben, als es gemacht wurde?

Die Nummer war nicht gesperrt.

Er rief seinen Sicherheitchef an. „Finde alles über die Nummer heraus, die gerade mein privates Telefon angerufen hat, und suche nach dem Namen Elayne Kasprak... Nein, ich weiß nicht, wie man das buchstabiert. Überprüfe jede verdammte Schreibweise und ruf mich sofort an, wenn du etwas hast. Ganz egal was."

Als er auflegte, wurde er von General Zuocheng Li genau beobachtet.

Es wäre ein echter Coup, wenn es ihm gelänge, es zu erobern. Vielleicht wäre sein Platz im CMC sogar so sicher, dass Li ihn nicht mit einem Fingerschnippen absetzen könnte.

Ein intakter Persona-Spionagesatellit bereit zum Start?

Zwanzig Millionen wären ein unbedeutender Preis. Für einen solchen Wert würde er sofort hundert Millionen zahlen.

Aber es fast zu haben und dann zu verlieren, wäre ein schwarzer Fleck, von dem er sich vielleicht nie mehr erholte. Zeit, seine Wette abzusichern.

„Ich... glaube, dass es ein Scherz ist. Aber es ist so seltsam, dass ich sicher sein will. Bitte, ich würde auch gerne deine Meinung hören." Und er tat sein Bestes, um den Anruf Wort für Wort zu wiederholen.

Gemeinsam rätselten sie darüber und warteten auf einen Bericht.

77

Kaum war der Anruf beendet, stellte Jon die Motoren auf Leerlauf und begann, das Flugzeug in einem steilen Sturzflug hin und her zu steuern.

Holly hatte sich wieder auf den Kopilotensitz gesetzt und rief die Höhenmesserwerte von ihrem Ziffernblatt ab.

„Fünfunddreißigtausend. Dreißigtausend. Fünfundzwanzigtausend."

„Jetzt", riefen er und Holly unisono.

Tim ging ans Funkgerät. „Wostotschny Tower. Wostotschny-Tower. Hier ist Antonov AN-eins-zwei-vier Militärflug acht-neun. Wir haben Leistung und Kontrolle verloren. Wir befinden uns im Steilflug. Ich erkläre einen Notfall." Seine Stimme war felsenfest, denn ein Militäroperator würde nicht in Panik geraten.

Der Turm antwortete sofort. „Roger Acht-neuner. Wir haben dich auf dem Radar, drei-null-fünf Kilometer nordnordwestlich. Bestätige, dass du einen Notfall erklärst."

„Bestätige Notfall. Motorneustart fehlgeschlagen. Alle Anzeigen zeigen ausreichend Treibstoff an. Wir versuchen erneut, das Triebwerk neu zu starten."

„Roger, Acht-neuner. Wir melden negative mögliche Flugplätze innerhalb deiner Gleitfähigkeit. Halte uns auf dem Laufenden."

„Verstanden, Tower."

„Zehntausend. Jetzt", flüsterte Holly.

Jon nickte. Damit sollten sie aufgrund der Erdkrümmung in dreihundert Kilometern Entfernung unter dem Radar liegen. Aber noch waren sie nicht außer Funkkontakt.

„Möglicher Neustart von Triebwerk eins", meldete Jon.

„Roger, Acht-neuner. Wir haben dich auf dem Radar verloren."

Perfekt.

Bei einer Höhe von fünftausend Fuß ließ Jon den Steuerhebel los und gab den Triebwerken langsam wieder Energie. Es wäre nicht gut, jetzt noch einen Flammenausfall zu verursachen.

„Dreitausend", berichtete Holly. „Zweitausend...eins."

„Ich schalte den Transponder aus", rief Tim vom Funkgerät aus.

Jetzt sendete ihr Flugzeug seine Position nicht mehr.

„Ich schalte alle äußeren Navigationslichter aus", meldete Tim, als er zur technischen Konsole ging.

Jon richtete das Flugzeug vollständig aus und stellte alle Triebwerke auf Marschschub. Dann drehte er nach Osten ab, hielt aber seine Flughöhe bei nur fünfhundert Fuß über dem Gelände.

Dann begann er zu beten.

78

Major William Straitsmouth zog das Steuerjoch in seinem Sarg in Groom Lake, Nevada, zurück. In dem klimatisierten weißen Container flog er normalerweise Testflugzeuge und andere Drohnen für die Tests in der Area 51 aus der Ferne. Er war sich nicht einmal sicher, was für ein Flugzeug sie heute Abend flogen. Anhand der Mindesthöhe, der vier Triebwerke und der Reaktionszeit vermutete er, dass es sich um einen der großen Frachttransporter handelte. Aber ob es eine C-17 Globemaster oder eine Boeing 747 war, konnte er nicht sagen. Es könnte sogar ein russischer oder chinesischer Transporter sein, soweit er wusste.

Sein Kontrollsystem war im Vergleich zu den üblichen voll vernetzten Flugzeugen mit kompletter Instrumentierung sehr begrenzt. Er hatte noch nie gehört, dass einer der großen Jets für den Fernflug eingerichtet war, also war das auch kein Hinweis darauf.

Major William Straitsmouth wusste auch nicht, dass er und sein Kopilot, Captain Sam Thatcher, die fünfte Flugbesatzung des Flugzeugs in den letzten zwölf Stunden waren. Andere Crews waren in Tucson gestartet, in Seattle gelandet, von

Seattle abgeflogen und von den Aleuten nach Russland geflogen.

Er und sein Kopilot hatten den Flug bereits weit im russischen Luftraum übernommen.

„Transponder an."

„Transponder an", antwortete Sam Thatcher vom Kopilotensitz aus, während er den Code auf dem Missionsblatt einwählte und ihn einschaltete.

„Steig auf zwanzigtausend Fuß."

„Steigen."

„Richtung Südwesten zwei-zwei-fünf."

„Zwei-zwei-fünf, Roger."

Als sie in die Höhe stiegen, passierte nicht viel.

„Irgendeine Idee?" fragte Sam ihn.

Sie hatten sich vor fünf Jahren kennengelernt, als sie von der Creech Air Force Base aus Drohnen der Air Force und der CIA in den Irak und nach Afghanistan flogen. Seit zwei Jahren wurden sie von Groom Lake aus zu einer Vielzahl von Tests und Missionen eingeteilt.

Aber William hatte noch nie eine solche Mission geflogen.

„Sollen wir uns nicht gegenseitig erschießen, wenn wir Fragen stellen?"

„Ja", gab Sam zu. „Ich kaufe eine Flasche Wild Turkey Whiskey. Du kaufst ein paar Schnapsgläser. Wir schießen einen Truthahn und sind quitt."

„Abgemacht. Und nein, ich habe keine Ahnung, warum zur Hölle wir von Russland nach China fliegen. Das muss doch übel sein, oder?"

„Das muss so sein."

„Ich meine, wenn es da draußen überhaupt ein Flugzeug gibt und das hier nicht wieder eine verdammte Simulation ist."

„Fühlt sich aber nicht so an."

Sam hatte recht, das tat es nicht. Nicht, dass ihnen jemals jemand sagen würde, worum es hier ging. Und ihre

Sicherheitsfreigabe besagte, dass sie es besser wussten, als jemals zu fragen.

Also hielten sie sich an ihre Befehle und flogen in einer Höhe von zwanzigtausend Fuß geradeaus weiter, direkt auf China zu.

79

„Bist du das, Acht-neuner?" Die Frage ertönte aus den Lautsprechern des Sitzungsraums.

Miranda konnte sich auf nichts mehr konzentrieren, seit die Antonov ihren ‚außer Kontrolle geratenen' Sinkflug begonnen hatte.

Lizzy hatte es geschafft, einen Satelliten so zu positionieren, dass sie die Infrarot-Wärmeentwicklung der Antonow-Triebwerke sehen konnten, als sie südöstlich in Richtung Japan flog. Aber es war still geworden, keine Lichter oder Funkgeräte. Wenn sie es aus den Augen verloren, würden sie es in der weiten Wildnis nie wiederfinden.

Mike hatte ein Telefon am Ohr, das über eine verschlüsselte Satellitenverbindung mit dem Funkgerät des Lockvogels C-5 Galaxy verbunden war.

„Hier ist Acht-neuner", sagte er in passablem Russisch. „Wir haben die Triebwerke erfolgreich neu gestartet und sind wieder auf sicherer Höhe."

„Ausgezeichnet. Glückwunsch!"

„Das war knapp. Heb den Wodka für mich auf." scherzte Mike auf Russisch.

Miranda zuckte bei der Übersetzung ein wenig zusammen, aber da er angeblich nur knapp einen Absturz überlebt hatte, würde man das wohl ignorieren.

„Verstanden, Acht-neun. Korrigiere Kurs auf eins-sieben-fünf."

„Roger", war alles, was Mike sagte.

Das Flugzeug wendete natürlich nicht. Es stand unter dem Kommando von zwei Piloten am Groom Lake, die nie erfahren würden, dass die Russen dachten, sie seien vom Kurs abgekommen.

Nach sechzig Sekunden rief der Tower zurück.

„Antonov Acht-neuner. Wir verzeichnen deinen Kurs von zwei-zwei-fünf. Bitte korrigiere sofort auf eins-sieben-fünf."

„Roger." antwortete Mike und wartete.

Diesmal brauchten sie nur dreißig Sekunden.

„Militär Acht-neuner, hast du Probleme mit der Kontrolle?
"

Mike hielt kaum inne. „Negativ."

„Korrigiere deinen Kurs sofort in Richtung Süd-Süd-Ost. Du bist acht Null Kilometer von der chinesischen Grenze entfernt. Noch sechs Minuten."

„Roger."

Diesmal gab es eine lange Pause. Länger als Miranda erwartet hatte.

„Acht-neun. Hier ist Vostochny Tower. Habt ihr eine Elayne Kasprak an Bord?"

„Sie haben ihr Telefonat mit den Chinesen abgefangen", klang Drake erfreut, lehne sich aber mit weiß geballten Händen auf den hellen Eichentisch nach vorne.

Miranda drückte ihre eigenen Finger zusammen und merkte, wie sehr sie sich anstrengen musste, damit sie weiß wurden. Drakes Tonfall verriet seine Anspannung nicht. Sie wünschte sich, er würde das nicht tun.

„Roger", sagte Mike ruhig.

„Erbitte sofortige Verbindung mit Elayne Kasprak", der Tower-Operator klang noch gestresster, als Drake aussah.

„Roger", sagte Mike und hielt kurz inne, bevor er fortfuhr, „ich fürchte, sie ist gerade damit beschäftigt, den Captain zu ficken." Mike grinste, als ob er glaubte, er sei fließender als er es war.

Miranda versuchte einen Holly-Ausdruck und starrte ihn böse an.

Mike richtete sich in seinem Stuhl auf und sah viel ernster aus.

„Acht-Neun. Sei dir bewusst, dass du abgeschossen wirst, wenn du nicht sofort deinen Kurs änderst und uns mit Elayne Kasprak verbindest."

„Roger", kehrte Mike zu seinem geplanten Skript zurück.

Lizzy sprach leise, während sie Kreise auf dem Bildschirm markierte. „Diesen Hitzewolken nach zu urteilen, schicken sie Jäger aus Wostotschny los. Zu wenig, zu spät. Die C-5 Galaxy wird schon längst in China sein, wenn die Russen ankommen. Wenn sie die Grenze verletzen..."

„Das können wir nicht zulassen", schüttelte Drake den Kopf. „Sie sollen sich von der Grenze abwenden. Wir wollen keinen Krieg anzetteln."

„Nein", protestierte Mike. „Wenn sie abdrehen, werden die Russen sie nicht abschießen. Wenn wir sogar noch langsamer werden, könnten sie unserem Lockvogel einen Vertrauensvorschuss geben."

„Aber..." Drake winkte mit einer Hand hilflos auf den Bildschirm.

„Die Chinesen starten Jets", berichtete Lizzy. „Aber sie sind über siebenhundert Kilometer entfernt."

„Das war mein Telefonkontakt", gab Drake zu. „Sie versuchen wahrscheinlich, die Ware zu schützen, falls sie es über die Grenze schafft."

„Ich weiß nicht so recht", schüttelte Mike den Kopf.

„Ich schon", Drake zeigte mit dem Finger auf den Bildschirm. „Das ist der Dritte Weltkrieg. Genau da. Dreh es um."

Miranda hatte eine Idee...

Vielleicht.

„Mike. Sag auf Wiedersehen."

„Auf Wiedersehen?"

„Nicht zu mir. Über das Funkgerät."

„*Proshchay!*" Dann deckte er das Telefon zu und sah sie an. „Warte darauf."

Drake stotterte vor Frustration, aber die anderen warteten.

Dreißig Sekunden lang änderte sich nichts.

Die C-5 Galaxy, die den Transpondercode der Antonov AN-124 piepte, flog weiter in Richtung der chinesischen Grenze.

Russische Kampfjets rasten aus Wostotschny heran. Aber sie würden noch Hunderte von Kilometern entfernt sein, wenn die C-5 die Grenze überquerte.

Die Chinesen drangen weiter nach Norden vor, aber von viel weiter weg.

Die Stille war so laut, dass sie Miranda in den Ohren wehtat.

„Was zum Teufel ist hier los?" Wie ein Donnerschlag stürmte der Präsident in den Sitzungssaal. „Sind die Chinesen und Russen im Krieg?"

„Noch nicht", sagte Drake mit zusammengebissenen Zähnen.

Roys Gesicht wurde blass, als er die Informationen auf dem Monitor überprüfte.

„Hat deine verdammte Operation einen Krieg ausgelöst?" Er schrie praktisch in den Raum. Miranda wollte sich die Ohren zuhalten und sich verstecken, obwohl sein Zorn auf Drake gerichtet war.

Stattdessen zwang sie sich, zu sprechen.

„Gebe ihnen noch einen Moment, Sir", Miranda hielt ihren Blick auf den Bildschirm gerichtet.

Für weitere zwanzig Sekunden war es totenstill im Raum.

Dann passierte es.

Ein Paar neuer Spuren, die von der russischen Kampfgruppe ausgingen. Allerdings flogen keine Jets direkt am Ausgangspunkt der beiden Spuren, genau wie sie vermutet hatte.

„Sie sind zu spät dran", erklärte Drake. „Und sie haben nicht die Reichweite."

„Für jede konventionelle Rakete, ja. Aber", Miranda nickte in Richtung des Bildschirms und zum Glück wurden alle wieder still.

„Oh", flüsterte Drake leise, und Lizzy nickte als Antwort.

Es war wirklich unglaublich, die relativen Geschwindigkeiten zu beobachten.

Die C-5 Galaxy näherte sich der chinesischen Grenze mit Mach 0,75, drei Viertel der Schallgeschwindigkeit.

Die russischen Jets waren nahe an Mach 2, ebenso wie die viel weiter entfernten chinesischen Jets.

Und wie ein gezeichneter Bleistiftstrich zogen zwei parallele Spuren eine unveränderliche Linie von der Ansammlung russischer Jets zur C-5 Galaxy.

Die Striche rasten von den Jets weg, trotz ihrer Mach-2-Geschwindigkeit.

Lizzy zoomte weiter heran, aber die unerbittlichen Spuren der Raketen waren unübersehbar.

Als die beiden Punkte schließlich mit dem dritten – den neuen Raketen und der C-5 Galaxy – weniger als zehn Kilometer vor der chinesischen Grenze zusammenfielen, brachen alle drei Signale sofort ab.

80

DIE SUKHOI SU-57 ‚FELON‘ KAMPFJETS WAREN DIE NEUESTEN Überschall-Tarnkappenjets der gesamten russischen Flotte. Zwei der nur zwölf existierenden Exemplare waren zu Testzwecken auf dem abgelegenen Kosmodrom Wostotschny stationiert.

Ihre Testmission war eine brandneue Fähigkeit, die Kh-47M2 Kinzhal ‚Dagger‘ Rakete zu tragen.

Um zu verhindern, dass eine Antonov AN-124 mit einem Persona-Satelliten an Bord entwendet wurde, hatten die Russen die Testflugzeuge zusammen mit den anderen konventionellen Kampfjets in die Luft geschickt.

Der amerikanische Satellit konnte die Su-57 vom Orbit aus nicht entdecken, aber die anderen fünf Jets, mit denen sie flogen, konnte er sehen.

Aber sobald die Dagger-Raketen von den Su-57 abgefeuert wurden, vertrauten sie nicht mehr auf Stealth, sondern auf Geschwindigkeit.

In den ersten zwei bis sieben Sekunden beschleunigten die Raketen von Mach 2 der Jets auf Mach 10. Die Dagger war nicht in der Lage, die in den russischen Medienberichten behauptete Mach 12 zu erreichen, aber das spielte keine Rolle.

Mit zwölftausend Kilometern pro Stunde könnte sie das US-Festland in weniger als dreißig Minuten überqueren. Da sie selbst bei Hyperschallgeschwindigkeit ständig manövrierte, wäre kein Raketenabwehrsystem in der Lage, sie zu stoppen.

Es dauerte dreiundachtzig Sekunden, um die restlichen dreihundert Kilometer zurückzulegen.

Bei solchen Geschwindigkeiten war ein direkter Treffer fast unmöglich, aber das war auch nicht nötig.

Die beiden Zweihundert-Kilo-Sprengköpfe explodierten beide weniger als zwanzig Meter von der C-5 Galaxy entfernt.

Die Wucht der Explosion reichte aus, um einen der Flügel zu zerfetzen.

Aber das war es nicht, was das Flugzeug zerstörte.

Selbst als die Schrapnelle der Explosion den Rumpf durchschlugen, registrierte Jeremys Beschleunigungsmesser, den er in Davis-Monthan installiert hatte, die extreme Erschütterung der Explosion. Sie zündete die Zündkerzen, die in allen teilweise gefüllten Treibstofftanks des KC-135 Stratotankers im Frachtraum platziert waren, sowie in jedem der meist leeren Treibstofftanks der C-5 Galaxy.

Die Kraftstoffdämpfe entzündeten sich.

In weniger als drei Zehntelsekunden hatte die Explosion der Treibstoffdämpfe das Flugzeug über die gesamte Länge und die beiden Tragflächen hinweg zerfetzt.

Die Tanks der KC-135 mit einem Fassungsvermögen von zwanzigtausend Gallonen und die Tanks der C-5 mit einem Fassungsvermögen von fünfzigtausend Gallonen waren nun größtenteils mit einem dichten Kohlenwasserstoffdunst gefüllt.

Aus den relativ sicheren dreihundert Gallonen flüssigen Jet-A-Treibstoffs wurden siebzigtausend Gallonen hochexplosiver Dämpfe.

Wenn man es genau nahm, entzündete sich alles gleichzeitig.

Das Äquivalent von sechs Tonnen TNT zerstörte das Flugzeug bis zur Unkenntlichkeit.

Jedes Team, das in die abgelegenen Gebiete an der russisch-chinesischen Grenze des Amur-Flusses geschickt wurde, würde selbst nach der Schneeschmelze nur wenig finden.

Alle Bildschirme im Kontrollsarg von Groom Lake schalteten sich gleichzeitig aus. Major Straitsmouth und Captain Thatcher würden nie erfahren, warum.

81

AUF DER VISUELLEN VERFOLGUNG DURCH DEN SATELLITEN, DER IN einer niedrigen Erdumlaufbahn kreiste, erschien eine riesige Lichtblüte.

„Eine Minute und siebenundvierzig Sekunden", notierte Miranda.

„Was zum Teufel war das?" Präsident Cole ließ sich in seinen Stuhl fallen.

„Hyperschall-Dagger-Rakete. Wahrscheinlich an einer Su-57 Felon montiert, da wir keinen Jet an der genauen Abschussposition gesehen haben."

„Weißt du", meldete sich Jeremy über die Sprechanlage aus Seattle, „Mach 10 ist ziemlich erstaunlich. Ich wünschte, sie hätten Zeit gehabt, ihr neues Avangard-Hyperschallflugzeug zu benutzen. Er kann mit Mach 27 fliegen, aber erst muss die ICBM ihn ins All schießen, damit er so schnell fallen kann. Es war nicht genug Zeit für den Start und den Wiedereintritt, bevor es China erreichte, aber das wäre ein tolles Erlebnis gewesen."

„Verdammt", Roy rieb sich das Gesicht. „Ich wollte nie

sehen, wie eines dieser Dinger abgeschossen wird. Sind unsere Leute in Sicherheit?"

„Ähm ..."

Alle drehten sich zu Lizzy um.

Miranda wartete, während Lizzy ihre Satellitenbilder durchsuchte. Während sie das Schicksal des Lockvogels verfolgten, hatten sie die Spur des Hauptflugzeugs verloren.

Endlich zuckte Lizzy unsicher mit den Schultern.

82

„WAS IST PASSIERT?“

„Dreh die Jets um", sagte Zhang Ru zum Kommandanten der Basis. „Es war ein falscher Alarm. Gut gemacht, Herr Oberst." Je weniger davon wussten, desto besser.

Er legte auf und wandte sich an Zuocheng Li.

„Es scheint, dass die Überläuferin, die mich angerufen hat, nicht liefern konnte. Sie wurde fünf Kilometer vor unserer Grenze abgeschossen."

„Schade", füllte Zuocheng Li ihre beiden Gläser nach. „Was ist mit dem Mädchen in deinem Büro? Dandan? Dongmei?"

„Daiyu?"

„Ja, die. Was ist mit ihr?"

Ru überlegte. Sie war kaum noch ein Mädchen – sie war dreiunddreißig. Aber sie war *sehr* sportlich. Vielleicht. Vielleicht hatte sie auch eine Schwester oder eine Freundin.

Das war ein interessanter Gedanke.

Fast so interessant wie das, was sein Adjutant über die russische Dagger-Rakete beschrieben hatte, die die Russen in Wostotschny hatten abschießen müssen. Um das Flugzeug des Überläufers abzufangen, hatte es kurz eine Kurve an der chinesischen Grenze überflogen. Seine Leute hatten hervorragende Infrarotbilder und Signalinformationen erhalten.

Vielleicht könnte er das bei den Amerikanern eintauschen, um Hilfe beim Diebstahl des Designs zu bekommen. Am liebsten würde er es selbst der Zentralen Militärkommission übergeben.

83

„Ich kann nicht glauben, dass es funktioniert hat! Wunderbarer Flug, Kumpel!" Holly griff nach Jons Arm und achtete darauf, ihn nicht zu schütteln, während er flog.

Tim erhob sich von seinem Stuhl und gab ihr einen Kuss auf den Kopf und eine feste Umarmung, die verdammt weh tat und sich wunderbar anfühlte.

„Niemals. Nicht in tausend Jahren. Ich kann nicht glauben, dass du es getan hast."

„Ich? Es brauchte ein ganzes Durcheinander von uns, um das zu schaffen."

Tim lachte, ließ sie los und gab ihr einen kurzen Kuss auf die Lippen. Dann drehte er sich um und tat dasselbe mit Jon.

Aber es brachte Holly zum Nachdenken. Sie hatte niemanden mehr geküsst, seit... sie Mirandas Team beigetreten war? Seit... sie SASR verlassen hatte? Viel zu lange.

Und es war nicht Tim, den sie küssen wollte.

Verdammte Miranda und ihre dumme Frage. In diesem Moment wollte Holly nicht an Mike Munroe denken.

Aber das tat sie doch, oder?

„Toller Flug, Kumpel", Tim klopfte Jon viel weniger

zurückhaltend auf die Schulter als sie. „Wahnsinn. Ich gebe dir in der nächsten Bar eine Runde aus."

„Das war nichts im Vergleich zu dem, was jetzt kommt", sagte Jon ruhig.

„Ja, klar. Wir fliegen eine Weile durch die Gegend und gut ist."

Jons Blick zu ihr sagte, dass es nicht so einfach war.

„Spuck es aus."

„Nun", Jon starrte weiter auf die Instrumente. Es war sieben Uhr abends, Ortszeit, und aus dem Fenster war nicht viel zu sehen. „Wir verbrauchen viel mehr Treibstoff, wenn wir auf fünfhundert Fuß fliegen, als auf neununddreißigtausend."

„Und wie viel haben wir noch?"

Tim ging zurück an seinen Platz. Kurz darauf hörte sie das helle Klopfen seiner Fingernägel auf verschiedenen Anzeigen, als ob er hoffte, dass sie sich ändern würden.

„Äh…"

Elayne begann zu lachen. Es war nicht laut, aber es war gemein.

Tim ignorierte sie und sah Holly an.

„Nicht sehr viel."

84

„WIR WERDEN ES NICHT BIS SAPPORO, JAPAN, SCHAFFEN."
verkündete Tim.

Jon hatte das eigentlich erwartet.

„Mindestens hundert Kilometer zu wenig."

„Wenn ich es wagen würde, auf über
fünfundzwanzigtausend Fuß zu steigen, könnte ich so weit
nach Sapporo gleiten, aber warte mal, ich habe nicht den
Treibstoff, um zu steigen. Außerdem würden uns die Russen
wirklich abschießen, sobald wir auf ihrem Radar auftauchen."

„Okay, ich stimme dagegen", sagte Holly, die immer für eine
Prise Humor gut war.

„Okay, Holly. Hast du eine gute Idee? Ich bin völlig aus der
Übung, wenn es darum geht, riesige Frachtflugzeuge auf See zu
versenken, ohne alle an Bord zu töten."

„Da stimme ich dagegen", mischte sich Tim in das Spiel ein.
„Das Japanische Meer im März? Auf keinen Fall, Mann. Auf gar
keinen Fall. Ich würde mir die Eier abfrieren."

Holly verließ ihren Sitz und begann, die Kabine zu
durchstöbern, wobei sie Schubladen und Kisten hinter ihm

öffnete. Da er so niedrig flog, wagte er nicht, sich umzudrehen, um zu sehen, was sie tat.

„Oi, das ist einen Blick wert."

Sie und Tim machten viele „hmm" und „ahh" Geräusche, um ihn zu ärgern.

„Pass auf, sonst lasse ich euch beide abstürzen und rette mich selbst."

„Er ist bei der Air Force. Ich weiß nicht, ob wir ihm vertrauen können, dass er das nicht tut", meldete sich Tim zu Wort.

„Das bist du auch, du Trottel."

„Rishiri", unterbrach Holly die beiden.

„Was?"

„Behalte diesen Kurs bei. Vor der Nordspitze Japans gibt es eine Insel namens Rishiri. Sie ist fast zweihundert Kilometer näher. Tim meint, wir haben den Treibstoff dafür."

„Fantastisch. Wem sagst du das."

„Winterbevölkerung unter hundert und wir landen nach 22 Uhr Ortszeit. Höhe neunundneunzig Fuß."

„Gut." Jon würde keinen Treibstoff beim Steigen verschwenden müssen.

„Landebahn 7/25."

Er musste die Windverhältnisse prüfen, bevor er sich für einen Weg zur Landung entschied, falls er die Zeit dazu hatte.

„Die Länge beträgt über eine Meile."

„Wie viel mehr als eine Meile?"

„Fünftausendneunhundert Fuß lang."

„Oh Scheiße."

„Was ist los?" Tim und Holly drängten sich um ihn.

Jon seufzte. „Ich kann dort landen. Aber wenn wir genug Treibstoff nachfüllen, um nach Las Vegas zu kommen, wo wir diese Mutter abliefern sollen, kann ich nicht mehr abheben."

„Was? ... Oh." Holly brauchte nicht lange, um das Problem

zu erkennen. „Lass uns hinfliegen. Dann rufe ich Miranda an. Sie wird es wissen."

85

DIE LÖSUNG WAR EINFACH.

Miranda war ein wenig überrascht, dass die anderen es nicht sahen. Vielleicht hatten sie sich nicht so intensiv mit den Flughäfen der Welt beschäftigt wie sie.

Bei der Beladung der Antonov, vor allem wenn sie nicht vollgetankt war, war ein Start in einer Meile auf Meereshöhe leicht möglich.

Außerdem war es März im nördlichen Pazifik, sodass die kältere und damit dichtere Luft besser für den Auftrieb war.

Auf ihre Anweisung hin nahmen sie in Rishiri nur so viel Treibstoff auf, dass sie die achthundert Meilen nach Attu Island fliegen konnten. Die verlassene Station der US-Küstenwache lag am äußersten Ende der Inselkette der Aleuten.

Mehrere KC-130J-Tankflugzeuge flogen auf die Insel Attu, um sie zu treffen. Ihnen wurde gesagt, dass ein russisches Flugzeug in Schwierigkeiten geraten war und sie bei seiner sicheren Rückkehr helfen sollten. Die Besatzung von Holly war an Bord der Antonov geblieben.

Das war auch praktisch, denn sie mussten fünf Stunden Tageslicht auf Attu abwarten, so dass es schon dunkel war, bevor sie amerikanischen Boden überquerten. Es wäre nicht gut, wenn ein übereifriger Flugzeugbeobachter Bilder von einem russischen Militärfrachtflugzeug posten würde, das in einem geheimen Hangar in Nevada ankam.

Nach sechs Stunden Flug nach Las Vegas kamen sie nach acht Uhr abends Ortszeit an.

Der Hangar 33B lag am südlichen Ende der Start- und Landebahn von Groom Lake, über eine Meile vom nächstgelegenen Gebäude entfernt.

Miranda zitterte und wartete, als das verdunkelte Flugzeug ankam.

Sie hörte das ferne Quietschen der Reifen, bevor sie den vagen Schatten der massiven Antonov sah.

Groom Lake war es gewohnt, außerplanmäßige und streng geheime Flüge abzufertigen. Keine Flughafenbeleuchtung leuchtete auf die Start- und Landebahn, um die Flugzeuge zu verraten, die hier operierten: Sie waren so geheim, dass sie oft nur nachts flogen.

Das Begrüßungskomitee war sehr klein.

Sie und Mike waren mit einem C-21A Learjet aus DC eingeflogen worden. Jeremy mit einem anderen aus Seattle. Die Lockheed-Ingenieure würden morgen ankommen, um mit der Untersuchung des Persona-Satelliten zu beginnen.

Ein Krankenwagen stand bereit.

Abgesehen von den Technikern, die für den Hangar zuständig waren, war die einzige andere Person dort eine, mit der Miranda nicht gerechnet hatte. Im Nachhinein betrachtet, hätte sie das tun sollen.

Clarissa Reese.

Sie war in ihrem eigenen Jet und mit zwei sehr starken Leibwächtern angereist.

Erst nachdem die Techniker Unterlegkeile unter die Antonow gelegt, sie an den Bodenstrom angeschlossen und die

Miranda Chase und der Condor

Hangartore geschlossen hatten, wurde die Passagiertür der Antonow geöffnet und die Leiter auf den Boden gesenkt.

Die beiden Sanitäter eilten an Bord.

Die erste Person, die von Bord ging, war Tom, der auf einer Bahre festgeschnallt war und sich bei jedem, der ihm zuhörte, darüber beschwerte.

Tim tat sein Bestes, um Tom zum Lachen zu bringen, auch wenn es ihnen beiden weh zu tun schien.

Humor, um den Schmerz zu leugnen?

Humor, um zu verkünden, dass man trotz der großen Gefahren weiterlebte?

Sie hatte keine Gelegenheit, sie zu fragen, bevor sie weg waren und Holly und Jon die Treppe herunterkamen.

„Wir haben uns nicht getraut, sie loszubinden. Sie ist im Cockpit."

Die beiden Leibwächter pirschten sich an die Maschine heran, dicht gefolgt von Reese.

Jetzt waren sie nur noch zu fünft.

Holly hinkte, ihr Gesicht war zerschlagen und ihr Arm war in Verbände eingewickelt.

„Oh, Holly." Miranda wusste nicht, was sie mit all dem anfangen sollte, was sich in ihr angestaut hatte. All diese Stunden des Sitzens und Wartens. Sie versuchte, sich vorzustellen, wie sie es anders hätte planen können. Was hätte sie übersehen können, das das Team hätte umbringen können?

Da sie nicht in der Lage war, alles für sich zu behalten und keine Worte fand, ging sie einfach auf Holly zu und legte ihre Arme um sie.

„Whoa!" Holly klang schockiert.

Miranda konnte die Vibrationen von Hollys Ausruf nicht nur hören, sondern auch spüren.

Holly umarmte sie zurück.

„Nie wieder, Holly. Nie wieder. Wir untersuchen Unfälle. Wir machen die Dinge sicherer. Das ist es, was *wir* tun."

Sie konnte Hollys Nicken spüren. „Auf keinen Fall wieder. Das ist *unser* Job." Und Holly hielt sie noch fester.

Miranda blieb einen Moment stehen und beschloss, dass ihr das gefiel.

Es war fest.

Und solide.

Und gut.

„Hey, ich bin auch gerade vom Abgrund zurückgekommen. Kann ich eine Umarmung bekommen?" Jon lächelte sie an. Er sah genauso müde aus, wenn auch nicht so zerschlagen, und genauso zufrieden.

Miranda ließ Holly los und überlegte.

„Wenn du darüber nachdenken musst, dann lautet die Antwort wohl nein."

Aber Miranda beschloss, dass sie froh war, Jon sicher zurück zu sehen.

Sehr glücklich.

Also umarmte sie ihn auch.

Er klang nicht so überrascht wie Holly, er zog sie einfach an sich und hielt sie fest.

Auch das war sehr schön.

Sie lehnte ihre Stirn an seine Brust und ließ sich halten. Miranda hatte es noch nie gemocht, gehalten zu werden, aber sie konnte lernen, es zu mögen.

Er küsste sie auf den Scheitel. Sie konnte die Kratzspuren seines Zweitagebartes an der Stelle in ihrem Haar spüren.

„Werden wir jetzt Sex haben?"

„Was?" Jon legte seine Hände auf ihre Schultern und schob sie einen Schritt zurück. „Miranda!" Er sagte es, als wäre sie ein böses Mädchen gewesen.

„Ich habe gefragt, ob wir jetzt Sex haben werden."

„Wie jetzt gerade?" Er sah sich um.

Holly, Mike und Jeremy waren immer noch um sie versammelt und sahen sie sehr seltsam an.

„Vielleicht sollten wir später darüber reden? Nachdem wir unseren ersten Kuss hatten? Unter *vier Augen?*" Er betonte das letzte Wort stark.

„Oh. Soll Sex *immer* ein Pinkie-Schwur Geheimnis sein?" Sie wandte sich an Holly. „Zum Beispiel, wann du mit Mike Sex haben wirst?"

„Miranda!" Holly kreischte fast.

„Wie bitte?" Aber Mikes Grinsen war so breit, dass es schwer vorstellbar war, dass er eine Frage stellte.

„Oh, das sollte ein Pinkie-Schwur Geheimnis sein. Ohne das Geheimnis zu nennen. Das sehe ich. Wenn wir unsere Pinkie-Schwur Geheimnisse benennen würden, könnten wir vielleicht darüber reden, ohne dass andere davon erfahren. Ich könnte mir einen einfachen Codewort-Generator ausdenken, der nach relevanten, aber nicht verräterischen Codewörtern für geschworene Geheimthemen sucht. Wäre das besser?"

Mike drückte ihre Schulter. „Du denkst einfach weiter nach, Miranda. Das ist es, was du gut kannst." Mike sprach mit einem Westernton, als wäre er eine Figur aus *Butch Cassidy und Sundance Kid*. Der Film hatte ihr gefallen.

„Das tun wir alle. Die einzigen Momente, in denen Menschen aufhören zu denken, sind im Schlaf, auch wenn der Traumzustand etwas anderes vermuten lässt, und nach dem Tod. Vielleicht in bestimmten drogen- oder alkoholinduzierten Zuständen. Und..."

Dann küsste Jon sie. Hart. Seine Arme legten sich noch einmal fest um sie.

Sie mochte es nicht, dass der unvollständige Satz an einer anfänglichen Konjunktion baumelte.

Aber sie küsste Jon zurück.

Vielleicht würde sie später über die unterbrochene Konjunktion nachdenken.

86

MIKE STUPSTE HOLLY AN DIE SCHULTER.

„*Was?* Wenn du denkst, was Miranda gesagt hat...“

Mike nickte in Richtung der Antonov AN-124 Condor, die im schattigen Hangar aufragte.

Als Gruppe waren sie alle vom Flugzeug weggetrieben worden.

Miranda und Jeremy fragten Jon nach den unterschiedlichen Flugeigenschaften der C-5 Galaxy und des Condor. Sie bemerkte, dass Jon und Miranda immer noch Händchen hielten, bevor sie sich dem Flugzeug zuwandte.

Offenbar war es nicht mehr wichtig, was sie darüber dachte, was eine gewisse Erleichterung war.

Zwei Wachen erschienen auf der Treppe.

Elayne Kasprak ging zwischen ihnen. Sie hatten sie mit Ketten gefesselt, die ihre Hände an einen dicken Lederbund und ihre Knöchel so eng aneinander ketteten, dass sie gerade noch die steile Treppe hinunterhumpeln konnte.

Ihr Haar war verfilzt.

Ihre Kleidung war durch das Entfernen der Klebebandschichten, mit denen sie festgebunden worden war, in alle Richtungen verzogen. Sie war genauso blutig wie Tim und Holly selbst gewesen waren.

Elayne sah sie direkt an, ohne ein Wort zu sagen.

Nicht ein Blinzeln oder Nicken.

Nichts, als sie vorbeikam.

Clarissa folgte von weit hinten mit gezogener Waffe.

Gemeinsam kletterten Elayne, die beiden Wächter und Clarissa an Bord der Gulfstream, in der Clarissa angekommen war.

Holly schaute zu, bis der Jet aus dem Hangar gerollt war und die Türen wieder geschlossen wurden.

„Schwieriges Ding?" fragte Mike leise.

„Ja. Sehr knapp. Zu knapp. Ich weiß nicht, was ich mir dabei gedacht habe."

„Ich schon."

Holly sah Mike an. Er stand entspannt da, die Daumen in den Taschen eingehakt.

Ihn und die anderen lebend und in Sicherheit zu sehen, war die letzten achtundvierzig Stunden fast wert.

„Willst du es mit mir teilen?" Holly war sich nicht sicher, ob sie das wissen wollte.

Sein Lächeln war so leicht wie der Rest von ihm. „Wenn du möchtest."

„Ich schätze, das werde ich nicht, aber leg es trotzdem offen. " Holly hatte seit Kentucky nicht mehr geschlafen. Sie war in zwei Tagen um die Welt gereist und hatte definitiv eine Schlacht zu viel geschlagen.

„Du jagst einen Dämon, den du nie fangen wirst."

„Und warum ist das so? Ich habe heute einen Dämon gefangen."

Sie war keine Mörderin wie Elayne... oder doch?

Holly hatte nur bei zugewiesenen Missionen getötet. Sie war eine Waffe gewesen, keine... was? Elayne würde für den Rest ihres Lebens dafür bezahlen, dass sie bereit war, jeden zu opfern, um ihr Heimatland zu schützen. War Holly wirklich so zielstrebig gewesen? So rücksichtslos? Sie wusste es nicht, aber sie hoffte es nicht.

„Den wirst du nie fangen, Holly. Weil er aus deiner Vergangenheit stammt. Du redest so, als hättest du keinen, aber er treibt dich noch mehr an, als Mirandas."

„Ich habe eine Vergangenheit. Ich spreche nur nicht darüber."

„Wir haben alle eine Vergangenheit, aber deine frisst dich auf. Bis du darüber sprichst. Wenn du sie nicht irgendwie loswirst, wird sie dich weiter..."

„Ich habe meinen Bruder getötet. Bist du glücklich?" Es kam heraus. Sie wusste nicht, wie oder warum, aber es war so.

Vielleicht, weil sie müde war.

Vielleicht, weil sie es jemandem sagen musste.

Sie sah nach, aber es waren immer noch nur sie und Mike.

„Ich wollte es nicht, aber ich habe es getan."

Mike behielt sein Schweigen bei. Er gab ihr nichts, worauf sie reagieren konnte – weder im Guten noch im Schlechten.

„Da war diese Flut. Im Outback sind sie wie die Arizona Arroyos, nur hundertmal schlimmer, wenn sie passieren. Sie kommen aus heiterem Himmel. Aus dem Regen, hundert Klicks entfernt auf irgendeiner Piste. Aus heiterem Himmel strömt plötzlich ein kilometerbreiter Fluss über das Land. Er ist vielleicht ein oder zwei Meter tief und sieht nicht einmal so aus, als würde er sich bewegen, aber er ist schneller, als ein Joolaroo sein Pferd reiten kann."

Obwohl ihr das Gehen wehtat, konnte sie es nicht ertragen, still zu stehen. Mike begleitete sie, während sie langsam die große Antonov umrundete, in der sie beinahe ihr Leben durch einen russischen Zaslon-Agenten verloren hätte.

„Mein Bruder hat mir beigebracht, seine Ute zu fahren, das ist ein Pickup, und ich habe darauf bestanden, dass wir es durch diese eine Flut schaffen können. Ich fuhr hinein, obwohl er mich anschrie, ich solle anhalten. Ich war schon immer eine widerspenstige Zicke – mit sechzehn war ich sogar noch schlimmer, denn ich bestand darauf, dass ich alles schaffen würde, was man mir sagte, dass es unmöglich sei. Auf halber Strecke lachte ich über seine Ängste, als das Auto einfach zur Seite schwamm."

Sie kreisten unter dem massiven Schwanzteil, das sich anfühlte, als würde es vom Himmel auf sie fallen.

„Ich schwamm mich frei, als wir uns einer Brücke am Stuart Highway näherten. Der Arroyo dort ist einen halben Kilometer breit und zwanzig Meter tief. Du kannst einen sechsstöckigen Häuserblock hineinwerfen und er wird weggeschwemmt ... und vierundzwanzig Stunden später ist die ganze Welt trockener als ein einmonatiger Roo-Kadaver. Er schubste mich raus und sagte mir, ich solle zum Brückendeck schwimmen. Ich habe es gerade noch so geschafft."

Sie lehnte sich gegen eines der massiven Räder des Condors und versuchte, ihr Bein zu strecken – das Knie war stark geschwollen, wo Elayne es getreten hatte.

„Hat er es nicht?" fragte Mike leise.

„Fast. Wir fassten uns kurz an den Händen, aber er ließ los, als er sah, dass er mich mit hineinziehen würde. Mein Hintern landete auf dem Deck, seiner wurde von der Kante gespült. Wir fanden seine ramponierte Ute fünf Kilometer flussabwärts. Was die Dingos von seiner Leiche übrig gelassen hatten, fanden wir eine Woche später. Meine Familie enterbte mich. Ich war sechzehn und hatte meine ganze Familie an einem einzigen Tag verloren. Nachdem meine Eltern mir klargemacht hatten, dass ich nicht mehr willkommen war, trampte ich mit der ersten Mitfahrgelegenheit, die ich bekam. Zwei Jahre lang jobbte ich in den Minen von Mt. Isa, mitten im Barkly. Wenn man von ‚Back of Bourke' spricht, ist das ein echtes Nirgendwo.
"

Holly hasste das Gefühl einer Selbstmitleidsparty und beeilte sich, die Geschichte zu beenden.

„Abschluss der High School. Armee zu SASR, bis ich mein Team auf einer weiteren Brücke in die Hölle getötet habe. Es gibt nicht viel zu erzählen." Und definitiv weniger zum Nachdenken. Sie tat ihr Bestes, um so zu tun, als wäre sie an dem Tag geboren worden, an dem sie Mirandas Team beitrat. Und jetzt wäre sie fast dabei gestorben. Wäre das so ein großer Verlust?

„Hast du vor, damit aufzuhören, dir die Schuld für all die Dinge zu geben, die du nicht ändern kannst?"

Es war eine gute Frage. Eine berechtigte Frage.

Ja, es würde ihr nichts ausmachen, vorwärts zu schauen.

Sie sah Mike an und lächelte ihn mit ihren rissigen Lippen und ihrem schmerzenden Gesicht an.

Dann klopfte sie mit den Fingerknöcheln auf den Rumpf der Antonov. Das dünne Blech zwischen zwei Rippen tönte ihr entgegen.

Sie wäre in diesem Flugzeug fast gestorben, als sie beweisen wollte, dass ihre Vergangenheit nicht ihre Vergangenheit war.

„Ich glaube, Elayne hat schon ziemlich gute Arbeit geleistet, um das endlich aus mir herauszuprügeln."

87

Es dauerte mehrere Tage, bis genügend Gerüchte zum Progress Space Rocket Centre in Samara durchgesickert waren, um daraus Schlüsse zu ziehen.

Erstens, dass der Satellit verloren gegangen war.

Dann, einen Tag später, wurde bekannt, dass das Transportflugzeug während des Transports explodiert war.

Nach weiteren sechsunddreißig Stunden erfuhr Vesna, dass das Flugzeug bei dem Versuch, nach China überzulaufen, abgeschossen worden war.

Sie hatte zugehört, als Gregor diskutiert hatte, ob er seine amerikanische ‚Freundin' anrufen sollte oder nicht.

„Um zu sehen, was sie darüber wissen könnte."

Aber er hatte die Idee fallen gelassen, als ihn ein seltsames Gerücht erreichte, das nur einmal erwähnt wurde.

„Man sagt, es gab einen Zaslon-Überläufer", hatte er ihr zugeflüstert, als sie vorhin ins Bett gegangen waren.

Vesna lag die ganze Nacht über wach, lange nachdem Gregor sich verausgabt hatte. Selbst im Schlaf hielt er sie fest im Arm.

Sie erinnerte sich an die beängstigenden Drohungen von Gregors amerikanischer ‚Freundin'.

Und der Anruf, den sie selbst auf Anweisung der ‚Freundin' getätigt hatte – nur um ihn von einer Zaslon-Agentin beantworten zu lassen.

Vesna mochte die Frau, die ihr geantwortet hatte; sie war freundlich und witzig gewesen. Sie war auch wütend gewesen, als Vesna Arfist, Harper, erwähnt hatte.

Harper war *kein* russischer Name.

War es ein amerikanischer? Sie wusste es nicht.

Aber wer auch immer die Zaslon-Agentin gewesen war, sie hatte nicht wie eine Verräterin *geklungen*.

Vesna fragte sich: „Was wäre, wenn sie keine Überläuferin gewesen wäre?"

War das Flugzeug dann wirklich vom Himmel geschossen worden?

Sie hatte nur ein einziges Mal versucht, die Nummer anzurufen – und darauf geachtet, ein Wegwerfhandy zu benutzen.

Der Anruf war auf die Mailbox gegangen. Vesna hatte keine Nachricht hinterlassen.

Sollte sie das melden?

Es war ihre Pflicht. Dafür wurde sie bezahlt.

Aber wenn sie es meldete, musste sie offenlegen, wie sie alles erfahren hatte, und das würde Gregor und seine amerikanischen Verbindungen bloßstellen. Und sie wusste genau, was mit Vesna selbst passieren würde, wenn sie mit dem Verhör fertig waren.

Die letzte Anweisung der Zaslon-Agentin war gewesen, sich gut um ihren Mann zu kümmern. *Sehr gut kümmern.*

Ja, Vesna drückte sich gegen Gregor.

Ja. Sie würde auf die Zaslon-Agentin hören, nichts sagen und ihre Pflicht tun – für sich selbst.

NACHWORT

Wenn Ihnen *Miranda Chase und der Condor* gefallen hat
gefallen hat, hinterlassen Sie bitte eine Bewertung.
Sie helfen wirklich.

Eine kostenlose Bonusgeschichte/-szene und ein Rezept aus
dem Buch finden Sie unter (zur Zeit nur auf Englisch), auch
eine Liste der Figuren und Flugzeuge finden Sie:
https://mlbuchman.com/fan-club-freebies

MIRANDA CHASE

DEMNÄCHST AUF DEUTSCH

M. L. BUCHMAN

MIRANDA CHASE UND DER
THUNDERBOLT

M. L. BUCHMAN

Ein Action-Abenteuer Technothriller

MIRANDA CHASE UND DER
CONDOR

ÜBER DEN AUTOR

USA Today und Amazon #1 Bestseller M. L. "Matt" Buchman hat mehr als 75 Romane, 200 Kurzgeschichten und 50 selbst erzählte Hörbücher verfasst. PW schreibt über seine Miranda Chase Action-Adventure-Thriller: „Tom-Clancy-Fans, die offen für eine starke weibliche Hauptfigur sind, werden nach mehr verlangen." Über seine romantischen Militärromane: „Als hätten Robert Ludlum und Nora Roberts ein Buchbaby bekommen." Er ist außerdem Herausgeber von *Thrill Ride - the Magazine*.

Der Projektmanager mit einem Abschluss in Geophysik hat Häuser entworfen und gebaut, ist geflogen und aus Flugzeugen gesprungen, hat ein 50-Fuß-Segelboot gesegelt und ist mit dem Fahrrad um die Welt geradelt... und er entwirft Quilts. Mehr unter: www.mlbuchman.com.

Auch geschrieben von M. L. Buchman (auf Englisch)

Other works by M. L. Buchman: *(* - also in audio)*

Action-Adventure Thrillers

Dead Chef
One Chef!
Two Chef!

Miranda Chase
Drone*
Thunderbolt*
Condor*
Ghostrider*
Raider*
Chinook*
Havoc*
White Top*
Start the Chase*
Lightning*
Skibird*
Nightwatch*
Osprey*
Gryphon*

Science Fiction / Fantasy

Deities Anonymous
Cookbook from Hell: Reheated
Saviors 101

Contemporary Romance

Eagle Cove
Return to Eagle Cove
Recipe for Eagle Cove
Longing for Eagle Cove
Keepsake for Eagle Cove

Love Abroad
Heart of the Cotswolds: England
Path of Love: Cinque Terre, Italy

Where Dreams
Where Dreams are Born
Where Dreams Reside
Where Dreams Are of Christmas*
Where Dreams Unfold
Where Dreams Are Written
Where Dreams Continue

Non-Fiction

Strategies for Success
Managing Your Inner Artist/Writer
Estate Planning for Authors*
Character Voice
Narrate and Record Your Own
Audiobook*

Short Story Series by M. L. Buchman:

Action-Adventure Thrillers

Dead Chef

Miranda Chase Stories

Romantic Suspense

Antarctic Ice Fliers

US Coast Guard

Contemporary Romance

Eagle Cove

Other

Deities Anonymous (fantasy)

Single Titles

The Emily Beale Universe
(military romantic suspense)

The Night Stalkers
MAIN FLIGHT
The Night Is Mine
I Own the Dawn
Wait Until Dark
Take Over at Midnight
Light Up the Night
Bring On the Dusk
By Break of Day
Target of the Heart
Target Lock on Love
Target of Mine
Target of One's Own
NIGHT STALKERS HOLIDAYS
*Daniel's Christmas**
*Frank's Independence Day**
*Peter's Christmas**
Christmas at Steel Beach
*Zachary's Christmas**
*Roy's Independence Day**
*Damien's Christmas**
Christmas at Peleliu Cove

Henderson's Ranch
*Nathan's Big Sky**
*Big Sky, Loyal Heart**
*Big Sky Dog Whisperer**
*Tales of Henderson's Ranch**

Shadow Force: Psi
*At the Slightest Sound**
*At the Quietest Word**
*At the Merest Glance**
*At the Clearest Sensation**

White House Protection Force
*Off the Leash**
*On Your Mark**
*In the Weeds**

Firehawks
Pure Heat
Full Blaze
*Hot Point**
*Flash of Fire**
Wild Fire

SMOKEJUMPERS
*Wildfire at Dawn**
*Wildfire at Larch Creek**
*Wildfire on the Skagit**

Delta Force
*Target Engaged**
*Heart Strike**
*Wild Justice**
*Midnight Trust**

Emily Beale Universe Short Story Series
The Night Stalkers
The Night Stalkers Stories
The Night Stalkers CSAR
The Night Stalkers Wedding Stories
The Future Night Stalkers

Delta Force
Th Delta Force Shooters
The Delta Force Warriors

Firehawks
The Firehawks Lookouts
The Firehawks Hotshots
The Firebirds

White House Protection Force
Stories

Future Night Stalkers
Stories (Science Fiction)

MELDEN SIE SICH NOCH HEUTE FÜR DEN NEWSLETTER VON M. L. BUCHMAN AN

und erhalten:
Veröffentlichungsnachrichten
Kostenlose Kurzgeschichten
ein kostenloses Buch

Holen Sie sich noch heute Ihr kostenloses Buch.
Tun Sie es jetzt.
free-book.mlbuchman.com

www.ingramcontent.com/pod-product-compliance
Lightning Source LLC
Chambersburg PA
CBHW020832030726
47496CB00001B/193